EIN BRITISCHER SPORT

BLINDSIDED

EINE BESTE FREUNDIN MIT GEWISSEN VORZÜGEN

Amy Daws

Englischer Originaltitel: Blindsided
Deutsche Übersetzung: Noëlle Niederberger
Korrektorat: Sabine McCarthy

Veröffentlicht durch: Stars Hollow Publishing,
PO Box 90022, Sioux Falls, SD 57109, USA
E-Book ISBN: 978-1-944565-73-2
Taschenbuch ISBN: 978-1-944565-74-9
Lektorat: Stephanie Rose
Formatierung: Champagne Book Design
Umschlagdesign: Amy Daws

Besuche Amy im Netz!
amydawsauthor.com/deutsch

Abonniere den deutschen Newsletter:
www.subscribepage.com/amydaws_deutscher_newsletter

www.facebook.com/amydawsauthor
www.instagram.com/amydaws.deutsch
www.tiktok.cm/@amydaws_deutsch

BLINDSIDED

KAPITEL 1

Freya

„Meine Güte, ich will ein Pony", heule ich und schnäuze meine Nase laut in ein Taschentuch, während ich wehmütig auf den Fernseher starre, während der Abspann von *Heartland über* den Bildschirm läuft. „Selbst nachdem ich gesehen habe, wie Jack Bartlett sein geliebtes Pferd Paint in den ewigen Schlaf geschickt hat, will ich *immer noch* ein Pony. Wer hätte gedacht, dass ein wundervoll heilsames Familiendrama, das sich um die Höhen und Tiefen des Lebens auf einer Ranch dreht, meine Seele so tiefgreifend verändern würde? Bevor ich diese Serie gesehen habe, hielt ich mich für ein echtes Stadtmädchen. Ja, ich bin in einem kleinen Dorf in der Nähe von Cornwall aufgewachsen, aber sobald ich alt genug war, um auszuziehen, war für mich das Großstadtleben angesagt. Und London ist zweifellos die großartigste Stadt der Welt. Ich meine, nirgendwo sonst kann man zur gleichen Zeit einen Kuchen kaufen und ein Kätzchen streicheln. Aber nachdem ich mich in diese kanadische Serie verliebt habe, träume ich von einem schlichten Leben auf einer Ranch mit einem Pony und einem Großvater, der einen Schnurrbart hat und mich auf eine Weise ansieht, dass ich das Gefühl habe, jeder Moment mit ihm sei eine Lektion fürs Leben." Ich atme schwer aus und merke, dass ich während des letzten Teils vergessen habe, Luft zu holen, weshalb mich jetzt ein Schwindelgefühl überkommt.

„Du weißt, dass ich noch hier bin, oder?", fragt eine tiefe schottische Stimme neben mir.

Ich wende meinen Blick vom Fernseher ab und schüttle den Kopf, um mich auf Maclay Logan zu konzentrieren – ein Profifußballer des Bethnal Green F. C. und, entgegen aller Erwartungen, ein Freund von mir. Ich rümpfe die Nase und wische die letzten Tränen weg. „Natürlich weiß ich, dass du noch hier bist."

Ein wissendes Lächeln erhellt sein Gesicht. „Nun, du hast gerade einen kleinen Monolog ohne Punkt und Komma gehalten, ohne mir Raum für eine Antwort zu lassen, also dachte ich, du hast entweder meine Anwesenheit vergessen, oder du hattest wieder einen deiner Ausbrüche."

Meine Augen werden schmal, als er das Wort „Ausbrüche" mit Anführungszeichen versieht. „Wovon redest du? Ich habe keine *Ausbrüche*." Ich wiederhole das Wort mit seinem rauen und permanent heiser klingenden schottischen Akzent und rolle das *R*, wie er es tut.

Macs Lippen zucken vor kaum verborgener Belustigung, sodass ich ihm am liebsten eine reinhauen würde. Er sieht immer so aus, als würde er über irgendetwas lachen. Es ist zum Verrücktwerden, wirklich. Ich meine, welcher Mensch ist ständig glücklich? Das ist einfach nicht richtig.

Ich sollte diejenige sein, die bei seinem Anblick lacht – ein grinsender, alberner Riese, der auf Puppenmöbeln in meiner winzigen Einzimmerwohnung im Londoner Osten sitzt. Sein großer, muskulöser Körper ist auf meinem lilafarbenen Samtsofa ausgestreckt, während seine dicken, tätowierten Arme fest um eines meiner flauschigen, weißen Kissen geschlungen sind. Es ist, als würde er ein Eisbärbaby erwürgen.

Mac funkelt mich an, während er sein Lächeln beibehält. „Erst letzte Woche hast du dich mit deinem Salat darüber unterhalten, dass ihr beide Freunde sein könntet, wenn es eine Pille für dich gäbe, die den Salat wie Chips schmecken lässt."

„Das war ein Gespräch zwischen mir und dem Romana", gebe ich zurück, wobei ich es hasse, wie er meinen Cornwall-Akzent nachahmt.

Egal, wie sehr ich mich bemühe, ihn abzulegen, der näselnde Unterton Südwestenglands rutscht mir immer wieder heraus. „Und du hättest nicht lauschen sollen.“

„Du hast mich zum Essen eingeladen!“, brüllt er. Durch die Bewegung seines Körpers fallen ihm wellige rote Haarsträhnen in die Stirn. „Wenn man einen Gast zum Essen einlädt, wird von der Gastgeberin normalerweise erwartet, dass sie sich mit jemand anderem als dem Salat unterhält.“

„Jetzt übertreibst du aber“, sage ich, rolle mit den Augen und streiche ihm das erdbeerblonde Haar aus der Stirn. Sein Haar lockt sich an den Spitzen und scheint nie an Ort und Stelle zu bleiben. „Außerdem habe ich eine besondere Beziehung zum Essen, genau wie zu Ponys … und zu Großvätern mit Schnurrbart.“

Mac schweigt, während er mich anlächelt, als wäre ich seine demente Oma, der man besser zustimmt, als zu versuchen, sie zu korrigieren.

„Du musst dir wirklich mal wieder die Haare schneiden lassen“, sage ich, da sie einfach nicht dort bleiben wollen, wo sie hingehören.

„Ich dachte, du sagtest, zottelig sähe besser aus“, antwortet er, ersetzt meine Hand durch seine und schiebt seine Locken zurück. „Du sagtest, ich sähe damit eher wie ein Husky als wie ein Labrador aus, und Huskys sind exotischer.“

„In der Tat, aber jetzt nähern wir uns doch eher einem Bobtail.“

Mac stößt ein Lachen aus. „Heißt das, du gibst mir eine Belohnung, wenn ich einen Trick mache?“

Grinsend greife ich nach meiner Tüte Weingummis auf dem Sofatisch. Ohne Pause werfe ich eines in die Luft, und er fängt es mit seinem Mund, mit der geschickten Leichtigkeit des erfahrenen Athleten, der er ist.

„Brav.“

Beim Kauen lächelt er stolz, und ich kann nicht anders, als bei seinem Anblick den Kopf zu schütteln. Selbst mit seinem zotteligen Hundehaar sind Macs rote Locken zehnmal schöner als meine. Mein Rotton gehört eher zur Ronald-McDonald-Familie. Und wenn ich sie nicht zu meinen typischen glänzenden Wellen frisiere, sehe ich aus wie diese chinesischen Schopfhunde, über die man sich im Internet immer in grausamen Memes lustig macht. Die Ärmsten.

Ich wende mich wieder dem Fernseher zu und greife nach der

Fernbedienung, um die nächste Folge einzuschalten. In letzter Zeit schauen Mac und ich mindestens drei Folgen von *Heartland* an, wenn er zu Besuch kommt. Und die Tatsache, dass seine Besuche zur Normalität in meinem Leben geworden sind, hat mich völlig überrumpelt.

Wenn mir jemand vor einem Jahr gesagt hätte, dass ich mit einem berühmten Fußballer auf dem Sofa sitze, Weingummis esse und fernsehe, hätte ich ihm gesagt, dass er high sei, mehr noch als eine Katze mit einer Überdosis Katzenminze. Aber mein Job als Schneiderin in einer beliebten Modeboutique im Londoner Osten bringt alle möglichen interessanten Leute in mein Leben, auch Mac. Der große Ochse kam mit seiner PR-Vertreterin in den Laden und hörte zufällig eine Fernsehanspielung, die ich leise gemurmelt habe.

Als Näherin bin ich es gewohnt, für neunundneunzig Prozent unserer Kunden unsichtbar zu sein, aber für den lieben Mac hier war ich es nicht. Wir stritten uns über unsere Lieblings-Netflix-Serien und wurden schnell Freunde. Dann stellte ich ihm *Heartland* vor, und er klammerte sich an mich wie ein streunender Welpe, der sein neues Zuhause gefunden hat. Gott sei Dank ist dieser Welpe stubenrein.

So sind Schotten eben. Sie sind überhebliche, laute, grenzenlose, temperamentvolle Tiere, die in der einen Minute süße, gemütliche Kuschler sind und in der nächsten jemanden verprügeln, der sie nur schief ansieht. Oder ist das vielleicht nur Mac?

„Du bist dir bewusst, dass einige Leute denken könnten, dass das, was wir zusammen machen, Netflix und Chillen ist, oder?", fragt Mac mit einem wissenden Tonfall, den ich nicht besonders mag.

Ich ziehe die Augenbrauen zusammen, als ich ihn ansehe. „Und? Was ist damit?"

Mac starrt mich sarkastisch an. „Weißt du nicht, was Netflix und Chillen bedeutet, Frau?"

„Natürlich weiß ich das! Es bedeutet, fernzusehen und sich auf dem Sofa zu entspannen."

Mac beißt sich auf die Lippe, um sich das Lachen zu verkneifen. Am liebsten würde ich ihn erwürgen. Und ihn umarmen. Wie schafft er es, dass ich ihn liebe und hasse, und das jede Minute eines jeden Tages?

Mac räuspert sich und wendet sich mir zu. Seine grünen Augen funkeln schelmisch. „Mit dem Netflix-Teil hast du recht, aber mit dem

Chillen-Teil liegst du falsch. Die jungen Leute haben eine geheime Bedeutung für dieses Wort."

„Junge Leute? Was redest du denn da? Ich bin jung!" Ich stecke mir eine weitere Süßigkeit in den Mund.

„Du wirst in ein paar Monaten dreißig! Du giltst nicht mehr als junges Mädchen, Cookie."

Ich verdrehe die Augen bei dem nervigen Spitznamen, den er mir fast sofort nach unserem Kennenlernen verpasst hat. Mein Nachname ist Cook, und da Mac es liebt, Menschen mit ihrem Nachnamen anzusprechen, hat er sich auf charmante Weise Cookie ausgedacht. Welche Freude für mich. Das pummelige Mädchen bekommt einen essensbezogenen Spitznamen. Wie originell!

Das ist eine weitere Sache mit den Schotten. Sie sind übermäßig ungezwungen. Sie treffen jemanden in einem Pub, der ähnliche Interessen hat, und man könnte schwören, dass sie gerade ihren Seelenverwandten getroffen haben, auch wenn sie nur ein Dutzend Worte miteinander gewechselt haben.

Abgesehen von dem Spitznamen trifft Macs Bemerkung über mein Alter einen Nerv. In den letzten Wochen habe ich mich über meinen bevorstehenden Geburtstag aufgeregt, weil ich noch nicht ganz da bin, wo ich mit neunundzwanzig Jahren sein wollte. Das ist nicht falsch zu verstehen, ich liebe mein Leben. Ich habe eine tolle Wohnung, mein Kater Hercules hat mir endlich erlaubt, ihn in eine Babytrage zu setzen, die ich mir über die Brüste schnallen kann, und ich arbeite in einer Kleiderboutique mit zwei der coolsten Designerinnen im ganzen Land.

Im Ernst, Sloan und Leslie sind die Art von Frauen, zu denen jeder aufschauen würde. Sie sind Mütter, Ehefrauen und knallharte Geschäftsfrauen. Und unsere Marketingleiterin, Allie Harris, ist genauso ehrgeizig. Sie und ich sind uns im letzten Jahr sehr nahegekommen. In ein paar Wochen werde ich sogar die Trauzeugin bei ihrer Hochzeit sein. Sie heiratet Macs Mitbewohner, Roan. Was soll's, dass ich noch kein Date für die Hochzeit gefunden habe.

Ich will damit sagen, dass ich ein gutes Leben führe und wirklich Glück habe, mit derart wunderbar erfolgreichen Frauen zusammenzuarbeiten, aber wenn ich sehe, wie sie mit ihren Partnern interagieren, erinnert mich das oft daran, dass ich einen wichtigen Teil meines

Lebens lange vernachlässigt habe: Herzensangelegenheiten. Die Dinge, die mich auf Netflix ins Schwärmen geraten lassen. Und obwohl ich mir einrede, dass es mir egal sei, nicht in einer Beziehung mit einem besonderen Menschen zu sein, ist es mir nicht egal.

Ich dachte, der Umzug von Manchester nach London vor ein paar Jahren wäre der nötige Tritt in den Hintern, um es wieder mit Männern zu versuchen. Stattdessen bin ich immer noch eine Schneiderin, die allein lebt und eine Menge Netflix und *Chillen* – oder wie auch immer Mac es nennt – mit einem Mann macht, der nicht im Traum daran denken würde, mit mir auszugehen.

„Noch bin ich keine dreißig", murmle ich, lasse mich zurück auf das Sofa fallen und schnappe mir mein eigenes Eisbärenkissen, um es zu erwürgen.

Mac schnaubt. „Warum regst du dich so über dein Alter auf, Cookie? Steh dazu. Ich bin vierunddreißig, und du siehst mich nicht jammern, weil ich nicht mehr jung und schön bin."

„Nun, anscheinend bist du jung und cool, denn du sagst mir, dass ich nicht weiß, was Netflix und Chillen bedeutet. Also, warum sagst du es mir nicht, Mr. Cool?" Ich schnappe mir noch ein Weingummi. Ich schmolle, aber verdammt noch mal, seine Bemerkung über mein Alter hat meine Laune ruiniert. „Was bedeutet *chillen*?"

Mac zieht die Augenbrauen hoch, als er antwortet: „Es bedeutet vögeln."

Ich verschlucke mich fast an dem Essen in meinem Mund. „Was meinst du?", stammle ich, bevor ich die zuckrige Süßigkeit runterschlucke.

„Netflix und Chillen bedeutet Netflix und Sex", erklärt Mac.

„Wir machen keinen *Sex*!", rufe ich und rutsche so zur Seite, dass sich unsere Oberschenkel nicht mehr berühren. Er hat dieses Wort so lapidar ausgesprochen. So sachlich. Meine Ohren fühlen sich an, als stünden sie vor Unbehagen in Flammen. Ist es in diesem Raum plötzlich heiß geworden, oder liegt das nur an mir? „Du und ich sind nur Kumpel!"

„Na, offensichtlich", erwidert Mac, wirft sein Plüschkissen auf den Boden und stützt sich mit den Ellbogen auf die Knie, wie er es immer tut, wenn er bei einem seiner Spiele am Spielfeldrand sitzt. „Ich meinte nur, dass die Leute das von uns denken könnten, wenn wir ihnen sagen, dass wir ständig zusammen Netflix gucken."

„Wir sagen es niemandem!" Verärgert lasse ich die Fernbedienung fallen und drehe mich zu ihm um. „Als du angefangen hast, zu mir zu kommen, habe ich dir gesagt, dass ich eine heimliche Freundschaft will. Nicht eine, von der jeder weiß."

„Es ist mittlerweile einfach nur Unsinn, eine heimliche Freundschaft zu führen", antwortet er, die Brauen zu einer finsteren Miene zusammengezogen. „Am Anfang habe ich mitgemacht, weil du Angst hattest, Fotos von dir in der Zeitung zu sehen, aber jetzt wird es lächerlich. Wir sind seit über einem Jahr befreundet, Cookie. Ich denke, es ist an der Zeit, dass du aufhörst, dich zu verstecken. Meine Teamkollegen sind ständig hinter mir her und stellen neugierige Fragen darüber, was ich in meiner Freizeit mache."

„Dann erfinde etwas!", schreie ich fast. „Sag ihnen, du zeichnest dein nächstes Tattoo."

Macs Augen werden schmal. „Ich lüge nicht gern, Freya. Und ich habe es satt, den Fragen auszuweichen, weshalb ich denke, dass du mit mir zu einer Party kommen solltest, zu der ich am Freitagabend eingeladen wurde. Viele meiner Mannschaftskameraden und ihre Frauen und Freundinnen werden dort sein. Ich glaube, es wird lustig."

„Bist du taub, Mac?", schreie ich lauter als beabsichtigt, woraufhin wir beide zusammenzucken. „Ich habe gesagt, ich will nicht, dass deine Freunde von mir wissen. Wie kommst du darauf, dass ich mit dir auf eine Party gehen will?"

„Ich habe gesagt, dass ich unsere Freundschaft nicht mehr verstecken will, und das habe ich auch so gemeint", erwiderte er mit Nachdruck und legt seinen Arm lässig auf die Rückenlehne des Sofas, als würde er nur über das Wetter reden. „Ich werde ihnen sagen, dass wir Netflix gucken und zusammen abhängen, ob du dabei bist oder nicht."

„Wir *hängen* nicht *ab*. Im besten Fall ist es Netflix und Diskutieren!", stoße ich hervor, stehe auf und werfe meine selbstgemachte Patchworkdecke auf ihn, während ich darüber murmle, dass das Wort „chillen" für mich für immer ruiniert ist. Ich nehme die Verpackungen unseres chinesischen Essens vom Sofatisch und sehe zu ihm hinunter.

„Was ist dein Problem, Frau?", poltert Mac, als er sich zu seiner vollen Größe erhebt und mich daran hindert, in die Küche zu flüchten. Seine Miene ist verwirrt, als würde er versuchen, die Quadratwurzel von Pi zu berechnen, während er über mir aufragt und praktisch vor Verärgerung vibriert. „Du hast kein Problem damit, vor den Harris-Geschwistern mit mir abzuhängen."

„Die Harris-Geschwister sind anders. Sie sind quasi meine Familie", erkläre ich überstürzt und nehme mir dann einen Moment Zeit, um meine Nerven zu beruhigen, die durch seine statueske Haltung noch mehr gereizt werden. Ich hasse es wirklich, wenn er so über mir steht, denn dann bekommt mein Herz immer einen kleinen Ruck. Er ist so groß. Weit über eins neunzig groß, was bedeutet, dass mein Kopf kaum sein Kinn erreicht, wenn er barfuß ist. Wenn er seine ganze Fußball-Ausrüstung trägt, sieht er aus wie ein Halbgott, der inmitten von Kindern steht.

Ich schüttle das Schwindelgefühl ab, das seine große Statur auslöst, und dränge mich an ihm vorbei, durch meinen Essbereich und in meine winzige Küche. „Leute wie ich sind geheime Freunde, Mac. Das kannst du mir glauben."

Er stürmt hinter mir herein, wobei seine Nähe den ganzen Sauerstoff in meiner Wohnung aufsaugt. Ich werfe die Verpackungen in den Mülleimer und starre dann auf die hölzerne Arbeitsplatte. Ich spüre, wie er mich anstarrt, als er sagt: „Erklär das, Freya. Sofort."

„Was erklären?", antworte ich schwach und mit vorgetäuschter Unwissenheit, von der ich weiß, dass er sie mir nicht abkaufen wird.

„Was du mit deiner letzten Bemerkung gemeint hast", sagt er. Sein finsterer Blick gibt mir das Gefühl, ein ungezogenes Kind zu sein. „Leute wie du?"

Ich atme schwer aus und drehe mich zu ihm um, die Hände in die Hüften gestemmt. „Mac, du bist ein großer, fitter schottischer Fußballspieler, der berühmt ist. Ganz London himmelt dich an, und du hast Frauen, die dich vögeln würden, wenn du nur mit den Fingern schnippst."

Sein Gesicht hellt sich auf, als er seine tätowierten Arme vor der Brust verschränkt und mir ein selbstgefälliges Grinsen schenkt. „Vorsichtig. Das klang gefährlich nach einem Kompliment, Cookie."

„Halt die Klappe, du Kuh", schimpfe ich und winke seine Antwort ab. Ich zeige auf seinen beachtlichen Körper. „Ich will damit sagen, dass du so aussiehst." Dann zeige ich auf mich. „Und ich sehe so aus."

„Ich habe immer noch keine Ahnung, wovon du sprichst." Mac starrt mich weiterhin mit einem verständnislosen Blick an, den ich ihm am liebsten aus dem Gesicht kratzen würde.

Warum tun fitte Leute so, als würden sie nicht sehen, was vor ihnen ist? Wenn sie Augen haben, wissen sie auch, wie ich aussehe. Das Spiel ist aus!

Ich starre ihn an und erkläre wütend: „Ich bin eine kleine, rundliche Schneiderin aus Cornwall mit einem entsprechenden Akzent, der nur noch deutlicher wird, wenn ich aufgeregt bin. Ich bin besessen von Katzen, und meine Sommersprossen sehen aus wie die Milchstraße in einer klaren Nacht."

„Ich liebe deine Sommersprossen!", erwidert er laut, breitet eine Hand auf dem Tresen aus und stupst mit der anderen meine Nase an. „Durch sie will ich immer Punkte-Verbinden auf deinem kleinen Gesicht spielen."

„Das ist kein Kompliment!", kreische ich, wobei ich mich zusammenreißen muss, um diesem liebenswerten Idioten nicht die Fresse einzuschlagen.

„Und du bist nicht rund", blafft er wieder und ignoriert meine Antwort mit seinem hochmütigen Tonfall. Er schaut an meinem Körper herunter. „Du bist gesund. Du isst tatsächlich! Daran ist nichts auszusetzen."

„Ich esse zu viel", korrigiere ich und drehe mich um, um den Kühlschrank zu öffnen und meinen Chardonnay zu holen. Wenn ich mich damit rumschlagen muss, dass er so tut, als sähe er nicht, was direkt vor ihm ist, brauche ich einen Drink.

Ich nehme eine meiner Katzen-Kaffeetassen vom Haken unter dem Schrank und schenke mir eine stärkende Portion ein. „Es ist nichts Neues, dass ich noch nie eine schlanke Frau war, und ich weiß, dass ich mich nie ändern werde, weil ich jede verdammte Diät im Universum ausprobiert habe und nichts anhält."

„Du brauchst dich nicht zu ändern, Cook", sagt Mac ernst und lenkt meinen Blick auf seine grünen Augen, die so sanft sind, dass mein Bauch wieder einen Salto schlägt. Er legt einen Arm um meine Schultern und drückt mich an seine Brust. „Du bist hübsch, und du bist meine beste Freundin. Du solltest nie das Gefühl haben, dich verstecken zu müssen."

Der Wind in meinen Segeln hat nachgelassen, und meine verärgerte, abwehrende Haltung von vorhin wurde von diesem süßen, rothaarigen Riesen, der in meiner Küche steht, völlig weggespült. Ich stelle meine Tasse auf dem Tresen ab und löse mich aus seiner Umarmung, um ihn neugierig anzustarren. „Hast du *beste* Freundin gesagt?"

Er zuckt mit den Schultern. „Ja, das warst du fast von der ersten Sekunde unseres Kennenlernens an, und deshalb möchte ich, dass meine Teamkollegen dich kennenlernen. Du bist mein kleiner Schatz, und ich bin sehr stolz auf dich."

Ein zartes Lächeln hebt meine Mundwinkel. Mac und ich sprechen nicht oft über unsere Freundschaft. Ehrlich gesagt sind wir meistens zu sehr damit beschäftigt, miteinander zu diskutieren, um nett zueinander zu sein, und wenn ich höre, dass er mich seinen kleinen Schatz nennt, explodiert mein Herz praktisch in meiner Brust. Wer hätte uns beide in irgendeiner Situation als Kumpel zusammengebracht? Sicherlich nicht ich. Je näher wir uns also kamen, desto mehr wollte ich unsere Freundschaft für mich behalten. Ich kann mir nur vorstellen, was in den Schlagzeilen stehen würde, wenn wir in einem dieser Online-Blogs abgelichtet würden, in denen man immer Fußballer sieht.

Schottischer Fußballer hat sich Stalkerin geangelt, die wie eine übergroße Anne auf Green Gables aussieht.

Mistkerle!

Wenigstens ist mein Sinn für Mode einen Hauch besser als der von Anne auf Green Gables, die ehrlich gesagt im viktorianischen Zeitalter viel fortschrittlicher hätte sein können. Meine Zeit an der Designschule hat dabei sicherlich geholfen, also, gut gemacht.

Leider kann man nicht viel für meine beträchtlichen Kurven oder mein rotes Haar à la *Die kleine Meerjungfrau* tun, das ich schon unzählige Male vergeblich versucht habe zu färben. Und meine Sommersprossen sind so ausgeprägt, dass ich aufgehört habe, Concealer zu benutzen, weil ich damit aussah, als wollte ich Lepra abdecken. Gibt es Lepra überhaupt noch? Könnte das eine Schlagzeile sein?

Konzentriere dich, Freya.

Der Punkt ist, dass Mac ein attraktiver Sportler ist, der einen ganzen

Big Mac essen kann und ihn mit einem einzigen schnellen Lauf verbrennt. Verdammt noch mal, sogar seine Knöchel sind fit. Ich wusste nicht, dass Knöchel fit sein können, bis ich seine sehr großen nackten Füße zum ersten Mal auf meinem Sofatisch sah. Die Adern, die seine Waden hinauflaufen, sind immens!

Und dann bin da ich. Ich bin jemand, der sich bewusst dafür entscheidet, Weingummis statt Selleriestangen zu essen, obwohl ich weiß, dass ich Tage brauchen werde, um sie zu verbrennen. Ich mag nicht nur Weingummis, sondern das Wort „Stange" hat einfach etwas an sich, das meiner Ansicht nach nicht in meinen Mund gehört.

Das alles bedeutet nur, dass Mac und ich sehr unterschiedliche Menschen sind, und der Gedanke, dass er mich vor seinem Team zur Schau stellt, macht mir Angst. Vor allem, weil ich im Umgang mit Männern beschissen bin.

Ich bin als sommersprossige, pummelige Rothaarige mit einer obsessiven Vorliebe für das Stricken von flauschigen rosa Pullovern mit Kätzchengesichtern aufgewachsen – ein Hobby, das die Jungs nicht wirklich angezogen hat. Und aufgrund meiner schrecklichen Erfahrungen mit den wenigen Jungs, mit denen ich versucht habe, auszugehen, kann ich kaum einen Satz in der Nähe eines Kerls formulieren, bei dem ich glaube, eine Chance haben zu können. Ich will wirklich nicht, dass Mac diese Seite von mir kennenlernt.

„Hallooo, Freya … Erde an Freya." Macs Stimme holt mich in die Realität zurück, und ich merke, dass mein Verstand einen der von Mac erwähnten Ausbrüche hatte.

„Was?", frage ich und blinzle, um mich wieder auf ihn konzentrieren zu können.

„Hast du mich gehört? Ich habe gesagt, dass es gut wäre, wenn du am Freitagabend mit mir auf die Party gehen würdest. Du bist noch nicht alt genug, um wie eine kleine alte Dame eingesperrt zu sein."

Seine Worte sind ein Schlag in die Magengrube, auch wenn sie nicht als grausam beabsichtigt waren. Ich habe mich im letzten Jahr ziemlich zurückgezogen. Alle meine Freunde sind verheiratet oder werden bald heiraten, sodass mein Sozialleben einen Sturzflug gemacht hat. Wenn Mac nicht wäre, wäre ich auf dem besten Weg, eine alte Jungfer zu werden.

„Welche Art von Party ist das genau?", frage ich, während ich mich auf den Küchentresen setze, besorgt von der Vorstellung, mich vor meinem scheinbar besten Freund zum Narren zu machen.

Macs Gesicht strahlt, als er sich neben mir hochzieht. Gott, bei ihm sah das so leicht aus, während ich wie ein Kind ausgesehen habe, das versucht, auf Papa Bärs Stuhl zu krabbeln. Er stupst mich mit seiner Schulter an. „Es ist eine *Keine verdammten Kinder*-Feier in der Wohnung von Tanner und Belle Harris. Die ganze Familie Harris hat Babysitter bekommen, also werden sie alle da sein. Und natürlich Roan und Allie und ein paar andere meiner Teamkollegen."

Ausschließlich Paare, denke ich mir, während ich mir nervös auf die Lippe beiße. *Genau wie bei der Hochzeit von Allie und Roan.* Wenigstens bin ich mit dieser Gruppe einigermaßen vertraut. Allie ist eine Cousine der Harris-Familie, und meine Kollegin Sloan ist mit dem ältesten Harris-Bruder verheiratet, also werde ich sicher unter Freunden sein. Und im Hinterkopf weiß ich, dass ich ein Date für die Hochzeit finden muss, sonst bin ich die traurige Brautjungfer in einem rosa Kleid, die allein an einem Tisch sitzt und Sekt trinkt, während alle anderen Paare tanzen.

Mac schenkt mir ein strahlendes Lächeln, als wüsste er, dass ich weich werde. „Komm für mich mit, Cookie. Bitte?"

Ich atme schwer aus, denn wenn er so lächelt, kann man wirklich nicht Nein sagen. Er wirft mir denselben Blick zu, wenn er um chinesisches Essen zum Mitnehmen bittet, statt um indisches, und am Ende holen wir immer chinesisches Essen.

Ich nehme an, die Tatsache, dass ich nicht einmal wusste, was Netflix und Chillen bedeutet, ist der Beweis dafür, dass ich mehr rauskommen muss. „Du gehst mir echt auf den Sack, Mac. Weißt du das?"

Er strahlt fröhlich. „Nun, einen Sack hast du nicht, aber dafür einen fantastischen Hintern."

KAPITEL 2

Mac

„Ich komme jetzt ins Haus! Ich hoffe, dass drinnen niemand splitterfasernackt ist!"

„Ag, halt die Klappe, du Idiot!", ruft mein Mitbewohner Roan mit seinem südafrikanischen Akzent die Treppe hinunter. „Wir sind angezogen."

Mit einem schiefen Grinsen nehme ich jeweils zwei Stufen auf einmal hinauf zum Hauptgeschoss des georgianischen Stadthauses, in dem ich mit meinem Teamkollegen und besten Freund Roan DeWalt wohne. Ich finde ihn zusammen mit seiner Verlobten Allie auf dem Sofa vor. Sie liegt auf seinem Schoß und ihr blondes Haar ist über seine Beine ausgebreitet, während er mit ihren Strähnen spielt, als wären sie aus purem Gold gewoben.

Sie sind seit über einem Jahr verlobt und können immer noch nicht die Finger voneinander lassen. Es würde mich nicht stören, wenn es nicht die ganze Zeit in meinem Haus stattfände, aber ich weiß, dass sie keine andere Wahl haben. Allie lebt immer noch bei ihrem Cousin Camden Harris und seiner Frau Indie, die unsere Teamärztin ist. Sie haben ein kleines Kind, das gerade ein Jahr alt geworden ist, und ich bin mir sicher, dass Allie ihnen bis nach der Hochzeit, wenn sie und Roan in eine eigene Wohnung ziehen, aus dem Weg gehen will. Wie dem auch sei, ihre Verliebtheit ineinander ist der Grund, warum ich so oft bei Freya bin.

Nur um das klarzustellen, ich freue mich für sie. Ihre Liebe könnte einen Jungen eifersüchtig machen, wenn es das ist, was ein Junge will. Zum Glück ist das bei mir nicht der Fall, weshalb ihre schwärmenden Blicke und ihr liebeskrankes Gemurmel keine Auswirkungen auf mich haben. Das Leben hält zu viele Abenteuer bereit, um mich in meinem Alter zu binden. Ich weiß, dass ich jetzt über dreißig bin, und meine Mutter fragt ständig, wann ich ein Mädchen nach Dundonald mitbringen werde. Aber ich habe kein Interesse daran, mich an eine Frau zu binden, weil ich nicht weiß, wie es mit meiner Karriere weitergehen wird. Mein Vertrag beim Bethnal Green F. C. läuft nächstes Jahr aus, und mein Agent und ich werden bald Gespräche über eine Vertragsverlängerung aufnehmen, so Gott will. Ich mag den Verein und den Trainerstab, ganz zu schweigen von meinen Mannschaftskameraden, aber die Wahrheit ist, dass ich älter werde. Meine schmerzenden Knie können das bezeugen. Und ich weiß, dass ich nicht ewig Fußball spielen kann, also muss ich alles geben, solange ich es noch kann.

„Was treibt ihr zwei Turteltauben so?", frage ich, stütze mich auf die Armlehne des Sofas und werfe einen Blick auf den Fernseher.

„Nur Netflix und Chillen", sagt Roan mit einem Grinsen, wobei seine weißen Zähne durch seine dunkle Haut förmlich strahlen.

Ich schüttle wissend den Kopf. „Ich komme gerade von Freya, und sie hatte keine Ahnung, was dieser Ausdruck bedeutet."

Allies Augen weiten sich, als sie sich von Roans Schoß aufrichtet und mich mit hoffnungsvollem Blick fixiert. „Hast du mit ihr über die Party am Freitagabend gesprochen?", fragt sie mit ihrem amerikanischen Akzent.

Ich nicke. „Aye, sie wird kommen."

„Ja!", quiekt Allie. „Ich wusste, wenn du sie fragst, kann sie nicht Nein sagen."

Ich schürze die Lippen, denn es klingt hinterlistig, wenn sie es so ausdrückt. „Sag ihr nur nicht, dass du mich gebeten hast, sie zu fragen. Ich will nicht, dass sie denkt, es war nicht meine Idee."

Allie tut so, als würde sie ihre Lippen abschließen. „Das würde ich nie tun, Mac. Ich freue mich einfach, dass sie mit uns ausgeht. Ich war so mit der Hochzeitsplanung und der Arbeit in der Boutique beschäftigt, dass ich schon ewig nicht mehr mit ihr etwas trinken war."

Ich nicke wissend. Allie war früher unsere PR-Beauftragte für das Team, aber sie wurde nach einem ziemlich heftigen Drama zwischen ihr und Roan entlassen. Aber anscheinend hat sich alles zum Guten gewendet, denn ihr wurde ein Job im Marketing der Kindred Spirits Boutique angeboten, in der Freya arbeitet. Die beiden wurden fast augenblicklich beste Freundinnen.

„Drinks wären gut." Ich fasse mir in den Nacken und reibe an einem Knoten, der sich seit meinem Lauf heute Morgen gebildet hat. „Ich glaube, ihr bevorstehender dreißigster Geburtstag bringt sie völlig aus dem Konzept."

Allie nickt zustimmend. „Deshalb muss sie aus ihrer Wohnung raus und ein bisschen leben. Vielleicht lernt sie auf der Party einen heißen Fußballer kennen und trifft ein paar schlechte Entscheidungen."

Sie kichert bei dieser Aussicht, und ich ziehe reflexartig die Stirn in Falten, denn ich weiß genau, dass es in meinem Team einige Jungs gibt, die in Sachen Frauen schlechte Entscheidungen treffen. Ich bin auch kein Heiliger, aber ich entspreche definitiv nicht dem typischen Stereotyp eines Fußballers, der sich durch ganz London schläft. Bei Roan ist es ähnlich. Wir beide haben Schwestern und wurden von starken, furchteinflößenden Müttern erzogen, die uns nicht erlaubt haben, Frauen wie Wegwerfartikel zu behandeln. Deshalb hatten wir nie den schlechten Ruf, den sich viele unserer Teamkollegen im Laufe ihrer Karriere erworben haben. Und falls eines dieser Arschlöcher versucht, sich an Freya zu vergreifen, werde ich damit nicht einverstanden sein.

Der Knoten in meinem Nacken zuckt wieder, also greife ich nach oben, um auf die schmerzende Stelle zu drücken.

„Was ist los, Mac?", fragt Allie, während sie mich aufmerksam mustert.

„Nichts. Mein Nacken ist steif, das ist alles. Ich habe für morgen eine Massage beim Teamtherapeuten gebucht."

Allie legt den Kopf schief. „Du bist doch nicht etwa ange-spannt, weil dich die Vorstellung stört, dass Freya mit einem deiner Teamkollegen zusammen sein könnte, oder?"

Ich schnaube, denn das ist eindeutig weit hergeholt. „Nein, Allie. Cookie und ich sind nur Kumpel. Das habe ich dir schon eine Million mal gesagt."

„Ihr seid Kumpel mit entzückenden Kosenamen füreinander, die diskutieren wie ein altes Ehepaar", erwidert sie, und ich sehe, wie Roan ihr warnend die Schulter drückt.

Ich rolle mit den Augen. „Seit wann machen Diskussionen eine solide Liebesbeziehung aus?"

Allies Augen flackern wissend. „Diskussionen bedeuten, dass es Leidenschaft gibt."

Ich halte mir die Ohren zu wie ein kleines Kind. „Dieses Thema steht nicht zur *Diskussion*. Freya ist ein Kumpel und sonst nichts. Ich hole sie am Freitagabend zu der Party ab, und das ist alles, okay?"

„Okay, okay", erwidert Allie grinsend, bevor sie sich wieder auf Roans Schoß legt. Sie lächelt ihn glücklich an und schmiegt sich an ihn, was mein Zeichen ist, zu gehen.

Ich richte mich von der Armlehne auf. „Dann überlasse ich euch mal wieder eurem Netflix und *Chillen*."

Roan neigt dankend den Kopf, und ich ziehe mich in mein Schlafzimmer zurück, um ihnen Freiraum zu lassen. Ist es zu früh, um wieder zu Freya zu gehen?

KAPITEL 3

Freya

Das Summen der Nähmaschine ist wie Musik in meinen Ohren, während ich daran arbeite, die Innennaht einer Hose zu kürzen, die Sloan für eine berühmte politische Persönlichkeit in London entworfen hat.

Ich befinde mich gerade im Loftbereich mit Blick auf die Kindred Spirits Boutique. Das Geschäft ist ein rotes Backsteingebäude in der kultigen Redchurch Street in Shoreditch – ein wirklich schönes Fleckchen in London, abseits der Touristenströme. Unser Kundenstamm reicht von ganz normalen Menschen bis hin zu berühmten Sportlern und wohlhabenden Bürgern. Letzten Monat kam ein ziemlich bekannter Filmstar vorbei und twitterte über den Laden, wodurch das Geschäft noch mehr als sonst explodiert ist.

Kindred Spirits führt sowohl Herren- als auch Damenmode, Sonderanfertigungen und Unikate von aufstrebenden Designern. Sloan leitet die Abteilung für Herrenmode, und ihre Geschäftspartnerin Leslie Clarke entwirft für Frauen.

Ich habe Sloan in Manchester kennengelernt, als sie mich aus einem Brautmodengeschäft abgeworben hat, wo ich wahnsinnige Arbeitszeiten hatte. Das war der Job, den ich direkt nach der Designschule angenommen hatte, und ich saß dort irgendwie fest. Deshalb war ich froh, für eine neue amerikanische Stylistin zu arbeiten, die sich gerade einen guten Ruf erarbeitet hatte.

Als Sloans Privatleben zusammenbrach und sie sich von ihrem Mann scheiden ließ, zog ich schließlich bei ihr und ihrer Tochter Sophia ein. Sloan hatte es lange Zeit schwer, bis sie unseren berühmten Kunden, den Fußballspieler Gareth Harris von ManU, kennenlernte. Nach einigen Turbulenzen war das für sie und ihre Tochter der Weg zum Happy End geworden.

Als Gareth bei ManU seine Profikarriere beendete und sie darüber sprachen, nach London zu ziehen, beschloss Sloan, dass dies die perfekte Gelegenheit war, um mit Leslie ihre eigene Boutique zu eröffnen. Sie sind beide Modedesignerinnen aus Amerika und fühlten sich einander verwandt, als sie sich trafen, daher der Name Kindred Spirits Boutique.

Ich war begeistert, als sie mich baten, ihnen zu helfen, denn die Zusammenarbeit mit ihnen ist wunderbar. Die Boutique selbst hat sich in einen Schmelztiegel für alle möglichen Arten von Kleidung, Kunst und Accessoires verwandelt. Es fehlen nur noch flauschige rosa Pullover für meine Katze, dann wäre es perfekt!

„Freya! Hast du das Naomi-Sharp-Kleid schon fertig?", ruft Sloan die Treppe hinauf, und ich nehme den Fuß vom Pedal der Nähmaschine, um den letzten Teil ihrer Frage zu hören.

„Es ist hier oben auf der Puppe!", rufe ich und schaue über das Geländer, wo sie am Fuß der Treppe steht.

„Gott sei Dank!", sagt Sloan, während sie die Treppe hinauf in mein riesiges Loftbüro eilt, das mit Kleidungsstücken in verschiedenen Stadien des Fortschritts übersät ist. Sloans braunes Haar ist zu einem wilden Durcheinander auf ihrem Kopf gebunden, während sie die Last ihres Stresses ausatmet. „Man sollte meinen, dass ich durch das ständige Hinterherjagen nach einem Teenager und einem Kleinkind besser in Form bin."

„Ich hätte gedacht, dass du durch deine Ehe mit einem verdammt heißen Fußballer besser in Form bist." Ich wackle anzüglich mit den Augenbrauen, wobei ich den Motor meiner Nähmaschine ertönen lasse.

Sloan lacht, während sie auf die Schneiderpuppe mit dem Kleid zugeht. „Apropos Fußballer, ich habe gehört, dass du morgen Abend zu Tanners und Belles Party kommst. Suchst du vielleicht selbst nach einem Fußballer?" Sie schenkt mir ein lüsternes Grinsen, und ich kann nicht anders, als mit den Augen zu rollen.

„Woher weißt du überhaupt, dass ich zu der Party gehe? Ich habe erst gestern Abend zugesagt."

Sie sieht mich ausdruckslos an. „Du vergisst, dass deine liebe Freundin Allie eine Harris ist. In der Familie Harris gibt es keine Geheimnisse."

„Gut, dass Allie in einem Meeting ist, sonst wäre sie jetzt das Ziel meines vernichtenden Blicks." Ich schüttle den Kopf und hebe den Nähfuß meiner Nähmaschine an, um die Hose zu drehen. „Mac meint, ich sollte mehr rausgehen, und er ist ein weinerliches Kleinkind, wenn er seinen Willen nicht bekommt."

Sloans Miene nimmt einen seltsamen Ausdruck an. „Nun, weißt du schon, was du anziehen wirst?"

Ich blicke zu ihr auf. „Nein …, warum?"

Sloan quietscht vor Freude und schreit über das Geländer: „Leslie, Freya hat noch kein Outfit ausgesucht!"

Ich höre ein aufgeregtes Kreischen, bevor schnelle Schritte auf der Treppe ertönen. Zuerst erscheint Leslies kastanienbraunes Haar. Dann sehe ich ein opulentes schwarzes Kleid in ihren Händen. „Das habe ich für dich aufbewahrt!"

„Was ist das?", frage ich, als sie mir etwas auf die Arbeitsfläche legt, das nach einem wunderschönen Wickelkleid aussieht.

„Ein Kleid. Ein perfektes Kleid, das ich mit dir im Sinn angefertigt habe."

Ich fixiere sie mit ernstem Blick. „Warum in aller Welt hast du ein Kleid mit meinem Körper im Sinn angefertigt?"

Leslie wackelt mit den Augenbrauen und schaut auf meine Brust hinunter. „Weil ich deine Figur liebe und diese wirklich coole Idee für ein Wickeloberteil hatte, das nur bei einer vollbusigen Frau funktionieren würde. Und na ja …"

Ich ziehe die Augenbrauen hoch. „Auf mich trifft diese Beschreibung eindeutig zu."

Leslie drückt ihre Hände auf meinen Schreibtisch. „Bitte probiere es an. Gib uns eine Modenschau. Wir haben heute alle wie verrückt geschuftet."

„Ja!", fügt Sloan mit demselben Überschwang hinzu. „Modenschau!"

Ich hebe abwehrend die Hände. „Wenn ihr mich schon zwingt, Kleidung anzuprobieren, brauche ich zuerst einen Kaffee."

Ich verlasse den Laden und trete in die schwül-warme Sommerluft Londons. Das Wetter ist hier im Sommer so wechselhaft. Die letzte Woche im Mai kann sich wie Winter anfühlen oder eine verrückte Hitzewelle bringen. Man weiß nie genau, was einen erwartet. In Cornwall war das Wetter immer mild bis kühl, weil es so nah am Meer liegt. Dieses Schwitzen mitten am Tag ist nichts für mich.

Ich gehe um die Ecke zu Allpress Espresso, einem Café, das weniger als fünfzig Meter entfernt liegt. Mit gestrafften Schultern drücke ich die Tür auf und betrete das winzige Café, in dem immer göttlich riecht. Es hat etwas von einer Schulkantine, die es irgendwie schafft, gleichzeitig hip zu sein.

„Freya!", dröhnt eine laute, tiefe Stimme, als ich auf den Tresen zugehe. „Bienvenida!"

Ich tue mein Bestes, um den Wirbel aus Emotionen zu unterdrücken, der jedes Mal in meinem Bauch entsteht, wenn ich Javier sehe – den spanischen Barista, der hier arbeitet. Sein Akzent ist traumhaft, und seine dunklen Augen sind immer so einladend, aber ich bin sicher, dass er so mit all seinen Stammkunden umgeht.

Ich stütze meine Hände auf die Kaffeetheke und bewundere Javiers Bart. Er ist dunkel und zottelig und sieht heute besonders bärtig aus – etwas, das mir scheinbar gefällt. Mein Blick fällt auf sein weißes T-Shirt, das mit Kaffeeflecken übersät ist. Man sollte meinen, ein Barista würde eine Schürze tragen, um seine Kleidung nicht zu ruinieren, oder zumindest dunkle Farben anziehen, um die Flecken zu verbergen. Aber Javier fühlt sich seiner Kaffeekunst offensichtlich sehr verpflichtet, was ich aus irgendeinem Grund bewundere.

„Schön, dich wiederzusehen, Freya", sagt Javier. Sein spanischer Akzent ist wie eine warme Decke, in die ich mich hineinkuscheln möchte.

Mein Verstand überfliegt seine Worte, während ich mir vorstelle, was ich ihn gerne sagen hören würde. *„Ich liebe es, wie dein Gesicht in der Morgensonne strahlt."*

„Heißer Tag draußen, nicht wahr?", fügt er mit einem gequälten Blick zum Fenster hinzu.

Imaginäre Übersetzung: *Er sorgt sich um mein Wohlergehen.*

„Mir gefällt die Farbe deines Kleides."

Er bemerkt die kleinen Dinge.

„Warst du gestern auf einen Kaffee hier? Ich habe dich nicht gesehen."

Er vermisst mich, wenn ich nicht hier bin.

„Das Übliche? Eiskaffee mit extra Milch?"

Unsere Hochzeitsfotos würden großartig aussehen.

Ich schüttle den Kopf, um die Stimme in meinem Kopf zum Schweigen zu bringen, die so fantasievoll ist wie eine Telenovela, und stottere: „Es ist schön, wieder auch dich zu treffen hier, Javier." Ich presse die Lippen aufeinander und sterbe innerlich ein wenig, weil ich mich so dumm angehört habe. Um meine Unbeholfenheit zu überspielen, zeige ich hinter mich auf den Laden, der voller Menschen ist. „Viel los … hier … in dieser allgemeinen Gegend."

Halt die Klappe, Freya! Halt die Klappe! Warum hast du Gegend gesagt? Versuchst du, dein Leben zu ruinieren?

Javier verzieht das Gesicht, als wäre ich die Ausländerin, und er versucht, meine Worte zu deuten. Ich weiß nicht, warum ich in Gegenwart dieses Mannes nicht sprechen kann. Sobald ich ihn und die Grübchen unter seinem Bart sehe, beginnen meine Gehirnzellen, auf der Stelle zu verfallen.

„Willst du auch das Übliche für deine Freundinnen?", fragt er, während er die Bestellung in sein Kassensystem eingibt.

„Ja, bitte", murmle ich. Es ist besser, wenn ich meine Worte vor ihm begrenze, denn ich komme schon seit Wochen hierher und kann in seiner Gegenwart immer noch keinen normalen Satz bilden.

Ich bezahle mit der Firmenkarte und trete schnell vom Tresen zurück, wobei ich mir innerlich einen Tritt dafür versetze, so erbärmlich zu sein. Es gab ungefähr drei Männer in meinem Leben, die dafür verantwortlich sind, dass ich mich vor Kerlen in eine entsetzliche, murmelnde Idiotin verwandle.

Der erste war ein Junge, der in der fünften Klasse vor mir saß. Er benutzte Haargel, um seine Locken zu stacheligen Waffen zu stylen, weshalb ich immer den unkontrollierbaren Drang verspürte, sie zu berühren – so sehr, dass ich mich einmal tatsächlich gestreckt und mir den Finger an einer Strähne gepikst habe. Die ganze Klasse wurde Zeuge meines Moments der Schwäche, und ich war danach jahrelang als Fingerling Freya bekannt. Ich konnte nicht mehr in den Unterricht gehen, ohne dass die Jungs in der Schule vor mir davonliefen und sich schützend den Kopf hielten.

Der zweite Junge war mein Freund in der elften Klasse. Ich dachte, diese Beziehung hätte fast ein Jahr lang gehalten, bis ich feststellte, dass er mit mir Schluss gemacht und ich dieses Detail irgendwie verpasst hatte. Ich entdeckte es, als ich ihn fragte, welche Farbe seine Krawatte für den Schulball haben würde, und er sagte, sie hätte die gleiche Farbe wie das Kleid seiner Freundin Mandy.

Okaaay.

Der dritte war ein Junge, den ich in der Designschule kennengelernt habe. Wir waren Partner für die Herbstmodenschau und begannen kurz darauf, miteinander auszugehen. Die Dinge entwickelten sich seltsam langsam zwischen uns, aber ich dachte, das läge daran, dass er Mormone war. Eines Abends, als wir viel lernten und viel zu viel Tequila tranken, kam die Wahrheit ans Licht. Die Erinnerungen an diesen Abend verfolgen mich bis heute.

Es dauerte einige Jahre, bis ich diese Traumata überwunden hatte, nur um dann das neue Trauma des Online-Datings zu entdecken. Der erste Mann, den ich in einem Pub traf, nannte mich „Schweinchen", bevor er mich sitzen ließ. Als ich es mit einem anderen Mann versuchte, gestand er mir beim Abendessen, dass er immer noch mit seiner Ex-Frau schlafe. Und als ich mich schließlich von meinen Freunden in Manchester zu einem Blind Date überreden ließ, war mein Magen von den Erinnerungen an meine anderen schlechten Erfahrungen so schrecklich verknotet, dass ich nicht einmal menschlich klingende

Sätze bilden konnte! Es war, als wäre ein Außerirdischer in meinen Körper eingedrungen und würde in seiner Stammessprache durch die Pausbacken einer Rothaarigen aus Cornwall sprechen.

Ich war so verkorkst, dass ich die Männer ganz aufgegeben habe.

Ehrlich gesagt ist Barista Javier der erste Mann seit Ewigkeiten, bei dem ich es mir erlaube, mich zu ihm hingezogen zu fühlen. Ein spanischer Barista mit Dad Bod ist offenbar das, was meine Ohren zum Brennen bringt. Wer hätte das gedacht? Wenn ich herausfinden würde, wie ich mit ihm reden kann, wäre er vielleicht ein geeigneter Kandidat als Date für Allie und Roans Hochzeit.

Javier stellt die Kaffees in einen Becherhalter und klebt die Quittung schnell an einen Becher, als ich näherkomme. Mit einem schiefen Lächeln überreicht er es mir. „Es war schön, dich wiederzusehen, Freya. Grüß deine Freundinnen von mir."

Ich ziehe an meinem brennenden Ohr. „Es war auch schön, dass du mich siehst", sage ich und greife nach dem Kaffee.

Ich stürme aus dem Laden und setze mich auf eine Bank, um zu verschnaufen, bevor ich zurück in die Boutique gehe. Ich kann es auf keinen Fall gebrauchen, dass Allie, Sloan und Leslie von meiner Schwärmerei für Javier erfahren. Sie würden mich damit nicht in Ruhe lassen. Ich greife nach meinem Eiskaffee, um mich mit einem großen Schluck zu stärken, und bemerke einen zusätzlichen Zettel auf der Quittung, die am Becher klebt.

Ruf mich an. Xoxo Jav

Ich blinzle erschrocken und starre auf die darunter gekritzelte Telefonnummer.

Javier hat mir seine Nummer gegeben?

Heilige Scheiße!

KAPITEL 4

Freya

Der Weg zur Wohnung von Tanner und Belle Harris, wo die Party stattfindet, fühlt sich ein wenig so an, als beträte man die Wohnung eines Mitglieds des Königshauses. Das ist nicht falsch zu verstehen, ich weiß, dass sie keine Royals sind. Und da Sloan mit Gareth verheiratet und Allie eine Cousine von ihnen ist, weiß ich, dass sie ganz normale Männer mit Familie sind. Aber die Geschichte der Harris-Familie als Ganzes ist außergewöhnlich und liest sich, als wäre sie direkt aus einem Film.

Es gibt vier äußerst attraktive Brüder, die alle für England Profifußball spielen, und eine Schwester, die buchstäblich eine der coolsten Frauen ist, die ich je getroffen habe. Nach dem Tod ihrer Mutter, als sie noch sehr jung waren, wurden alle von ihrem Vater großgezogen. Ihre Familie ist voller Talente. Die vier Brüder haben vor ein paar Jahren sogar die Fußballweltmeisterschaft für England gewonnen.

Jetzt sind alle verheiratet und in den Zeitungen werden Fotos veröffentlicht, auf denen sie bezaubernde Kleinkinder auf den Schultern tragen und ihre brillanten Ehefrauen anlächeln, als wären sie alle in einem verdammten Schnulzen-Film. Es ist wirklich verrückt! Man muss nicht einmal Fußball mögen, um ihre Familie interessanter zu finden als die der Royals. Sogar ihre Cousine Allie, die letztes Jahr aus Amerika hierhergezogen ist, hat einen Fußballer zum Heiraten gefunden. Das nenne ich mal eine Familie, die das Glück auf ihrer Seite hat!

Und irgendwie, irgendwie ist die kleine alte Fingerling Freya in dieser Welt der Power Couples gelandet. Kein Wunder, dass Mac und ich Freunde wurden. Wir sind die einzigen übrig gebliebenen Singles!

„Habe ich dir schon gesagt, wie gut du heute Abend aussiehst, Cookie?", fragt Mac und tritt zur Seite, damit ich die Treppe zum Gebäudeeingang zuerst hinaufsteigen kann.

„Nenn mich vor diesen Leuten nicht Cookie", zische ich, während der Lärm der Party immer lauter wird, je näher wir kommen. „Ich bezweifle, dass einer von ihnen in seinem ganzen attraktiven und erfolgreichen Leben jemals einen Keks gegessen hat."

Mac lacht über meine Bemerkung. „Nun, du siehst heute Abend aber auch ziemlich hübsch aus", erwidert er. „Ich weiß, dass du oft Kleider trägst, aber dieses steht dir wirklich gut."

„Danke", murmle ich halbherzig und zupfe an dem herzförmigen Ausschnitt des Kleides, wo ich aus irgendeinem lächerlichen Grund Javiers Nummer hingestopft habe. Ich schwöre, dass ich sie verliere, wenn ich sie weglege, deshalb habe ich sie in den letzten vierundzwanzig Stunden wie eine Verrückte in den Händen gehalten.

Mac kommt zu mir auf die oberste Stufe und streicht sich die roten Haare aus der Stirn, um die Klingeltasten zu betrachten. In seiner verblichenen Jeans und einem grünen T-Shirt sieht er heute Abend selbst ziemlich attraktiv aus. Es ist so einfach für Männer, mühelos gut auszusehen. Währenddessen muss ich prüfen, ob mein Dekolleté zu viel oder nicht genug ist und ob diese Schuhe meine Knöchel dick aussehen lassen.

Er findet die richtige Klingel und drückt sie, bevor er mir sein *Charmanter Junge von nebenan*-Lächeln schenkt. Sein Blick schweift über meinen Körper. „Stehen deine kleinen Ohren schon in Flammen?"

Er berührt eines, und der Kontakt seines warmen Fingers an meinem heißen Ohr jagt mir einen Schauder über den Rücken, und zwar so sehr, dass ich in meinen schwarzen Riemchenpumps ins Wanken gerate.

Ich schlage seine Hand weg. „Lass das!"

Sein Kopf fällt nach hinten, als er lacht. „Es ist süß, wie deine Ohren heiß werden, wenn du nervös bist."

„Es liegt nicht an *dir*, dass meine Ohren heiß werden, das kann ich dir versprechen."

„Glaub mir, dessen bin ich mir bewusst", antwortet Mac mit angespanntem Kiefer. „Ich könnte sagen, dass du heute Abend ein wunderschönes Mädchen bist und dass ich mich frage, wie es wäre, dich bis zur Besinnungslosigkeit zu vögeln, und es würde absolut keine Wirkung auf deine Ohren haben."

Ich rolle mit den Augen und bemühe mich, seine Bemerkung zu ignorieren. Der Gedanke, dass Mac mich vögeln will, gleicht einer Dogge, die scharf auf einen übergewichtigen Shih Tzu ist. Das wird einfach nicht passieren.

Und objektiv gesehen weiß ich, dass ich heute Abend gut aussehe, also stellt er nur eine Tatsache fest. Leslie hatte recht – dieses schwarze Wickelkleid ist wie für mich gemacht. Mit den kleinen Änderungen, die ich vorgenommen habe, schmiegt es sich auch perfekt an meine Figur.

Ich wusste nicht immer, wie ich mich meinem Körperbau entsprechend kleiden sollte. Ich wuchs mit breiten Hüften und einem größeren Busen auf als alle meine Schulfreundinnen. Meine Mutter war auch immer etwas kräftiger, und da es zu ihrer Zeit noch keine Übergrößenmode gab, brachte sie mir schon in jungen Jahren das Nähen bei. Also änderte ich meine Kleidung, um meine weniger attraktiven Stellen zu kaschieren. Volle, hübsche Röcke, ausgestellte Schnitte und herzförmige Ausschnitte standen mir immer sehr gut. Als ich in Manchester auf die Schule für Textildesign ging, habe ich die Fünfziger für meinen eigenen Stil entdeckt. Jetzt mag ich meine Sanduhrform und meine Doppel-D-Brüste, auch wenn sie weit über die Kardashian-Größen hinausgehen.

Unabhängig davon genieße ich es, Kleidung für jeden Körpertyp umzugestalten. Ich habe große Freude daran, etwas so zu verändern, dass es zu dem passt, was der liebe Gott den Menschen gegeben hat. Die Welt fühlt sich oft wie eine Einheitsgröße an, aber mit ein paar Änderungen kann das Leben perfekt passen.

Das und Spanx.

Gott segne die Erfinderin von Spanx.

Der Summer ertönt, was anzeigt, dass wir durch die Tür gehen können, und meine Ohren brennen vor Hitze. „Ich habe gerade das Gefühl, ich könnte drei Kätzchen ausscheißen."

Mac bricht in Gelächter aus. „Was zum Teufel soll das denn bedeuten?"

Ich werfe meinem Kumpel einen anklagenden Blick zu. „Ich bin nervös, das bedeutet es. Meine Ohren stehen in Flammen, weil das nicht meine Szene ist. Meine Szene sind flauschige Pyjamas, eine Nähmaschine, meine Katze und Netflix. Du bist der Grund für meine momentanen Magen-Darm-Probleme. Deshalb ist es wichtig, dass du weißt, dass du und ich einen Streit haben."

Er schüttelt den Kopf, während er mich die Treppe zum Wohnungseingang hinaufführt. „Das ist der vierte Streit in dieser Woche. Ich versuche wohl, meinen Rekord zu brechen."

Die Tür zur zweistöckigen Wohnung von Tanner und Belle öffnet sich, und ich werfe einen Blick auf die Menge attraktiver Londoner, die sich darin drängen. Wir treten ein, und als ich dem Sicherheitsmann an der Tür meine Tasche übergebe, sehe ich, dass die Party bereits in vollem Gange ist. Tanner steht auf einem Sofatisch im Wohnzimmer und reckt die Faust in die Luft, während seine Brüder und einige andere Männer ihn mit „Trink, trink, trink, trink!" anfeuern. Die Szene sieht aus wie auf einer amerikanischen College-Party, nicht wie auf einer Party, auf der sich erwachsene Paare amüsieren.

Ich sehe die Damen in der Küche um eine riesige Charcuterie-Platte versammelt und seufze erleichtert, als ich sehe, dass sie sich größtenteils normal zu verhalten scheinen. Zuerst sehe ich Belle und Indie, die sich miteinander unterhalten. Die beiden sind brillante Chirurginnen und beste Freundinnen, die schließlich die Harris-Zwillingsbrüder Tanner und Camden geheiratet haben. Dann ist da noch die blonde Harris-Schwester Vi, die Matriarchin der ganzen Familie. Sie steht an der Seite ihres Mannes Hayden, und die beiden unterhalten sich gerade mit Sloan. Und dann ist da noch meine liebe Freundin Allie, die sofort herbeieilt, als sie Mac und mich unbeholfen im Foyer stehen sieht.

„Oh mein Gott, du siehst so heiß aus", sagt sie, während sie sich an Leslie vorbeidrängt, um aus der Küche zu kommen. „Ist das Leslies Design?"

„Verdammt richtig, das ist es!", singt Leslie mit ihrem ebenso amerikanischen Akzent. Sowohl Allie als auch Leslie haben einen Teil ihres Lebens in Amerika verbracht, weshalb ihr Tonfall einen einzigartigen Klang hat. Leslie mustert mich von Kopf bis Fuß. „Großer Gott, du siehst ja noch heißer aus als gestern im Laden! Ich habe dir doch gesagt, dass dieses Kleid perfekt für dich ist. Habe ich es ihr nicht gesagt, Sloan?"

Sloan lächelt aus der Küche und ruft rüber: „Du hast es ihr gesagt."

Ich erröte unter ihrem Lob und fühle mich seltsam, weil Mac neben mir steht und alles mit anhört. Ich mache einen Scherz, um abzulenken. „Tja, Leslie, du bist die Designerin, also machst du dir selbst mehr Komplimente als mir."

„Verdammt richtig, das mache ich", antwortet Leslie mit einem Lächeln und nimmt einen Schluck von ihrem Drink.

Allie nickt anerkennend. „Es ist an der Zeit, dass du sie mit dir Verkleiden spielen lässt, Freya."

Mac steht immer noch in meiner Nähe wie ein beschützender Wachhund, also fuchtle ich mit einer Hand vor ihm herum. „Mir geht es gut, Mac. Geh nur und spiel mit deinen Freunden."

Er zwinkert mir zu und macht sich dann auf den Weg zu den Jungs im Wohnzimmer.

Leslie legt einen Arm um meine Taille. „Ich sollte alle deine Kleider entwerfen."

„Als ob du die Zeit dazu hättest!", gebe ich mit einem Schnauben zurück. Leslie und Sloan sind beide so überlastet mit Sonderbestellungen, dass wir schon einige ablehnen mussten. „Wer hat heute Abend Marisa?", frage ich nach Leslies vierjähriger Tochter.

„Sie ist über das Wochenende bei Theos Eltern in Essex. Theo und ich hatten seit Ewigkeiten kein freies Wochenende mehr, also ist das ein Grund für reichlich Alkoholkonsum. Sie haben auch die Tochter von Vi und Hayden, also werden die Mädchen sie sicher ganz schön auf Trab halten", sagt sie lachend. Da Theo und Hayden Brüder sind, sind ihre beiden Töchter Cousinen. Diese Gruppe ist wirklich ein zusammenhängendes Netz von nicht ganz verwandten Verbindungen.

Plötzlich werden Leslies Augen groß. „Ach du meine Güte! Du hast ja gar keinen Drink in der Hand. Das ist nicht richtig, nicht fair, nicht anständig!"

Leslie huscht zurück in die Küche, und Allie schenkt mir ein reumütiges Lächeln. „Sie zitiert Poldark für das Mädchen aus Cornwall. Falls du nicht wusstest, dass sie beschwipst ist, jetzt weißt du es."

Ich atme glücklich aus, als Sloan auf mich zukommt und mich umarmt. „Du siehst umwerfend aus, Freya. Wie immer."

„Danke", antworte ich. „Mac hat mich die ganze Zeit angeschrien, als ich mich fertig gemacht habe, weil ich zu lange gebraucht habe, um meine Tasche und Schuhe auszusuchen. Ich habe leider viel zu viele schöne Möglichkeiten. Aber was soll ich sagen? Accessoires passen immer."

Sloan berührt anerkennend meine weichen roten Locken. „Ihr zwei habt es wirklich miteinander."

„Das sage ich auch immer", fügt Allie mit einem verschmitzten Grinsen hinzu.

„Fangt ja nicht damit an", antworte ich verärgert. „Wir sind nur Freunde."

Sloan tut so, als würde sie ihre Lippen verschließen. Ich merke, dass sie mehr sagen will, aber sie tut es nicht. So nett ist Sloan eben. Sie lässt mich immer einfach ich selbst sein. Sie ist wirklich die erste Freundin, die ich je hatte, von der ich mich wirklich verstanden fühlte. Und ich liebe die kleine Familie, in die ich mit ihr und ihrer Tochter in Manchester gestolpert bin.

Leslie kommt mit vier rot-orangefarbenen Mischcocktails auf einem Tablett heraus. Sie drückt mir einen davon in die Hand, und ich schaue ihn misstrauisch an. „Ich bedaure, dir mitteilen zu müssen, dass harter Alkohol und ich nicht zusammenpassen."

Leslie winkt ab. „Das ist Tequila Sunrise. Das ist das Getränk aller Harris-Ehefrauen. Du wirst keinen Tropfen Alkohol schmecken, das schwöre ich."

Wir stoßen an, und ich nehme einen Schluck von dem, was wie Orangensaft mit Kirschsirup schmeckt. Meine Augen werden groß. „Das könnte gefährlich sein."

Die Regeln des Spiels *Noch nie in meinem Leben* sind einfach. Man sitzt in einem großen Kreis und gibt abwechselnd Aussagen über Dinge ab, die man noch nie getan hat. Wenn jemand in der Gruppe es getan hat, muss er trinken. Klingt wie ein einfaches Spiel. Ein wenig seltsam für Erwachsene, aber der Gastgeber des Abends ist ein großer Kindskopf, also ist das wohl die Entschuldigung.

Und weil ein Mann namens Santino – der offenbar der Teamanwalt des Bethnal Green F. C. ist – vor drei Stunden in Tanners und Belles Wohnung spaziert ist und sich seltsamerweise an meine Seite geheftet hat, muss ich all meine Kraft aufwenden, um nicht in unsinniger Reihenfolge Wörter auszukotzen. Wenn ich mich darauf konzentriere, wirklich gut im Spiel zu sein, werde ich vielleicht nicht bemerken, dass wir direkt nebeneinander sitzen und sich unsere Beine ständig berühren, oder dass sein Blick immer wieder auf meinem Ausschnitt landet.

Es gibt allerdings ein kleines Problem.

Noch nie in meinem Leben ist ein Spiel, bei dem es ausschließlich um Sex geht.

Und wenn man bedenkt, dass ich noch nie Sex hatte, wird mir mit unheilvollem Bedauern klar, dass ich in großen Schwierigkeiten stecke.

Es gibt eine Reihe von Gründen, warum ich eine neunundzwanzigjährige Jungfrau bin. Einer davon ist, dass meine Oma Dot meine Jungfräulichkeit immer als „Jungfernetikett" bezeichnete und etwas Biologisches über einen Hautlappen und brennende Schmerzen erwähnte. Das ganze Gespräch hat mich so erschreckt, dass ich als Teenager nie im Traum daran gedacht habe, meine Beine zu öffnen.

Als ich älter wurde, wurde mir klar, dass meine Oma vielleicht ein bisschen übertrieben hat, aber meine Erfahrungen mit Männern waren so schrecklich, dass ich gar nie erst so weit kam. Tatsächlich war die einzige Person, mit der ich der Sache am nächsten kam, mein Freund von der Designschule, der wartete, bis wir nackt auf dem Boden seines Studentenzimmers lagen, um mir zu sagen, dass er schwul ist. Es war so schrecklich, dass ich immer noch das Gesicht verziehe, wenn ich an meine unbeholfene Reaktion zurückdenke.

Meine genauen Worte, während ich mit gespreizten Beinen dalag und darauf wartete, dass er in mich eindrang, waren: „Gut für dich."

Ehrlich gesagt, sollte ich das wahrscheinlich irgendwann einmal mit einem Therapeuten besprechen.

Aber im Moment konzentriere ich mich auf ein anderes Problem: Das sehr ernste Problem, dass ich heute Abend völlig überversorgt bin.

Die Barkeeperin hat viel zu gute Arbeit damit geleistet, meinen fruchtigen Drink ständig aufzufüllen. Und weil irgendwo in meiner Abstammung ein geselliger, molliger Vorfahre ist, der keinen Alkohol verträgt, bin ich in ernsthaften Schwierigkeiten.

Warum bin ich nicht beim Wein geblieben? Wein und ich sind Kumpel. Ich weiß, was ich vom Wein zu erwarten habe. Jetzt bedeutet die Ungerechtigkeit meiner Herkunft, dass dieser Raum voller attraktiver Leute und einem italienisch aussehenden Kerl, der ziemlich gut riecht, gleich eine heißohrige Freya bekommt, die noch nie den Sex hatte … unplugged.

Meine Ohren sind mittlerweile praktisch weggeschmolzen.

Und warum nenne ich es immer wieder *den* Sex? Selbst das Hören der Worte in meinem Kopf ist peinlich.

Mit zusammengekniffenen Augen betrachte ich die Schuldigen, die mich in diesen Zustand versetzt haben. Erstens Mac, weil er mich an diesen schrecklichen Ort gebracht hat. Er sitzt mir direkt gegenüber und lacht mit seinen Mannschaftskameraden, als wäre es ein typischer Freitagabend, während ich hier drüben eine Panikattacke bekomme, dass ich dem Santino-Typen erzählen könnte, wie ich einmal Batteriesäure vom Rasenmäher geleckt habe, weil sie blau war und ich dachte, es könnte Zuckerwatte sein.

Die Sanitäter haben mir versichert, dass ich falsch lag.

Und dann sind da noch die schurkischen Damen des Abends – Allie, Sloan, Leslie, Belle und Indie. Sie sind diejenigen, die den ganzen Abend diese köstlichen Tequila Sunrises gemixt haben. Und der Titel des Drinks täuscht, denn ich habe nicht einen Tropfen Tequila geschmeckt. Jeder Schluck schmeckte wie köstlicher, erfrischender O-Saft. Er erweckt sogar den Anschein, gesund zu sein! Aber fünf Drinks später habe ich meine Vitamin-C-Zufuhr für den Tag weit überschritten.

Es ist an der Zeit, einen Notfallplan einzuleiten.

Ich werde mir den Weg durch das Spiel schwindeln. Schließlich war ich in der zehnten Klasse die Böse Hexe des Westens. Der Kritiker behauptete, ich sei die böseste aller Hexen, die er je gesehen hatte. Zugegeben, dieser Kritiker war meine Mutter, aber sie verteilt Komplimente nicht umsonst, also kann man mir glauben, dass ich dieses Zitat in meine Erinnerungsdecke der zwölften Klasse eingenäht habe.

Heute Abend wird in diesem Raum ein wenig Theater gespielt. Freya Cook ist die Hauptdarstellerin, die ihr reizendes Jungfernetikett vor all diesen niedlichen, sexuell erfahrenen Paaren verbirgt.

Los geht's.

„Noch nie in meinem Leben habe ich … ein Mädchen geküsst", sagt Santino neben mir, bevor er trinkt, während er uns in der Runde ansieht, wie wir mit unseren Drinks in der Hand im Wohnzimmer sitzen.

Einige der Mädchen rollen mit den Augen und kichern, während sie trinken, darunter Belle, Indie und Leslie. Sie trinken alle! Und was tue ich? Ich gebe ein prustendes Kichern von mir und nehme selbst einen Schluck wie die sexuell neugierige Frau, die ich bin.

Santino sieht mich mit leicht geweiteten, neugierigen Augen an, bevor sein Blick wieder auf meiner Brust landet. Von der anderen Seite des Raumes höre ich, wie Mac sich laut räuspert, und ich drehe mich um, um festzustellen, dass er mich stirnrunzelnd anstarrt. Ich zucke mit den Schultern, als wäre es keine große Sache, Mädchen zu küssen, da es das offensichtlich nicht ist. Dann trinke ich noch einen Schluck, denn das Getränk ist im Moment mein Schauspielsaft. Je mehr ich trinke, desto besser wird mein Auftritt.

„Noch nie in meinem Leben habe ich Reverse Cowgirl gemacht!", erklärt Belle als Nächstes, wobei sie stolz ihr Glas erhebt.

Die Menge jubelt, und meine Augen weiten sich. Reverse Cowgirl? Ist das eine Art Rollenspiel? Vielleicht verkleidet sich das Mädchen wie ein Cowboy und der Junge wie ein Cowgirl? Geschlechtertausch? Wie modern! Ich nehme einen großen Schluck von meinem Drink, weil ich früher mit dem Nachbarsjungen Cowboy gespielt habe. Aber eines Tages fesselte er mich und versohlte mir den Hintern, bis seine Mutter uns erwischte und mich aus dem Haus warf.

Ich nehme schnell noch einen Schluck, denn irgendetwas an diesem Cocktail lässt mich praktisch ausdörren. Als ich fertig bin, gibt mir Santino ein High Five. Also gut! Wenn man trinkt, bekommt man ein High Five. Ich bin super in diesem *Noch nie in meinem Leben*-Spiel!

„Noch nie in meinem Leben …“, beginnt der jüngste Harris-Bruder Booker, „… hatte ich Sex im Auto.“

Der älteste Harris-Bruder Gareth neigt sein Glas zu Sloan, bevor er zusammen mit Camden, Indie, Vi und Hayden trinkt. Diese Gruppe muss eine Vorliebe für Autos haben. Verdammte Scheiße, es sieht aus, als wäre ich wieder dran! Ich nehme einen Schluck.

„Noch nie in meinem Leben habe ich etwas unterhalb meines Halses piercen lassen“, sagt Bookers Frau Poppy und fährt kokett durch ihre blonde Pixiefrisur, während sie einen Schluck nimmt. Ich trinke auch einen Schluck und frage mich, was um alles in der Welt die süße kleine Poppy wohl gepierct haben könnte.

Ich bemerke, dass Allie mich neugierig beobachtet, wahrscheinlich weil sie eine der Einzigen ist, die von meinem jungfräulichen Status weiß. Na ja, sie weiß es irgendwie. Ich habe es nicht offen zugegeben, aber letztes Jahr habe ich ihr gegenüber etwas von einer über zwanzigjährigen Trockenperiode erwähnt, also bin ich sicher, dass sie es kapiert hat. Zum Glück ist sie anständig genug, mich nicht darauf anzusprechen.

Aus den Augenwinkeln bemerke ich, dass Mac aus irgendeinem Grund ziemlich launisch aussieht. Ich runzle die Stirn, denn verdammt, verurteilt er mich, weil ich vorgetäuscht leichtlebig bin? Das sollte er besser nicht tun!

Allie schürzt die Lippen, als würde sie Macs Unmut sehen, also trinke ich noch mehr. Mac legt den Kopf schief und versucht, mir etwas zu sagen, aber ich werde von Santino abgelenkt, der mich an sich zieht und mir ins Ohr flüstert.

„Hast du das Auto schmutzig gemacht?“

Ich stoße ein wirklich unattraktives grunzendes Lachen aus. Dann entwickelt das Lachen eine Art eigenen Willen und macht sich auf eine laute Reise, was Santino zu amüsieren scheint, denn er lacht mit mir.

Wenn ich lache, rede ich wenigstens nicht. Wenn die betrunkene Freya redet, ist das schlecht. Sehr, sehr schlecht.

Ich drehe mich um und sehe, dass Mac mich immer noch beobachtet. Stirnrunzelnd schüttle ich den Kopf und konzentriere mich auf meinen Cocktail, denn wenn ich Blickkontakt mit ihm aufnehme, könnte er mich durchschauen.

„Noch nie in meinem Leben hatte ich Sex auf einer öffentlichen Toilette."

Was soll's, klingt aufregend! Ich nehme einen Schluck.

„Noch nie in meinem Leben habe ich Road Head gegeben."

Ich habe keine Ahnung, was das ist. Straße. Kopf. Hmmm. Ich stelle mir vor, dass es etwas ist, das man auf der Straße macht, aber was hat es mit dem Kopf zu tun?

Plötzlich legt Santino seinen Arm über meine Stuhllehne, und ich nehme den stechenden Geruch seines billigen Eau de Cologne überall an mir wahr.

„Noch nie in meinem Leben hatte ich einen Dreier", sagt jemand von irgendwoher.

Da halte ich inne und denke gründlich darüber nach. An diesem Punkt habe ich das Gefühl, dass ich nicht für Dinge trinke, die ich getan habe – offensichtlich –, sondern für Dinge, die ich gerne tun würde. Das fühlt sich ehrlicher an, wenn ich so darüber nachdenke. Und da ich tatsächlich weiß, was ein Dreier ist, hätte ich vielleicht auch Lust auf einen!

Ich nehme einen Schluck.

„Noch nie in meinem Leben hatte ich Analverkehr."

Scheiß drauf, ich weiß, was das ist. Ich trinke.

„Noch nie in meinem Leben habe ich neunundsechzig gemacht."

Mehr trinken, juhu!

„Noch nie in meinem Leben habe ich es mit einem Chef gemacht."

Trinken.

„Noch nie in meinem Leben habe ich in der Öffentlichkeit masturbiert."

Trinken, trinken, trinken.

Ich habe den Überblick verloren, wie viele Drinks ich hatte. Ich weiß, dass mir irgendwann jemand Nachschub in die Hand gedrückt hat, sodass ich jetzt einen frischen Cocktail vor mir habe. Plötzlich trifft mich ein Eiswürfel an der Brust und fällt in den tiefen Hohlraum zwischen meinen Brüsten. Ich versuche, danach zu greifen, aber es ist zu spät. *Jetzt ist er für immer verschwunden.*

Santino beugt sich zu meiner Brust, um den Schaden zu begutachten, während ich aufschaue, um festzustellen, dass der Eiswerfer Mac war, der aus irgendeinem seltsamen Grund wütend aussieht. Was hat er für ein Problem? Er deutet mit dem Finger auf mich und dann auf die Tür. *Möchte er gehen? Jetzt?*

Eine Stimme aus der Ferne sagt: „Noch nie in meinem Leben habe ich einen Dirty Sanchez gemacht."

Der Raum ist zu diesem Zeitpunkt eine Mischung aus Stöhnen und Heulen. Und ich weiß nicht warum, aber ich spüre, wie sich meine Faust in die Luft erhebt, als ich einen weiteren Schluck trinke. Dieser Akt löst noch mehr Jubel aus und veranlasst Santino, so nahe an mich heranzurücken, dass ich glaube, er könnte auf meinem Schoß sitzen.

Wer hätte gedacht, dass sexuelle Erfahrung mich so beliebt machen würde? Schade, dass ich nicht schon vor Ewigkeiten Sex hatte! Und Analverkehr hatte und einen Dirty Sanchez gemacht habe ... Was auch immer das ist.

Ich will gerade einen weiteren Schluck nehmen, als mir das Glas plötzlich aus der Hand gerissen wird und mein Handgelenk in einem festen Griff landet. Ich blicke auf und sehe Mac, der mich mit finsterer Miene anstarrt. Ich weiß nicht, ob ich Mac jemals mit einem richtigen Stirnrunzeln gesehen habe.

Er reißt mich von meinem Stuhl hoch und blafft: „Wir gehen."

Mir fällt die Kinnlade herunter. „Aber ich habe Spaß."

„Das steht nicht zur Diskussion, Cook."

Wenigstens hat er mich nicht Cookie genannt, denke ich mir, als Santino neben mir aufsteht und den Mund öffnen will. Mac richtet seinen harten Blick auf ihn, und ich schwöre, seine Brust bläht sich auf wie ein Luftballon, während er den armen Kerl überragt. Ohne ein Wort zu sagen, setzt Santino sich, und Mac packt mein Handgelenk und zieht mich hinter sich her. Ich werfe einen Blick zurück auf die Party und bemerke, dass uns alle völlig fasziniert beobachten. Um ehrlich zu sein, bin ich auch ziemlich fasziniert. Ich habe Mac noch nie so aufgebracht gesehen. Was ist passiert? Was habe ich verpasst?

Er schweigt, während wir uns auf den Weg zu seinem grauen Lexus SUV machen, wo er mich auf den Beifahrersitz schubst und zur Fahrerseite hinüberstapft. Als er seinen riesigen Körper in den Wagen faltet und losfährt, stoße ich auf. Ich öffne den Mund, um zu sprechen, stoße jedoch erneut auf, bevor ich es zurückhalten hat. Dieses Mal jedoch steigt etwas Galle meine Kehle hinauf.

Ich schlage mir die Hand vor den Mund und stütze mich am Türrahmen ab. „Halt an! Mir ist schlecht!"

Mac knurrt und biegt in die erstbeste Seitenstraße ein, die er finden kann. Kaum hat er den Wagen angehalten, stoße ich die Tür auf und kotze meinen Mageninhalt auf den Bordstein.

Heiliges Kanonenrohr, warum sieht es so aus?

„Ich kotze Blut!", schreie ich zu den Göttern hinauf.

„Nein, tust du nicht", antwortet Mac trocken.

„Ich werde sterben!", schluchze ich und spüre, wie mir der Rotz aus der Nase tropft.

„Nein, wirst du nicht." Mac atmet schwer aus. Nach einer kurzen Pause greift er über die Mittelkonsole und klopft mir beruhigend auf den Rücken. „Du hast Kirschgrenadine getrunken, Cookie. Deshalb ist dein Erbrochenes rot."

„Oh", antworte ich dumm und setze mich auf, um mir die Tränen aus dem Gesicht zu wischen. „Daran habe ich nicht gedacht."

„Du hast heute Abend im Allgemeinen nicht an viel gedacht", grummelt er mit zusammengebissenen Zähnen.

„Was genau soll das denn bedeuten?", knurre ich fast schon wie ein Pirat und schließe die Tür. Ich drehe mich zu Mac um, dessen steinernes Gesicht von der Beleuchtung des Armaturenbretts erhellt wird. „Warum bist du böse auf mich?"

Macs Nasenlöcher blähen sich auf. „Was zum Teufel hast du da drin gemacht, Cook?"

„Mich amüsiert", antworte ich achselzuckend.

„Zu saufen wie ein Loch und in diesem lächerlichen Spiel zu behaupten, all das gemacht zu haben, obwohl ich genau weiß, dass es nicht so ist, nennt man nicht *sich amüsieren*."

„Woher weißt du, dass ich das alles nicht getan habe?"

„Weil ich fast jeden Abend mit dir verbringe. Wenn du Blowjobs in Autos geben und in der Öffentlichkeit masturbieren würdest, wäre es mir aufgefallen."

Beim letzten Teil zucke ich zusammen, denn ich kann mich nur vage daran erinnern, darauf getrunken zu haben. Ich schüttle meine Reaktion ab, straffe die Schultern und antworte: „Du weißt nicht alles über mich, Mac. Ich hatte ein Leben, bevor ich dich getroffen habe."

Wie kann er es wagen, so zu tun, als wüsste er alles über mich? Wir reden nicht über unsere früheren Beziehungen. Nie! Es ist eine bizarre Verbotszone, die wir im letzten Jahr hatten. Mac spricht in meiner Gegenwart nie über sein Sexleben, obwohl ich mir sicher bin, dass er regelmäßig Sex hat, wenn er beruflich unterwegs ist. Dass er also von mir annimmt, nie so etwas getan zu haben, ärgert mich.

„Es gibt mehrere Stunden am Tag, in denen du mich nicht siehst, du Kuh. Woher weißt du, dass ich nicht auf Dating-Apps bin und für Verabredungen zum Mittagessen wische?", scherze ich und erschaudere innerlich bei dem Gedanken an diese blöden Apps und die schreckliche Erfahrung, die ich bei der letzten Nutzung gemacht habe.

„Nun, tust du das?", fragt Mac, wobei er mir einen Blick zuwirft, den ich nicht ganz entziffern kann, vor allem, weil ich ihn doppelt sehe.

„Das geht dich nichts an!" Ich zeige auf die Straße. „Bring mich einfach nach Hause. Ich will nicht mehr in deiner Gegenwart sein."

Mac sieht mich einen Moment lang streng an, bevor er schließlich den Gang einlegt und zu meiner Wohnung fährt. Als wir ankommen, steigt Mac aus, um mich hineinzubegleiten. Ich mache mir nicht die Mühe, zu widersprechen, denn mein Magen dreht sich, als wolle er sich wieder entleeren.

Ein seltsamer Drang zu weinen überkommt mich, als ich meine Schlüssel nicht in meiner Tasche finde. Als könnte er meine Gefühle lesen, schiebt Mac mich sanft zur Seite und schließt die Tür mit dem Ersatzschlüssel auf, den ich ihm vor einigen Monaten gegeben habe, als er sich für mich um Hercules kümmerte.

„Kümmern" ist ein bisschen übertrieben, wenn man bedenkt, dass Hercules nicht in seine Nähe geht. Aber Mac hat dafür gesorgt, dass

Hercules Futter, Wasser und ein sauberes Katzenklo hatte, also sollte ich vielleicht nicht so streng mit ihm sein.

Mac fährt mit mir im Aufzug die fünf Stockwerke hinauf. Als wir ankommen, schließt er meine Wohnungstür auf, gerade rechtzeitig, um zu sehen, wie der rot gefleckte Hercules in mein Schlafzimmer zurückläuft.

„Selbst Hercules ist böse auf dich", erkläre ich, während ich meine Schuhe ausziehe und mit einem lauten Knall auf den Boden fallen lasse.

„Er ist immer böse auf mich", antwortet Mac trocken. „Ich hatte bis eben vergessen, dass er rot ist."

„Er ist halt schüchtern", erwidere ich, während ich in die Küche schlurfe, um eine Flasche Wasser aus dem Kühlschrank zu holen. „Nicht jeder mag es, im Mittelpunkt der Aufmerksamkeit zu stehen wie du."

Mac folgt mir und funkelt mich mit schmalen, anklagenden Augen an. „Du warst heute Abend definitiv nicht schüchtern, als du dieses Spiel gespielt und dich völlig zum Deppen gemacht hast."

„Mach mich nicht so an! Ich habe nur mitgespielt", stöhne ich abwehrend, als mir Fetzen des Spiels wieder in Erinnerung kommen. Ich erschaudere innerlich darüber, wie recht er hat. „Und du weißt nicht, dass ich all diese Dinge nicht getan habe."

Mac atmet laut durch die Nase aus und verschränkt seine tätowierten Arme vor der Brust. „Du hast recht, aber ich weiß genau, dass du mindestens eines davon nicht gemacht hast."

„Woher weißt du das?", zische ich.

Er breitet eine Hand auf dem Tresen aus und senkt den Blick, sodass wir einander in die Augen sehen. „Freya, weißt du überhaupt, was ein Dirty Sanchez ist?"

Ich runzle die Stirn und nehme einen Schluck Wasser, bevor ich antworte: „Natürlich weiß ich das."

Er starrt mich erwartungsvoll an. „Ich bin ganz Ohr."

Ich zögere einen Moment, aber dann wird mir klar, dass Mac es wahrscheinlich auch nicht weiß, also denke ich mir einfach etwas aus. „Das ist, wenn man den Sex auf einer schmutzigen Decke mit Tribal-Muster hat."

Mac schließt die Augen, als wäre es ihm peinlich. „Nicht einmal annähernd. Und fürs Protokoll, Leute, die ,den Sex' sagen, haben in der Regel nicht viel davon."

„Was ist dann ein Dirty Sanchez, Mr. Ich-Habe-Sex? Erst hast du mich über Netflix und Chillen aufgeklärt, und jetzt das. Ich hatte keine Ahnung, dass ich mit einem sexuell Gelehrten befreundet bin!"

Mac ignoriert meine Bemerkung und antwortet: „Ein Dirty Sanchez ist, wenn ein Kerl seinen Finger in den Hintern eines Mädchens steckt und damit dann über ihre Oberlippe fährt."

„Das ist verdammt eklig!", kreische ich laut.

„Ich weiß!", brüllt Mac, richtet sich wieder zu seiner vollen Größe auf und bläht seine Brust auf. „Und du hast vor all diesen Leuten getrunken, als hättest du es getan, obwohl ich genau weiß, dass du das nicht einmal tun würdest, wenn dein Leben davon abhinge."

„Ich würde es nicht mal tun, wenn Hercules' Leben davon abhinge!", stimme ich inbrünstig zu. „Ich liebe meinen Kater, aber wenn ich die Wahl hätte, mein eigenes Arschloch zu riechen oder Hercules vor seinen Schöpfer zu stellen, müsste er gehen." Ich schaue mich kurz in der Wohnung um, aus Sorge, dass Hercules zuhören könnte.

Macs schweres Ausatmen lenkt meine Aufmerksamkeit wieder auf ihn. „Dann sag mir bitte, was in Gottes Namen du heute Abend gemacht hast, Cookie. Was sollte dieser Auftritt? Und schieb es nicht auf den Alkohol, denn ich weiß, dass es nichts mit deinem leicht besoffenen Zustand zu tun hatte."

Ich zucke hilflos mit den Schultern und drücke die Wasserflasche an meine Brust, als wäre sie ein Schild, der mich vor Macs prüfenden Blicken schützt. „Ich habe nur versucht, dazuzugehören."

Er schnaubt ungläubig. „Seit wann willst *du* unbedingt dazugehören?"

Seit ich nicht einem Raum voller Leute erzählen wollte, dass ich eine neunundzwanzigjährige Jungfrau bin und meine sexuellen Erfahrungen bestenfalls trostlos sind!

„Ich wollte nicht, dass es alle im Raum wissen", murmle ich und drücke mir die kühle Plastikwasserflasche an die Stirn, in dem vergeblichen Versuch, Kraft zu schöpfen.

„Was wissen?"

Ich reiße wütend die Augen auf, als ich die Flasche von meinem Gesicht wegziehe. „Ist das nicht offensichtlich?"

„Was?", fragt Mac begriffsstutzig.

Ich schließe die Augen, als hätte ich Schmerzen. Wenn der riesige Ochse noch nicht herausgefunden hat, dass ich immer noch mein Jungfernetikett habe, werde ich es ihm sicher nicht sagen. „Dass ich seit Jahren kein richtiges Date hatte, geschweige denn einen Kerl geküsst habe. Dass ich in Gegenwart eines Mannes kaum einen verständlichen Satz zustande bringe, egal, wie sehr ich mich anstrenge. Ich hatte gehofft, ein Date für die Hochzeit von Allie und Roan zu finden, aber ich bin hoffnungslos! Du solltest mich in der Nähe von Männern sehen. Ich verwandle mich in einen Freak mit Knoten in der Zunge, der die Wörter rückwärts und in der falschen Reihenfolge sagt. Es ist, als würde ich ein Kreuzworträtsel laut vorlesen."

„Vor mir sprichst du ständig", argumentiert Mac, der verwirrt die Stirn in Falten gezogen hat. „Du benutzt sogar Wörter, deren Bedeutung ich später googeln muss."

„Na ja, du bist kein richtiger Kerl." Ich drehe mich von ihm weg, um auszuatmen, damit er das Erbrochene in meinem Atem nicht riecht.

Er tritt dicht hinter mich, und seine Stimme ist heiser, als er antwortet: „Als ich das letzte Mal nachgesehen habe, waren mein Schwanz und meine Eier aufrechte Bürger, obwohl ich glaube, dass sie in meinem Körper reingekrochen sind, als du vorhin beim Dirty Sanchez getrunken hast."

„Genug Gerede über den Dirty Sanchez. Willst du, dass ich mich wieder übergebe?" Ich drehe mich um und sehe ihn wütend an. „Ich meine nur, dass du kein Kerl bist, auf den ich stehe. Ich habe versucht, diesen Santino zu beeindrucken oder mich zumindest nicht vor ihm lächerlich zu machen."

„Du stehst also auf den Anwalt? Er ist ein verdammter Widerling. Er hat die Harris-Brüder immer dazu gebracht, ihn in Clubs mitzunehmen und klebte an ihnen wie Leim, in der Hoffnung, ihre Ausrangierten zu vögeln."

„Ich stehe nicht auf Santino!", rufe ich. „Bist du bescheuert?"

„Mein Gott, das muss ich wohl sein, denn ich verstehe gar nichts mehr."

„Ich stehe auf Javier! Der spanische Barista, der in dem Café neben der Boutique arbeitet. Er ist bärtig und wunderbar und hat mir gestern seine Nummer gegeben. Seitdem bin ich völlig durcheinander."

Mac blinzelt mich dümmlich an. „Dann ruf ihn halt an. Worauf wartest du?"

Der Himmel möge mir helfen, damit ich den Kopf dieses Mannes nicht gegen den Kühlschrank schlage.

„Hast du nicht zugehört, Mac? Es ist offensichtlich nicht so einfach für mich, und ich habe immer noch keine Ahnung, *warum* er mir seine Nummer gegeben hat. Er muss auf magische Weise vergessen haben, dass ich einmal eine ganze Kaffeebestellung verschüttet habe und so aufgeregt war, dass ich hinter den Tresen marschiert bin und mir einen Wischmopp und einen Eimer geschnappt habe, was anscheinend nicht ordnungsgemäß ist, weil der Gesundheitsinspektor da war, und ich den Wischmopp inkorrekt benutzt habe und Javier deswegen fast eine Strafe bekommen hätte! Er war nicht einmal sauer auf mich!"

Mac lächelt mich wieder an, als wäre ich seine demente Oma. „Wahrscheinlich, weil er auf dich steht."

„Das wird mir nicht viel nützen, wenn ich nicht einmal den Mut aufbringen kann, ihn anzurufen." Ich schaue auf und sehe Mac ernst an. „Falls du es heute Abend noch nicht bemerkt hast, bin ich bei dem Sex ein wenig unerfahren."

„Du musst wirklich aufhören, es den Sex zu nennen."

„Ich nehme von dir keine Nachhilfe in Sachen Wortschatz, okay?", fauche ich abwehrend, während sich mein Brustkorb vor Angst hebt, denn das Eingestehen dieser unterdrückten Gefühle, die ich seit Monaten für Javier hege, kommt mir vor, als hätte ich einen riesigen Elefanten ausgeschissen. Vergiss das Scheißen von Kätzchen. Dieses Geständnis ist das Scheißen eines Elefanten. Obwohl ich immer noch niemandem erzählt habe, dass ich tatsächlich noch Jungfrau bin, und das ist wahrscheinlich der Grund für den Großteil meiner Ängste.

All diese Gedanken bringen mein Gleichgewicht ins Wanken. Mac bemerkt das, und in einem Sekundenbruchteil legt er einen Arm um meine Schultern und beginnt, mich zur Tür meines Schlafzimmers zu führen. „Warum gehst du nicht ins Bett und wir können morgen weiter über all das reden?"

„Ich will nicht schlafen", schmolle ich. „Ich will vor Beschämung sterben, weil die ganze Party denkt, ich hätte einen Dirty Sanchez gemacht."

„Alle waren betrunken. Mach dir keine Gedanken darum, Cookie."

„Ein Cookie ist das, was ich brauche."

„Ich bringe dir morgen zum Frühstück welche mit", sagt Mac, öffnet die Tür und bleibt auf der Schwelle stehen. Er knipst das Licht an und wirft einen Blick hinein, als wäre mein Schlafzimmer ein seltsamer Ort, den er noch nie gesehen hat.

Wenn ich so drüber nachdenke, ist er diesem Raum vermutlich noch nie näher gekommen, als wenn er im Klo den Flur runter war.

„Versprichst du mir, dass du mir Kekse bringst?", frage ich erbärmlich, während ich mich gegen den Türrahmen lehne.

„Versprochen", antwortet er grinsend und schaut an meinem Kleid herunter. „Bist du … in der Lage, das auszuziehen und dich ins Bett zu legen?"

Meine Augen werden groß, und ich bedecke schnell mein Dekolleté. „Ja! Meine Güte, ich glaube, ich habe mich für einen Abend schon genug vor dir blamiert. Ich muss dich nicht auch noch mit dem Anblick all meiner wackeligen Teile für immer verstören." Ich erschaudere bei dem Gedanken, dass Mac mich in meiner Unterwäsche sehen könnte.

Mac schaut an die Decke und schüttelt den Kopf. „Völliger Blödsinn."

„Es ist kein *Blödsinn*", erwidere ich. „Du willst nicht dabei sein, wenn ich meine Spanx ausziehe. Ich werde aussehen wie ein Mitglied des Cirque du Soleil oder vielleicht wie ein Tatort."

Macs Schultern beben vor Lachen, als er sich zu mir beugt und mich auf den Kopf küsst. „Ich schließe ab."

Ich seufze schwer und beobachte, wie seine große, durchtrainierte Gestalt sich umdreht und durch den Flur zu meiner Wohnungstür geht. Wenn ich auch nur ein bisschen von Macs süßem Charme hätte, hätte ich schon längst den Sex gehabt.

KAPITEL 5

Mac

Irgendetwas sagt mir, dass ich das bereuen werde, denke ich mir, als ich mit frischen Keksen und Kaffee auf dem Beifahrersitz in Freyas Straße einbiege. Es sind nicht die Leckereien, um die ich mir Sorgen mache. Mir bleiben noch sieben Wochen Sommerpause, also werde ich den Geschmack der Freiheit genießen, so lange ich kann.

Ich bin besorgt über das, was ich Freya anbieten werde, denn es besteht die Möglichkeit, dass es alles zwischen uns ändern könnte, und dieser Gedanke gefällt mir ganz und gar nicht.

Aber meine Freundschaften bedeuten mir alles, und nachdem ich gesehen habe, wie enttäuscht Freya über ihr Verhalten auf der Party war, ist mir klar geworden, dass ich ihr kein guter Freund gewesen bin. Ich fühle mich beschissen, weil ich ihre Bitte der „geheimen Freundschaft" eindeutig zu lange habe durchgehen lassen. Deshalb habe ich nie gemerkt, wie schwer es für sie ist, mit Männern auszugehen und in ihrer Nähe zu sein. Nachdem ich mich also die ganze Nacht im Bett hin und her gewälzt habe, weiß ich jetzt genau, wie ich meiner Freundin helfen kann.

Egoistischerweise genieße ich es jedoch, Freya ganz für mich allein zu haben. Die Frau bringt mich zum Lächeln. Aye, wir diskutieren ständig, aber das liegt daran, dass sie sich von mir nichts gefallen lässt. Sie ist so unverblümt sie selbst, dass ich immer genau weiß, woran ich mit ihr bin, und ich bin gern in der Nähe solcher Menschen.

Als Fußballer bin ich oft zu verschiedenen Mannschaften in Großbritannien gewechselt. Ich habe sogar ein Jahr lang in Deutschland gespielt. Das ganze Hin und Her machte es schwierig, echte Freunde zu finden, mit denen ich mich wirklich gut verstehe. Und egal, für welches Team ich gespielt habe, die dortigen Frauenbekanntschaften haben sich immer viel zu sehr bemüht, mir zu gefallen, oder sie haben sich schier umgebracht, um so auszusehen, wie ihrer Meinung nach eine Spielerfrau aussehen sollte. Große, aufgepushte Titten, künstlich aufgespritzte Lippen und Make-up, das so dick aufgetragen ist, dass man nicht weiß, wie sie darunter aussehen.

Jetzt, wo ich weit über dreißig bin, fühle ich mich zu alt für diesen ganzen falschen Scheiß und habe keine Lust, meine Zeit mit solchen Frauen zu verschwenden. Ich glaube, das ist der Grund, warum ich Freya sofort mochte, als ich sie bei Kindred Spirits kennengelernt habe – ihre Sommersprossen haben so hell und echt gestrahlt wie ihre Persönlichkeit. Nicht auf sexuelle Art, wohlgemerkt. Um ehrlich zu sein, glaube ich, dass ich mit ihr befreundet sein wollte, weil ich die Gesellschaft von jemandem genießen konnte, der sich nicht um die Welt des Fußballs schert. Aus diesem Grund sind wir richtige Kumpel geworden, und wir sind uns im letzten Jahr verdammt nahegekommen.

Während wir uns in Freyas Wohnung verschanzt haben, konnten wir uns viel übereinander erzählen. Überraschenderweise haben wir nie über ihr Liebesleben gesprochen, und das macht mir ein schlechtes Gewissen. Aber um fair zu sein, hat sie mich auch nicht nach meinem gefragt. Nicht, dass es viel zu berichten gäbe. Da meine Freunde im letzten Jahr alle geheiratet haben, befinde ich mich in einer Art Trockenzeit, und meine Hand ist praktisch schwielig von den Überstunden.

Aber es geht nicht um mich. Cookie ist diejenige, die Hilfe braucht, und ich bin gern für sie da. Vor allem, wenn es bedeutet, dass ich sie von diesem Wurm Santino fernhalten kann, der jede Frau wie eine schmelzende Eistüte ansieht, an der er lecken will. Bei der Erinnerung daran, wie er sich gestern Abend an ihr gerieben hat, läuft es mir kalt den Rücken hinunter. Sie hat sein Verhalten überhaupt nicht bemerkt und es hat mich alles gekostet, nicht quer durch den Raum zu stürmen und den verdammten Wichser an der Kehle zu packen. Santino und ich haben eine Vergangenheit. Und es ist eine Vergangenheit, von der Freya lieber nichts wissen sollte.

Hoffentlich ist der Barista, auf den sie steht, ein besserer Kandidat, bei dem ich ihr helfen kann. Nach ihrem Auftritt gestern Abend vermute ich, dass Freyas Trockenzeit noch länger ist als meine. Wenn sie wieder flachgelegt wird, wäre sie vielleicht auch ein bisschen netter zu mir.

Wahrscheinlich nicht.

Der Gedanke bringt mich zum Lächeln.

Ich parke vor ihrer Wohnung und benutze meinen Schlüssel, um das Gebäude zu betreten. Als ich an ihre Tür klopfe, höre ich Hercules durch den Flur sprinten und einen schmerzerfüllten Schrei von Freya. In meiner Eile, nach ihr zu sehen, lasse ich mich selbst herein und finde meine Freundin im Flur vor dem Badezimmer auf einem Fuß hüpfend vor, nur mit einem kleinen Handtuch bedeckt. Sie umklammert ihren anderen Fuß und flucht Schimpfwörter an die Decke.

Obwohl es sich um meine beste Freundin handelt, auf die ich nicht stehe, kann ich nicht anders, als den Blick zu senken. Das Handtuch verdeckt all ihre privaten Stellen, aber ich bekomme einen seltenen Blick auf ihre cremeweißen Beine und kann nicht anders, als darüber zu lächeln.

„Meine Güte, Frau, wenn du so schöne Beine hast, warum zum Teufel verdeckst du sie dann immer mit langen Röcken und Hosen?", frage ich, schließe die Tür hinter mir und stelle die Kekse sowie den Kaffee auf den Esszimmertisch.

Freya ignoriert meine Bemerkung und blickt finster in Richtung ihres Schlafzimmers, wo sich Hercules versteckt halten muss. „Gütiger Himmel, Hercules, du bist wirklich ein psychotischer kleiner Scheißer."

Lachend gehe ich durch den Flur. „Gestern Abend hast du deinen geliebten Kater noch verteidigt. Heute Morgen ist er psychotisch?"

„Er hat gerade dich gerochen und ist direkt über meinen kleinen Zeh gerannt!", schreit Freya fast, streicht sich das nasse rote Haar aus dem Gesicht und gibt damit den Blick auf ihre Sommersprossen frei. „An dem Tag, an dem Hercules nicht mehr allein wegen deines Geruchs durchdreht, fange ich an, dir zu glauben, wenn du mir sagst, dass ich hübsch sei." Sie lässt ihren verletzten Zeh auf den Boden sinken und kneift sich in den Nasenrücken.

„Kopfschmerzen?", frage ich wissend.

Sie nickt und lehnt sich mit dem Rücken an die Wand. „Warum habe ich mir gestern Abend von denen Alkohol geben lassen?" Ich strecke eine Hand nach ihrem Hals aus, woraufhin sie zusammenzuckt. „Was tust du da?"

Ich starre sie mit hartem Blick an. „Würdest du stillhalten, Frau? Es ist noch ein wenig früh am Tag, um so kratzbürstig zu sein. Dreh den Kopf und schau nach vorn."

Sie tut, was ich sage, und ich streiche ihr die nassen Strähnen über die Schulter, um mir Zugang zu ihrem Nacken zu verschaffen. Sie riecht nach minzigem Shampoo und einem Hauch von Lavendel. Eine angenehme Kombination, aber ich konzentriere mich auf die anstehende Aufgabe. Ich lege meine Finger um ihre Schädelbasis, genau an der schmalen Stelle ihres Halses, und drücke zu.

Sie schließt die Augen und gibt ein leises Stöhnen von sich. „Oh, aua."

„Das ist ein Trick, den meine Mutter mir beigebracht hat", murmle ich leise. „Sitz einfach den Druck aus und es wird sich lohnen."

„Ist klar", scherzt Freya, wobei ihre Schultern durch ihr atemloses Lachen beben.

„Du bist so ein Kindskopf", antworte ich, während ich mit Daumen und Zeigefinger über die Sehnen in ihrem Nacken reibe.

„Du färbst auf mich ab", erwidert sie, dann sinkt sie in den Druck hinein.

Mein Blick wandert von meiner Hand in ihrem Nacken zu ihren Schultern und schließlich zu ihrer Brust. Beim Anblick ihrer Haut regt sich etwas in meiner Leistengegend, und ich schaue schnell zur Decke, um den Scheiß sofort zu stoppen. Nach dreißig Sekunden lasse ich ihren Hals los, und ihre Augen flattern auf.

Als sie sich umdreht und mich ansieht, sind ihre waldgrünen Augen zehnmal entspannter als zuvor.

„Das ist unglaublich. Meine Kopfschmerzen sind weg."

Ich nicke. „Ich würde trotzdem Aspirin nehmen, wenn ich du

wäre. Du hast gestern Abend genug für eine ganze Fußballmannschaft getrunken."

Sie gibt mir einen Schubs, bevor sie sich umdreht und in ihr Schlafzimmer geht. „Ich bin gleich wieder da."

Ich mache es mir im Wohnzimmer gemütlich, schalte den Fernseher ein und wähle einen Sportkanal, dann bereite ich unsere Kekse und den Kaffee vor. Ich nehme gerade den ersten Schluck, als Freya in einer schwarzen Leggings und einem weißen T-Shirt herauskommt.

Ich schüttle den Kopf. „Diese hübschen Beine zu bedecken, ist ein Verbrechen."

Sie rollt mit den Augen, lässt sich neben mir nieder und deutet auf ihren Kaffee, den ich ihr reiche. Wir knabbern ein paar Minuten lang schweigend an den Keksen, bevor sie krächzt: „Also, sag mir, wie schrecklich war ich gestern Abend?"

Ich ziehe die Augenbrauen hoch. „Erinnerst du dich nicht?"

Sie zuckt mit den Schultern. „Ich erinnere mich schon, aber ich frage mich, wie die Außenperspektive aussieht."

Ich lehne mich auf dem Sofa zurück und lege meine Füße auf den Tisch. „Ich denke, die Leute, die dich nicht kennen, haben keine Ahnung, dass du betrunken warst. Sloan, Leslie und Allie hingegen … ich glaube, sie könnten vermuten, dass du ein wenig neben dir standest."

Freya stöhnt. „Ja, ich habe heute Morgen mit Allie geschrieben. Ich war so dumm. Ich wusste, ich hätte den Tequila nicht trinken sollen. Keine Ahnung, was ich zu diesem Santino-Typen gesagt habe, aber er hat mir heute Morgen auch eine SMS geschickt. Ich kann mich nicht einmal daran erinnern, ihm meine Nummer gegeben zu haben."

Ich versteife mich und werfe ihr einen Blick zu. „Was hat er geschrieben?"

„Nichts. Nur, dass er Spaß hatte." Sie zuckt mit den Schultern. „Ich habe absolut keine Ahnung, was ich damit anfangen soll, also habe ich nicht geantwortet."

„Gut", erwidere ich. „Tu es nicht."

Freya sieht mich stirnrunzelnd an. „Warum nicht?"

Ich räuspere mich und stelle meinen Kaffee ab. „Santino ist kein Typ, mit dem du dich herumtreiben solltest. Bitte vertrau mir einfach."

Freya stößt ein ungläubiges Lachen aus. „Mit wem sollte ich mich denn herumtreiben?"

Ich atme schwer aus. „Nun, darüber wollte ich mit dir sprechen."

Freyas Augen weiten sich. „Mac?"

„Was?", frage ich verständnislos.

„Was willst du sagen?"

Ich schaue verwirrt von einer Seite zur anderen. „Ähm, ich weiß es nicht. Was glaubst du, was ich sagen will?"

Freya legt den Kopf schief und schaut mich nervös an, während sie sich ein Stück Keks in den Mund schiebt und murmelt: „Du willst mir doch nicht sagen, dass du Gefühle für mich hast, oder?"

„Was?" Ich lache laut auf. „Mein Gott, Frau, nein! Wie kommst du denn auf so etwas?"

Freyas Wangen färben sich knallrot. „Du benimmst dich komisch! Ich meine, erst hast du mich gestern Abend von der Party gezerrt. Dann bist du wegen Santino unruhig geworden und hast gesagt, dass du hierhergekommen seist, um mit mir darüber zu reden, mit wem ich mich herumtreiben sollte! Wenn das hier eine Folge von *Heartland* wäre, wärst du ein Cowboy, der gleich auf ein Knie geht, um mir einen Antrag zu machen!"

„Um Himmels willen, komm raus aus deinen Netflix-Fantasien. Ich bin hier, um mit dir über etwas Reales zu reden."

Freya streicht sich das nasse Haar von der Schulter. „Glaub mir, es ist sooowas von nicht in meiner Fantasie, dass du mir einen Antrag machst."

„Gut", antworte ich scharf.

„Das könnte ich mir nicht einmal vorstellen", fügt Freya hinzu.

„Gut!", blaffe ich wieder.

„Ich könnte lachen, wenn ich nur daran denke."

„In Ordnung!", brülle ich wütend und drehe mich zu ihr um. „Herrgott, Frau, ich versuche, etwas Nettes für dich zu tun, und du machst mich so wahnsinnig, dass ich dir gleich ein Kissen auf das Gesicht drücke, um dich für eine verdammte Minute zum Schweigen zu bringen!"

Freya zieht die Lippen in den Mund und zuckt hilflos mit den Schultern. „Dann sprich. Ich werde still sein. Versprochen."

Ich atme schwer aus. „Ich möchte dir mit dem Barista-Typen helfen, auf den du stehst."

„Javier?"

Ich nicke.

„Wie?"

Ich reibe mit den Händen über meine Oberschenkel. „Du hast gesagt, dass du nicht gut mit Männern reden kannst, und ich denke, ich kann dir dabei helfen, denn im Gegensatz zu dem, was du vielleicht denkst, bin ich tatsächlich ein Mann."

„Wie kannst du mir helfen?"

„Ich kann dich trainieren", antworte ich schlicht.

„Du willst also mein Liebescoach sein?" Freya bricht in Gelächter aus und verschüttet fast Kaffee auf ihre Beine.

Ich spanne frustriert den Kiefer an. „Gott, ich hätte wissen müssen, dass du es schaffst, mich wie ein Trottel fühlen zu lassen."

Ihr ganzer Körper bebt vor Kichern. „Na ja, es klingt lächerlich!"

„Ich dachte, es könnte helfen. Du bist völlig durcheinander wegen deines bevorstehenden Geburtstags. Vielleicht würde dir ein richtiges Date helfen, dich ein wenig zu entspannen."

Freyas Humor verschwindet. „Du denkst, ich muss mich entspannen?"

„Nein", antworte ich und lege meine Hand beruhigend auf ihr Bein. „Ich finde dich großartig. Das weißt du, Cookie. Aber ich denke auch, dass du das letzte Jahr mit mir eingesperrt warst, und ich hasse den Gedanken, dass ich dich von etwas oder jemandem abhalte, dem du nachgehen möchtest."

Freya denkt über meine Antwort nach, was mich hoffen lässt, dass sie endlich anfängt, mich ernst zu nehmen.

„Was hast du dir denn vorgestellt?", fragt sie schließlich.

Ich zucke mit den Schultern. „Warum erzählst du mir nicht erst ein bisschen von ihm?"

Freya zieht ihre Beine in den Schneidersitz und dreht sich zu mir um. Ihre Augen leuchten, wie ich es noch nie zuvor gesehen habe. „Sein Name ist Javier. Er kommt aus Madrid und ist magisch."

Ich muss gegen den Drang ankämpfen, mit den Augen zu rollen. „Okay. Und warum genau kannst du nicht mit ihm reden?"

„Ich weiß es nicht." Sie fuchtelt mit den Händen vor ihren Ohren herum, um sie abzukühlen. „Ich vermute, weil er bei unserem ersten richtigen Gespräch dachte, ich spräche kein Englisch."

Ich werfe ihr einen ungläubigen Blick zu. „Wie bitte?"

„War wirklich so", antwortet sie traurig. „Nachdem ich ein paar Wochen lang in den Laden gegangen war, fragte er mich beiläufig, woher ich käme. Nachdem ich über meine Worte gestolpert war, kotzte ich schließlich Cornwall aus, weil ich mich anscheinend nicht mehr an den Namen meines Dorfes erinnern konnte, und er antwortete: ‚Oh, ich dachte, du bist Dänin und lernst gerade Englisch.'"

Mir klappt die Kinnlade herunter. „Das hat er nicht gesagt."

„Doch, hat er", erwidert sie mit einem leichten Schwanken in der Stimme. „Es hat Monate gedauert, bis ich dort wieder Kaffee holen konnte."

„Mein Gott, ich bin beeindruckt, dass du nach dieser Peinlichkeit zurückgekehrt bist."

„Ich bin mollig. Wenn nötig, sind wir widerstandsfähig."

Ich schüttle den Kopf. „Würdest du mit deinem Bodyshaming aufhören? Das ist dein erstes Problem."

Freya zuckt von mir zurück. „Ich sehe es nicht als Bodyshaming."

„Als was siehst du es dann?"

„Ich nenne es einfach beim Namen. Ich bin kein Strich in der Landschaft, und damit habe ich kein Problem. Aber ich mag es nicht, dass wir um diese Schubladen herumschleichen müssen, in die die Gesellschaft uns gesteckt hat. Wenn du Augäpfel hast, ist das Spiel aus. Ich bin mollig."

„Nun, findest du mollig schön?", frage ich, obwohl ich mir ziemlich sicher bin, dass ich ihre Antwort schon kenne.

Freya öffnet den Mund, um etwas zu erwidern, aber es kommen keine Worte heraus.

„Siehst du?", antworte ich wissend und schüttle enttäuscht den Kopf. „Du schämst dich für deinen Körper, auch wenn du es nicht merkst. Wenn du nicht zugeben kannst, dass mollig auch schön sein kann, dann glaube ich, deine erste Lektion schon zu kennen."

Ich stehe vom Sofa auf.

„Was machst du?", fragt Freya und starrt zu mir hoch.

Ich strecke meine Hand aus. „Komm mit. Wir gehen einkaufen."

Freya

„Was genau soll ich tun?", frage ich, als ich in der Umkleidekabine von Debenhams stehe – einem Kaufhaus in der Oxford Street, zu dem wir fast dreißig Minuten fahren mussten.

Mac streckt sich auf der langen, lilafarbenen Bank aus und deutet auf den mit einem Vorhang abgetrennten Umkleidebereich. „Zieh das schicke Kleid an, das die nette Dame dort hineingelegt hat, und komm dann raus und zeig es mir."

„Warum?", jammere ich. Ich hasse es wirklich, dass Mac ein ganzes Gespräch mit der Verkäuferin darüber geführt hat, was sie für mich aussuchen solle, und ich nicht das Geringste dazu beitragen durfte. Ich war auf der Designschule, verdammt noch mal!

Mac wirft mir einen ernsten Blick zu. „Freya, stell den Lehrer nicht infrage. Ich dachte, du hast gesagt, du seist in der Kindheit eine gute Schülerin gewesen."

Ich runzle die Stirn. „Das war ich ja auch."

Er winkt mit einer herablassenden Handbewegung ab. „Dann rein mit dir."

Mit einem leisen Knurren der Frustration drehe ich mich um, tauche in die Stille der Umkleidekabine ein und mache mich daran, meine Sachen auszuziehen. Für die Art von Kleid, die er gewählt hat, habe ich nicht einmal richtige Unterwäsche an. Das Kleid erfordert definitiv Spanx. Ich kann nicht glauben, dass ich mich von Mac habe überreden lassen, mit ihm hierherzukommen. Ich muss verkatert sein, wenn ich zustimme, ihn als Liebescoach zu akzeptieren. Worauf zum Teufel habe ich mich da eingelassen?

Und was ist sein Plan, mich in ein kurzes Kleid zu stecken? Ich werde lächerlich aussehen. Ich weiß, wie ich meinen Körper kleiden muss, und wadenlange Kleider sind mein Stil. Wadenlange Kleider und fließende Röcke mit Pin-up-Model-Locken.

„Cookie", ruft Mac von der anderen Seite des Vorhangs, und ich erstarre mit dem Kleid auf dem Kopf.

„Was?", murmle ich durch den Stoff.

„Welche Schuhgröße trägst du?"

„Ähm, vierzig?", antworte ich stirnrunzelnd.

„Perfekt", sagt Mac, während er einen Schuhkarton unter dem Vorhang durchschiebt.

„Lieber Gott, bitte lass mich diesen Mann heute nicht umbringen", sage ich laut und zerre mir das Kleid weiter über den Körper.

Ich schiebe den Stoff an seinen Platz und erschaudere darüber, wie eng er bereits ist, noch bevor ich den Reißverschluss hochgezogen habe. Es ist ein schlichtes schimmerndes schwarzes Kleid, aber es hat schmale Träger, die sich über meiner Brust kreuzen, und der Saum endet weit oberhalb meiner Knie. Es ist überhaupt nicht mein Stil, und ich hasse meinen Freund dafür, dass er mich hierhergebracht hat.

„Hast du die Schuhe schon an?", fragt Mac, und es ist, als wäre er mit mir in dem verdammten Raum, weil seine Stimme so nah ist. „Das dauert ja ewig."

„Hab Geduld, du aufdringlicher Ochse!", schnauze ich und lasse mich wütend auf die Bank fallen, um die wunderschönen Stiefeletten anzuziehen. Ich gleite hinein, und meine lila lackierten Zehen schauen vorn heraus.

Ich bin gerade aufgestanden, als Licht durch den offenen Vorhang bricht und mein riesiger Freund hereinstürmt. „Herrgott, Frau, nähst du das verdammte Kleid an deinen Körper?"

In einem vergeblichen Versuch, etwas Sittsamkeit zu zeigen, halte ich den Rücken meines Kleides zusammen. „Ich würde gern sehen, wie schnell du ein Kleid und High Heels anziehen kannst, du großer Rüpel. Ich kriege nicht einmal den Reißverschluss zu, also kannst du die Verkäuferin auch gleich losschicken, um eine größere Größe mit mehr Stoff zu besorgen, um meinen Körperumfang zu verdecken."

„Dreh dich um", fordert er und bedeutet mir mit seinen Fingern, mich dem Spiegel zuzuwenden, während er hinter mich tritt und mit dem Reißverschluss kämpft.

„Siehst du, es ist zu eng", jammere ich leicht beschämt.

„Es soll ja eng sein", murmelt er, wobei sein warmer Atem mir eine Gänsehaut auf den nackten Armen beschert.

Ich betrachte uns beide im Spiegel. Selbst wenn ich hochhackige Schuhe trage, ragt Mac über mir auf und lässt mich überraschend zierlich erscheinen. Ich bin noch nie mit einem Mann ausgegangen, in dessen Gegenwart ich mich klein gefühlt habe. Vielleicht sollte ich damit anfangen. Ich wende meinen Blick von ihm ab, als er den Reißverschluss ganz hochzieht, und das Spiegelbild, das mich anschaut, überrascht mich.

Das Kleid ist enganliegender als die meisten Kleidungsstücke, die ich kaufe, und meine Beine sehen gar nicht so schlecht aus, wenn ich hohe Schuhe trage. Ich dachte, ich wüsste, wie ich mich bei meinem Körpertyp anziehen muss, aber ehrlich gesagt hätte ich mir dieses Kleid nie selbst ausgesucht, und es ist gar nicht so übel.

„Nun", sagt Mac, tritt zurück und betrachtet mich im Spiegel. „Was denkst du?"

Ich zucke mit den Schultern. „Es ist ein schönes Kleid."

„Aye, klar …", sagt Mac und ermutigt mich im Stillen, weiterzumachen.

„Der Stoff ist sehr luxuriös."

Er nickt zustimmend.

„Die Nähte des Oberteils halten mich perfekt. Die Schuhe sind ein netter Touch."

Er brummt leise vor sich hin, und ich drehe mich zu ihm um. „Was? Was sage ich denn so Falsches? Ich sage dir, dass ich das Kleid und die Schuhe mag. Was willst du noch?"

„Ich möchte, dass du dich dazu äußerst, wie *du* darin aussiehst", blafft er und schiebt sein Haar aus der Stirn. „Äußere dich zu deinem eigenen Körper. Deinen Eigenschaften. Wenn du in der Lage sein willst, vollständige Sätze mit deinem Café-Burschen zu bilden, musst du zuerst in der Lage sein, einen vollständigen Satz über dich selbst zu bilden."

Mac tritt dicht an mich heran, packt mich an den Schultern und dreht mich so, dass ich wieder dem Spiegel zugewandt bin. „Sieh mal, wie schön dein Haar auf deinen nackten Schultern aussieht. Deine Haut, einschließlich der Sommersprossen, ist eindrucksvoll, aye?" Seine Hände gleiten über meine Arme. „Die cremige Farbe deiner Haut ist attraktiv und üppig. Sinnlich, wenn sie entblößt ist."

Seine Hände gleiten um meine Taille, und meine Ohren explodieren in Flammen.

„Siehst du, wie dieses Kleid deine Figur zur Geltung bringt? Es versteckt deine Titten nicht, was gut ist, denn du hast verdammt schöne Titten, Cookie. Du tust gut daran, sie als Tugend statt als Makel zu sehen."

„Und deine Beine", fährt er fort, und mein Inneres verkrampft sich, als seine Hände von meiner Taille zu meinen Hüften und dann an den Außenseiten meiner Oberschenkel hinuntergleiten, was mir eine Gänsehaut beschert. „Sie sind verdammt schön, und jeder Junge wäre froh, sie um sich gewickelt zu haben."

Sein Blick hebt sich von meinen Beinen zu meinen verblüfften Augen, und sein erhitzter Blick lässt meine Nippel hart werden. „Deine Größe und deine Figur sind schön, und du brauchst vor einem Kerl, auf den du stehst, nicht über deine Worte zu stolpern, denn du solltest nie daran zweifeln, wie wunderschön *du* bist." Er schluckt einen scheinbar unangenehmen Kloß im Hals hinunter und fügt hinzu: „Aber selbst wenn ich dich nicht von dieser verzerrten Sichtweise auf deinen Körper heilen kann, solltest du dich daran erinnern, dass du witzig, klug und talentiert bist und viele andere Eigenschaften hast, die die Tatsache, dass du umwerfend schön bist, zu einem wirklich netten Pluspunkt machen. Jeder Mann würde sich glücklich schätzen, mit dir zu reden."

Mac beendet seine Tirade und starrt mir ohne auch nur einen Funken Humor im Blick eindringlich in die Augen. Wir beide atmen schwer durch die Intensität dieses Austauschs, und ich spüre, wie der gesamte Sauerstoff aus dem kleinen Raum gesaugt wird. Mein Blick wandert nur kurz zu Macs Lippen, aber diese eine Aufmerksamkeitsverschiebung bricht den Bann, in dem wir beide uns befinden, und er tritt zurück, um den Vorhang zu öffnen.

„Geben Sie alles in die Kasse ein", sagt Mac zu der Verkäuferin, die mit einem Stapel Kleidung auf dem Arm zur Umkleidekabine kommt. „Ich kaufe es."

Mac geht schnell hinaus, und ich schnappe nach Luft, als ich alles begreife, was er gesagt hat. Dann stelle ich mit großer Überraschung fest, dass mein bester Freund mir gerade den Atem geraubt hat.

KAPITEL 6

Freya

Der Gang zur Arbeit am Montag ist nervenaufreibend, weil ich Mac nach unserem kleinen Einkaufsbummel am Wochenende nicht mehr gesehen habe. Das ist irgendwie seltsam, denn normalerweise kommt er sonntagabends rüber, um Netflix zu schauen. Aber seine SMS ließen es aussehen, als wäre er mit irgendetwas beschäftigt, also hakte ich nicht weiter nach.

Ich tue gerade mein Bestes, um nicht an unsere Situation in der Umkleidekabine zu denken, als seine Stimme mich fast durch die Decke schickt.

„Hey, Cookie, es ist Zeit für den Ausflug."

„Heiliges Kanonenrohr!", rufe ich aus, hebe meine Hände von der Nähmaschine und lege sie über meine erschrockenen Ohren. „Ich habe dich nicht einmal die Treppe hochkommen hören!"

„Du warst wohl zu sehr auf deine Arbeit konzentriert", sagt Mac und blickt auf das Durcheinander, das ich vor mir habe. „Komm schon, es ist Zeit für eine Pause."

Ich stoße mich von meinem Tisch ab und stehe auf. „Wohin gehen wir?"

„Du wirst schon sehen", antwortet er und blickt dann an meinen Beinen hinunter. „Schon wieder eine Hose? Hat dir meine Lektion nichts bedeutet?"

„Das hat sie. Ich … arbeite", erkläre ich steif. „Das Kleid, das du für mich gekauft hast, ist nicht gerade ein Arbeitskleid. Eigentlich weiß ich immer noch nicht, warum du mir dieses Kleid überhaupt gekauft hast."

„Jedes Mädchen sollte ein sexy Date-Night-Kleid haben", erwidert er mit fröhlich gehobenen Augenbrauen, während wir die Treppe hinuntergehen.

„Wo wollt ihr zwei denn hin?", fragt Allie, als sie von irgendeinem Marketing-Meeting, an dem sie teilgenommen hat, in den Laden kommt.

„Ich wünschte, ich wüsste es", antworte ich, als Mac meine Hand ergreift und mich zur Tür hinauszieht, ohne Allie eines Blickes zu würdigen.

Als wir nach draußen gehen, reiße ich meine Hand aus seiner und bleibe stehen. „Im Ernst, Mac, wo gehen wir hin?"

„Kaffee holen, natürlich." Er schenkt mir ein schiefes Lächeln.

Ich schüttle den Kopf. „Nein, Mac."

„Komm schon, Cookie", drängt er und nimmt wieder meine Hand, um mich mitzuziehen.

„Nein, nein, nein", flehe ich und versuche, mich gegen seinen Druck zu wehren, aber es nützt nichts. Er ist viel stärker als ich.

Mac lacht über meinen Widerstand. „Ich muss diesen Kaffeesnob treffen und sicherstellen, dass er gut genug für dich ist."

„Nein, musst du nicht", flehe ich, und meine Ohren beginnen zu kochen. „Das musst du wirklich nicht. Ich bin noch nicht bereit dafür. Wir hatten erst eine Lektion!"

„Du bist bereit", sagt er mit fester Stimme. „Ich werde dir helfen, also keine Sorge."

„Doch, Sorgen. Viele, viele Sorgen!"

Mac stößt mich praktisch durch die Tür des Cafés, und ich komme abrupt zum Stehen, bevor ich mit einem Kunden zusammenstoße, der einen heißen Becher Kaffee in der Hand hält. Ich drehe mich auf dem Absatz um und blicke Mac anklagend an. Er reibt sich den Nacken und schenkt mir ein reumütiges Lächeln. Schnell werfe ich einen Blick über meine Schulter und atme erleichtert auf, als ich Javier nicht sehe.

„Er ist nicht hier, also können wir jetzt gehen", sage ich und mache mich auf den Weg zum Ausgang.

Plötzlich dröhnt eine Stimme mit spanischem Akzent: „Freya!"

Ich bleibe stehen und starre Mac mit großen Augen an, während meine Ohren in Flammen aufgehen. Mac hat die Frechheit, amüsiert auszusehen, und es kostet mich all meine Kraft, ihm nicht direkt in sein selbstgefälliges Gesicht zu schlagen.

Ich setze ein Lächeln auf und wende mich Javier zu. „Hiyaaa", krächze ich, ohne die Aussprache zu sehr zu vermasseln.

„Frohen Montag. Du siehst heute reizend aus", sagt Javier, wobei er auf mein gelbes Top zeigt.

„Größten, danke", antworte ich, dann verziehe ich das Gesicht, die Hände zu Fäusten geballt.

Ich spüre Macs warme Hand auf meinem Rücken, als er mich langsam zum Tresen schiebt. Sein Atem ist heiß an meinem Ohr, als er flüstert: „Du bist klug, witzig und verdammt hübsch. Stell dir vor, er ist ein kanadischer Cowboy aus *Heartland*, und hol ihn dir."

Bei diesem letzten Teil entweicht ein leises Lachen aus meiner Kehle.

Als ich schließlich die Kaffeetheke erreiche, mustert Javier Mac neugierig. „Wer ist dein Freund hier, meine Freya?"

Hat er gerade „meine Freya" gesagt?

„Bruder", sagt Mac knapp und streckt Javier die Hand hin, um sie zu schütteln. „Ich bin ihr Bruder."

Man müsste schon blind sein, um Javiers verwirrten Blick über Macs schottischen Akzent zu übersehen, als er antwortet: „Freut mich, dich kennenzulernen."

„Wir nehmen einen schwarzen Kaffee und einen großen Eiskaffee mit extra Milch, danke", sagt Mac mit abgehacktem Tonfall und wendet sich dann an mich. „Du bezahlst, Schwesterherz. Ich suche uns einen Tisch."

Mac zwinkert mir lächerlich zu und zieht sich zu einem kleinen Tresen am Fenster zurück. Ich werfe wieder einen steifen Blick auf Javier.

Komm schon, Freya, du bist schön, klug und clever. Du kannst das schaffen!

„Wie … war dein Wochenende?", frage ich und klopfe mir im Geiste auf die Schulter, weil ich einen zusammenhängenden Satz zustande gebracht habe.

„Es war ausgezeichnet", erwidert Javier lächelnd, während er sich daran macht, uns zwei Becher Kaffee einzuschenken. „Ich habe Käse gemacht."

Angesichts seiner unerwarteten Antwort ziehe ich die Augenbrauen hoch. „Du … hast Käse gemacht?"

Er schürzt die Lippen und nickt. „Magst du den Käse?"

„Wer mag den Käse nicht?" Ich stoße ein unattraktives Lachen aus und wende mich dann mit verlegenem Gesicht an Mac, der mir viel zu eifrigen die Daumen nach oben zeigt.

Javier drückt den Deckel auf den ersten Becher. „Ich könnte dir den Käse zeigen."

„Wie bitte?", frage ich, während ich beginne, nervös an meinem Ohr zu zupfen.

„Wenn du zu meiner Käsehütte kommen willst."

„Du hast eine Käsehütte?", frage ich ausdruckslos, so verwirrt von dem bizarren Thema Käse und dem Gedanken, dass ein Mensch tatsächlich eine Einrichtung hat, um seinen eigenen Käse herzustellen.

„Ja. Käse und selbstgemachter Wein. Wenn du mal Lust hast, sie dir anzusehen."

Er schiebt mir die vorbereiteten Kaffeebecher zu, und ich öffne den Mund, um etwas zu erwidern, aber ich habe plötzlich das Gefühl, dass mir die ganze Spucke aus dem Mund gesaugt wurde. Was früher Speichel war, ist jetzt Katzenstreu. Trockene Katzenstreu, die es mir unmöglich macht, zu antworten.

Wie aus dem Nichts taucht Mac neben mir auf. „Nur um das klarzustellen, bittest du meine liebe Schwester um ein Date?"

Javier wirft Mac einen verwirrten Blick zu und nickt nervös. „Das tue ich."

„Das würde ihr gefallen", sagt Mac und legt einen Zehner auf den Tresen, während er sich die beiden Kaffeebecher schnappt. „Wie sieht es morgen Abend aus?"

Javier lächelt mich an. „Der morgige Abend ist gut für mich, wenn er dir passt."

„Toll, sie schickt dir heute Abend eine SMS", entgegnet Mac und stößt mich dann mit der Schulter vom Tresen weg. „Lass uns gehen, Schwesterherz."

Ich lächle und winke Javier unbeholfen zu. Bevor ich mich zurückhalten kann, verbeuge ich mich, drehe mich um und folge Mac aus der Tür.

Als wir schließlich außer Sichtweite der Fenster sind, lege ich gequält die Hände an die Ohren. „Oh, guter Gott, ich habe mich gerade vor Javier verbeugt."

Mac rümpft die Nase. „Das habe ich gesehen."

„Warum zum Teufel habe ich mich verbeugt? Warum konnte ich nicht wenigstens einen Knicks machen wie eine Dame? Ein kleines Zeichen geben , dass ich eine zarte Frau bin? Aber nein, nicht Freya Cook. Sie beschließt, sich wie ein richtiger Kerl zu verbeugen. Ich bin verdammt!" Ich fahre mir mit den Händen durch die Haare und ziehe an den Wurzeln.

„Du bist nicht verdammt", antwortet Mac augenrollend.

„Und du bist jetzt mein Bruder?", sage ich mit einem Schaudern. „Wo zum Teufel kommt das denn her?"

Mac zuckt mit den Schultern. „Was? Wir sind beide rothaarig. Das ist doch gar nicht so weit hergeholt."

„Der Gedanke, dass wir beide aus demselben Genpool stammen, ist sehr weit hergeholt." Ich fächle mir die Ohren, als Mac mich streng ansieht.

„Wir sind beide kleine Kracher, Cook."

Ich muss lachen, weil ich Fotos von seiner Familie in Dundonald gesehen habe. Seine Schwester, Tilly, ist supermodelschön. Groß und schlank mit seidigem, erdbeerblondem Haar. Sein Vater ist das Abbild von Mac, nur ohne Tattoos. Und seine Mutter ist so süß, dass ich an meiner heterosexuellen Identität zweifeln musste. Ehrlich gesagt, seine ganze Familie sieht aus wie ein erfolgreiches genetisches Experiment zur Züchtung attraktiver Rotschöpfe.

Mac weiß mein Lachen nicht zu schätzen, als er entschlossen hinzufügt: „Wir könnten verwandt sein."

„Hör auf zu sagen, dass wir verwandt sind!", rufe ich und greife dann nach meinem Kaffee. „Das ist unheimlich."

Mac verzieht das Gesicht. „Ja, es ist schon ein bisschen seltsam." Er deutet zurück in Richtung des Cafés. „Das ist es also, was dich anmacht?"

„Wer? Javier? Ja, ich finde ihn attraktiv. Wieso, was meinst du?"

„Nichts, ich bin nur schockiert", sagt Mac achselzuckend, während er den Deckel seines Kaffees abnimmt und in den Becher pustet. „Ich wusste nicht, dass der Luigi-Bruder-Look dich heiß macht."

Mir fällt die Kinnlade herunter. „Er sieht nicht wie Luigi aus", schreie ich. „Er sieht gut aus!"

„Aye, du hast recht", sagt Mac und zeigt mir sein Grübchen, das er unter seinen roten Bartstoppeln hat. „Er ist ein kleiner Junge, also ist er bestenfalls Mario."

„Halt die Klappe, du Kuh!", erwidere ich verärgert. Ich will ihm auf die Schulter schlagen, aber er springt auf die Straße, um meinem Angriff auszuweichen. „Was ist mit ‚jeder ist auf seine eigene Weise schön' passiert?"

„Ich habe nicht gesagt, dass er nicht hübsch ist. Ich war nur überrascht, das ist alles." Mac sieht mich einen Moment lang neugierig an und geht dann wieder neben mir hier. „Ist es der Akzent, der dich so anmacht?"

Ich verziehe den Mund. „Ich weiß es nicht. Er schadet ihm jedenfalls nicht. Er sieht einfach wie ein echter Mann aus, weißt du?"

„Wie zum Teufel sehe ich dann aus?", fragt Mac, der leicht beleidigt aussieht.

Ich zucke mit den Schultern. „Wie eine rothaarige Version eines echten Mannes?"

Er nickt, scheinbar erfreut über meine Antwort. „Na ja, was auch immer dein Höschen heiß werden lässt, Cookie."

„Bitte sag nicht Höschen zu mir", antworte ich mit einem Stöhnen. „Das ist zu komisch."

Mac stößt ein kleines Lachen aus, und wir gehen einen Moment schweigend weiter, bevor ich frage: „Wie zum Teufel soll ich denn morgen Abend für ein Date bereit sein? Ich glaube, ich habe mich nur nicht völlig zum Deppen gemacht, weil ich vom Käse abgelenkt wurde. Ich liebe Käse."

Mac nickt nachdenklich. „Mach dir keine Sorgen. Wir werden zweimal am Tag trainieren, und ich werde mir für heute Abend eine tolle Trainingseinheit ausdenken."

„Oh, Freude. Ich kann es kaum erwarten."

KAPITEL 7

Mac

Die Cheese Bar.

Nur Freya Cook könnte mich dazu bringen, ihre nächste Unterrichtsstunde an einem Ort wie diesem zu veranstalten. Obwohl, ich liebe Käse. Wie könnte man das nicht? Aber mit einer Frau in eine Käsebar zu gehen, hätte ich mir nie vorstellen können. Meine Erfahrungen mit Frauen sind eher von der lustigen und lockeren Sorte, in der Regel mit minimaler Kleidung, aber für meine Cookie würde ich so ziemlich alles tun.

Ich gehe auf das Restaurant nördlich von Covent Garden zu, in dem ich mich mit Freya treffen will, als mich eine Gruppe junger Männer anhält, um ein Selfie zu machen. Ich willige ein, in der Hoffnung, dass ihre Aufmerksamkeit nicht noch mehr allgemeine Aufmerksamkeit erregt, und entschuldige mich dann höflich.

Dass ich erkannt werde, ist nichts Neues für mich. Als großer, tätowierter, rothaariger Fußballer verschwinde ich nicht gerade in der Menge. Aber seit Bethnal Green in die Premier League aufgestiegen ist, hat unser Bekanntheitsgrad definitiv zugenommen. Ich spiele jedoch nicht wegen des Ruhmes Fußball. Mir geht es um die Ehre, den besten

Sport der Welt zu spielen. Als ich klein war, hat mir mein Großvater praktisch eingebläut, wie wichtig das Spiel ist und dass er mich verstoßen würde, wenn ich kein Rangers-Fan wäre. Er ist ein drahtiger alter Knacker und wahrscheinlich mein Lieblingsmensch, auch wenn er mir kaum verziehen hat, dass ich nie einen Vertrag bei seinem geliebten schottischen Team bekommen habe.

Ich habe aber auch andere Ziele als Fußball. Meine Mutter hat mir immer gesagt, dass ich nicht auf den Sport würde zurückgreifen können, also habe ich ein Informatikstudium absolviert. In der Sommerpause bilde ich mich weiter, damit ich nicht völlig alle Entwicklungen verschlafen habe, wenn ich mich irgendwann zurückziehe.

Die Sonne geht gerade unter, als ich den Seven Dials Market betrete, eine Art überdachter Food Court mit zwei Ebenen und kantinenähnlichen Sitzgelegenheiten in der Mitte. Hier gibt es auch diesen magischen Ort namens The Cheese Bar.

Als ich von der Käsehütte des Kaffeekerls hörte, dachte ich, es wäre eine gute Idee, wenn Freya ihr Wissen über Käse auffrischt. Sie hat mir immer erzählt, wie gut sie in der Schule war, also dachte ich mir, dass sie das wie Pauken für eine Prüfung betrachten kann. Neben dem Wissen über Käse hoffe ich, dass wir auch ein paar Erfahrungen in Sachen erstes Date abdecken können. Ich mag vielleicht nicht viele Mädchen auf formelle Dates ausführen, aber meine Mutter hat mir beigebracht, wie man eine Dame behandelt, also weiß ich, wie es funktioniert.

Ich habe Freya gesagt, sie solle sich in Schale werfen und mich hier treffen, als würden wir uns zu einem richtigen Date verabreden. Sie schien schreckliche Angst zu haben.

Ich liebe es.

Um ehrlich zu sein, genieße ich die neue Entwicklung in meiner Freundschaft mit Freya. Normalerweise ist sie so selbstbewusst und selbstsicher, und sie pampt mich immer an, wenn ich etwas Barbarisches tue. Man mag mich verrückt nennen, aber es ist schön, zur Abwechslung mal etwas besser zu können als sie.

Die Cheese Bar ist ein heller und fröhlicher Ort mit einer großen quadratischen Theke in der Mitte, auf der ein Fließband mit bunten Käsetellern mit Glashauben darüber läuft. Der Laden ist fast voll, aber es gelingt mir, ein paar Plätze am Ende der Bar zu ergattern.

Ich habe ein paar Sachen für Freya mitgebracht, die ich auf dem Boden unter meinem Sitz abstelle, und schaue zur Tür, um Freya pünktlich hereinkommen zu sehen. Ich winke sie herüber und kann mir ein teuflisches Lächeln nicht verkneifen. Sie sieht nervös, aber nett aus in ihrer grün-weiß-karierten Bluse mit dem rosa Pullover darüber und den knappen schwarzen Shorts. Sie hat immer noch ihren typischen Vintage-Stil, aber das Outfit ist anders als ihre anderen.

Ich drehe meinen Stuhl, um ihr zugewandt zu sein, als sie sich mir nähert, und kann nicht anders, als meinen Blick zu ihren Beinen schweifen zu lassen. „Du befolgst Anweisungen sehr gut, Cookie."

Sie rollt mit den Augen und gleitet auf den freien Hocker neben mir, womit sie sich direkt zwischen meinen Beinen platziert. „Ich war einkaufen. Machen wir kein Drama draus."

Mein Lächeln wird breiter. „Freya Cook, heißt das, du fängst tatsächlich an, auf mich zu hören?"

Sie wirft mir einen warnenden Blick zu, und ich schwöre, dass sich ihre grünbraunen Augen verdunkeln. „Maclay Logan, ich habe gerade gesagt, dass wir kein Drama daraus machen sollen. Willst du mich dazu bringen, dir eine reinzuhauen?"

Meine Schultern beben vor leisem Lachen, und ich beuge mich vor, um leise zu antworten: „Aye, vielleicht ist das eine meiner Vorlieben."

Sie stößt mich mit dem Ellbogen direkt in die Brust, was mich nur noch mehr zum Lachen bringt. Dann greife ich nach unten, um nach etwas zu greifen. „Vielleicht entschädigt das für meine Frechheit." Ich halte einen Strauß mit rosa Nelken hoch.

Freyas Kinnlade fällt herunter. „Was ist das?"

Ich zucke mit den Schultern. „Wir haben ein Date. Dates bringen Blumen."

„Ich habe versucht, die Sache mit dem Date zu vergessen", murmelt sie und wirft mir einen nervösen Blick zu, als sie mir die Blumen abnimmt.

„Es ist ein Übungsdate, aber trotzdem ein Date. Tu so, als ob du auf mich stehst, damit wir vor deinem richtigen Date morgen all deine Macken ausmerzen können."

„Müssen wir es Macken nennen?", fragt sie, während sie den Strauß an ihre Nase hält. Das Rosa bringt die Sommersprossen in ihrem Gesicht zum Leuchten, und ein sanftes Lächeln umspielt ihre Mundwinkel. „Rosa Nelken sind meine Lieblingsblumen."

„Ja, ich weiß", antworte ich und stelle fest, dass sich ihre Ohren vor meinen Augen rot verfärben. Ich drehe mich auf meinem Hocker nach vorn. „Ich habe dein Geschwafel über Carrie Bradshaw oft genug gehört, um den Wink mit dem Zaunpfahl zu verstehen. Ich bin sehr lernfähig, weißt du."

Ich spüre Freyas Augen auf mir, während ich den Käse auf dem Fließband betrachte. „Du hast wirklich darauf gehört?"

Ich zucke mit den Schultern. „Das ist nicht der Punkt, Cookie. Der Punkt ist, dass ich ein Kerl bin, der dir Blumen mitgebracht hat. Die richtige Antwort wäre …"

„Danke", spuckt sie schnell aus.

Ich nicke beeindruckt. „Gut. Siehst du? Du bist schon besser im Daten, als du denkst."

Ein Kellner kommt, um unsere Getränkebestellungen entgegenzunehmen. Freya nimmt einen Chardonnay, wie ich es mir gedacht habe, und ich bestelle ein Pint für mich. Als der Mann mit einem Glas Wein zurückkommt, halte ich Freya auf, bevor sie einen Schluck trinkt, und greife nach der kleinen Geschenktüte, die ich mitgebracht habe.

„Noch mehr Geschenke?", fragt sie schockiert. „Ich bezweifle sehr, dass Javier mir Blumen und ein Geschenk geben wird."

„Wenn er einen Dreck wert ist, wird er das tun", entgegne ich stirnrunzelnd. „Mach einfach auf und stell deinen Coach nicht infrage."

Sie zieht das Seidenpapier heraus, das der Geschenkeladen freundlicherweise zur Verfügung gestellt hat, und nimmt einen Kätzchen-Kaffeebecher heraus. Auf der Seite ist eine Katze abgebildet und in dicker schwarzer Schrift steht: „Ich arbeite hart, damit meine Katze ein besseres Leben hat".

Sie lächelt über den Spruch. „Ich liebe es!"

„Das wusste ich." Ich greife nach ihrem Weinglas. „Ich habe die Tasse schon gespült, also schenke ich dein Getränk hinein, weil ich weiß, dass du deinen Wein gern so trinkst."

Ich kippe ihren Wein in den Becher und reiche ihn Freya zurück, die so gerührt aussieht, dass ich glaube, einen Schimmer von Tränen in ihren Augen zu sehen.

Sie zögert mit ihren Worten, während sie die Tasse an ihre Brust drückt. „Ich weiß nicht, was ich sagen soll."

Ich verdrehe die Augen, weil sie so weich wird. „Ich tue das, weil du lernen musst, wie man mit Schmeichelei umgeht. Du bist attraktiv und lustig, Cookie. Wenn dein Kaffeekerl etwas wert ist, sollte er nette Dinge sagen und für dich tun. Und ich will sicher sein, dass du weißt, wie du angemessen reagierst, wenn er das tut."

Sie nickt nachdenklich und stellt ihre Tasse ab. „Also, was ist angemessen?"

„Danke ist immer ein guter Anfang", erkläre ich und stütze mich mit den Ellbogen auf dem Tresen ab.

„Danke."

Ich lächle und zwinkere ihr zu. „Gern geschehen. Außerdem hoffe ich, dass dieser Typ jemand ist, der dir Aufmerksamkeit schenkt. Du sagst, du gehst schon seit Monaten in das Café? Weiß er, wie du deinen Kaffee trinkst?"

„Ja, das tut er!" Sie quiekt fast vor Freude. „Großer Eiskaffee …"

„Mit extra viel Milch", beende ich den Satz und wackle neckend mit den Augenbrauen.

Sie bekommt für ein paar Sekunden einen unbehaglichen Gesichtsausdruck, den sie dann jedoch schnell überspielt. „Okay, freundlich und dankbar für Schmeicheleien sein. Verstanden. Was kommt als Nächstes?"

„Eine Lektion in Sachen Käse", antworte ich und deute in Richtung der vielen Teller, die an uns vorbeiziehen. „Nehmen wir ein paar Teller, probieren wir und stellen wir dem Kellner ein paar Fragen. Betrachte es als Paukstunde für deinen großen Test morgen."

Freyas Augen leuchten vor Aufregung, als wir uns an die Auswahl der verschiedenen Käseproben machen. Ich habe keinen blassen Schimmer, was das meiste Zeug ist, aber ich will alles probieren. Sogar den stinkenden Käse, der mit Unkraut eingerieben ist. Freya lacht prustend, als ich ihn ausspucke, weil er fischig schmeckt.

Nachdem der Käsehändler – ein Experte im Verkauf von Käse – uns eine Lektion über alles erteilt hat, was wir probiert haben, stelle ich fest, dass ich schon zwei Pints intus habe und mich bei diesem Scheindate eigentlich ganz gut amüsiere.

Wir bestellen noch eine Runde und haben uns mit Käse satt gegessen, als Freya sagt: „Mac, darf ich fragen, warum du dich für einen Experten in Sachen Dating hältst?"

Ich runzle die Stirn über ihre Frage. „Was meinst du?"

„Na ja, ich habe dir all diese Macht über mein Dating-Leben gegeben, aber wir sprechen selten über unsere Dating-Erfahrungen. Woher weiß ich, dass du nicht eine noch größere Katastrophe bist als ich?"

Ich schaue Freya ausdruckslos an. „Was willst du wissen?"

Sie zuckt mit den Schultern. „Wie war deine letzte Beziehung?"

Mich beschleicht ein ungutes Gefühl, denn wonach Freya da fragt, ist nicht gerade eine Kurzgeschichte. Es gibt jedoch keinen wirklichen Grund, es vor meiner besten Freundin zu verheimlichen, also erzähle ich ihr, was ich kann.

„Ich habe eigentlich keine Beziehungen, aber ich hatte eine Art lockere Beziehung mit einer Frau, die ich kennenlernte, als ich anfing, für Bethnal Green Fußball zu spielen. Das ging ein paar Jahre lang so."

„Ein paar Jahre?", fragt Freya schockiert, die Augen ungläubig aufgerissen. „Wer war sie? Wo hast du sie kennengelernt? Wann ging es zu Ende? Wieso hast du mir gegenüber noch nie erwähnt, dass du eine mehrjährige Beziehung mit einer Frau hattest?"

Bei ihrem letzten Satz verdrehe ich die Augen. „Ihr Name ist Cami, und sie war die Fotografin, die mich und Roan abgelichtet hat, als wir zum Verein kamen. Ich habe sie nicht erwähnt, weil es zu der Zeit endete, als ich dich kennenlernte, also sah ich nicht wirklich den Sinn darin."

Freya verarbeitet diese Informationen, dann fragt sie: „Warum ging es zu Ende?"

Ich zucke mit den Schultern. „Sie hat jemanden kennengelernt."

„Jemanden kennengelernt?" Sie starrt mich an. „Ihr wart also zwei Jahre lang zusammen und nicht exklusiv?"

Ich verziehe das Gesicht und reibe mit den Händen über meine Oberschenkel. „Nicht wirklich. Wir sind gelegentlich mit anderen ausgegangen, aber es war überwiegend körperlich."

„Oh, so eine Art Sexfreundschaft?", bohrt Freya.

„So kann man es wohl nennen." Ich rutsche unbehaglich auf meinem Hocker herum, denn dies ist kein Thema, über das ich gern rede. „Ich war nicht überrascht, als sie es beendete, denn sie sagte immer, sie wolle mit jemandem sesshaft werden, der es ernst meint. Der Typ, den sie kennengelernt hat, ist Anwalt, also nehme ich an, dass es das ist, wonach sie damals gesucht hat."

„Sie war also zwei Jahre lang mit dir zusammen und hielt dich ungeeignet für eine langfristige Beziehung?", fragt Freya. Sie zieht die Augenbrauen zusammen, und ich glaube, in ihrer Haltung einen Hauch von Beschützerinstinkt zu erkennen.

Ich zucke mit den Schultern. „Du weißt, wie mein Leben aussieht. Ich reise viel, was mich nicht gerade zu einem guten festen Freund macht. Aber das war sowieso alles egal, weil ich auch nichts Ernstes wollte. Mein Fokus liegt hundertprozentig auf dem Fußball."

Freya denkt eine Weile über meine Antwort nach und fragt dann: „Warst du in sie verliebt?"

„Oh Gott, nein", blaffe ich abwehrend. „Cami war nur Sex."

Freya sackt in sich zusammen und bekommt einen traurigen Gesichtsausdruck. „Du hast zwei Jahre lang mit ihr geschlafen und dich nie verliebt?"

Ich sehe sie ernst an. „Liebe ist keine Voraussetzung für Sex, weißt du."

Freya schluckt, und ihr Gesicht wird blass. „Sicher."

Ich beobachte sie aufmerksam. „Das weißt du doch, oder?"

„Natürlich weiß ich das!", faucht sie und nimmt einen Schluck Wein aus ihrem Kätzchenbecher.

„Cookie", sage ich und warte, bis sie mich ansieht. „Sind die einzigen Männer, mit denen du geschlafen hast, die, in die du verliebt warst?"

„Wir reden nicht über mich!", erwidert Freya. „Ich wollte von deiner letzten Dating-Erfahrung hören, und das habe ich, also danke, dass du mir davon erzählt hast."

Ich starre sie an und kann in ihr lesen wie in einem verdammten offenen Buch. Freya glaubt, dass sie Liebe braucht, um Sex zu haben. Vielleicht ist das schon immer ihr Problem gewesen. Wenn sie glaubt, dass sie in jeden Mann, zu dem sie sich sexuell hingezogen fühlt, verliebt sein muss, bevor sie miteinander ins Bett gehen können, macht sie sich verdammt viel Druck. Vielleicht ist zwangloser Sex das, was Freya mehr braucht als Dating-Ratschläge.

Vielleicht muss ich einen neuen Lehrplan für sie entwerfen.

KAPITEL 8

Mac

„Ich komme vorbei", schreit Freya in die Leitung, bevor ich überhaupt die Chance habe, Hallo zu sagen. Ihre Stimme klingt zittrig, und mein ganzer Körper spannt sich an.

„Freya, was ist los?", frage ich mit tiefer, fester Stimme. „Was ist passiert?"

„Es war furchtbar. Schrecklich!", weint sie in die Leitung.

„Hat er dir etwas angetan?"

„Ich erzähle es dir, wenn ich da bin", antwortet sie schluchzend.

„Freya Cook, erzähl es mir sofort. Geht es dir gut? Bist du verletzt?", frage ich, wütend bei dem Gedanken, dass dieses Arschloch meiner Freya wehgetan haben könnte.

„Mein Stolz ist im Eimer", ruft sie, und mein Körper entspannt sich sofort. „Ich bin in deinem Viertel und komme vorbei."

„Aye, sicher, wir sehen uns bald."

Ein paar Minuten später klingelt es. Ich trete aus meinem Schlafzimmer, das direkt neben der Küche liegt, und rufe zu Roan hoch: „Es ist für mich." Er und Allie sind in seinem Schlafzimmer auf der ersten Etage eingeschlossen, also ist es nicht so, dass er herausgekommen wäre, um die Tür zu öffnen.

Ich jogge die Treppe hinunter und schließe die Tür auf, um meine Freundin auf der Schwelle stehen zu sehen, die wie ein wunderschönes kleines Chaos aussieht. Sie trägt einen engen Rock, der ihr bis knapp über die Knie reicht, eine Bluse mit Leopardenmuster und einen schwarzen Gürtel, der sie an der Taille schmaler macht. Ihr rotes Haar ist gelockt und fällt ihr über eine Schulter, und ihr schwarzer Eyeliner ist um die Augen verschmiert.

Sofort wirft sie sich mir an die Brust und stöhnt laut. „Es war furchtbar, Mac. Dein Unterricht war keine Hilfe."

„Was ist passiert?", frage ich, lege meine Arme um sie und drücke sie fest an mich.

Sie schnieft, schaut auf und wischt sich über ihre feuchten Augen. „Ich habe gerade den absolut schlimmsten Kuss meines Lebens erlebt."

Aus irgendeinem Grund verkrampft sich mein Kiefer bei der Erwähnung des Baristas, der sie küsst. Dann fällt mir ein, dass Allie und Roan wahrscheinlich alles hören können, was Freya sagt, also nehme ich ihre Hand und ziehe sie ins Haus. Ich führe sie die Treppe hinauf, umgehe das Wohnzimmer und steuere direkt mein Schlafzimmer an.

„Setz dich hin und erzähl mir alles, was passiert ist", fordere ich und deute auf die zerknitterte, karierte Decke auf meinem ungemachten Bett.

Sie hockt sich auf die Kante. „Nun, das Date lief gut. Wir waren in seiner Käsehütte an einem abgelegenen Ort im Norden Londons, wo ich dachte, ich könnte erstochen werden."

„Mein Gott", murmle ich leise.

„Es lief eigentlich ganz gut. Ich habe nicht mein heißes Kleid für das erste Date angezogen, weil ich es nicht für käsehüttenschick hielt, weißt du? Jedenfalls habe ich mich trotzdem gut gefühlt und sogar vollständige Sätze gebildet, und wir haben einige der Käsesorten probiert." Sie fährt sich nervös mit den Handflächen über die Oberschenkel und verzieht das Gesicht, als wäre das, was sie gleich sagen wird, schlimm. „Na ja, es gab da diesen Parmesan, den er mich probieren ließ und der meinen Mund besonders trocken machte. Und ich hatte erst ein Glas seines selbstgemachten Weins getrunken, der seltsamerweise nach

Katzenpisse schmeckte, sodass ich am Verdursten war. Als wir uns weiter unterhielten, spürte ich, wie sich die getrocknete Spucke in meinen Mundwinkeln sammelt. Das war nicht sexy. Ganz und gar nicht."

Sie atmet schwer aus und fügt hinzu: „Ich wollte mich gerade entschuldigen, um auf die Toilette zu gehen und etwas Leitungswasser zu trinken, als er die Frechheit besaß, mich zu küssen!"

Ich fahre mir mit einer Hand durchs Haar und fasse mir in den Nacken. „Das hört sich nicht gut an."

„Es war nicht gut. Es war schlecht. Sehr, sehr schlecht." Sie reibt sich mit den Händen übers Gesicht und verschmiert ihr Make-up ein wenig mehr. „Aber ich dachte mir, wer A sagt, muss auch B sagen, oder? Also erwiderte ich den Kuss und versuchte, meine Zunge in seinen Mund zu drücken, ohne zu merken, dass seine Zähne geschlossen waren. Er schnappte nach Luft, zuckte zurück und stieß gegen dieses riesige Käseregal, in dem er einen kostbaren drei Jahre alten Cheddar aufbewahrt, den er von der Farm seiner Oma in Spanien mitgebracht und ins Land geschmuggelt hatte. Das Regal kippte um, und der Käse ist auf dem dreckigen Boden zerbrochen. Es war entsetzlich. Javier fiel auf die Knie, und ich glaube, ich habe ihn weinen hören."

„Weinen?", frage ich ungläubig.

„Ja, weinen", antwortet sie und reißt die Arme hoch. „Ich war so gedemütigt, dass ich von dort abgehauen bin! Ich bin in mein Auto gesprungen, habe an einem Laden an der Ecke angehalten, über einen Liter Wasser getrunken und bin dann hergekommen."

„Mein Gott", murmle ich.

„Ich weiß. Es war schrecklich", sagt sie niedergeschlagen, dann sieht sie mich an. „Du hast das Küssen überhaupt nicht mit mir besprochen, also gebe ich dir die ganze Schuld."

„Du hast mir nicht gesagt, dass du nicht weißt, wie man küsst!", antworte ich abwehrend. „Ich dachte, du hättest nur Probleme, mit Kerlen zu reden."

„Wenn man bedenkt, dass ich die Anzahl der Männer, die ich geküsst habe, an einer Hand abzählen kann, kann man wohl mit Sicherheit behaupten, dass ich nicht weiß, was zum Teufel ich da tue."

Mit einem schweren Seufzer lasse ich mich neben ihr auf das Bett fallen, schüttle den Kopf und starre auf den Boden. „So schlimm kann der Kuss doch nicht gewesen sein."

„Das war er", murmelt sie niedergeschlagen.

„Auf keinen Fall", behaupte ich und blicke auf ihre Lippen. „Du hast schöne Lippen. Perfekt zum Küssen."

„Das ist egal", antwortet sie, wobei ihre Unterlippe leicht zittert. „Ich bin nicht in der Lage, sie zu benutzen. Ich bin ein Schwachkopf."

„Du bist kein Schwachkopf."

„Ich bin ein Lippenschwachkopf."

„Woher weißt du, dass er nicht der Lippenschwachkopf ist?", erwidere ich schroff. „Vielleicht hattest du einfach nicht den richtigen Partner. Ein Mann mit einer Käsehütte hört sich nicht so an, als würde er eine Menge Frauen küssen."

Sie sieht mich ausdruckslos an. „Ich schwöre es dir, Mac. Selbst wenn ich den richtigen Partner hätte, wäre ich scheiße."

Jetzt werde ich wütend. „Beweise es."

Sie zieht die Augenbrauen zusammen. „Ich werde nicht meine Hand küssen oder etwas ähnlich Dummes tun, nur damit du Fotos von mir machen und sie für Erpressungen verwenden kannst, wenn du das nächste Mal sauer auf mich bist."

„Aye, nicht deine Hand", antworte ich, atme tief durch und füge hinzu: „Übe mit mir."

„Mir", wiederholt sie verärgert. „Mir, wer?"

„Küss mich und ich werde dir zeigen, dass es nicht an dir lag. Es lag an ihm."

„Ich werde dich nicht küssen!", schreit Freya, wobei ihre Stimme am Ende schrill wird. „Du bist verrückt!"

„Ich bin nicht verrückt. Ich bin dein bester Kumpel und sage dir, dass du mich küssen sollst, damit ich dir zeigen kann, wie man es richtig macht."

„Das wäre zu seltsam", sagt Freya mit einem nervösen Lachen, während sie in die Ecke des Bettes rutscht und Abstand zwischen uns bringt, obwohl in ihren Augen ein neugieriger Schimmer liegt.

„Das wäre nicht seltsam." Ich rutsche zu ihr rüber. „Ich bin ein Junge. Du bist ein Mädchen. Küssen ist ganz natürlich."

Mit einem nervösen Schlucken blickt sie auf meine Lippen hinunter. „Ich hoffe, du verarschst mich nicht."

„Ich verarsche dich nicht", erwidere ich. Meine Stimme wird leiser und ich rücke näher an sie heran, sodass sich unsere Beine berühren. Sie riecht leicht nach Käse. Merkwürdigerweise erhöht sich dadurch mein Herzschlag.

Freya wird ganz still. „Bist du dir da sicher, Mac?"

Ich nehme mir einen Moment Zeit, um einen Blick auf ihre Lippen zu werfen. Sie haben einen schönen rosigen Farbton von dem Lippenstift, den sie vorhin aufgetragen hat, und bilden einen perfekten Schmollmund. Wie konnte ich bis zu dieser Sekunde nicht bemerken, wie küssbar sie sind? Mit Lippen wie ihren kann sie auf keinen Fall schlecht im Küssen sein.

„Lebe ein bisschen, Cook", sage ich leise und lecke mir zur Vorbereitung über die Lippen. Ich beuge mich vor, und ihre Augen glänzen vor Sorge, aber auch mit etwas wie Vorfreude. Ich muss mir ein Lächeln verkneifen.

Ich fahre mit meinen Fingern über ihre Wange, bevor ich sie in ihrem Haar vergrabe und ihr Gesicht zu meinem ziehe. Mit einem letzten Atemzug berühre ich ihre Lippen, und sie gibt ein überraschtes Quietschen von sich, das mich zum Lächeln bringt.

Trotz meines Grinsens bewege ich meine Lippen an ihren, um ein Gefühl für ihre Weichheit und Wärme zu bekommen. Sie fühlen sich genauso gut an, wie ich es erwartet hatte, also führe ich meine andere Hand zu ihrem Gesicht, in der Hoffnung, sie dazu zu bringen, sich zu entspannen. Sie küsst sehr vorsichtig. Ich hasse vorsichtige Küsser. Küssen sollte nicht sicher sein. Es ist ein animalischer Akt. Es ist eine Verbindung auf einer fundamentalen Ebene, die die Menschen mit ihren niederen Instinkten statt mit ihrem Verstand ergreifen sollten. Ich weiß, dass sie heute Abend eine schlechte Erfahrung gemacht hat, aber ich bin ihr bester Freund. Sie braucht sich bei mir keine Sorgen zu machen.

Ohne Vorwarnung tauche ich meine Zunge in ihren Mund, und sie gibt einen weiteren Laut von sich, der nicht gerade ein Quietschen ist. Ein Stöhnen, vielleicht? Sie hält sich an meinen Unterarmen fest, während ich ihr Gesicht in meine Hände lege und ihre Technik weiter erforsche. Ich versuche alles Mögliche, um ihr etwas zu geben, worauf sie reagieren kann, und ich knurre fast vor Stolz, als ihre Zunge herausgleitet und sich sanft über meine bewegt. *Genau so, Cookie. Lass los. Lass dich von deinem Bauchgefühl leiten und gib einfach nach.*

Mit einem zittrigen Atemzug neige ich den Kopf und vertiefe den Kuss. Sie erwidert ihn, ihre Lippen gleiten über meine, während meine Zunge ihre zum Spiel herauslockt. Zu einem wahrhaftigen Spiel. Unsere Zungen streicheln einander in einem perfekten Rhythmus, der sich zu etwas Unanständigem steigert. Als ihre Hand von meinem Unterarm auf meinen Schoß fällt und ihre Finger meinen Schritt streifen, wird mir klar, dass nicht nur unser Kuss unanständig geworden ist.

Mit einem Grunzen ziehe ich mich zurück, wende meinen Blick von ihren Lippen ab und tue alles, was ich kann, um das verdammt schmerzhafte Pochen in meinen Shorts zu ignorieren. Ich beuge mich über meinen Schoß und stütze mich mit den Ellbogen auf den Knien ab, um meinen Zustand zu verbergen.

„Herrgott, Frau", krächze ich, räuspere mich und rutsche zurück, um mir etwas Platz zu verschaffen, bevor mein Schwanz durch meine Hose springt.

„War das schlecht?", fragt sie, während sich ihre großen Brüste mit jedem schweren Atemzug heben und senken.

Ich drehe ihr den Rücken zu, in der Hoffnung, dass sich mein Körper beruhigt, bevor ich noch unerfahrener wirke als sie. „Nicht schlecht. Gut."

„Gut?", fragt sie aufgeregt, als sie zu mir nachrückt.

Ich springe vom Bett auf und fahre mir mit der Hand durch die Haare. *Alte Dame im Garten. Stell dir eine verschwitzte alte Dame in einem Garten vor, Maclay.*

„Dein Cafétyp ist ein Wichser", blaffe ich wie aus dem Nichts. „Du kannst fantastisch küssen. Ende der Lektion."

Ich riskiere einen Blick über meine Schulter zu Freya, die verwirrt aussieht.

„Okaaay." Sie kaut auf ihrer Unterlippe. „Und was soll ich jetzt tun?"

Ich atme schwer aus und schürze verärgert die Lippen. „Wenn er kein Idiot ist, wird er dich morgen anrufen und sich entschuldigen. Wenn er ein Idiot ist, bist du ohne ihn besser dran."

Sie nickt, nimmt meinen Ratschlag entgegen und wirft dann einen Blick auf die Uhr auf meiner Kommode. „Es ist schon spät. Ich denke, ich sollte gehen."

Ich nicke, denn ein wenig Abstand von ihr ist vermutlich eine gute Idee. Als sie aufsteht, verberge ich meinen Zustand so weit, dass ich sie ohne allzu große Peinlichkeiten aus meinem Schlafzimmer begleiten kann. Ich bringe sie sicher zu ihrem Auto und versichere ihr noch einmal, dass sie keine schlechte Küsserin ist. Dann fährt sie weg.

Mein Verstand ist durcheinandergewirbelt, während ich auf dem Bett liege und darüber nachdenke, dass Freya keine schlechte Küsserin ist. Tatsächlich ist sie sogar ziemlich gut. Offenbar zu gut, denn meine Hand steckt in meinen Shorts und ich streichle mich, während ich mir die Lippen meiner besten Freundin auf meinem Schwanz vorstelle, nicht am beschissenen Käse dieses Idioten.

Verdammt, was habe ich getan?

KAPITEL 9

Freya

Es ist dunkel, als ich das sanfte Streichen von Fingerspitzen über meine Schulter spüre. Das Gefühl ist köstlich, und mein Körper drückt sich vor Verlangen auf die Matratze, während sich eine Gänsehaut ausbreitet. Als ich schließlich zu mir komme, drehe ich mich auf den Rücken und sehe Mac in meinem Schlafzimmer stehen.

Oben ohne.

Ich bin verwirrt darüber, warum Mac mitten in der Nacht in meinem Schlafzimmer auftaucht und nichts weiter als Shorts trägt. Was macht er hier? Und warum sieht er mich so an?

Als würde er mir antworten, streckt er langsam die Hand aus und zieht die Bettdecke zurück, um meinen Körper zu entblößen. Meinen offensichtlich sehr nackten Körper.

Was zum Teufel ist mit meinem Pyjama passiert?

Ich setze mich auf, um mich zu bedecken, aber Mac schüttelt den Kopf und drückt eine Hand auf meine Schulter, um mich wieder hinzulegen. Sein Blick löst sich von meinem und streift gierig über jeden Zentimeter meiner Haut.

Mein Brustkorb hebt sich, da ich schwer atme, aber es ist mir überraschenderweise nicht peinlich. Ich bin erregt.

„Bedecke dich nie vor mir, Freya", sagt Mac. Seine Stimme ist tief und trieft vor Sündhaftigkeit. „Dein Körper verdient es, gewürdigt zu werden." Die Matratze senkt sich, als er sich neben mich kniet.

„Ist das eine weitere Lektion?", frage ich, aber meine Stimme ist nur ein Flüstern.

„Aye", antwortet Mac mit seinem heiseren schottischen Akzent, während er mit der Rückseite seiner Finger von meiner Schulter über meine Seite bis zu meinem Bauch fährt. „Ich möchte mehr als nur deine Lippen küssen. Ich möchte dich ganz und gar kosten."

„Mich kosten?", stoße ich unattraktiv hervor, aber das scheint Mac nicht zu stören. Seine raue Hand umfasst das Gewicht meiner Brust, bevor er seinen Mund senkt und meinen Nippel zwischen seinen Lippen einfängt.

„Oh, du lieber Himmel!", rufe ich, als sein Angriff auf die empfindliche Knospe ein heftiges Kribbeln zwischen meinen Beinen verursacht. Eine Erregung, die sich intensiver anfühlt, als ich erwartet hatte. „Mac, das ist falsch. Wir sind Freunde."

„Eben weil wir Freunde sind, kann ich das mit dir machen", knurrt Mac und beißt in meine Brust, was mir einen lauten Schrei entlockt. Sobald das Brennen von seinem Biss aufhört, saugt er heftig, während er eine Hand ausstreckt, um meine andere Brust zu umfassen.

Um sie zu massieren.

Wie riesige Fleischstücke.

Es ist herrlich.

Er bewegt seinen Kopf, um dem anderen Nippel dieselbe Aufmerksamkeit zukommen zu lassen, und mein Körper krümmt sich in seiner Berührung, um mehr zu bekommen.

Als er mich erneut beißt, gehe ich zwischen meinen Beinen in Flammen auf.

Es ist wie eine Eruption, Verbrennung, Explosion.

„War das ein … ein …?"

„Das nennt man einen Orgasmus, Freya, und ich habe vor, dir noch einen zu verpassen."

„Wirklich?", krächze ich, schockiert darüber, dass ein Orgasmus durch Stimulation der Nippel überhaupt möglich ist.

„Aye", antwortet er und legt sich über mich, um mir in die Augen zu sehen. „Willst du meinen Käse kosten?", fragt er ernst.

Mein Gesicht fällt. „Was?"

Er legt den Kopf schief. „Ich habe gefragt, ob du meinen Käse kosten willst."

„Warum redest du über Käse? Geh wieder dazu über, mich zu kosten."

„Du kannst seinen Käse kosten, aber nicht meinen?"

Piep, piep, piep, piep, piep.

Ich schnelle in eine aufrechte Position hoch, mein Brustkorb hebt sich angestrengt vor Angst, während ich versuche, wieder zu Atem zu kommen. Ich schlage mit der Hand auf mein Handy, damit der Wecker verstummt. Als ich das höllische Teil endlich zum Schweigen gebracht habe, sehe ich mich in meinem Zimmer um und kann keine Spur von Mac entdecken. Ich ziehe die Stirn in Falten, als ich einen Blick auf meine Brust werfe und feststelle, dass eines meiner vielen langen Nachthemden mit Kätzchenmotiv genau so ist, wie ich es angezogen habe, und alle meine wackeligen Stellen bedeckt.

„Es war ein Traum", sage ich mit einem seltsam gehauchten Laut. Aber das pulsierende Gefühl, das ich zwischen meinen Beinen spüre, ist ganz sicher Realität.

„Und deshalb kann ich nie wieder unseren Kaffee holen", erkläre ich Allie stöhnend in meinem Nähzimmer im Obergeschoss von Kindred Spirits, nachdem ich ihr meine ganze rührselige Geschichte erzählt habe.

Mein schreckliches Date mit Javier ist nun schon einige Tage her. Ich habe versucht, die Einzelheiten meiner Peinlichkeit für mich zu behalten, bin aber völlig durchgedreht. Wenn Mac mir nicht aus dem Weg gegangen wäre, hätte ich die Sache vielleicht nicht so dringend mit jemandem teilen wollen. Aber er ist seit unserem Kuss vor drei Tagen verschwunden, und ich bin zu feige, ihn nach dem Grund zu fragen.

Weil ich den Grund kenne.

Mein Kuss war scheiße, und er hält mich für hoffnungslos und weiß nicht, wie er es mir sagen soll, ohne unsere Freundschaft zu ruinieren.

Jetzt ziehe ich also Allie in mein Dating-Schlamassel hinein, um mich besser zu fühlen. Natürlich erzähle ich ihr nicht, dass Mac mich geküsst hat, denn das wäre für sie ein gefundenes Fressen. Und ich werde den schmutzigen Traum, den ich von ihm hatte, mit ins Grab nehmen. *Gott steh mir bei!*

Allie schwingt die Beine unter sich, während sie in einem bezaubernden Hosenanzug auf meinem Schneidetisch sitzt und alles verarbeitet, was ich erzählt habe. „Ich kann nicht glauben, dass du mir nie gesagt hast, dass du auf Javier stehst! Warum hast du es mir gegenüber nicht erwähnt?"

Hilflos zucke ich mit den Schultern. „Ich rede nie über mein Liebesleben."

„Warum nicht?", fragt sie mit ernstem Blick.

Ich stütze meinen Kopf in die Hände. „Weil das nicht wirklich die Geschichte ist, die ich über mich erzähle."

„Was zum Teufel soll das denn bedeuten?", fragt Allie, die offensichtlich nicht verstanden hat, was das bedeutet.

Ich atme schwer aus und lehne mich in meinem Nähsessel zurück, um zu überlegen, wie ich es in Worte fassen kann, die mich nicht völlig verrückt aussehen lassen. „Ich bin lieber die beherzte beste Freundin, die jeder als lustige Auflockerung braucht. Ich bin die Sookie zu deiner Lorelai, verstehst du? Und ich habe eine tolle Schulter zum Ausweinen, wenn meine Freunde das brauchen. Wie damals, als Sloan ihre Scheidung durchmachte. Dafür ist dieser Körper gemacht", erkläre ich und deute auf meine große Brust, als wäre sie ein flauschiges Kissen, auf das sie sich fallen lassen könne. „Mein Liebesleben ist nicht existent, und ich ziehe es vor, nicht darüber zu sprechen, um mitleidige Blicke zu vermeiden, wie den, den du mir gerade zuwirfst."

„Das ist kein Mitleid!", ruft Allie aus und zuckt abwehrend mit dem Kopf zurück. „Es ist Verwirrung. Du bist meine Trauzeugin, Freya! Ich liebe dich. Ich will alles über dein Leben wissen. Nicht nur eine Vortäuschung dessen, was du mir zu zeigen versuchst."

Ich zucke angesichts ihrer Interpretation zusammen. „Das ist keine Vortäuschung. Tatsache ist, dass ich mich nicht nach männlicher Aufmerksamkeit sehne, wie es manche Frauen tun. Natürlich machen mich heiße, inzestuöse Nacktszenen bei *Game of Thrones* genauso wuschig wie jede andere Frau auch. Ich meine, ich bin mir nicht sicher, warum es ausgerechnet Inzest sein muss, der mich anmacht. Aber hey, es ist künstlerisch gut gemacht, also kann ich es schätzen!"

Allie bricht in Gelächter aus und schüttelt den Kopf. „Freya, wovon redest du?"

„Oh, tu nicht so, als hätte sich dadurch nichts in deinen Lenden geregt", spotte ich und fahre fort. „Und abgesehen von den sehr seltenen Schwärmereien für spanische Baristas mache ich mir nicht wirklich Gedanken über mein Liebesleben, und ich bin glücklicher damit. Ich liebe meinen Job. Ich liebe meine Freunde. Ich liebe meine agoraphobische Katze. Das ist genug für mich."

Allie nickt nachdenklich. „Natürlich ist es das. Vergessen wir, dass Javier je existiert hat. Wir können uns ein neues Café suchen und seins niederbrennen."

„Immer mit der Ruhe", lache ich und ziehe den Kopf zurück, weil Allie einen verblüffend ernsten Gesichtsausdruck hat. „Es gibt keinen Grund, wegen eines einzigen schlechten Dates zur Brandstifterin zu werden. Außerdem will ich unbedingt ein Date für deine Hochzeit, damit ich nicht den ganzen Abend als traurige Single-Frau allein dastehe."

„Aber du wirst Mac haben", sagt sie und berührt meine Hand.

„Ich werde Mac nicht haben", antworte ich lachend und ziehe meine Hand weg. *Vor allem, wenn er bis dahin immer noch nicht mit mir spricht.* „Wir werden gemeinsam als Trauzeugin und Trauzeuge zum Altar schreiten. Dann wird er irgendeiner süßen, ahnungslosen Frau mit seinem Charme den Schlüpfer ausziehen, während ich wie ein trauriger, einsamer Troll in der Ecke sitze."

„Du könntest niemals ein Troll sein", sagt Allie mit fester Stimme und runzelt wütend die Stirn. „Warum lässt du dich nicht von mir mit jemandem verkuppeln?"

„Ich muss nicht verkuppelt werden", antworte ich schnell. Meine

Freunde in Manchester haben genau das Gleiche versucht, und es ist furchtbar demütigend. „Ich habe einen anderen Interessenten."

„Oh?", fragt Allie mit einem neugierigen Funkeln in den Augen. „Wen?"

Ich verziehe das Gesicht und murmle leise: „Santino".

„Der Teamanwalt?", ruft sie überrascht.

„Er schreibt mir seit der Party SMS, und ich glaube, er wäre ein ganz nettes Date. Er kennt im Grunde jeden, also vermute ich, dass er gut reinpassen würde. Mac mag ihn allerdings aus irgendeinem Grund nicht, also werde ich es ihm nicht sagen, wenn unser Date nicht gut läuft."

Allie runzelt die Stirn. „Ich dachte, Mac mag alle?"

Ich zucke mit den Schultern. „Ihn anscheinend nicht."

„Also, wann ist dieses Date?"

„Morgen Abend", antworte ich, und bei der Erinnerung daran steigt in meinem Bauch die Nervosität. Ich hoffe, dass die Regeln, die Mac mir für das Date mit Javier beigebracht hat, auch für Santino gelten werden. Allerdings sind die beiden Männer völlig verschieden, also werden wir sehen, wie es läuft. „Wir essen Tapas in einem schicken Lokal namens Radio Rooftop? Ich schätze, Reservierungen sind unmöglich zu bekommen, aber Santino *kennt da wen*. Seine Worte, nicht meine."

Allie verzieht leicht das Gesicht, und ich kann es ihr nicht verdenken. „Soll ich rüberkommen und dir helfen, dich fertig zu machen?"

„Gott, nein. Ich komme klar", erwidere ich, da ich bereits daran denke, das Kleid zu tragen, das Mac mir an dem Tag gekauft hat, als wir einkaufen waren. „Nur …, wenn du Mac zufällig triffst, sagst du ihm nichts? Ich möchte nicht, dass er von dem Date erfährt, falls es sich als Reinfall herausstellt."

Allie nickt nachdenklich und rutscht dann vom Tisch. „Schick mir eine SMS und lass mich wissen, wie es läuft, okay?"

„Werde ich!" Ich strahle sie an.

Sie zieht sich in ihr Büro zurück, während ich mich wieder an die Arbeit am Oberteil eines Etuikleides mache – etwas, womit ich mich viel besser zurechtfinde als mit meinem Liebesleben.

KAPITEL 10

Mac

„Du hast mir immer noch nicht gesagt, was du in ein paar Wochen auf deinem Junggesellenabschied machen willst", grunze ich, während ich die Langhantel zu Roan drücke, der mich gerade beim Bankdrücken sichert.

„Ich könnte ein paar Ideen für euch ausarbeiten, wenn ihr wollt", sagt Tanner Harris, als er seinen Bruder Booker neben uns entdeckt.

Wir sind zu viert im Krafttrainingszentrum im Tower Park, wo wir uns in der Sommerpause dreimal pro Woche mit unserem Physiotherapeuten treffen. Wir trainieren seit fast einer Stunde, und meine Muskeln sind völlig erschöpft.

„Lass Tanner nichts planen", schnaubt Booker, legt die Langhantel ab und setzt sich auf. Er wischt sich den Schweiß von der Stirn und deutet mit dem Daumen in Richtung seines Bruders. „Er hat für meinen Junggesellenabschied einen Stripper engagiert, und dann ist ein Kerl aufgetaucht."

„Was meinst du mit einem Kerl?", fragt Roan lachend. „Zum Strippen?"

Booker nickt. „Und er war nicht wie einer dieser Chippendale-Stripper.

Er sah aus wie unser Onkel Charles." Ich drehe den Kopf gerade noch rechtzeitig, um zu sehen, wie Booker vor Abscheu erschaudert.

Tanner brüllt vor Lachen. „Das Lustige daran ist, dass du denkst, ich hätte es vermasselt! Ich habe den Kerl extra für dich ausgesucht. Deine Frau hatte gerade Zwillinge bekommen, und ich wusste, dass du es nicht gebrauchen kannst, deinen Willy anzuregen, wenn du zu Hause nichts bekommst."

Booker verzieht das Gesicht. „Warum in aller Welt denkst du überhaupt an meinen Willy?"

Tanner zuckt mit den Schultern. „Ich denke an jedermanns Willy. Dafür ist die Familie doch da."

Booker verzieht das Gesicht. „Nein. Nein, ist sie nicht, Tanner."

Roan lacht und schüttelt den Kopf, während er mir hilft, meine Langhantel abzulegen. „Ich habe ‚keine Stripperinnen‘ zu Mac gesagt. Ich will keine wilde Nacht erleben. Ich will etwas Ruhiges und Abgelegenes, weißt du?"

Ich setze mich auf, greife nach meiner Wasserflasche und trinke einen großen Schluck, bevor ich frage: „Was würdest du zu einer Frühstückspension in Schottland sagen?"

Roan zieht die Augenbrauen hoch. „Was schwebt dir vor?"

Ich wische mir den Schweiß von der Schläfe und antworte: „In zwei Wochen sind die Dundonald Highland Games, und mein Großvater hat ein großes Anwesen, das im Moment leer steht. Es war eine Frühstückspension, die er zusammen mit meiner Oma geführt hat, aber sie ist vor ein paar Jahren gestorben, und jetzt hat er es endlich verkauft. Der neue Besitzer übernimmt es in einem Monat. Wir könnten alle dort übernachten, unser Gewicht in Whisky trinken und sehen, ob du das Zeug dazu hast, dich mit einem echten Schotten zu messen."

Roan lächelt. „Solange du das Zeug dazu hast, dich mit einem echten Südafrikaner zu messen."

„Deine Mum ist Britin, du Wichser", sage ich lachend und gebe ihm einen spielerischen Schubs.

Roan nickt. „Das klingt perfekt. Lasst es uns tun."

„Und ich nehme an, dass die Cousins der Braut eingeladen sind", unterbricht Tanner das Gespräch von Roan und mir. „Es gibt keinen richtigen Junggesellenabschied ohne die Harris-Brüder."

Ich sehe Tanner an, wie er dasteht, seinen langen Bart fest umklammert, mit einem Anflug von Verzweiflung in seinem Gesicht, der mich zum Lachen bringt. „Habt ihr denn keine Kinder, um die ihr euch kümmern müsst?"

„Dafür gibt es Kindermädchen", spottet Tanner.

„Eher Großväter", fügt Booker schmunzelnd hinzu. „Dad liebt es, auf die Kinder aufzupassen."

Ich nicke den beiden zu. „Nun gut. Es gibt genug Platz, also werde ich mich darauf vorbereiten, dass die Harris-Brüder auch dabei sein werden. Hast du sonst noch Lust, jemanden zu diesem Junggesellenabschied einzuladen, zu dem du dich selbst eingeladen hast, Tanner?"

„Du solltest Santino einladen", sagt Tanner und stützt sich mit dem Fuß auf der Bank ab. „Nach dem, was er vor ein paar Jahren für mich getan hat, schulde ich ihm quasi mein Leben."

Ich versteife mich augenblicklich. „Nicht Santino."

Roan meldet sich als Nächstes zu Wort. „Was ist eigentlich dein Problem mit ihm? Du hast ihn immer gehasst und mir nie gesagt, warum."

„Mach dir keine Gedanken darüber", antworte ich und stehe auf, wobei sich meine Muskeln wegen dieses sehr lästigen Themas anspannen. „Es ist unwichtig."

„Ich mache mir aber Gedanken." Roan kommt mit einem unbehaglichen Gesichtsausdruck auf mich zu. „Vor allem, weil er heute Abend mit deiner Freundin Freya ausgeht."

„Was?", blaffe ich mit heruntergefallener Kinnlade. „Wovon sprichst du?"

Roan zuckt mit den Schultern. „Ich sollte dir das eigentlich nicht sagen, aber du solltest deiner Freundin raten, sich nicht mit ihm zu treffen, wenn er ein schlechter Kerl ist."

„Was sagst du da, DeWalt?", schnauze ich wieder, meine Augen wie Laser auf ihn gerichtet. „Das ergibt für mich überhaupt keinen Sinn. Freya würde nicht mit *Santino* ausgehen."

„Sie hat Allie gesagt, dass sie heute Abend auf irgendeine schicke Dachterrasse gehen", sagt er und wirft sich das Handtuch über die Schulter. „Ich würde dich nicht anlügen, Mann. Nicht bei dieser Angelegenheit.“

Ich spanne meinen Kiefer so fest an, dass ich schwöre, meine Zähne knacken zu hören. Ohne ein weiteres Wort drehe ich mich auf dem Absatz um und sprinte praktisch zu den Duschen. Das wird auf keinen verdammten Fall passieren.

„Wo ist sie?“, knurre ich ins Telefon, als Allie meinen Anruf entgegennimmt.

„Mac?“

„Ist sie gerade bei ihm?“, frage ich, wobei alle Höflichkeit aus meiner Stimme verschwindet.

„Roan sollte es dir nicht sagen!“, erwidert Allie, sichtlich besorgt. „Warum hat er es dir gesagt?“

„Allie, sag mir einfach, wo sie ist, und ich kümmere mich darum.“

„Darum kümmern? Was willst du denn tun, Mac? Sie über deine Schulter werfen und aus dem Date zerren, weil du ihn nicht magst?“

„Wenn ich muss.“

Allie brummt in die Leitung. „Es hat keinen Sinn. Sie ist fest entschlossen, ein Date für die Hochzeit zu haben, und ich denke nicht, dass du dich einmischen solltest. Das tut ihr gut. Sie sollte auf Dates gehen.“

„Das steht jetzt nicht zur Diskussion, Allie“, sage ich und versuche, die Ruhe zu bewahren, denn ich weiß, dass Allie sich um Freya sorgt, aber in diesem Moment sorge ich mich mehr.

Allie schnaubt. „Wenn ich es nicht besser wüsste, würde ich behaupten, du benimmst dich wie ein eifersüchtiger Freund, Mac.“

„Wenn ich es nicht besser wüsste, würde ich behaupten, dass du dich wie eine beschissene Freundin benimmst, denn du würdest nicht wollen, dass deine Freundin mit Leuten wie Santino ausgeht, wenn du wüsstest, was ich über ihn weiß. Also, sag mir, wo sie ist.“

Minuten später halte ich vor dem Radio Rooftop und spüre, wie das Blut vor Wut in meinen Adern pulsiert.

Verdammte Cookie.

Ich weiß, dass ich ihr in den letzten Tagen aus dem Weg gegangen bin, aber das war nur, um mich unter Kontrolle zu bringen. Ich wusste nicht, was unser Kuss bedeutete, und ich verstand definitiv nicht, was ich danach tat. Nichts davon ergab irgendeinen verdammten Sinn, also brauchte ich etwas Abstand, um meinen Kopf wieder klar zu bekommen.

Trotzdem hätte sie mir verdammt noch mal von ihren Plänen für heute Abend erzählen sollen. Ich bin ihr verdammter Liebescoach oder wie auch immer sie mich genannt hat. Und sie weiß, wie ich über Santino denke, also fühlt sich die Tatsache, dass sie mit ihm ausgeht, wie ein kompletter Verrat an unserer Freundschaft an. Mir ist danach, es ihr genau jetzt mitzuteilen.

Ich fahre mit dem Aufzug zu dem Dachrestaurant, von dem Allie gesagt hat, dass ich sie dort finden kann. Sobald sich die Türen öffnen, weiß ich, dass dies kein Ort ist, an dem man Jeans und Turnschuhe trägt, aber das ist mir scheißegal. Der Wirt mustert mich von Kopf bis Fuß, als ich mich ihm nähere, seine Lippen kräuseln sich urteilend nach oben, als er mich in Augenschein nimmt.

„Tut mir leid, Sir, wir haben eine strenge Kleiderordnung." Er schaut auf sein Notizbuch voller Mist.

„Ich bin nur hier, um eine Freundin abzuholen. Ich bin gleich wieder weg."

„Ich kann Sie da nicht reinlassen, Sir", sagt er mit einem verlegenen Lachen, während er meine mit Tattoos bedeckten Arme betrachtet. „Wir haben einen Ruf zu wahren."

Mein Kiefer knackt, als ich mit zusammengebissenen Zähnen sage: „Ihr Ruf wird zerstört, wenn ich einen Tweet an meine 200.000 Follower sende."

„Ihre was?", fragt er ungläubig.

„James!", quietscht eine weibliche Stimme neben uns. „Wir können bestimmt einen Tisch für Mr. Maclay Logan finden, den Mittelfeldspieler von Bethnal Green."

Ich wende meinen Blick zu der Frau, die sich nun neben Mr. Trottel stellt, der dringend geschüttelt werden muss. Die Frau sieht mich hungrig an, und der Blick irritiert mich noch mehr.

„Ich brauche keinen Sitzplatz. Ich muss nur kurz rein und meine Freundin holen."

Ich zeige auf die Dachterrasse voller Paare, die in warmes, romantisches

Licht getaucht sind und den funkelnden Ausblick auf die nächtliche Londoner Skyline genießen. Ich werfe einen flüchtigen Blick darauf und falle fast tot um, als ich Freya sehe. *Meine verdammte Freya* schreitet mit Leichtigkeit an den Tischen vorbei, als wäre sie Moses, der das Rote Meer teilt. Sie trägt das verdammte, umwerfende Kleid, das *ich* für sie gekauft habe. Sogar die verdammten Schuhe, die von meiner verdammten Kreditkarte bezahlt wurden, sind an ihren Füßen und verhöhnen mich. Ihr rotes Haar glänzt und fällt locker über ihren Rücken, perfekt gelockt. Ich schwöre bei Gott, jeder Mann im Raum dreht sich, um sie vorbeigehen zu sehen.

Ich lasse meinen Nacken knacken und bahne mir einen Weg an den albernen Pförtnern vorbei zu meiner besten Freundin, wobei ich auf dem ganzen Weg wie ein Elefant im Porzellanladen gegen Stühle stoße. Freya muss den Aufruhr hören, denn sie dreht den Kopf und ihr Mund öffnet sich, als sie mich auf sie zustürmen sieht.

„Mac", sagt sie mit einem unbeholfenen Lachen, als ich nur noch eine Armlänge entfernt bin. „Was machst du denn hier?"

„Ich bringe dich nach Hause." Ich ergreife ihren Arm, aber sie befreit sich schnell.

„Was soll das heißen, du bringst mich nach Hause? Ich habe ein Date." Sie schaut sich nervös um, weil alle Augen auf uns gerichtet sind.

Ich erschaudere leicht, als ich sehe, welche Aufmerksamkeit ich auf mich ziehe, aber das hält mich nicht davon ab, zu antworten. „Ich habe alles über dein *Date* mit Santino gehört."

Sie zögert ein paar Sekunden und senkt beschämt den Blick, während sie versucht, ihre Worte zu finden. „Ich hätte es dir ja gesagt, aber …"

„Ja, er ist der Grund, warum ich dich nach Hause bringe."

Ich greife wieder nach ihrer Hand, aber sie entzieht sich meinem Griff. „Mac, du blamierst mich."

Meine Augen weiten sich, und ich senke den Kopf, um sie mit finsterer Miene zu fixieren. „Es sollte dich schon blamieren, dich in der Öffentlichkeit mit so einem Wichsfleck zu zeigen."

„Nicht so laut", zischt Freya, deren Kiefer sich vor Verärgerung anspannt. Ihre Augen huschen nach rechts, und ich folge ihrem Blick, um den absolut schmierigen, nichtsnutzigen Penner zu sehen, um den es geht.

Santino erhebt sich von seinem Platz und sieht mich mit einem arroganten Blick an, den ich ihm am liebsten aus dem selbstgefälligen Gesicht schlagen würde. Er hat die unheimliche Fähigkeit, sich in der Welt umzusehen, als gehöre sie ihm. Als hätte er eine Menge Arbeit geleistet, um hierherzukommen, und die Früchte dieser Arbeit jetzt genießen dürfe. Ich hasse das, verdammt.

Ich marschiere auf ihn zu, wobei ich Freyas leises Flehen hinter mir ignoriere. „Ich habe nicht erwartet, dich hier zu sehen, Maclay", dröhnt Santino. Seine Stimme ist wie eine feuchte Decke voller Flecken vorzeitiger Ejakulation. „Schließt du dich uns an?"

„Nein, verdammt", antworte ich, und mein Puls beschleunigt sich. „Und Freya auch nicht."

Santino lächelt unbeholfen, aber seine Augen bleiben ernst. „Gibt es hier ein Problem?"

Ich atme schwer durch die Nase aus und stemme die Hände in die Hüften. „Von allen Frauen, die dir zur Verfügung stehen, musstest du dir ausgerechnet *meine* beste Freundin aussuchen?"

„Beste Freundin?" Santino wiederholt die Worte, als würde er sie zum ersten Mal hören. „Freya meinte, sie hätte seit Tagen nicht mit dir gesprochen."

Seine Worte fühlen sich wie ein Schlag in die Magengrube an und ich betrachte meine Freundin mit verletztem Blick.

Freya kaut auf ihrer Unterlippe. „So habe ich es nicht gesagt. Er hat nach dir gefragt, und ich habe geantwortet, dass ich nicht mit dir gesprochen habe. Das ist alles."

Sie ringt nervös die Hände vor sich, und ich hasse es. Ich hasse diese ganze Szene. Und ich hasse vor allem, dass Santino denkt, er habe das Recht, meinen verdammten Namen gegenüber meiner verdammten Freundin auszusprechen.

Ich richte meinen tödlichen Blick wieder auf ihn. „Du musst dir keine Sorgen über meine Freundschaft mit Freya machen, klar? Du musst nur wissen, dass sie mir gehört, okay, Kumpel?"

„Dir?", spottet er. „Ich habe sie nicht gezwungen, heute Abend hierherzukommen, Maclay."

Meine Fingerknöchel knacken, als ich die Hände zu Fäusten balle und mich zu Freya umdrehe. „Sag ihm, dass du jetzt mit mir gehst, Freya. Sofort."

„Mit dir gehen?", fragt sie, ihre großen Augen blitzen vor Verwirrung. „Wovon in aller Welt redest du, Mac? Ich habe ein Date."

Ich schüttle langsam den Kopf. „Du musst mir vertrauen, wenn ich dir sage, dass wir gehen müssen."

„Mac", sagt Freya, ihr Kinn zittert. „Warum tust du das?"

„Wem vertraust du? Ihm? Oder mir?" Meine Stimme wird immer lauter, aber ich kann nicht anders. Jedes Mal, wenn ich in Santinos Nähe bin, verliere ich meine verdammte Beherrschung.

Freya schnieft, als sie Santino anschaut. Mit einem lauten Seufzer beugt sie sich vor und nimmt ihre Handtasche vom Tisch. „Es tut mir so leid, Santino", sagt sie mit zittriger Stimme, am Rande der Tränen.

Scheiß drauf. Das ist mir egal. Dafür sind beste Freunde da. Ich strecke eine Hand aus, um ihre zu packen, aber sie reißt sie mir weg, als hätte ich sie verbrannt, und stürmt in Richtung Ausgang davon. Ich werfe Santino noch einen letzten vernichtenden Blick zu und drehe mich um, um ihr aus der Tür zu folgen.

Freya

Mac und ich sind beide völlig still, als er in Richtung meiner Wohnung fährt. Ein Teil von mir möchte über die Mittelkonsole greifen und ihm direkt auf die Nase schlagen. Ein anderer Teil von mir möchte ihn anschreien, welche verdammte Frechheit es war, mein Date zu sabotieren und mich zu demütigen.

Ein großer Teil von mir hat Angst, etwas zu tun, weil ich ihn noch nie so gesehen habe. So wütend. So fordernd. So unverfroren. Das ist nicht der Mac, den ich auf meinem Sofa kennengelernt habe, der bestelltes Essen isst und sich Weingummis in den Mund schiebt. Das ist eine ganz andere Bestie. Ich muss vorsichtig vorgehen.

Was um alles in der Welt ist sein Problem mit Santino, das ihn zu einem solchen Verrückten macht? Ich würde gern nachfragen, aber ich habe Angst davor.

Das ist mir ehrlich gesagt völlig egal. Was er mir im Restaurant angetan hat, war völlig unangebracht und inakzeptabel. Ich bin eine erwachsene Frau. Ich sollte in der Lage sein, meine eigenen Entscheidungen darüber zu treffen, mit wem ich ausgehe. Der einzige Grund, warum ich zugestimmt habe, mit Mac zu gehen, ist, dass uns alle im Restaurant angestarrt haben und mir der Gedanke, dass jemand ein Foto macht, ein Graus war.

Mac hält vor meiner Wohnung, und ohne ein Wort zu sagen, steige ich aus dem Auto und stürme auf meine Tür zu. Ich höre, wie er sich hinter mir nähert, also drehe ich mich auf dem Absatz um und pralle fast mit der Brust gegen ihn, als ich rufe: „Glaub ja nicht, dass du reinkommst!"

Er hat die Frechheit, schockiert auszusehen. „Warum zum Teufel nicht?"

Meine Augen werden groß, und mir fällt die Kinnlade herunter. „Weil du und ich uns in einem sehr, sehr großen Streit befinden. Muss ich dir das wirklich sagen?"

Mac schnaubt und fährt sich aggressiv mit der Hand durch die Haare. „Was ich vorhin gemacht habe, war nur zu deinem Besten, Cookie."

„Komm mir nicht mit Cookie", knurre ich, trete vor und stoße ihm einen Finger in die Brust. Er rührt sich nicht. *Gott, er ist zum Verrücktwerden.* „Du kannst mich nicht tagelang ignorieren und dann bei meinem Date auftauchen und dich wie ein überfürsorglicher Vater aufführen, der seine Tochter bei dem Sex im Auto erwischt hat oder so!"

„Würdest du aufhören, ‚der Sex' zu sagen? Du hörst dich lächerlich an", knurrt er, wobei er seine wütenden Augen auf meine fixiert.

„Dank dir ist jede Chance, dass ich heute Abend den Sex habe, zunichtegemacht worden."

Macs Augen funkeln vor Wut. „Lieber sterbe ich, als zu sehen, wie du mit diesem verdammten Wichser Sex hast", blafft er und spuckt sogar auf den Boden neben uns. „Er hat mit der Hälfte der Londoner Bevölkerung geschlafen, Freya, und das nur, weil die andere Hälfte aus Männern besteht."

„Wen interessiert das schon?", schreie ich und fasse mir an den

Kopf, weil ich das Gefühl habe, dass sich die ganze Welt dreht. „Vielleicht bin ich ja auf der Suche nach einem leichten Fick!"

„Einen Scheiß bist du", antwortet Mac barsch. „Du bist nicht der Typ für Gelegenheitssex, vor allem, weil die einzigen Leute, die du gevögelt hast, die waren, in die du verliebt warst."

„Du kennst mich nicht so gut, wie du glaubst, du arrogantes, eingebildetes Tier!"

„Was redest du da für einen Scheiß? Ich bin die ganze Zeit mit dir zusammen. Ich kenne dich, Freya. Ich kenne dich besser als die meisten Menschen. Ich …"

„Ich bin noch Jungfrau, du dicker, dummer Ochse!" Meine Stimme ist laut und hallt in der nahen Gasse wider, als ich ihn endlich zum Schweigen bringe.

Es gibt eine seltsame Aussetzung der Realität, die für ein paar Sekunden um uns herum geschieht, in der es sich anfühlt, als hätte die Erde aufgehört, sich zu drehen, und alles, was noch existiert, ist meine und Macs Wut, die zwischen uns wie ein elektrischer Strom brodelt.

Als ich schließlich begreife, was ich gerade für die Ohren ganz Londons geschrien habe, fühlen sich meine Beine plötzlich wie Pudding an. Mit einem zittrigen Ausatmen wende ich mich von Macs verblüfftem Gesicht ab und setze mich auf die Eingangstreppe meines Hauses, bevor ich vor Demütigung sterbe. Wenn ich nicht vor Demütigung sterbe, dann werde ich mich im Namen der Demütigung umbringen. Je nachdem, was zuerst eintritt.

Meine Augen sind weit aufgerissen und schnellen vor Entsetzen hin und her. Das ist alles meine Schuld. Dieser ganze Abend, diese ganze Woche, diese ganze Situation habe ich mir selbst eingebrockt, indem ich Mac erlaubt habe, mein dummer Liebescoach zu sein. Wie lächerlich! Ich wollte nur ein nettes Date für Allies Hochzeit finden und, ach ja, dabei vielleicht auch noch meine Jungfräulichkeit verlieren, bevor ich dreißig werde. War das wirklich zu viel verlangt vom Universum? Was für eine Idiotin ich doch bin!

Ich schaue auf und sehe Mac, der seinen Schock wegblinzelt. Sein Mund steht weit offen wie eine Fliegenfalle, und er hat sich seit meinem demütigenden Geständnis immer noch nicht bewegt.

„Steh da nicht rum wie ein Idiot", zische ich, bereit, ihn für seine

Reaktion zu erwürgen, weil er nur noch mehr Öl ins Feuer meiner Verlegenheit gießt.

Schließlich schüttelt Mac den Kopf und dreht sich zu mir um, wobei sich seine Augen verengen. „Du verarschst mich, oder?"

Ich starre ihn mit offenem Mund an. „Warum sollte ich dich bei einer so erbärmlichen Sache verarschen?" Ich werfe ihm einen wütenden Blick zu. „Ich meine es ernst, Mac. Ich bin eine fast dreißigjährige Jungfrau. Ich hatte noch nie den Sex und bin leider sehr unerfahren."

Macs Mund öffnet sich wieder vor Schock, als er sich neben mich setzt und seine langen Beine vor sich ausstreckt. Seine Mundwinkel zucken nach oben, als er leise lacht. „Du bist keine Jungfrau. Das hättest du mir gesagt."

„Oh, so wie du mir gesagt hättest, warum du Santino hasst?", gebe ich zurück, womit ich ihn zum Schweigen bringe.

Jeglicher Humor verschwindet aus seinem Gesicht, als er sich umdreht und mich mit zusammengezogenen Augenbrauen ansieht. „Aber als ich anfing, dich zu trainieren, sagtest du, du hättest nur eine Trockenperiode gehabt. Eine Trockenperiode bedeutet, dass du irgendwann einmal nass gewesen sein musst."

Ich schüttle den Kopf. „Du hast es so verstanden, und ich habe mich nicht bemüht, dich zu korrigieren. Aber ganz ehrlich, Mac, denk doch mal nach. Du kennst mich. Glaubst du, ich hätte wirklich zugestimmt, dass du mein Liebescoach wirst, wenn ich nur eine Trockenperiode hätte?"

„Herrgott, Frau", schnauzt er. Seine Augen schweifen an meinem Körper hinunter, als sähe er mich in einem neuen Licht. „Du bist eine verdammte Jungfrau und hast es mir nie gesagt? Ich bin dein bester Kumpel! Warum wolltest du diese Information nicht mit mir teilen?"

„Wir reden nicht über den Sex!", rufe ich abwehrend aus.

„Ich weiß, aber das scheint mir etwas zu sein, das du mir eigentlich schon längst hättest sagen müssen." Er steht auf und fängt an, vor mir auf und ab zu gehen, wobei er den Kopf schüttelt, als hätte er gerade zum ersten Mal erfahren, dass die Welt rund ist, und er es nicht ganz begreifen kann. „Mein Gott, Jungfrau?"

„Würdest du aufhören, es so zu sagen, als wäre es so eine große

Sache?", fauche ich, während mein ganzer Körper vor Verlegenheit in sich zusammenfällt.

„Es ist eine große Sache", antwortet er und hält inne, um mich mit in die Hüften gestemmten Händen anzuschauen.

„Für mich ist das keine große Sache!", rufe ich und stehe auf, um mit ihm auf Augenhöhe zu sein. Nun ja, eher auf Brusthöhe. „Ich will mich nicht aufsparen oder so. Es ist keine religiöse Sache, und es ist nicht so, dass ich es nicht versucht hätte. Ich habe mich in der Vergangenheit in meiner ganzen unbeholfenen Pracht gezeigt, und aus irgendeinem Grund hat es nie geklappt", schnaube ich, verärgert darüber, dass ich ihm erklären muss, wie viel Pech ich in Sachen Romantik hatte. „Dann hatte ich es einfach satt, mich so anzustrengen, also habe ich eine Pause eingelegt und mich auf meine Karriere konzentriert. Eine lange Pause, nehme ich an. Aber damit bin ich jetzt fertig. Ich will so schnell wie möglich mein Jungfernetikett loswerden, und deshalb dachte ich, ein Date mit Santino wäre eine gute Idee. Vor allem, wenn er so erfahren ist, wie du sagst."

Macs Gesicht verzieht sich. „Was zum Teufel ist ein Jungfernetikett?"

Ich erröte, als mir klar wird, dass ich es laut ausgesprochen habe. Achselzuckend antworte ich: „So hat meine Oma meine Jungfräulichkeit genannt." Ich verschränke die Arme vor der Brust, da ich mich plötzlich unter dem Londoner Nachthimmel sehr entblößt fühle.

Mac zittert sichtlich. „Du gibst dein *Jungfernetikett* nicht diesem verdammten Arschloch", schimpft er, als er schließlich begreift, was meine letzte Bemerkung bedeutet.

„Nun, jetzt natürlich nicht", entgegne ich aufgeregt. „Du hast mir diese Chance praktisch ruiniert."

„Gut", erwidert er.

„Nicht gut für mich!", schnauze ich und recke mein Kinn zu ihm hoch. „Ich weiß nicht, welches Problem du mit Santino hast, aber du bist mein Freund, also werde ich dir vertrauen und mich von ihm fernhalten. Aber du musst verstehen, dass du mich nicht vor allem beschützen kannst, auch wenn du dich für meinen Liebescoach hältst. Irgendwann werde ich meine Jungfräulichkeit an jemanden verlieren, und der wird wahrscheinlich nicht perfekt sein."

„Ich kann nicht glauben, dass ich nicht wusste, dass du noch Jungfrau bist", antwortet Mac und starrt mich an, wobei seine Augen ein wenig sanfter werden. „Ich bin ein beschissener Liebescoach."

Ich lache über seine aufrichtige Antwort und streiche ihm dann die Haare aus der Stirn. Gott sei Dank klingt er wieder wie Mac – der Typ, der den Anstand hat, nicht zu lachen, wenn ich bei emotionalen Szenen in *Heartland* weine.

Er schließt die Augen, und sein ganzer Körper entspannt sich in meiner Liebkosung. Als er sie wieder öffnet, ist in seinen grünen Augen etwas zu sehen, das ich noch nie zuvor gesehen habe. Zärtlichkeit, vielleicht?

„Es tut mir leid, Cookie", krächzt er mit tiefer Stimme, während er seine tätowierten Arme um meine Schultern legt und mich an seinen harten Körper drückt. „Ich hätte nicht so hereinplatzen dürfen. Ich sehe einfach rot, wenn es um diesen Kerl geht."

Ich atme an seiner Brust aus und atme seinen vertrauten Duft nach Seife und Waschmittel ein. „Eines Tages wirst du mir sagen müssen, warum."

Ich spüre, wie er mit seinem Kopf nickt, der auf meinem ruht. „Eines Tages werde ich das vielleicht tun."

Ich ziehe mich zurück und lächle ihn sanft an. „Ich gehe ins Bett. Die Szene, die mein Freund auf einer Londoner Dachterrasse gemacht hat, hat eine erstaunlich erschöpfende Wirkung auf mich."

Er schenkt mir ein reumütiges Lächeln, während er sich in den Nacken greift. „Das tut mir leid."

Ich zucke mit den Schultern. „Es gab sowieso keine Liebesverbindung zu Santino. Ich werde einen anderen bedauernswerten Kerl finden, an den ich mein Jungfernetikett verlieren kann." Mac zieht eine Grimasse, und ich tippe ihm spielerisch ans Kinn. „Komm schon, Liebescoach. Das Gerede über mein Jungfernetikett sollte dir nicht so unangenehm sein."

Er lacht unbeholfen, und ich drücke ihn kurz, bevor ich ihm zum Abschied zuwinke und ins Haus gehe.

Ich habe gerade den Aufzug betreten, als Mac plötzlich durch die Tür schlüpft, bevor sie sich schließt. „Die meisten Menschen verlieren ihre Jungfräulichkeit mit sechzehn", sagt er und scheint aus irgendeinem Grund außer Atem zu sein.

Ich runzle die Stirn über seine sehr willkürliche Aussage. „Ja, ich weiß, Mac. Ich bin nicht wie die meisten Menschen." Ich greife an ihm vorbei und drücke die Nummer fünf auf dem Bedienfeld, woraufhin sich der Aufzug in Bewegung setzt. „Danke, dass du mich an diese traurige Tatsache erinnert hast."

Mac schüttelt den Kopf und dreht mich zu sich um. „Nein, ich meine nur, dass die meisten Leute jung sind und deshalb vergessen, wie schlimm es ist. Du bist nicht jung, Cookie."

„Fick dich", fauche ich und reiße meine Arme aus seinem Griff. Ich drehe mich nach vorn und schaue finster auf die Fahrstuhltüren. Ich will, dass die Fahrt schneller geht, bevor ich meinem besten Freund in sein nerviges, kantiges Kinn schlage.

„Ich versuche dir zu sagen, dass du nicht einfach ein Kind bist, das sie auf dem Rücksitz eines Autos verschenkt." Mac stellt sich vor mich hin und fordert meine volle Aufmerksamkeit. Sein Gesichtsausdruck ist ernst, als er hinzufügt: „Dein … Jungfernetikett ist etwas Besonderes. Dein erstes Mal sollte etwas bedeuten. Es sollte mit jemandem sein, der dir etwas bedeutet. Jemandem, dem du vertraust."

Ich atme schwer aus, seine Worte verursachen ein unangenehmes Gefühl in meiner Brust. „Hör mal, Mac, du weißt, dass ich bei Dates eine Niete bin. Ich kann nicht einmal ein Date für Roans und Allies Hochzeit finden, geschweige denn einen Mann, dem ich genug vertraue, um mit ihm Sex zu haben. Wenn ich weiter auf einen festen Freund warte, mit dem ich Sex haben kann, werde ich meine Jungfräulichkeit vielleicht nie verlieren."

„Ich spreche nicht von einem festen Freund", antwortet Mac, wobei seine Stimme seltsam heiser wird.

„Wovon redest du dann?", jammere ich fast, denn dieses ganze Gespräch ist wirklich mein schlimmster Albtraum.

Er schluckt und schaut zu Boden, seine Schultern sind unangenehm steif, was ich selten bei ihm sehe. „Ich spreche von mir", murmelt er zu Boden.

Die Fahrstuhltüren öffnen sich, und ich starre meinen besten Freund an, mit offenem Mund und blinzelnd vor lauter Schreck. „Wenn du dich über mich lustig machen willst …"

„Das will ich nicht, Freya", beharrt er und ergreift meinen Arm, um mich in den Flur zu führen. Sein Gesichtsausdruck ist grimmig, als er hinzufügt: „Ich war völlig überrascht, als du es mir gesagt hast, aber dann ist es mir klar geworden. Für mich ergibt es absolut Sinn. Ich bin dein bester Kumpel. Du vertraust mir. Wenn ich dir dabei helfe, bist du vielleicht nicht mehr so schlecht im Daten. Ich vermute, dass die Tatsache, dass du als dreißigjährige Jungfrau herumläufst, Teil deines Problems ist, nicht mit Männern sprechen zu können. Wenn du mehr Erfahrung hättest, würdest du vielleicht nicht so über deine Worte stolpern."

Ich breche in Gelächter aus und zittere am ganzen Körper vor Hysterie, weil er sich garantiert über mich lustig macht. „Mac, ich glaube nicht, was du gerade sagst."

Sein Gesicht ist absolut ernst, als er antwortet: „Freya, ich würde darüber keine Witze machen."

Mein Humor erstirbt. „Du hast mich geküsst, dann habe ich tagelang nichts von dir gehört. Wenn wir Sex haben, verliere ich meinen besten Freund sicher für immer!"

Mac zuckt angesichts meines heftigen Seitenhiebs zusammen, aber das ist mir egal. Wenn er denkt, er kann mit mir Sex haben und sich dabei normal verhalten, hat er ernsthafte Wahnvorstellungen.

„Das war dumm von mir. Es tut mir leid."

„Es tut dir leid", wiederhole ich, drehe ihm die Schulter zu und krame in meiner Handtasche nach meinen Schlüsseln. Ich schließe meine Wohnungstür auf, und Mac folgt mir hinein. Ich drehe mich auf dem Absatz um und halte meine Hand hoch, um ihn im Eingangsbereich aufzuhalten. „Du und ich haben seit über einem Jahr nicht einen Tag ohne SMS verbracht. Dann, nach einem blöden Kuss, hast du mich tagelang ignoriert. Warum sollte ich riskieren, dich für Sex zu verlieren, Mac?"

„Du wirst mich nicht verlieren", sagt er leise, seine Augen groß auf die meinen gerichtet, als er meine Wange berühren will.

Ich entziehe mich seinem Griff und gehe in meinen Essbereich, um meine Handtasche auf den Tisch zu legen. „Woher willst du das wissen?", frage ich und mache mich auf den Weg in die Küche, um etwas Wasser zu holen.

Er zögert einen Moment, bevor er antwortet: „Nun, ich bin immer noch mit Cami befreundet, und wir hatten über zwei Jahre lang Sex."

Ich erstarre mit der Hand am Kühlschrankgriff und drehe mich langsam um. „Du sprichst noch mit ihr?"

Mac nickt, sein Kiefer ist angespannt. „Wir essen fast jede Woche zu Mittag, wenn ich in der Stadt bin."

„Du isst jede Woche mit ihr zu Mittag?", rufe ich aus, öffne den Kühlschrank und nehme eine Flasche Wasser heraus. Ich schließe ihn und drehe mich wieder zu ihm um. „Warum hast du mir das nie erzählt?"

Mac zuckt mit den Schultern. „Ich glaube, wir beide wissen immer noch nicht viel voneinander."

„Und du hältst es für eine gute Idee, Sex hinzuzufügen?", frage ich lachend und gehe an ihm vorbei in mein Wohnzimmer.

Er folgt mir. „Sex mit mir ist immer eine gute Idee, Cookie."

Ich drehe mich um und kann nicht anders, als über seinen Versuch eines Schlafzimmerblicks zu lachen. „Das kann doch nicht dein Ernst sein."

„Ich meine es todernst." Er schenkt mir ein freches Lächeln und zuckt mit den Schultern. „Du weißt ja, was man sagt: ,Ein roter Bart ist nett, vor allem auch im Bett.'"

Ich breche in Gelächter aus. „Wer sagt denn so etwas? Das habe ich noch nie gehört. Wer ist dieser *man*, von dem du sprichst?"

Macs Lächeln wird schwächer. „Dieser *man* ist eindeutig brillant, das ist alles, was ich weiß."

„Dann antworte mir, wer ist dieser *man*?", wiederhole ich, meine Augen neugierig aufgerissen.

„Hör auf, mich das zu fragen", schnauzt er und wird rot. „Ich weiß es nicht, aber dieser *man* weiß offensichtlich, wovon er redet, denn ich weiß aus zuverlässiger Quelle, dass ich gut im Bett bin."

Ich ziehe die Augenbrauen hoch. „Wenn du nicht weißt, wer dieser *man* ist, dann kannst du das unmöglich wissen."

„Hör auf, Kreise um mich herum zu reden, Frau. Du weißt, dass ich mit dem Drehen dieses verdammten Laufrads, das du Gehirn nennst, nicht mithalten kann!"

Ich lächle süß. „Für einen Liebescoach solltest du eigentlich besser mit Druck umgehen können." Ich biete ihm meine Wasserflasche an und lasse mich auf das Sofa fallen.

Er trinkt einen Schluck und setzt sich neben mich. „Ich will nur nicht, dass dein erstes Mal mit einem Arschloch stattfindet, das sich keine Zeit lässt. Jemandem, der sich nicht vergewissert, ob du bereit bist. Oder noch schlimmer, mit einem höflichen, schüchternen Kerl, der einen guten Job und eine Bundfaltenhose hat. Der Türen aufhält und die Rechnung bezahlt, bevor er fragt: ‚Ma'am, darf ich bitte in Ihnen kommen?'"

Ich erblasse bei seinen schmutzigen Worten. „Was ist falsch daran, zu fragen, ob man kommen darf? Vielleicht ist das seine höfliche Art zu fragen, ob ich gekommen bin!"

Mac sieht mich wissend an. „Wenn ich bis zu den Eiern in einem Mädchen stecke, weiß ich genau, wann sie kommt, Cookie."

„Ach, halt die Klappe. Du kannst nicht alles wissen."

„Ich würde es auf jeden Fall wissen, wenn du kommst, Freya."

„Woher?"

„Weil ich glaube, dass du einen ähnlichen Gesichtsausdruck bekämst, wie wenn du eine herzzerreißende Szene in *Heartland* siehst."

Er richte seine grünen Augen auf mich, und die Art, wie er mich ansieht, löst ein Kribbeln in meinem Unterleib aus. „Das ist eine sehr bizarre Vermutung", sage ich, wobei ich mich für den plötzlichen Tonwechsel in meiner Stimme schäme.

Seine Augenbrauen heben sich, als er merkt, dass ich tatsächlich über sein Angebot nachdenke. „Ja, Freya. Nur weil du tief im Inneren weißt, dass es wahrscheinlich wahr ist."

Ich atme angesichts des verruchten Versprechens in seinen samtenen Augen scharf ein und entreiße ihm meine Wasserflasche. Unsere Finger berühren sich, und es fühlt sich an, als stünden wir unter Strom. Wann haben Mac und ich angefangen, sexuelle Spannung zu haben? War sie schon immer da, und ich habe sie einfach ignoriert? Es ergibt keinen verdammten Sinn. Er ist er, und ich bin … ich.

Ich nehme einen großen Schluck von meinem Wasser und weiche seinem Blick aus, denn ich spüre, wie er mich anstarrt, und ich hasse es, dass sich meine Schenkel dabei anspannen.

„Muss man sich nicht zumindest zu jemandem hingezogen fühlen, um Sex mit ihm zu haben?", frage ich, starre geradeaus und spüre, wie das Blut in meinen Ohren zu kochen beginnt.

Mac sagt nichts, also riskiere ich einen Blick auf ihn und spüre, wie sich meine Lippen öffnen, als ich sehe, dass seine Augen auf meine entblößten Beine in dem kurzen Kleid gerichtet sind, das er für mich ausgesucht hat. „Ich habe nie gesagt, dass ich mich nicht zu dir hingezogen fühle, Cookie."

Ein Hustenanfall übermannt mich, und ich trinke schnell den Rest meines Wassers, um das Feuer in mir zu löschen.

Seine Stimme ist tief und heiser, als er fragt: „Fühlst du dich überhaupt nicht zu mir hingezogen?"

Tief durchatmen, Freya. Schöne, tiefe, ruhige Atemzüge. „Was für eine dumme Frage", erwidere ich und drücke meine Plastikwasserflasche fest in meinen verschwitzten Händen.

„Hast du jemals sexuell an mich gedacht?", fragt Mac und rückt auf dem Sofa näher an mich heran. Ich spüre die Wärme seines Atems auf meiner Schulter, als er hinzufügt: „Denn ich habe an dich gedacht."

„Wirklich?", stoße ich hervor. Ich habe das Gefühl, dass jeden Moment Kameras aus dem Schatten treten werden, weil ich ganz sicher verarscht werde.

Aber Mac hat keinerlei Humor im Gesicht, als er antwortet: „Aye, du bist ein hübsches Mädchen. Ich müsste schon auf Kerle stehen, um dich nicht vögeln zu wollen."

Ich schließe die Augen, denn ich fühle mich schrecklich überwältigt von seiner Aussage. Ich fange an, mir die schmerzhaft warmen Ohren zu reiben, weil ich sicher bin, dass ich wie eine komplette Idiotin aussehe, aber ich weiß nicht, wie ich mich zurückhalten soll. „Ich kann nicht glauben, dass das passiert."

Mac räuspert sich und antwortet: „Aber wenn du dich nicht so zu mir hingezogen fühlst, dann hat es keinen Sinn, dass wir …"

„Ich finde dich attraktiv!" Bei meiner peinlichen Antwort reiße ich die Augen auf und drehe mich zu seinem hinreißend verwirrten Gesicht um.

Macs Blick fällt auf mein Dekolleté, und er legt einen Arm auf die Sofalehne. „Bist du dir da sicher?"

Ich verdrehe die Augen und versuche, seinen köstlichen Duft zu ignorieren, der mich wie ein sexy Stinktierspray umweht. *Gibt es sexy Stinktiersprays?*

„Ich meine, du bist attraktiv, auf diese offensichtliche, athletische

Fußballer-Art. Im Grunde ist es aber eine Frage von wahr oder falsch. Die Frage, ob ein großer, tätowierter, gutaussehender Fußballer attraktiv ist, ist das, was man eine objektive Untersuchung nennen würde. Da ist kein Subjektivismus im Spiel."

„Du hast wieder einen deiner Ausbrüche, Freya", sagt er ernst, streicht mir eine Haarsträhne hinters Ohr und hält dann inne, um mein Ohrläppchen zwischen Zeigefinger und Daumen zu nehmen. „Und deine Ohren stehen gerade objektiv in Flammen."

„Halt die Klappe, du Kuh", flüstere ich, als ich spüre, wie seine zärtliche Berührung ein Kribbeln auf meiner Haut auslöst.

Mac bebt vor Lachen, und ich spüre es direkt zwischen meinen Beinen. „Aber ob subjektiv oder objektiv, ich finde dich wunderschön, und es wäre mir ein Vergnügen, dein erstes Mal zu etwas Besonderem zu machen."

„Nur als Freunde?", frage ich, während ich ihn mit nervöser Neugier mustere.

„Beste Freunde", antwortet er, und seine Augen werden ernster und weniger sexy. „Aber du solltest dir etwas Zeit lassen und darüber nachdenken."

Er steht von seinem Platz auf, und ich starre mit offenem Mund zu ihm hoch. „Was?"

Er zuckt mit den Schultern und unterbricht damit den hitzigen Moment, von dem ich dachte, wir würden ihn teilen. „Es ist eine große Entscheidung. Du hast so lange an deiner Jungfräulichkeit festgehalten, also solltest du sicher sein, dass du bereit bist."

„Ähm, ich bin fast dreißig. Ich denke, das macht mich übermäßig bereit."

Mac schenkt mir ein schiefes Lächeln. „Schlaf drüber. Wir reden morgen." Er beugt sich hinunter und drückt mir einen Kuss auf den Kopf, dann hält er kurz inne, seine Hand wandert zu meinem Kinn und hebt mein Gesicht zu seinem. Er streift mit seinen Lippen über meine und murmelt: „Gute Nacht, Cookie."

„Gute Nacht?", hauche ich seufzend und höre nichts als Macs Lachen, als er sich aus meiner Wohnung verabschiedet.

Was für eine verdammte Kuh.

KAPITEL 11

Mac

„Ich muss mit dir über etwas reden, aber du musst mir versprechen, niemandem ein Wort davon zu erzählen. Nicht einmal Allie." Am nächsten Morgen sehe ich meinen Mitbewohner ernst an, als wir uns in der Küche gegenüberstehen. Ich habe Roan in einem seltenen Moment erwischt, in dem seine Verlobte nicht in Sicht ist, und das werde ich voll ausnutzen.

„Okay", antwortet Roan neugierig. Er hat eine Schüssel mit Haferbrei in der Hand, der Löffel in der anderen schwebt in der Luft. „Soll ich mich dafür hinsetzen?"

„Sei nicht albern", schnaube ich, lehne mich gegen den Küchentisch und verschränke die Arme vor der Brust. „Aber du kannst nicht diese Sache tun, die Paare machen, wo sie denken, sie müssten keine Geheimnisse voreinander haben, weil sie verliebt sind und dieselben Gedanken haben. Ich will wirklich nicht, dass du Allie davon erzählst. Kannst du mir das versprechen?"

Roan schiebt sich den Löffel Haferbrei in den Mund und stellt seine Schüssel auf dem Tresen ab, um mir seine volle Aufmerksamkeit zu schenken. Wie ich verschränkt er die Arme vor der Brust. „Was zum Teufel ist hier los, Mac?", sagt er mit vollem Mund.

Ich atme schwer aus. „Ich habe Freya gestern Abend angeboten, sie zu entjungfern."

Roan verschluckt sich an seinem Haferbrei. „Du lügst."

„Ich lüge nicht", sage ich ernst. „Ich wusste nicht einmal, dass ich es tun würde, bis ich plötzlich in ihrem Aufzug stand und ihr anbot, ihr Jungfernetikett zu nehmen."

„Ihr was?", ruft Roan und schlägt sich auf die Brust, um die letzten Essensreste in die Speiseröhre zu bekommen.

Ich zucke mit den Schultern. „So nennt sie ihre Jungfräulichkeit. Das spielt keine Rolle. Hältst du mich für einen Idioten? Denkst du, ich habe alles ruiniert?"

Roan lacht schallend und hievt sich auf den Tresen mir gegenüber, um den offensichtlichen Schock über diese jüngste Entwicklung abzuschütteln. „Das ist eine Fangfrage, Mann."

„Ich weiß", antworte ich und fasse mir in den Nacken. „Aber was denkst du?"

Roan nimmt sein Glas Wasser und trinkt einen Schluck, bevor er sagt: „Ich denke, es kommt darauf an."

„Worauf?"

„Ob du sie liebst."

„Sie lieben? Was meinst du damit?", schnauze ich, verärgert darüber, dass er mit seinen Ratschlägen in diese Richtung geht. „Hier geht es nicht um Liebe, Roan. Es geht darum, dass meine Freundin es für klug hält, mit einem Fremden wie Santino Sex zu haben, weil sie keine dreißigjährige Jungfrau ohne Date für deine verdammte Hochzeit sein will."

„Oh, ich verstehe", sagt Roan wissend. „Du hast also vor, ihre Jungfräulichkeit als Wohltätigkeitsprojekt zu betrachten."

„Fick dich …, das ist meine Freundin, von der du da redest."

Roan zieht die Augenbrauen hoch. „Mac, wenn du mir weismachen willst, dass Freyas Entjungferung ein selbstloser Akt ist, den du nur tust, um ein guter Freund zu sein, muss ich dich einen Lügner nennen. Du hättest ihr nicht angeboten, mit ihr zu schlafen, wenn du keine Gefühle für sie hättest."

Das lässt mich innehalten. „Ich habe keine Gefühle für sie …, zumindest nicht auf diese Weise. Ich meine, klar, ich fand sie schon immer hübsch, und in letzter Zeit hat sich eine neue Art von Anziehung zwischen uns entwickelt."

„Anziehung?" Roan senkt sein Kinn und mustert mich neugierig.

„Ein Funke oder so etwas", erkläre ich und denke dabei an Freyas Lippen auf meinen im Schlafzimmer, wie sie die Bestie in mir geweckt haben. „Vorher war es nicht da. Zumindest nicht so sehr."

Roan runzelt die Stirn, da er mir offensichtlich nicht glaubt.

„Aber in dem Moment, als sie anfing, von anderen Männern zu sprechen, begann ich, sie in einem neuen Licht zu sehen."

„Einem sexuellen Licht", bietet Roan hilfsbereit an.

„Aye, klar, wie auch immer du es nennen willst. Ich weiß, dass wir am Ende nicht zusammenkommen werden. Ich will nicht sesshaft werden, und selbst wenn ich es wollte, würde ich sie wahnsinnig machen. Wir würden es nie als Paar schaffen. Aber vielleicht … vielleicht, wenn wir … diesem Drang nachgeben …, können wir wieder so werden wie … früher."

„Bevor du sie in einem sexuellen Licht gesehen hast?"

„Es hört sich doof an, wenn du es so sagst", knurre ich und frage mich, warum zum Teufel ich zugestimmt habe, der Trauzeuge dieses Arschlochs zu sein. „Ich hätte nichts sagen sollen."

Als ich mich auf den Weg in mein Schlafzimmer mache, streckt Roan eine Hand aus und legt sie auf meine Schulter. „Tut mir leid, dass ich dich aufgezogen habe, Mann. Ich möchte nur, dass du vorsichtig bist."

„Vorsichtig?", frage ich stirnrunzelnd.

„Du weißt doch noch, wie es war, als Cami mit dir Schluss gemacht hat."

Bei der Erwähnung ihres Namens atme ich scharf ein. „Das Problem mit Cami war, dass es zu lange angehalten hat. Ich wurde von ihr abhängig, und als sie es beendete, war ich völlig durcheinander. Das war mein Problem, nicht ihres."

Ich erschaudere, wenn ich an einige der schlimmsten Spiele meiner Karriere in der letzten Saison zurückdenke, nachdem wir uns getrennt hatten. Der Trainer drohte mehr als einmal damit, mich auf die Bank zu setzen. Ich kann es ihm nicht verübeln. Alles, woran ich denken konnte, während ich auf dem Platz stand, war der Rat meines Großvaters, der mir schon in meiner frühen Kindheit sagte, ich solle mich von Frauen fernhalten, sonst würden sie mein Spiel verderben.

Er hatte recht.

Erst als ich begann, mich wieder mit Cami zu treffen, wirklich nur als Freunde, wurde mein Spiel allmählich wieder besser. Das war ein echter Mindfuck.

„Ich würde das mit Freya nicht auf Dauer machen", erkläre ich. „Sie ist anders als Cami."

Roan nickt, da er meinen Worten offensichtlich glaubt. „Dann denke ich, dass es in Ordnung sein kann. Solange ihr euch beide darüber im Klaren seid, was genau es ist."

„Nur Sex", bestätige ich. „Nur das eine Mal."

„Klar." Er zuckt mit den Schultern und schenkt mir ein seltsames Lächeln. „Ihr schafft das schon."

Ich runzle die Stirn, denn er hat einen seltsamen Gesichtsausdruck, den man auch anders interpretieren könnte. Aber ich will ihn nicht anders interpretieren. Ich will, dass das funktioniert. Es muss funktionieren. Ich habe Freya nach unserem Kuss tagelang ignoriert, weil ich nicht sicher war, ob ich es aushalten würde, sie beim nächsten Wiedersehen nicht erneut zu küssen. Wenn wir Sex haben, wird das helfen, diesen Drang zu lindern und uns wieder auf den richtigen Weg zu bringen.

Scheiße, ich hoffe, sie stimmt zu.

Ich mache mich auf den Weg in mein Schlafzimmer, und mein Handy piept, was mir anzeigt, dass eine SMS eingegangen ist. Ich lasse mich auf mein Bett fallen und ziehe es aus der Tasche, um zu sehen, dass es eine SMS von Freya ist.

Cookie: Willst du einen Rückzieher machen?

Ich: Ist das eine perverse Sexstellung, die du da vorschlägst? Cookie, ich denke, dein erstes Mal sollte nicht durch die Hintertür stattfinden.

Cookie: Halt die Klappe, du Kuh. Ich meine nur …, ob du einen Rückzieher von deinem Angebot für den Sex machen willst.

Ich versuche nicht einmal, mein Lächeln zu unterdrücken.

Ich: Mein Gott, es in Textform zu sehen, ist noch schlimmer, als wenn du es laut sagst. Versprich mir, dass du aufhörst, es DEN Sex zu nennen, nachdem ich dich gevögelt habe.

Cookie: Das heißt also, du machst keinen Rückzieher?

Ich: Cookie, ich hätte nichts angeboten, dem ich nicht voll und ganz verpflichtet bin. Ich tue es.

Cookie: Das kann jeder sagen.

Ich: Das wirst du sagen.

Cookie: Oh! Ich sollte dir mitteilen, dass ich nicht die Pille nehme, muss ich also Kondome kaufen oder so? Muss ich nicht deine Größe wissen? Hast du so ein flexibles Handwerker-Maßband? Wenn nicht, kann ich vorbeikommen und dich ausmessen.

Ich: …

Cookie: Mac?

Ich: …

Cookie: Mac? Misst du gerade?

Ich: …

Ich: Freya, ich wurde noch nie in meinem Leben von einer Frau gebeten, meinen Schwanz zu messen, und ich bin mir nicht sicher, ob ich damit kein Problem habe.

Cookie: Was? Ist das komisch? Ich dachte, es wäre verantwortungsvoll.

Ich: Zum einen sollten die Männer die Kondome kaufen. Das ist buchstäblich das Mindeste, was wir tun können. Zweitens, wenn ich die Größe meines Schwanzes noch nicht kenne, mache ich diese Sache als Kerl nicht richtig. Und drittens, wenn du meinen Schwanz jemals mit etwas anfasst, in dem das Wort „Handwerker" vorkommt, werde ich nie wieder einen Steifen haben.

Cookie: Meinetwegen, kein Grund, dramatisch zu werden.

Ich: Wenn es um meinen Schwanz geht, gibt es kein Herumalbern. Kapiert?

Cookie: Kapiert. Also, wann machen wir das?

Ich: Ich hole dich morgen um siebzehn Uhr ab.

Cookie: Morgen? Warum kommst du nicht einfach heute Abend hierher und bringst es hinter dich?

Ich: Cookie, ich nehme dein Jungfernetikett, um es zu etwas Besonderem zu machen, nicht um es einfach hinter mich zu bringen. Ich brauche Zeit, um dir eine epische, handwerkerfreie Erinnerung zu schenken. Vertrau mir einfach, in Ordnung?

Cookie: Okay … Was soll ich anziehen? Das Kleid, das du mir gekauft hast?

Ich: Wenn Santino es angefasst hat, verbrenn es. Überrasche mich einfach.

Cookie: Okay … wir sehen uns morgen. Xx

Ich: xx

KAPITEL 12

Freya

Ist das das richtige Outfit für die Nacht, in der du deine Jungfräulichkeit verlierst?, frage ich mich, während ich mich im Ganzkörperspiegel in meinem Schlafzimmer betrachte. Ich habe eine obszöne Anzahl von möglichen Optionen für heute Abend gekauft, aber das schwarze Samtkleid im Meerjungfrauenstil, das ich in einem Vintage-Laden gefunden habe, lässt sich nicht ignorieren.

Es reicht mir bis zur Mitte der Wade, wie all die anderen Sachen, die ich gerne trage, aber es ist figurbetont, also hoffe ich, dass Mac es gut findet. Er ist genau genommen immer noch mein Liebescoach, oder? Ich schätze, das bedeutet, dass ich ihm gefallen will. Außerdem betont der wunderschöne, überkreuzte Ausschnitt *all* meine Vorzüge.

Ich habe mir für den Abend sogar ein neues schwarzes Spitzenhöschen gekauft, denn der Gedanke, dass Mac mir beim Ausziehen meiner Spanx zusieht, ist eine Demütigung, die ich am liebsten für den Rest meines Lebens vermeiden würde. Schwarze Mary-Jane-Pumps vervollständigen den schicken Look zusammen mit meinen roten Locken, die ich über eine Schulter gelegt habe. Ich fühle mich gut. Ich fühle mich bereit, mein Jungfernetikett an meinen guten Freund Mac abzugeben.

Wenn ich jetzt nur wüsste, was wir heute Abend machen.

Ein Teil von mir wünscht sich, Mac würde einfach auftauchen und es sofort mit mir tun. Damit ich aufhören kann, mich zu sorgen. Aber dann denkt ein Teil von mir, dass es Spaß machen könnte, so zu tun, als wäre dies ein echtes Date mit einem echten Mann, der mich vielleicht tatsächlich für mehr als eine Freundin hält.

Da bin ich wieder, bei meinen *Heartland*-Fantasien. Mac ist kein kanadischer Cowboy, und ich werde nicht auf einem Pony zum Altar reiten, um ihn am Ende all dessen zu heiraten. Dies ist ein realistisches Mittel zum Zweck. Mehr nicht.

Ein Klopfen an der Tür lässt Hercules in mein Schlafzimmer sprinten, und ich spüre ein überwältigendes Gefühl von miteinander ringenden Kätzchen in meinem Bauch. Ich trage schnell meinen matt-roten Lippenstift auf, ignoriere die Kätzchen und nehme meine grüne Handtasche vom Tresen. Als ich die Tür öffne, setzt mein Herz einen Schlag aus, denn es ist nicht nur mein Freund, der in seiner normalen Freizeitkleidung auf der Türschwelle steht.

Es ist mein Freund, der wirklich sexy aussieht. Er trägt eine frisch gebügelte schwarze Hose und ein weißes Hemd mit Manschetten an den Ärmeln, die einen Hauch seiner tätowierten Arme freigeben. Es ist schick mit einem Hauch von Schärfe. Eine berauschende Kombination.

Er hat sich auch die Haare schneiden lassen, wobei ein guter Teil seiner Länge erhalten geblieben ist, aber die schlaffe Unförmigkeit ist verschwunden. Schließlich schaue ich ihm in die Augen und bin verblüfft, als ich feststelle, dass Mac nicht mein Gesicht ansieht. Er sieht meinen Körper an.

Und die Art, wie sein dunkler Blick jeden Quadratzentimeter meiner Kurven abtastet, ist geradezu *unanständig*.

Ich räuspere mich und berühre den glatten Samt meines Rocks. „Ich weiß, es zeigt nicht meine Beine, aber …"

„Du bist perfekt", unterbricht Mac mich mit seiner heiseren, gehauchten und gleichzeitig sündhaften Stimme. Er überreicht mir einen riesigen Strauß rosa Nelken und fügt hinzu: „Du bist das hübscheste Mädchen, das ich je gesehen habe."

Ich halte mir die Blumen an die Nase und werfe ihm einen ungläubigen Blick zu. „Hör zu, Mac, ich weiß, du wolltest den heutigen Abend zu etwas Besonderes für mich machen, aber im Ernst, du kannst dir die kitschigen, übertriebenen Komplimente für ein anderes Mädchen aufheben. Es wäre eine Schande, wenn ich mein schönes neues Kleid vollkotzte."

„Verdammt, Frau", knurrt Mac, dessen Gesicht im Handumdrehen von hitzig zu wütend wechselt. „Könntest du nur einmal in deinem Leben ein Kompliment ohne eine selbstironische Antwort annehmen?"

Mein Schutzschild des Humors verschwindet, als ich Mac mit offenem Mund ansehe. „Es tut mir leid", erwidere ich reflexartig, denn ich wusste nicht, dass ich ihn mit meinen Sticheleien gegen mich selbst so aus der Fassung bringen würde. „Ich habe es nicht böse gemeint. Humor ist sozusagen mein Standard."

Macs Gesicht wird augenblicklich weicher, aber seine Augen bleiben auf meinen haften. „Ja, ich weiß, Freya. Aber was ich gesagt habe, war ernst gemeint, keine höfliche Bemerkung. Du siehst wunderschön aus."

„Danke", bringe ich heraus, ohne zu ungläubig zu klingen. Ich schaue auf meinen Strauß hinunter. „Und danke für die Blumen."

„Gern geschehen", sagt er. Er atmet schwer aus, als würde das Gewicht der Welt auf seinen Schultern lasten, dann streckt er einen Arm aus. „Kann ich dich jetzt zu diesem Date ausführen, das ich fast den ganzen Tag über organisiert habe? Ich bin gespannt, wie du reagierst."

Da sind wieder diese Kätzchen in meinem Bauch.

Mit einem sanften Lächeln stelle ich die Blumen auf dem kleinen Tisch ab und lege meinen Arm in seinen. Ich habe keine Ahnung, was mich heute Abend erwartet, aber wenn Mac den ganzen Tag damit verbracht hat, wird es sicher unvergesslich werden.

Mac

Die Autofahrt ist ruhig, als ich Freya zu unserem ersten Halt des Abends fahre. Die Sonne beginnt gerade unterzugehen, und die goldenen Strahlen, die durch ihr rotes Haar scheinen, sind auf quälende Weise ablenkend.

Herrgott, sie ist heute Abend wunderschön.

Von ihren Kurven in diesem sexy Kleid bis hin zu den kleinen Sommersprossen, die ihrem sexy Aussehen den perfekten Hauch von Unschuld verleihen, fühlt sich mein ganzer Körper plötzlich wie ein stromführender Draht an, der darauf wartet, die Sicherung zu sprengen.

Ich kann nicht sagen, ob sie heute Abend tatsächlich noch schöner ist als bei all den anderen Malen, die ich sie gesehen habe, oder ob es das Wissen ist, dass ich in wenigen Stunden in ihr sein werde, das ihre Schönheit in die Stratosphäre von fast schon obszön umwerfend katapultiert hat.

Verdammt noch mal, das wird eine lange Nacht.

Aber ich hätte sie vorhin nicht so anschnauzen sollen. Das war ein schlechter Start in den Abend.

Ich habe es mir einfach in den Kopf gesetzt, dass es etwas Besonderes für sie wird, und habe mich von meinen Gefühlen übermannen lassen. Ich hasse es, wie sie ständig so tut, als würde ich ihr einen Gefallen tun und als wären all meine Worte nur zur Show. Nichts davon ist zur Show. Dieses Arrangement war meine Idee, und ich hätte nicht angeboten, ihr die Jungfräulichkeit zu nehmen, wenn ich sie nicht vögeln wollte.

Verdammt noch mal, ich will sie vögeln.

Mein Schwanz pocht in meiner Hose, und ich halte das Lenkrad fest umklammert in dem Versuch, meine abschweifenden Gedanken zu unterdrücken, denn wir haben heute Abend Pläne, die weit über den Sex hinausgehen. Dieses Date hat mich ein hübsches Sümmchen gekostet, aber das war es wert, denn ich werde so ziemlich alles tun, um diese Nacht für meine beste Freundin außergewöhnlich zu gestalten.

Wir halten vor einem schönen Einfamilienhaus in Essex, und auf der anderen Straßenseite parkt ein Lieferwagen. Der Fahrer winkt mir lebhaft zu, und Freya winkt mit einem neugierigen Stirnrunzeln zurück.

„Weißt du, wer das ist?", fragt sie und schenkt dem Mann ein höfliches Lächeln, obwohl sie die Augenbrauen zusammenzieht.

„Aye", antworte ich. Meine Handflächen schwitzen vor Nervosität, denn verdammt noch mal, vielleicht ist das alles zu extrem und Freya wird mich für einen Spinner halten.

„Wirst du mir sagen, wer er ist?", fragt sie und schaut mich mit ihren großen runden Augen an.

Mit einem nervösen Grinsen springe ich aus dem Auto und jogge zu ihrer Tür. Ich fummle kurz an den Ärmeln meines Hemdes herum, bevor ich ihr die Tür öffne und meine Hand anbiete, wie der Gentleman, der zu sein meine Mutter mich gelehrt hat. „Versprich mir, dass du mich deswegen nicht verarschst, ja?", bitte ich mit einem schweren Seufzer. „Vergiss, dass du mich besser kennst als die meisten Leute und versuch dir vorzustellen, dass ich in der Lage bin, einfach etwas Nettes zu tun."

„Du? Nett?", sagt sie, während sie sich aufrichtet und mich mit kaum verhohlenem Humor anstarrt. „Der Mann, der seinen Schwanz einmal als das Monster von Loch Ness bezeichnet hat, macht plötzlich etwas Nettes?"

Ich kann nicht anders, als sie anzugrinsen. „Ja, du hast Glück, heute Abend wirst du herausfinden, ob die Legenden wahr sind."

Darüber kichert sie. „Du nennst es schon eine Legende? Ich hoffe wirklich, das ist eine sich selbsterfüllende Prophezeiung."

Meine Augen werden schmal und ich verspüre das unbändige Verlangen, sie hier auf der Straße bis zur Besinnungslosigkeit zu küssen. „Behalte deine charmanten Klugscheißer-Bemerkungen für dich, ja?"

Freya grinst und blickt durch ihre langen, dichten Wimpern zu mir auf. „Wenn meine Bemerkungen charmant sind, warum sollte ich sie dann vor der Welt verbergen?"

Ich knurre und drücke ihre Taille, während ich sie auf die andere Straßenseite führe. Der große, schlanke Mann springt mit einem breiten Grinsen aus dem Wagen. „Hallo, Mr. Logan. Schön, Sie wiederzusehen."

„Roger, ich habe dir gesagt, du sollst mich Mac nennen." Ich strecke die Hand aus, um die seine zu schütteln. „Das ist Freya."

„Hallo, Freya."

„Hallo, Roger."

„Seid ihr bereit?", fragt Roger mit großen, aufgeregten Augen, als er sich auf den Weg zum hinteren Teil des Wagens macht.

Freya sieht mich an und zupft nervös an ihrem Ohr, während sie ihm folgt. „Wenn das die Stelle ist, an der ich irgendwohin gebracht werde, um meine Jungfräulichkeit an den Höchstbietenden zu verkaufen, fürchte ich, dass ihr Jungs von dem Preis, den ich erzielen werde, enttäuscht sein könntet."

Meine Augen verengen sich in stiller Warnung, und sie zuckt mit den Schultern, als könne sie einfach nicht anders.

Rogers fröhliches Lächeln verschwindet augenblicklich. „Ich bin mir sicher, dass deine Jungfräulichkeit einen hervorragenden Preis einbringen würde, Ma'am." Freya und ich halten beide inne und starren Roger verblüfft an.

„Danke dafür, Roger", antwortet Freya schließlich, bevor sie sich mit amüsierter Miene zu mir umdreht.

„Er hat dich gerade Ma'am genannt." Ich lache und zucke zusammen, als meine Rippen Bekanntschaft mit Freyas Ellbogen machen.

Roger öffnet die Tür des Lieferwagens, und unsere Aufmerksamkeit richtet sich auf die drei Tierboxen mit kleinen Katzen darin.

„Oh mein Gott!", kreischt Freya und stürzt herbei, wobei sie Roger fast in den Hintern tritt. Er sieht ein wenig verängstigt aus, als Freya ausruft: „Sieh dir diese wunderschönen Kreaturen an, ich muss sie alle haben!"

Roger lacht unbeholfen und wendet sich mit großen Augen an mich. „Ich fürchte, das wird nicht möglich sein."

„Warum? Was meinst du?", fragt Freya, die ihn nicht einmal anschaut, während sie die Käfige berührt und sich von den kleinen Tieren durch die Metallgitter lecken lässt.

Roger räuspert sich und tut sein Bestes, um professionell zu klingen. „Diese Katzen haben bereits ein liebevolles Zuhause gefunden, und heute werdet ihr mir helfen, sie zu ihren neuen Familien zu bringen."

„Ist das dein Ernst?", fragt Freya, wobei sie mich auf der Suche nach einer Erklärung ansieht.

Ich trete vor und fasse mir nervös in den Nacken. „Roger arbeitet für eine gemeinnützige Organisation namens Best Birthday Ever, von der ich von einem meiner Teamkollegen gehört habe, und ihre Aufgabe ist es, rehabilitierte Haustiere als Geschenke zu übergeben. Alle Tiere, die durch sie adoptiert werden, wurden aus Tierheimen gerettet und rehabilitiert, bis sie bereit für ein richtiges Zuhause sind. Im Grunde dürfen wir heute bei der Auslieferung von drei dieser Tiere helfen und die Reaktion der Empfänger sehen."

„Halt die Klappe", sagt Freya unelegant, und ihre Stimme bricht am Ende vor kaum unterdrückter Emotion.

Roger und ich lachen beide.

„Das ist unser Date heute Abend? Das Geschenk eines Haustiers zu machen?", fragt Freya mit Tränen in den Augen, bevor sie sich wieder den kleinen Kätzchen zuwendet. „Wie vollkommen, irrsinnig und wunderbar perfekt dieser große Ochse von einem Schotten doch ist", gurrt sie in ihre Käfige, wobei ihre Stimme die Oktave eines kleinen Babys erreicht. „Er ist nicht so furchterregend, wie er aussieht. Eigentlich ist er ein großer, kuscheliger Teddybär, nicht wahr, ihr lieben Kleinen?"

Roger stößt mich mit dem Ellbogen an und gibt mir einen begeisterten Daumen nach oben. Unbeholfen erwidere ich die Geste, bevor er vortritt und den ersten Käfig öffnet. Er holt eine schwarz-weiße Katze heraus, die noch jung aussieht. Er drückt sie an seine Brust und sagt: „Dieser kleine Kerl geht an ein Mädchen namens Shantay. Es ist ihr zehnter Geburtstag, und er ist von ihrer Mutter und ihrem Vater."

Roger drückt Freya den Kater in die begierigen Hände und ihre Augen werden groß. „Wir übergeben das Kätzchen jetzt?"

Er nickt und zeigt auf das Haus hinter uns. „Genau dort."

„Stopp", sagt Freya und blickt mit weit aufgerissenen Augen auf das Haus. „Was genau soll ich sagen? Das ist ein großer Moment, und ich will ihn ihr nicht vermasseln."

Roger lächelt und streckt die Hand aus, um die Katze zu streicheln. „Sag einfach Happy Birthday von deiner Mutter und deinem Vater."

„Oh mein Gott, ich bin so nervös!", quiekt Freya, während sie sich mit offensichtlicher Aufregung im Gesicht zu mir umdreht.

„Ich begleite dich", sage ich, trete vor und lege meinen Arm um ihre Schultern.

Sie sieht zu mir auf und nickt zustimmend, und wir machen uns auf den Weg zur Eingangstür.

„Oh, übrigens!", ruft Roger, als wir die Straße überquert haben. „Vergewissere dich, dass es das richtige Mädchen ist, bevor du die Katze übergibst. Ich habe das einmal vermasselt und habe immer noch Albträume von diesem schrecklichen Tag."

Der gequälte Ausdruck in Rogers Augen ist unverkennbar, aber Freya ist zu sehr auf die Katze konzentriert, um ihn zu bemerken, als sie sich wieder dem Haus zuwendet. Sie krault dem Kater die Wange und presst ihre Lippen auf seinen pelzigen Kopf. „Wie bist du auf diese Idee gekommen, Mac?"

Ich zucke mit den Schultern. „Ich habe einfach gegoogelt, was man in London mit Katzen machen kann."

Ihre Schultern beben vor Lachen. „Und du hast einen Ort gefunden, an dem jeder Katzen als Geschenk übergeben kann?"

„Nicht ganz", antworte ich und fasse mir in den Nacken.

Sie sieht verwirrt zu mir auf.

Ich zucke mit den Schultern. „Ich habe etwas Geld gespendet, und dass du das machen darfst, war eine meiner Bedingungen."

Ihr fällt die Kinnlade herunter, und sie korrigiert ihren Griff an der Katze. „Wie viel Geld?"

„Das tut nichts zur Sache", schnaube ich und führe sie die Treppe hinauf. „Es ist für einen fantastischen Zweck, und ich sehe dich gern so."

Freya bleibt vor der Tür stehen und dreht sich zu mir um. „Ich liebe dich, Maclay Logan. Du bist wirklich mein bester Freund."

Ihre Worte treffen mich hart in der Brust, aber bevor ich antworten kann, dreht sie sich um und klingelt an der Tür. Innerhalb von Sekunden öffnet ein Mädchen mit langen schwarzen Zöpfen die Tür und blickt neugierig zu uns hoch.

„Ähm, hallo?", sagt sie, während sie verloren auf die Katze schaut.

„Bist du Shantay?", fragt Freya. Ihre Stimme ist erstickt und voller Emotionen, die mir einen Kloß in den Hals treiben.

Ihre Eltern tauchen mit einem wissenden Lächeln hinter ihr auf. „Das ist Shantay", antwortet ihr Vater und legt ihr mit einem breiten, stolzen Lächeln die Hände auf die Schultern.

Freya atmet tief ein, drückt das Kätzchen noch einmal an ihre Brust, gibt ihm einen sanften Kuss auf das Ohr und sagt dann: „Alles Gute zum Geburtstag von deinen Eltern."

Sie gibt das Kätzchen in die Hände des ahnungslosen Mädchens. Shantays Gesichtsausdruck verwandelt sich von Verwirrung in einen fast wütenden Blick des Schocks. Sie dreht sich zu ihrer Mutter und ihrem Vater und schreit: „Ist das echt oder ist das ein Scherz?"

„Es ist echt, Schatz", erwidert ihre Mutter und geht in die Hocke, um auf Augenhöhe mit ihrer Tochter zu sein. Sie streichelt das Kätzchen und sagt: „Dad und ich sind so stolz darauf, wie hart du in der Schule arbeitest."

„Ihr habt mir ein Kätzchen geschenkt?", kreischt sie, dann beginnt sie in das Fell des armen Kätzchens zu schluchzen, während sie auf die Knie fällt. Die Katze hat offensichtlich keine Ahnung, was passiert, denn sie liegt schlaff in den Armen des Mädchens, das nun nach Luft ringt. „Ihr habt mir ein Kätzchen geschenkt? Oh mein Gott! Danke, Mummy. Danke, Daddy."

Die Eltern schauen mit einem dankbaren Lächeln zu uns auf, aber ihr Gesichtsausdruck verändert sich, als ihr Blick auf Freya fällt. Ich trete vor und sehe, dass Freya genauso heftig weint wie das Mädchen. Vielleicht sogar noch heftiger. Ich lege meinen Arm um sie, winke den Eltern zu und führe meine heulende Freundin von der sehr emotionalen Szene weg.

„Geht es dir gut? Ich dachte, das würde dir gefallen", sage ich, drücke sie fest an meine Seite und streiche mit meiner Hand ihren nackten Arm auf und ab.

„Ich liebe das, du Idiot!", krächzt Freya, schnieft laut und wischt sich die Tränen weg. „Verflixt, ich werde mich für den Rest meines Lebens an das Gesicht dieses kleinen Mädchens erinnern!"

Sie räuspert sich, und ohne Vorwarnung stürzt sie sich in meine Arme. „Ich danke dir, Mac. Ich danke dir so sehr."

„Aye, sicher", antworte ich lachend und drücke ihr einen Kuss auf die Schulter. „Wir haben noch zwei weitere vor uns. Bist du sicher, dass du dazu in der Lage bist?"

„Oh, das bin ich", versichert sie mir, löst sich ruckartig von mir und stürmt zurück zu Roger, der wieder ein wenig erschrocken aussieht.

Ich wünschte, ich könnte sagen, dass die nächsten beiden Übergaben weniger emotional sind, aber das sind sie nicht. Freya ist ein Rotz und Wasser heulendes, glückliches, durch die Tränen lächelndes Chaos. Und bei der letzten Übergabe hatte das kleine Kätzchen eine Ringschatulle am Halsband, was bedeutete, dass Freya und ich in der ersten Reihe saßen, als ein Mann seiner Freundin einen Heiratsantrag machte und ihr ein Kätzchen schenkte. Als wir fertig sind, heule sogar ich wie ein kleines Baby. Wer hätte gedacht, dass das Überbringen von Haustieren als Geburtstagsgeschenk eine so emotional anspruchsvolle Aufgabe sein kann?

Nachdem wir fertig sind, landen wir in einem dunklen Restaurant in einer Sackgasse zwischen der Kensington High Street und der Kensington Church Street namens Maggie Jones's. Es hat ein gemütliches, rustikales Ambiente, das dunkel und romantisch ist, mit Kerzen in Weinflaschen und einer so schwachen Beleuchtung, dass man die Speisekarte nicht lesen kann.

Wir teilen uns eine Flasche Rotwein mit Pasteten und Kartoffelpüree und lachen viel zu laut für einen so ruhigen, romantischen Rahmen. Aber es macht einfach zu viel Spaß, unseren Abend Revue passieren zu lassen. Ich bin mir sicher, dass Roger keine Ahnung hatte, was ihn erwartet, wenn wir beide von Tür zu Tür gehen, aber ich glaube, wir haben es geschafft, jede Haustierübergabe zu etwas Besonderem zu machen.

Freyas Augen haben seit dem Hinsetzen nicht aufgehört zu funkeln, und ich merke, dass dieser Abend für sie schon jetzt unvergesslich ist. Und ich muss sagen, dass ich es tatsächlich schaffe, nicht an unsere Pläne für später zu denken, weil ich völlig fasziniert bin, wenn Freya von den kleinen Kätzchen schwärmt.

„Wie bist du an Hercules gekommen?", frage ich, nippe an meinem Wein und bewundere ihr rotes Haar, das im Kerzenlicht leuchtet. „Du hast mir die Geschichte nie erzählt. Du hattest ihn doch noch nicht in Manchester, oder?"

Freya hebt die Augenbrauen. „Nein, tatsächlich war er ein Streuner vor meiner Londoner Wohnung. Die Nachbarin meinte, er würde auf dem Dach leben, und sie wollte den Tierschutz anrufen, damit sie sich darum kümmern. Ich konnte den Gedanken daran nicht ertragen, also habe ich eine Spur aus Thunfisch durch mein offenes Feuerleiterfenster gelegt. Er kam herein, als gehöre ihm die Wohnung, und ich schloss schnell das Fenster. Dann bekam ich leichte Panik, weil mir klar wurde, dass ich gerade eine möglicherweise verwilderte Katze in meiner

Wohnung eingesperrt hatte, ohne einen wirklichen Plan, was ich als Nächstes tun sollte."

Mein Körper bebt vor leisem Lachen. „Was hast du dann getan?"

Sie zuckt mit den Schultern. „Ich habe getan, was jedes normale, hart arbeitende Mädchen aus Cornwall tun würde. Ich habe ihm einen Scone, etwas Marmelade und Clotted Cream gegeben, und seitdem sind wir beste Freunde."

Das zaubert ein echtes Lächeln auf mein Gesicht. „Und warum hast du ihn Hercules genannt?"

Ihre Mundwinkel zucken nach oben. „Er ist ein kräftiger kleiner Kerl. Ich musste ihn in eine Katzentransportbox zwängen, um ihn zum ersten Mal zum Tierarzt zu bringen, und ich bin vor Anstrengung fast ins Schwitzen gekommen. Er ist ziemlich fit, auch wenn er gut acht Kilo Übergewicht hat. Er ist das, was ich ‚muskulös fett' nenne."

Ich starre wieder zu Freya, die kichernd an ihrem Wein nippt. Ich weiß nicht, warum ihr Gekicher über ihre Katze meinen Schwanz in meiner Hose zum Leben erweckt, aber es ist so. Mein Blick senkt sich instinktiv auf ihre Brüste, und ich gebe mein Bestes, um mir vorzustellen, wie sie wohl nackt aussehen werden.

„Woran denkst du?", fragt sie. Ihre Stimme ist ruhig und mit etwas … Elektrischem geladen.

Mein Blick hebt sich. „Ich denke darüber nach, wie deine Brüste nackt aussehen werden."

Sie verschluckt sich an ihrem Wein. „Und zu welchem Schluss bist du gekommen?"

Ich lehne mich über den Tisch und fahre mit den Fingern an ihrem Unterarm entlang. „Ich bin mir ziemlich sicher, dass sie verdammt fantastisch aussehen werden."

„Gott, du bist so ein Schwein", schnaubt sie und zieht sich zurück, um an ihrem Ohr zu zupfen. „Ist das deine Art, den heutigen Abend zu etwas Besonderem zu machen? Indem du am Esstisch über meine Melonen sprichst?"

Ich ziehe die Stirn in Falten. „Hast du deine Brüste gerade Melonen genannt?"

Sie zuckt mit den Schultern und rümpft die Nase. „So hat meine Mutter sie genannt, als ich jünger war." Ihre Stimme stockt, als sie den südenglischen Akzent ihrer Mutter imitiert: „Lass deine Melonen nicht aus der Bluse hängen, Freya, sonst siehst du aus wie eine richtige Hure."

Meine Schultern beben vor Lachen. „Deine Mutter klingt herrlich."

„Oh, glaub mir, das ist sie. Sie ist eine katholische, mustergültige Frau aus dem Süden, deren beste Freundinnen Nonnen waren. Es ist ein Wunder, dass sie nicht selbst im Kloster gelandet ist."

Ich schüttle wissend den Kopf. „Wenn sie jemals meinen Großvater trifft, wird sie wahrscheinlich an einem Schlaganfall sterben."

Freya legt neugierig den Kopf schief. „Ist er ein richtiger schottischer Hallodri?"

„So ähnlich", antworte ich und nehme einen Schluck von meinem Wein. „Aber er ist kein wirklicher Liebhaber. Zugegeben, er hat meine Großmutter genug geliebt, dass er jahrelang mit ihr eine Frühstückspension in Dundonald betrieb, aber ich war noch nicht einmal sechzehn, als er mir sagte, alle Frauen seien der Teufel."

„Der Teufel?" Ein liebevolles Lächeln breitet sich auf Freyas Gesicht aus. „So etwas sagt man nicht zu einem jungen, beeinflussbaren Jungen."

„Aye, er meinte, Frauen lenken die Männer mit ihrer Schönheit ab, und wir verlieren den Blick für das Wesentliche im Leben."

Freyas Kopf zuckt zurück. „Und was, bitte schön, hielt er für wichtig im Leben?"

„Fußball, Fußball und Fußball", antworte ich lachend. „Mein Opa ist so ein Fußballfan, dass er buchstäblich wie ein Baby weint, wenn seine geliebten Rangers ein Spiel verlieren."

„Oh mein Gott, wie süß!", gurrt Freya.

„Süß und übermäßig leidenschaftlich. Er war untröstlich, als mein Vater kein Interesse daran zeigte, über seine Teenagerjahre hinaus Fußball zu spielen. Mein Vater hat meine Mutter mit mir geschwängert, als sie erst achtzehn waren, und damit war die Sache im Grunde erledigt."

„Konnte dein Vater sich nicht um Fußball und eine Familie kümmern?", fragt Freya, stützt ihr Kinn auf die Hand und sieht mich ernst an. „Bei den Harris-Brüdern sieht das ganz einfach aus."

„Aye, sicher. Aber Tatsache ist, dass mein Vater kein Fußballer werden wollte. Er war froh, einen festen Job zu haben und jeden Abend zum Essen zu Hause zu sein."

„Was ist daran so schlimm?", fragt Freya unschuldig.

„Alles, wenn es nach meinem Großvater geht", antworte ich lachend. „Was bedeutet, dass er all seine Hoffnungen und Träume auf mich gerichtet hat. Ich habe keine einzige Erinnerung an meinen Großvater, in der nicht ein Fußball vorkommt."

Freyas Augen funkeln vor Stolz. „Nun, er muss sehr zufrieden sein, da dein Verein jetzt in der ersten Liga spielt."

„Er wäre ein bisschen stolzer, wenn ich stattdessen für die Rangers spielen würde." Ich zwinkere ihr zu, damit sie weiß, dass ich meinen Großvater immer noch verdammt lieb habe, auch wenn ich die Wahrheit sage. „Meine schönste Erinnerung an ihn ist, als ich erst sieben Jahre alt war und er mich zu einem ausverkauften Spiel im Ibrox-Stadion mitnahm. Ich dachte, wir würden uns einfach nur die Leute dort anschauen, aber ich hatte mich geirrt. Er holte ein Stück Pappe vom Rücksitz seines Wagens und schrieb mit einem Filzstift BRAUCHE EINE EINTRITTSKARTE darauf.

Wir standen eine Ewigkeit an der Copland Road, und ich dachte, wir würden auf keinen Fall reinkommen – es wimmelte nur so von Leuten! Aber dann kam ein Typ rüber, stupste uns an, und für einen Zehner waren wir im Stadion, und ich saß genau zwischen den Beinen meines Großvaters. Das war der Moment, in dem ich wusste, dass ich alles tun würde, damit er mich so ansieht, wie er das Spielfeld ansah."

„Das ist wirklich süß", sagt Freya, deren Lippen sich zu einem Lächeln verziehen.

„Ja, er war immer mein größter Fußballunterstützer. Er hat mich zu den Trainingseinheiten gefahren, wenn meine Eltern arbeiten mussten. Er hat sogar einen seiner Oldtimer-Traktoren verkauft, um mich in ein Trainingslager zu bringen, damit ich mit seinen geliebten Rangers trainieren konnte."

„Er klingt unglaublich", bemerkt Freya mit einem sanften Lächeln. „Ich hoffe, ich lerne ihn eines Tages kennen."

„Wenn du das tust, dann nimm seine mürrische Art nicht persönlich", erwidere ich. „Er hasst alle Mädchen, die ich in seine Nähe bringe. Er sieht sie alle als potenzielle Saboteurinnen."

Freya kichert. „Ist das der Grund, warum ich dich nie über frühere Freundinnen habe reden hören?"

Ich zucke mit den Schultern. „Ich habe nie wirklich eine Freundin gehabt, weil Fußball immer meine Priorität war. Und da ich nie weiß, wie lange mich ein Team behalten wird, erscheint mir die Vorstellung, mich mit jemandem niederzulassen, nur um dann bei einem anderen Team zu landen, ziemlich sinnlos."

„Ich nehme an, das ergibt Sinn", sagt Freya mit einem neugierigen Ausdruck in den Augen. „Aber Freundschaften sind okay?"

„Freundschaften sind stabiler", entgegne ich schlicht. „Es gibt nicht die emotionalen Bindungen, die eine Beziehung mit sich bringt. Du und ich können tun, was wir heute Abend tun werden, und am nächsten Tag wieder einfach nur Freunde sein, weil wir eine Grundlage dafür geschaffen haben."

Freya nickt nachdenklich. „Ich nehme an, deshalb hast du dein Arrangement mit Cami auch so geschätzt. Du konntest auf zwei Hochzeiten gleichzeitig tanzen."

„Aye", antworte ich mit einem unbehaglichen Lächeln, denn was Cami und ich hatten, unterscheidet sich völlig von dem, was ich hier mit Freya mache. Und ich bin mir nicht sicher, was genau das bedeutet. Ich schüttle den Kopf, um diesen Gedankengang zu beenden. „Ich weiß nur, dass es viel einfacher ist, wenn keine Gefühle im Spiel sind. Es geht nur um Sex."

„Es geht nur um den Sex."

Meine Schultern beben vor Lachen. Gott, das wird ein Spaß heute Abend, zu sehen, wie Freya das alles zum ersten Mal erlebt. Ich lasse meinen Blick auf ihren Körper sinken. „Und täusche dich nicht, Cookie. Heute Abend geht es vielleicht nur um Sex, aber ich werde trotzdem mein Bestes geben, um deine Welt zu erschüttern."

Sie schluckt einen Kloß im Hals hinunter und fächelt sich die Ohren. „Wir sollten, ähm … um die Rechnung bitten. Ich habe das Gefühl, dass es in diesem Restaurant auf einmal sehr heiß ist."

Es wird nur noch heißer werden.

KAPITEL 13

Freya

„Tut es Männern weh, wenn sie es zum ersten Mal tun?", höre ich meine dumme, lächerliche Stimme laut fragen, während Mac und ich uns in meinem Schlafzimmer gegenüberstehen.

Macs Mundwinkel zucken im schummrigen Licht der Nachttischlampe.

„Du hast geschworen, dass du mich nicht auslachen würdest!", rufe ich und strecke eine Hand aus, um ihn zu schlagen.

Er drückt meine Hand gegen seine harte Brust und hält sie dort fest. „Nein, es tut nicht weh. Es fühlt sich verdammt fantastisch an. Und Cookie, wir sind nicht Mac und Freya, wenn wir bei dieser Sache nicht wenigstens ein bisschen übereinander lachen können." Er tritt näher an mich heran und legt seine andere Hand auf meine Hüfte, wobei mir die Wärme seiner Berührung einen Schauder über den Rücken jagt. „Außerdem ist Lachen ein guter Weg, um Spannungen abzubauen."

„Wirklich?", quieke ich, wobei meine Stimme seltsam und schrill klingt.

„Willst du, dass ich meinen Schwanz wieder das Monster von

Loch Ness nenne, damit du dich über mich lustig machen kannst?"
Er wackelt spielerisch mit den Augenbrauen.

„Ich verstehe einfach nicht, wie du glaubst, dass es im Schlafzimmer
auch nur im Entferntesten attraktiv sei, deinen Penis ein Monster zu
nennen. Du solltest ihn etwas Süßes und Kuscheliges nennen wie …
Chip."

„Chip?" Mac wiederholt den Namen, und seine Brust bebt unter
meiner Hand vor Lachen.

„Warum nicht?" Ich zucke mit den Schultern.

Er fixiert mich mit einem verdammt heißen Lächeln. „Wenn ich
meinen Schwanz Chip nenne, wird dich das glücklich machen?"

Ich schaue auf seine Hose hinunter und nicke. „Ja, Chip klingt
nett. Sanft."

Er nimmt meine Hand von seiner Brust und krümmt seine Finger
unter meinem Kinn, um mich zu zwingen, zu ihm aufzusehen. „Ich
werde sanft sein, Cookie."

„Bitte, kein Cookie im Schlafzimmer", stöhne ich und kaue nervös auf meiner Unterlippe. „Dadurch fühle ich mich wie dein Kumpel,
und ich will mich nicht wie dein Kumpel fühlen. Ich will mich wie eine
Frau fühlen, die du begehrst."

„Du *bist* eine Frau, die ich begehre, Freya", erwidert er und legt
seine Hand in meinen Nacken, um mit seinem Daumen die Linie meines Kiefers nachzuzeichnen. Eine Gänsehaut breitet sich in meinem
Nacken und auf meinen Brüsten aus, sodass meine Nippel unter dem
schwarzen Bustier, das ich für diesen Anlass gekauft habe, hart werden.

„Lass es mich dir beweisen", sagt Mac mit rauerer Stimme als
zuvor, während seine starke Hand genüsslich durch mein Haar fährt
und meinen Kopf so neigt, dass ich ihm in die Augen sehe.

Er lächelt leicht, bevor er sich vorbeugt und seine Lippen auf die
meinen presst. Unsere Nasen berühren sich, während er seine Lippen
sanft auf meinen bewegt – genau so, wie ein kanadischer Cowboy
seine zukünftige Braut auf den Stufen des Hauses ihres Großvaters
küssen würde.

Freundlich. Anständig. Respektvoll.

Plötzlich vertieft er den Kuss und seine Zunge dringt mit gieriger
Härte in meinen Mund ein. Unsere Körper sind aneinandergepresst,

und die Bartstoppeln an seinem Kinn kitzeln meine Lippen, während er mit mir spielt, mich neckt, mich kostet. *Mich fickt ..., mit seinem Mund.*

Seine Zunge gleitet hinein und hinaus, während eine Hand meinen Rücken hinunterwandert und meinen Hintern berührt, mich an seinen Schritt zieht, damit ich das Ausmaß seiner Erregung spüren kann. Nur durch einen Kuss? Um Himmels willen.

Das ist sicherlich kein sanfter kanadischer Cowboykuss mehr. Das ist der Kuss eines echten, ungezügelten, ungezähmten, ungebrochenen Schotten, und ich hatte keine Ahnung, dass dies alles war, was mir im Leben fehlte!

Mit der anderen Hand öffnet er den Riemen hinter meinem Nacken, woraufhin das Oberteil meines Kleides nach unten rutscht und meine sehr großen Brüste entblößt, die jetzt praktisch aus meinem BH quellen. *Mein Gott, sind meine Brüste gewachsen? Werden Brüste größer, wenn man erregt ist?*

Er unterbricht unseren Kuss, und ich schnappe nach Luft, als sich sein Gesicht in mein Dekolleté senkt, um mich zu verschlingen und warme Küsse auf meine Haut zu drücken. Ich reibe meine Wange an seinem Kopf und halte mich fest, während seine Zähne in den Rand meines BHs beißen und ihn mit einem festen Ruck nach unten ziehen. Meine Brust purzelt auf einer Seite heraus, und ich kann nicht anders, als aufzuschreien, denn die Erregung, die durch meine Adern fließt, überwältigt all meine Sinne.

„Umwerfend, genau wie ich es mir vorgestellt habe", knurrt er, und ohne Vorwarnung befreit er die andere.

Ich schaue an mir herunter und danke Gott für die Bügel, denn sogar *ich* finde, dass meine Brüste so gut aussehen. Doppel-D bedeutet, dass man Unterstützung braucht, und der heruntergezogene BH, der sie so hochhält, macht meine Brüste zu meinen neuen Lieblingswackelstellen.

Mac umfasst sie beide, während er seine Lippen um einen meiner Nippel legt und daran saugt. Fest. Der Druck verursacht ein brennendes Gefühl in meiner Vaginalregion und meine Beine knicken fast auf der Stelle ein.

Gott, Freya. Vaginalregion? Wenn du das laut sagen würdest, könnte

Mac nicht lange genug aufhören zu lachen, um dein Jungfernetikett zu nehmen.

Er presst seine Zähne auf meinen anderen Nippel, und ich fühle mich plötzlich sehr betrogen von diesem ganzen Austausch. Als seine Lippen zu meinen wandern, drücke ich meine Hände flach auf seine Brust und stoße ihn weg. Meine Finger greifen eilig nach seinem Hemd und fummeln an den Knöpfen herum, aber sie zittern so sehr, dass ich sein blödes Hemd nicht ausziehen kann. Mit einem leisen frustrierten Knurren greife ich nach dem Kragen und reiße sein Hemd auf, wobei ich das leise Klappern der Plastikknöpfe auf dem Parkettboden höre. Ich schaue auf, und er sieht mich an, als hätte ich gerade ein Tor für die Fußballweltmeisterschaft geschossen.

„Ich kenne eine gute Schneiderin", krächze ich, bevor ich die Hände ausstrecke und Macs sehr große, sehr wohlgeformte Brust berühre.

Ich habe Mac schon für Kleidungsstücke abgemessen und weiß daher, wie schön sein Körper ist. Aber mit den Fingerspitzen über seine Haut zu streichen und zu wissen, dass er für diese Nacht mir gehört, ist ein berauschendes, überwältigendes Gefühl.

Ich schiebe ihn rückwärts zu meinem Bett, und er lässt sich mit Leichtigkeit fallen, seine Augen dunkel vor Erregung, während ich mich aus meinem Kleid schäle. Zu viel Stoff. Zu viel Druck. Wir müssen das einfach tun, damit ich die brennende Sehnsucht, die mich mit rasender Geschwindigkeit durchströmt, in den Griff bekomme. Sie ist so stark, dass ich das Gefühl habe, mein ganzer Körper könnte jeden Moment in die Luft aufsteigen.

Als ich mich endlich des Kleides entledige und meinen BH ausziehen will, hält Mac mich auf. „Nimm mir nicht meinen Job weg." Er greift hinter mich und öffnet meinen BH mit geschickter Leichtigkeit.

Als er zu Boden fällt, merke ich erst mit Verspätung, dass ich vor dem Profifußballer Maclay Logan stehe, und zwar nur mit einem winzigen Spitzenslip bekleidet. Ich weiß, er ist mein bester Freund, aber er ist erfahren. Er hat wahrscheinlich schon Hunderte von umwerfenden Models nackt gesehen. Und zwar keine Plus-Size-Models. Winzige, spindeldürre Models, die enorme Thigh Gaps und sichtbare Rippen haben. Wie habe ich mir nur gedacht, ich würde ihn vögeln können, ohne dass er mich nackt sieht?

Er wird merken, dass mein Bauch nicht flach ist. Nicht einmal annähernd. Er ist weich und wackelt, wenn ich mich bewege. Er wird meinen Spanx-freien Bauch sehen! Und meine Brüste ohne Bügel sind nicht die prallen Pornostar-Titten, die zu haben ich mir einrede, wenn ich allein zu Hause bin. Meine Brüste hängen und liegen an meinen Rippen. Und von meinen Oberschenkeln will ich gar nicht erst anfangen. Die Dellen dort sind nicht genetisch vererbt. Sie sind das Ergebnis eines Lebens voller Weingummis, Imbissbuden und fragwürdiger Lebensentscheidungen.

Gott, ich bin eine solche Idiotin!

Schnell greife ich nach der Nachttischlampe und schalte sie aus, bevor ich zu Mac zurückkehre, in der Hoffnung, dass er meine Panik nicht gesehen hat. Ich packe seine Wangen und beuge mich hinunter, um ihn zu küssen, aber er zieht sich zurück.

„Was machst du da?"

„Ist das nicht offensichtlich?", krächze ich und versuche, ihn wieder zu küssen.

Er packt mich an den Handgelenken, um mich aufzuhalten. „Warum hast du das verdammte Licht ausgemacht?"

„Romantischer", murmle ich und befreie meine Hände, um an seinem Gürtel herumzufummeln.

„Dunkelheit ist nicht romantisch", erwidert Mac, bevor er meine Hände von seinem Schritt löst. „Deinen Körper nicht zu sehen, ist das genaue Gegenteil von romantisch."

Ich stehe auf und kneife mir in den Nasenrücken. Ich bin dankbar, dass Mac den gewählten Ausdruck in meinem Gesicht nicht sehen kann. „Glaub mir, es ist besser so."

Mac richtet sich vor mich auf. Seine hochgewachsene Gestalt wirkt wie ein riesiger Schatten in der Dunkelheit und lässt mich klein und albern erscheinen. „Glaub mir, das ist es nicht", sagt er mit zusammengebissenen Zähnen.

Er tauscht den Platz mit mir und streckt sich, um das Licht wieder einzuschalten. Ich schließe die Augen, um seine Reaktion nicht sehen zu müssen, denn ich bin mir sicher, dass ich sie nicht ertragen kann.

„Freya, sieh mich an", sagt er ernst, wobei seine Stimme rauer und schottischer ist, als ich sie je zuvor gehört habe.

Flatternd gehen meine Augen auf.

„Dein Körper ist *alles*, was ich verdammt noch mal will." Er beugt sich herunter und drückt mir einen sanften Kuss auf die Lippen. „Deine Kurven." Ein Kuss auf meine Schulter. „Deine Dellen." Ein Kuss auf meinen Hals. „Deine Sanftheit." Ein Kuss auf meine Brüste, und meinen Bauch, und meinen … *oh mein verdammter Gott, er kniet sich hin.*

„Deine Hitze", murmelt er gegen meine Beine, bevor er seine Finger in den Bund meines Slips einhakt.

Er zieht ihn langsam herunter, und ich bin plötzlich sehr dankbar, dass ich mir gestern ein komplettes Brazilian Waxing gegönnt habe. Er drückt mich auf das Bett, spreizt langsam meine Beine und zieht sie auf seine Schultern.

Großer Gott, er tut es wirklich!

Unter normalen Umständen wäre ich vielleicht gehemmt gewesen, aber der glühende Ausdruck in seinem Gesicht gibt mir das Gefühl, die heißeste Frau der Welt zu sein.

Als seine Lippen meinen Schritt berühren, gehen meine Gedanken an einen sehr seltsamen Ort. Dieses Gefühl, wenn der Geist in einem Traum feststeckt, der Körper aber versucht, einen aufzuwecken? Dieser köstliche Ort, den man nicht verlassen will, aber da der Körper dagegen ankämpft, steckt man im Grunde in diesem seltsamen Raum fest?

So fühlt es sich an, wenn Mac mich leckt. Irgendwo zwischen Traum und Wirklichkeit, und ich bin mir nicht sicher, worauf ich mich festlegen soll, wenn man bedenkt, dass dies das erste Mal in meinem Leben ist, dass ich den Mund eines Mannes dort unten habe.

Macs Bewegung ist ein sanfter Kuss in Zeitlupe. Er leckt, neckt und saugt und … macht er mit meiner Vagina rum? Das ist so *gar* nicht kanadischer Cowboy von ihm.

Er zieht sich zurück und schiebt langsam einen Finger in mich hinein. Ich schaue nach unten und sehe, wie er zu mir hochschaut. „Alles okay?"

Mein Körper zittert. „Okay?"

„Ja, geht es dir gut?", fragt er, seine Lippen feucht von meiner Erregung, während er seinen Finger langsam rein und raus bewegt.

„Ich glaube schon?", erwidere ich dümmlich. „Sag du es mir."

Er beißt sich auf die Lippe, schafft es jedoch nicht, sein amüsiertes

Lächeln zu verbergen. „Ich finde, du machst das verdammt gut." Ein sündhafter Ausdruck tritt in seine Augen und er führt einen weiteren Finger ein, was mir einen wirklich heftigen Laut entlockt.

„Es ist zu viel", sage ich, als ich spüre, wie sich diese intensive Fülle in mir aufbaut.

„Es ist nicht zu viel", entgegnet Mac, krümmt seinen Finger und streichelt meinen G-Punkt, den ich eigentlich nur kenne, weil ich meine Freundinnen über ihr Sexleben habe reden hören. Ich bin keine Besitzerin von Sexspielzeug. Ich konnte mir meinen nackten Körper kaum im Spiegel ansehen, geschweige denn mich selbst befriedigen. Er beschleunigt sein Tempo, und meine Schultern heben sich vom Bett.

„Oh mein Gott!", schreie ich, und er beißt sich auf die Lippe, wobei er einen Ausdruck des reinen Sex in den Augen hat, bevor er sich wieder auf mich stürzt. Er saugt meine Klitoris in seinen Mund, während er diese empfindliche Stelle streichelt, und ohne Vorwarnung setzt in mir eine scharfe, überwältigende Erlösung ein. Sie ist so intensiv, dass meine Schenkel zwanghaft zu zittern beginnen und mich ein furchtbares Gefühl der Verlegenheit überkommt. Stöhnend bedecke ich mein Gesicht mit den Armen, entsetzt über die lächerliche Reaktion meines Körpers.

„Freya, sieh mich an", befiehlt Macs Stimme, die tiefer klingt, als ich sie je gehört habe.

„Nein, ich bin ein Freak. Mein Körper verrät mich."

„Cookie, du bist kein Freak", sagt Mac und zieht sanft seine Finger heraus, während er sich aufrichtet. Er nimmt meine Arme von meinem Gesicht, um mich zu zwingen, ihn anzuschauen. „Du hattest gerade einen Orgasmus. Einen verdammt guten, wenn ich das so sagen darf."

„Ich war außer Kontrolle", murmle ich und sehe ihn stirnrunzelnd an.

Mac hat ebenfalls die Stirn in Falten gelegt. „Hattest du noch nie einen Orgasmus, Freya?"

Ich schniefe verwirrt. „Ich dachte, ich hätte welche gehabt, aber sie haben sich überhaupt nicht so angefühlt."

Seine Mundwinkel zucken. „Ich fasse das als Kompliment auf."
Er beugt sich hinunter und küsst mich auf die Lippen, was meine

Verlegenheit verschwinden lässt. Ich erwidere seinen Kuss und fahre mit meinen Händen über seinen starken Rücken.

„Ich glaube, du bist bereit", sagt er gegen meine Lippen und senkt seinen Mund in die Vertiefung meines Ohrs. „Deine Ohren sagen mir, dass sie bereit sind."

„Halt die Klappe, du Kuh", erwidere ich, bevor ich mir nervös auf die Lippe beiße.

Unter meinen schweren Lidern sehe ich, wie sich seine gewaltige Erektion nach außen drängt, und ohne viel Aufhebens holt er ein Kondom aus seiner Brieftasche und streift seine Hose ab. Mit den Zähnen reißt er die Folienpackung auf.

„Das hast du schon oft gemacht, was?", frage ich dümmlich, denn anscheinend muss mein idiotischer Körper jede Totenstille mit lächerlichem Gefasel ausfüllen.

„Oft genug." Er zwinkert, bevor er das Kondom mit exakter Präzision über seine Spitze rollt. „Aber niemals mit meiner besten Freundin." Er stellt sich neben das Bett und sieht mich erwartungsvoll an.

„Also machen wir das jetzt?", frage ich. Mein Körper spannt sich nervös an, während ich zum Kopfende des Bettes rutsche. Ich ziehe die Decke herunter und zucke angesichts der kühlen Laken zusammen. „So bald, nachdem …"

„Jetzt ist es besser", erklärt er selbstsicher. „Du bist feucht und entspannt. Es wird weniger wehtun, wenn wir es jetzt machen."

„Okay."

Die Matratze senkt sich, als Mac auf mich kriecht, unsere Haut feucht vor Verlangen und Erwartung. Er ist heiß und schwer, und ich stelle mir vor, welch wunderbare Art zu gehen es wäre, unter seinem köstlichen Gewicht zu sterben, während unsere glatte nackte Haut aneinander reibt und jedes einzelne meiner Nervenenden entzündet.

In mir beginnt sich wieder etwas zu regen. Wie hat sich mein Körper so schnell erholt? Wie kann es sein, dass ich nach allem, was wir bisher getan haben, immer noch so erregt bin? „Liege ich dann einfach so da?", frage ich nervös und beobachte, wie die Spitze seiner umhüllten Erektion meinen Oberschenkel hinaufgleitet.

Sein Atem ist warm auf meiner Schulter, als er leise lacht. „Ich würde es vorziehen, wenn du mitmachst."

„Mitmachen. Verstanden", sage ich, nicke und versuche, meine Gedanken von den früheren Momenten zu befreien, um mich auf die anstehende Aufgabe zu konzentrieren.

„Freya", sagt Mac, als sein schweres Gewicht auf mich herabsinkt. „Hör auf, so viel zu denken."

Seine Lippen prallen auf meine, und es ist ein herrlicher, verzweifelter Kuss mit starker, fester Zunge. Es ist wunderbar hektisch, als könne er nicht genug von mir bekommen. Ich kann mich selbst auf seinen Lippen schmecken, was mich noch mehr erregt, denn allein die Vorstellung, wie er das mit mir macht, was er mit mir gemacht hat, lässt meine Nervenenden erneut aufflammen.

Macs Hände sind überall – sie berühren mich, streicheln mich, kneten mich, reizen mich. Also beschließe ich, das Gleiche mit ihm zu tun. Ich vergrabe eine Hand in seinem Haar und erwidere seinen heftigen Kuss, wobei ich das Gefühl genieße, wie unsere Körper aneinander reiben, Haut an Haut. Es ist wahrscheinlich das Magischste, was ich in meinem ganzen Leben empfunden habe. Als ich zwischen uns nach unten greife und meine Finger um seine dicke Erektion lege, hört er auf, mich zu küssen.

„Verdammt, Freya", stöhnt Mac und legt seine Stirn auf meine, während er an meinem Gesicht schwer atmet. „Ich muss in dir sein."

„Dann tu es doch", keuche ich.

„Du musst aufhören, mich anzufassen, damit ich mich beruhigen kann. Ich will dir nicht wehtun."

Meine Hand löst sich augenblicklich von ihm, und als könnte Mac mein Unbehagen spüren, presst er seine Lippen auf meine und murmelt: „Deine Hand auf meinem Schwanz macht mich verdammt wild vor Lust."

Ich lächle und beiße mir auf die Unterlippe. „Das ist schön zu hören."

Er bebt vor Lachen, und durch die Bewegung landet sein Schwanz genau dort, wo sich meine Schamlippen teilen. Unsere Blicke fixieren einander. Unsere Atemzüge stocken. Meine Hände greifen nach oben, um seine Arme zu umklammern, als müsste ich mich auf das Kommende vorbereiten.

„Ich werde dich währenddessen küssen."

Ich nicke hölzern. „Küssen wäre gut."

„Bist du bereit?", fragt er, und ich sehe ein leichtes Aufflackern der Nervosität in seinen Augen. „Wenn du nicht bereit bist, müssen wir das nicht tun. Es soll das sein, was du willst, Freya."

„Du bist das, was ich will, Mac", sage ich und umarme ihn, um ihn näher an mich heranzuziehen. „Du bist mein bester Freund."

Mit einem kleinen, beruhigenden Lächeln beugt er sich vor und beginnt, mich mit zärtlicher Leidenschaft zu küssen, während er seine Spitze an meiner Öffnung positioniert. Als seine Zunge in meinen Mund stößt, ahmt sein Schwanz die Bewegung unten nach.

Es ist ein scharfes, sofortiges Brennen, das mich zusammenzucken lässt. Ich löse mich von seinen Lippen und ringe nach Luft. Nach Raum. Nach Erleichterung. Alles ist eng. Zu eng. Mac hält sich über mir und sieht mich mit so viel Fürsorge in den Augen an, dass mein Herz vor lauter Zärtlichkeit in seinem Gesicht fast implodiert.

„Geht es dir gut?", fragt er nervös, während er zwischen uns hinunterblickt. Er zuckt leicht zusammen, da er eindeutig den engen Druck spürt. „Ist das zu viel für dich?"

Ich schniefe und schüttle den Kopf, in der Hoffnung, dass das Brennen in meinen Augen verschwindet. „Alles gut."

Er nickt nachdenklich, in seinen Augen liegt ein besorgter Ausdruck, während er mein Gesicht mustert. „Bist du sicher?"

Ich schlucke den Kloß in meiner Kehle hinunter. „Ich bin mir sicher."

Er atmet tief ein, hebt die Schultern und drückt sich weiter in mich hinein. „Ich werde anfangen, mich zu bewegen. Am Anfang wird es wahrscheinlich wehtun, aber dann wird es besser."

Ich nicke und schaue nach unten auf die Stelle, an der unsere Körper miteinander verbunden sind, als er sich zurückzieht und langsam wieder hineingleitet.

Ich stöhne einen Laut, der weniger nach Schmerz und mehr nach Lust klingt. „Oh mein Gott." Ich atme zittrig ein.

„Entspann dich, mein Schatz", sagt er, und der zärtliche Kosename bringt eine Fülle in meine Brust, die mich von dem Schmerz unten ablenkt. „Du bist wunderschön so."

Die Bewegung zwischen uns beginnt, sich in Richtung Vergnügen zu bewegen. Ein Vergnügen, das ich genießen möchte. Auskosten. Schmecken. Fühlen. Ich umfasse seinen Hintern, während er immer wieder mich hineingleitet. Er ergreift mein Bein und zieht es an seine Seite, was unsere Position intensiviert und meiner Klitoris durch den neuen Winkel zusätzliche Reibung bietet. Dieses winzige Nervenbündel jagt mir eine Gänsehaut über den ganzen Körper, und ich kann förmlich spüren, wie ich feuchter werde.

„Gott, du fühlst dich so gut an", stöhnt Mac, der seine Stirn in einer intimen Geste auf die meine legt. Er zieht sich zurück und schaut nach unten, während er wieder in mich stößt. „Zu gut. Zu verdammt gut. Ich wollte, dass es länger anhält."

„Es ist perfekt", flüstere ich, streichle seine Wange und sehe ihm in die Augen. „Ich weiß, ich habe nichts, womit ich es vergleichen könnte, aber es fühlt sich perfekt an."

Seine Lippen verziehen sich zu einem winzigen Grinsen, und plötzlich beginnt er, schneller in mich einzudringen, wobei er die ganze Zeit den Blickkontakt aufrechterhält. Sein Gesicht verliert jeglichen Humor, und er bohrt sich mit solcher Kraft in mich, dass ich mich gefangen fühle. Es ist intensiv – jemanden dabei zu beobachten, wie er etwas so Primitives, so Animalisches tut. Etwas so Ungezähmtes. Es ist ein enthüllender Moment, der einen entblößt, und ehe ich mich versehe, spüre ich, wie sich das in meinem Körper wieder aufbaut.

Als würde Mac meinen Orgasmus kommen spüren, lässt er seine Hüften kreisen und trifft diese spezielle Stelle in mir. Ich schreie auf, klammere mich an seinen Rücken und scheitere dabei, das festzuhalten, was von meinem Verstand übrig ist.

„Komm für mich, Schatz. Lass für mich los. Lass mich dich überall um mich herum spüren." Bei Macs heiserer Stimme öffne ich die Augen und sehe, wie er mich mit einem ehrfürchtigen Gesichtsausdruck beobachtet.

Mein Körper schließt sich um ihn und ich explodiere, während er weiter in mich eindringt. *Heilige Scheiße.* Der Orgasmus, den ich vorher durch seinen Mund hatte, fühlte sich an wie ein Feuerwerk. Dieser war eher wie eine Atombombe.

Wir starren uns weiter an, und es ist so … richtig. Könnte ich einen anderen Mann so ansehen und mich dabei so wohlfühlen? Ich glaube nicht. In diesem Moment wird mir klar, dass dies die beste Art war, meine Jungfräulichkeit zu verlieren. Er ist mein bester Freund. Ich bin ihm wichtig, und auch wenn es nur eine einmalige Sache ist, so ist es doch etwas Besonderes, und ich werde ihm immer dankbar sein für dieses Geschenk, das er mir gemacht hat.

Macs Körper wird plötzlich steinhart, als er in mir erstarrt. Er senkt den Kopf und vergräbt sein Gesicht an meinem Hals, während er seine Erlösung direkt in mein Ohr stöhnt. Nach ein paar Zuckungen, die seinen ganzen Körper erschüttern, zieht er sich aus mir heraus, schlingt seine Arme um meine Taille und rollt uns so, dass wir beide auf der Seite liegen und einander zugewandt sind.

„Danke, Mac", krächze ich. Tränen brennen mir in den Augen, als ich seine Wange umfasse und mit dem Daumen über seine Stoppeln streichle. „Danke, dass du mein bester Freund bist."

Mac zieht die Augenbrauen zusammen, ich starre ihn an und versuche, die wechselnden Nuancen hinter seinem intensiven, unleserlichen Ausdruck zu erkennen. Schließlich hellt sich sein Gesicht auf und nimmt wieder seine übliche süße, sanfte Mac-Art an.

Er zieht mich an seine Brust. „Danke, dass du meine bist."

Er drückt mir einen Kuss aufs Haar, und es ist der perfekte Kuss, um einen perfekten Moment zwischen zwei besten Freunden zu besiegeln.

KAPITEL 14

Mac

Als ich am nächsten Morgen aufwache, berührt eine raue Zunge meine Brustwarze. Ein Lächeln breitet sich auf meinem Gesicht aus, als ich die Augen öffne und erwarte, Freya zu sehen. Mein Gesicht wird lang, als ich sehe, dass es ihr verdammter Dämon von Kater ist, der an meiner Brustwarze leckt, als würde sie jeden Moment Milch produzieren.

„Verpiss dich, du kleiner Mistkerl!", brülle ich und stoße das Tier von meiner Brust.

Hercules rennt den Flur hinunter, und ein Prusten hallt durch den Raum. Ich richte meinen Blick auf Freya, die auf einem Sessel in der Ecke ihres Schlafzimmers hockt. Sie trägt ein langes Nachthemd, ihr rotes Haar ist ein wildes Durcheinander von Locken, und ihr Make-up ist verschmiert, als wäre sie letzte Nacht ordentlich gefickt worden. Und sie sieht äußerst amüsiert aus.

„Hast du gerade dagesessen und zugesehen, wie deine Katze mich sexuell belästigt?", krächze ich, setze mich auf und reibe meine empfindliche Brustwarze.

Sie kichert und stützt sich ab, um die beiden Tassen Kaffee in ihren Händen nicht zu verschütten. „Ich wollte dir einen Kaffee bringen, aber Hercules sah aus, als würde er sich für dich erwärmen, also habe ich mich einfach hier hingesetzt, um nicht zu stören. Ich hatte ja keine Ahnung, dass er deine Titte lecken würde." Sie bricht wieder in Gelächter aus.

„Dann haben wir beide Streit", antworte ich schroff und lehne mich an das Kopfteil ihres Bettes. „Das war verstörend."

Sie nickt, das Gesicht immer noch verzogen von ihrem schlecht verborgenen Lachen. „Für uns alle." Sie schüttelt den Kopf, während sie weiter lacht, und kommt auf Zehenspitzen zu mir, um mir meinen Kaffee zu reichen, als wäre er eine Art Friedensangebot.

Ich betrachte sie misstrauisch, als sie sich auf die Bettkante neben meine Füße setzt. „Wie lange bist du schon wach?", frage ich, während mein Blick reflexartig auf ihren Beinen landet, die sie unter sich zieht.

„Nicht lange", antwortet sie und nimmt einen vorsichtigen Schluck aus dem Kätzchenbecher, den ich für sie gekauft habe.

Ich schaue auf die Tasse, die sie mir gegeben hat, und stelle fest, dass es eine weitere Kätzchentasse ist. Auf dieser steht: *Katzen machen mich glücklich. Du eher weniger.*

Ich trinke einen kurzen Schluck, bevor ich frage: „Wie fühlst du dich?"

Ihre Augen sind voll süßer Unschuld. „Ich fühle mich okay. Du?"

„Ich fühle mich großartig", antworte ich mit einem Achselzucken. „Ich hatte letzte Nacht Sex."

Freya rollt mit den Augen.

„Tut dir etwas weh?", frage ich, beuge mich vor und schaue an ihrem Körper hinunter, wobei mich ein starkes Verlangen überwältigt, sie wieder zu kosten.

„Ja", antwortet sie mit einem kleinen Lachen, wobei ihr Blick von meinen Augen zu meinen Lippen wandert. „Geht das weg, je öfter man es tut?", fragt sie mit der schönsten Unschuld in ihrem Gesicht.

Meine Lippen zucken mit einer Zuneigung, die ich noch nie für eine andere Frau empfunden habe. „Aye, ich glaube schon. Übung macht den Meister und so weiter."

Sie nickt. „Und ich habe ein bisschen geblutet. Ich nehme an, das wird auch weggehen?"

„Aye, ich glaube nicht, dass es wieder vorkommen wird",

bestätige ich stirnrunzelnd und fasse mir in den Nacken, als mich die Schuldgefühle übermannen. Gestern Abend, nachdem wir fertig waren, ist Freya aufs Klo gegangen, um sich zu waschen, während ich das Kondom in den Mülleimer neben ihrem Bett geworfen habe. Ich sah ein wenig Blut auf dem Kondom, aber die Bettwäsche war in Ordnung, also zog ich mir meine Boxershorts an und kroch unter die Decke, um auf sie zu warten. Ich merkte nicht einmal, dass ich eingeschlafen war, bis ich Stunden später aufwachte und sie fest schlafend neben mir vorfand.

„Tut mir leid, dass ich gestern einfach eingeschlafen bin." Meine Stimme ist reumütig, weil ich nicht wollte, dass die Nacht so endet. Ich wollte ihr Fragen stellen und sehen, wie es ihr ging. „War das alles … okay für dich?"

„Der Sex?", fragt sie, und ihre Stimme wird am Ende etwas zittrig. „Gott, ja! Er war wunderbar. Genau so, wie ich es mir erhofft hatte. War es für dich okay?"

„Auf jeden Fall", antworte ich lachend. „Ehrlich gesagt war es von meiner Seite aus absolut brillant. Ich habe mir nur Sorgen um dich gemacht, denn es ist schon eine Weile her, dass ich Sex hatte, also wollte ich sicher sein, dass ich nicht nachgelassen habe."

„Es ist schon eine Weile her, dass du Sex hattest?", fragt Freya, die an ihrem Kaffee nippt und mich neugierig mustert.

„Ja, seit Cami. Vor über einem Jahr."

„Heilige Scheiße." Freya kaut kurz auf ihrer Lippe und fügt hinzu: „Du warst seit Cami mit niemandem mehr zusammen?"

„Ich glaube, du hättest es bemerkt, wenn ich es gewesen wäre, Cookie", antworte ich und lehne mich mit dem Rücken ans Bett, um meinen Kaffee an meiner Brust zu halten.

Sie zieht die Augenbrauen zusammen. „Du bist während der Saison viel unterwegs. Sicherlich gab es irgendein Mädchen in irgendeiner beliebigen Stadt, in der du warst."

„Nein", antworte ich schlicht. „Nur meine eigene gute alte Hand."

Sie rümpft die Nase. „Das überrascht mich."

„Es war eine richtige Durststrecke, das ist sicher", antworte ich und schaue wieder auf ihre Beine hinunter. „Tatsächlich dachte Roan monatelang, ich würde dich vögeln, als wir anfingen, miteinander abzuhängen."

Freyas Augen weiten sich. „Hat er das?"

Ich nicke und lächle. „Der Gedanke war mir auch schon durch den Kopf gegangen."

„Wirklich?" Freyas heruntergefallene Kinnlade bringt mich zum Lachen.

„Aye, willst du damit sagen, dass dir das nie in den Sinn gekommen ist?"

Freya errötet und bekommt einen unbehaglichen Gesichtsausdruck.

„Okay, dann war es wohl einseitig", antworte ich mit zusammengebissenen Zähnen, als mich ein Gefühl der Ablehnung überkommt. Ein Muskel in meinem Kiefer zuckt, als ich meinen Kaffee abstelle und Anstalten mache, vom Bett aufzustehen.

„Es war nicht einseitig", sagt Freya eilig und hält mich mit einer Hand auf dem Bein auf. „Ich habe mir nur … nie wirklich Hoffnung gemacht, schätze ich. Bis gestern Abend war ich eine fast dreißigjährige Jungfrau, deshalb mache ich mir selten Hoffnungen bei Männern. Ich hätte nie gedacht, dass du sexuell an mich denken würdest."

Ich schwinge meine Beine von der Bettkante, sodass ich neben ihr sitze, wobei meine Boxershorts kaum meine Morgenlatte zurückhalten können. Ich drehe mich, um sie zu mustern. „Erinnerst du dich an den Abend, als wir mit der Harris-Familie in einer Limousine unterwegs waren? Vi hat dich und mich zu dieser lächerlichen Gruppentanzstunde mitgenommen, und danach sind wir unten im Club gelandet, um unsere Moves zu testen?"

„Der Abend, an dem meine High Heels meine Füße so sehr zerstört haben, dass du mich aus dem Club tragen musstest?", fragt sie und blinzelt, als sie sich an diesen Abend erinnert.

„Aye, genau dieser Abend." Ich schlucke schwer, als meine Erinnerungen in den Vordergrund drängen. „Ich wollte dich an diesem Abend. So sehr. Die Sache mit Cami und mir war gerade zu Ende gegangen, ich war einsam, und du warst so süß in deinem Rock und den nackten Füßen."

„Ernsthaft?", kreischt Freya mit einem Lachen im Gesicht. „Du wolltest an diesem Abend mit mir schlafen? Fandest du mich vor oder nach dem Humpeln mit meinen Schuhen heiß?"

Ich unterdrücke ein Lachen. „Ich muss eine Schwäche für Jungfrauen in Not haben, denn es war definitiv danach. Ich habe dir in deine Wohnung geholfen, und es war das erste Mal, dass ich hier war, und … ich weiß nicht, ich dachte, wir hätten einen Moment."

Freya blinzelt überrascht, als sie versucht, sich an den Abend zu erinnern, der weit über ein Jahr zurückliegt. „Ich hatte keine Ahnung, dass du mich überhaupt so gesehen hast."

Ich zucke mit den Schultern. „Freya, ich bin ein Kerl. Neunzig Prozent der Zeit denke ich mit meinem Schwanz."

„Warum hast du dann damals nichts unternommen?"

Ich atme schwer aus, denn es ist nicht das erste Mal, dass ich über diese Frage nachdenke. Gott, sie war so sexy an jenem Abend. So anspruchslos und unverfälscht. Urkomisch, ohne es zu versuchen. Ich wusste von dem Moment unseres Kennenlernens an, dass sie nicht zu den Frauen gehört, die sich in die Menge einfügen, auch wenn sie es versucht. Sie ist eine Ausnahmeerscheinung, und ich wollte sie so sehr nackt sehen, dass ich es schmecken konnte.

Aber von dem Moment an, als ich Freya kennenlernte, kam sie sich immer anders vor als andere Mädchen. Sie gab mir das Gefühl, mein wahres Ich zu sein, zu einer Zeit, als ich mir nicht sicher war, wer mein wahres Ich überhaupt war. Ich konnte nicht riskieren, das zu verlieren, indem ich sie vögelte.

„Ich habe gemerkt, dass ich dich zu sehr mag, um dich wie all die anderen Frauen in meinem Leben zu behandeln", antworte ich nachdenklich, während ich nach vorn schaue und mit den Handflächen über meine Oberschenkel reibe. „Die meisten Frauen, mit denen ich schlafe, sind solche Arschkriecherinnen, dass ich es kaum länger als fünf Minuten in ihrer Nähe aushalte. Aber du warst so interessant und anders. Als Roan und ich bei der ersten Anprobe in die Boutique kamen, hast du keine großen Augen gemacht. Ich war mir sogar ziemlich sicher, dass du mich vom ersten Tag an gehasst hast, was mich wohl zu einem Masochisten macht, denn danach war ich wirklich verdammt scharf auf dich. Und da wusste ich, dass ich mehr als fünf Minuten mit dir wollte, also habe ich meinem Verlangen widerstanden."

Ich drehe mich gerade noch rechtzeitig um, um zu sehen, wie Freya eine schüchterne Hand hebt, um ihr zufriedenes Lächeln zu verbergen. „Das ist wirklich sehr süß, Mac."

Ich zucke mit den Schultern und schaue nach vorn, um die Stimmung aufzulockern. „Dann fingen wir mit Netflix und Chillen an, und ich merkte, wie verdammt erfrischend es war, einfach nur auf deinem verdammten Sofa zu sitzen und fernzusehen wie ein normaler Kerl und keinen einzigen Moment in meinem Leben an Fußball zu denken. Ich liebe es irgendwie, dass du dich einen Dreck um Fußball scherst. Habe ich dir das jemals gesagt?"

Freyas Lippen verzogen sich vor Sentimentalität. „Nein …, aber ich schätze, ich liebe es irgendwie, dass du dich einen Dreck um meine Besessenheit von *Heartland* scherst."

„Verdammt, ich bin süchtig nach dieser blöden Show", erwidere ich lachend und fahre mir mit der Hand durch meine zerzausten Haare. „Ich glaube, ich liebe diese verdammten Ponys jetzt genauso sehr wie du."

Freya kichert, sichtlich zufrieden mit sich selbst. „Und sieh uns jetzt an. Wir haben es geschafft, Sex zu haben und trotzdem Freunde zu bleiben. Gut gemacht."

„Allerdings, gut gemacht." Ich greife nach meinem Kaffee, um kurz mit ihr anzustoßen.

Freya atmet schwer aus, nachdem sie einen Schluck getrunken hat. „Was machen wir jetzt mit unseren Freunden?"

„Was meinst du?"

„Werden wir ihnen sagen, was wir getan haben?"

Ich zucke zurück. „Das möchte ich lieber nicht."

Ihre Mundwinkel zucken vor Zustimmung. „Ich auch nicht."

„Ich sehe keinen Grund dafür, wenn es nur eine einmalige Sache war, oder?" Ich schaue sie an und bereue die Worte, sobald sie meinen Mund verlassen haben. „Ich meine … du wolltest zum ersten Mal Sex haben, und das haben wir geschafft, also gibt es nichts mehr zu tun, richtig?"

Sie kaut nachdenklich auf ihrer Lippe. „Oder."

„Oder?"

„Oder wir haben weiter den Sex", sagt sie und hebt hoffnungsvoll die Augenbrauen, während sie meine Reaktion abschätzt.

Ihre Antwort erschreckt mich ein wenig, also lenke ich mit einem Witz ab. „Ich dachte, nachdem du den Sex hattest, würdest du aufhören, es den Sex zu nennen."

„Wahrscheinlich nicht", sagt sie abwesend. „Aber ich habe mir gedacht, da du keine Sexfreundschafts-Sache mehr hast und ich noch so unerfahren mit dem Sex bin, würde es uns beiden guttun, diesen neuen Teil unserer Freundschaft fortzusetzen. Ich könnte mir vorstellen, dass ich mit etwas Übung besser im Sex werden könnte, oder?"

Ich kann nicht einmal ansatzweise meinen Blick der totalen und völligen Belustigung verbergen. „Aye, klar. Man wird besser, je öfter man es macht."

„Also machen wir weiter", sagt sie aufgeregt, als ob sie über ein Schulprojekt spricht, an dem sie unbedingt arbeiten will, und nicht über regelmäßigen Geschlechtsverkehr mit ihrem besten Freund. „Vielleicht kannst du mir zeigen, wie man ein paar von den Dingen macht, auf die ich bei diesem *Noch nie in meinem Leben*-Spiel getrunken habe."

„Nicht den verdammten Dirty Sanchez", knurre ich, wobei ich jeden Humor verliere. „Eher sterbe ich, als dass ich so etwas tue."

Freya rollt mit den Augen. „Natürlich nicht den Dirty Sanchez. Ich dachte vielleicht das orale Zeug?"

Ich ziehe die Augenbrauen hoch. „Mehr als das, was ich letzte Nacht getan habe?"

Sie zuckt schüchtern mit den Schultern. „Ja. Ich würde es gern mal andersherum versuchen. Vielleicht neunundsechzig? Ich habe nach der Party gegoogelt, was das ist, und es sieht nicht allzu schwer aus."

Ich presse die Lippen zusammen, um mein Lächeln zu unterdrücken. „Du musst niemals neunundsechzig machen, Freya. Neunundsechzig ist etwas, was Teenager tun, wenn sie sich beeilen und alles schaffen wollen, bevor Mum und Dad nach Hause kommen."

„Oh", sagt sie und sinkt ein wenig in sich zusammen.

„Aber ich kann dir zeigen, wie man einen anständigen Blowjob gibt, wenn du das möchtest."

„Ja, ich glaube, das würde mir sehr gefallen." Sie strahlt fröhlich, und ihr Gesicht ist ein Bild der Unschuld, das mir ehrlich gesagt ein wenig Angst macht.

Es ist eine Sache, nur ein einziges Mal Sex zu haben. Eine ganz andere ist es, mit jemandem ein Sexfreundschafts-Arrangement einzugehen, und zwar immer wieder. Und was ist, wenn Freya mehr als nur Freundschaft will? Ich kann nicht riskieren, sie zu verlieren.

Ich fasse mir in den Nacken und sehe sie ernst an. „Hör zu, Freya, ich bin für mehr zu haben. Verdammt, ich bin ein Kerl und es widerspricht einfach meiner Biologie, regelmäßigen Sex abzulehnen. Aber ich will nur sicher sein, dass du weißt, worauf du dich einlässt. Was ist, wenn du mehr als nur Sex willst?"

„Was meinst du? Eine Beziehung?", fragt sie, wobei ihre Lippen vor kaum verborgener Belustigung zucken.

„Aye", antworte ich mit verwirrtem Blick.

Sie lacht so laut, dass sie fast ihren Kaffee verschüttet, weil ihr ganzer Körper von dem Kichern bebt.

Ich verziehe das Gesicht, als sie die Tränen aus ihren Augen wischt. „Mac, sei nicht albern", sagt sie mit einem amüsierten Seufzer. „Ich weiß, dass du mich nicht so siehst. Und glaub mir, du bist nicht mein Typ."

Ich runzle die Stirn. „Es schien, als wäre ich dein Typ, als ich dir gestern Abend zwei Orgasmen beschert habe."

Sie rollt mit den Augen und gibt mir einen spielerischen Schubs. „Werde nicht empfindlich. Ich sage nur, dass ich dich kenne, und ich kenne mich selbst. Wir werden uns nicht ineinander verlieben. Wir können kaum vierundzwanzig Stunden miteinander auskommen, geschweige denn eine echte Liebesbeziehung führen, in der wir uns um die Gefühle des anderen kümmern müssen. Du und ich sind wie Öl und Wasser. Oder wie Sekundenkleber und Haut. Wenn wir zusammenkämen, wäre das so, als würde sich die Pferdeflüsterin Amy Fleming in einen Großstadtjungen verlieben", fügt sie hinzu und bezieht sich dabei auf ihre alberne *Heartland*-Sendung, als müsste diese Anspielung bei mir Klick machen.

Okay, bei mir macht es Klick. Auf keinen Fall könnte Amy Fleming jemals ihr Ranchleben für einen Geschäftstypen aufgeben.

Ich räuspere mich und versuche, das seltsame Gefühl der

Ablehnung abzuschütteln. Natürlich sollte ich mich nicht zurückgewiesen fühlen. Ich sollte mich überglücklich fühlen. Freya ist wunderschön, und sie ist meine Freundin, und sie will Sex ohne Bedingungen mit mir haben. Das ist eine Win-Win-Win-Situation. Oder?

„Wenn wir das tun, müssen wir ein Enddatum für diese Vereinbarung festlegen", sage ich, während ich mir mit verschwitzten Händen über die Oberschenkel reibe. „Das wird helfen, alles ordentlich zu machen."

„Das ist eine gute Idee", antwortet sie nachdenklich nickend. „Was glaubst du, wie lange ich brauche, um mich erfahren genug zu fühlen, um mich nach draußen zu wagen und einen anderen zu vögeln?"

Die Erwähnung, dass sie es mit jemand anderem macht, jagt mir einen seltsamen Schauder über den Rücken, sodass ich mich wie ein verdammter Höhlenmensch fühle. Natürlich wird Freya eines Tages Sex mit jemand anderem haben. Sie wird nicht einfach für den Rest ihres Lebens durch meinen Schwanz ruiniert sein … auch wenn mich dieser Gedanke geradezu schadenfroh macht.

Aber es wäre besser für sie, erst einmal mehr Sex mit mir zu haben, als einfach loszurennen und mit irgendjemandem Sex zu haben. Ich könnte ihr ein paar Dinge im Schlafzimmer zeigen. Ihr helfen herauszufinden, was sie mag und was nicht, damit sie weiß, wie sie für sich selbst eintreten kann.

Aber ich werde mich nicht noch einmal in eine langfristige Cami-Situation verwickeln lassen. Zwei Jahre lang diese Scheiße, nur um dann für jemanden verlassen zu werden, den sie für würdiger hält, war nicht gerade ein Ego-Boost.

Wenn Freya und ich das tun, kann ich nicht zulassen, dass sie mich bricht, wie Cami es getan hat. Ich werde mein Spiel nie wieder auf diese Weise riskieren. Ich bin kein junger Bursche mehr. Ein einziges unaufmerksames Spiel könnte für mich zu einer karrierebeendenden Verletzung führen, und diese Art von Schmerz will ich verdammt noch mal nicht durchmachen. Keine Frau ist diesen Scheiß wert.

Freya und ich brauchen kristallklare Grenzen.

„Wir machen das einen Monat lang." Ich drehe mich, um meiner Freundin in die Augen zu sehen und ihr zu zeigen, dass ich das nicht auf die leichte Schulter nehme.

„Einen Monat?", fragt sie und hat dabei die Augenbrauen überrascht hochgezogen. „Warum einen Monat?"

*Denn wenn wir länger so weitermachen, werde ich süchtig nach
dem Geschmack von dir.*

Ich verdränge diesen Gedanken. „In einem Monat können wir
eine Menge erreichen. Außerdem fahre ich in einem Monat ins
Trainingslager für die Vorsaison, also muss ich mich dann wieder ganz
auf meinen Job konzentrieren."

Sie richtet sich auf, und ein süßes Lächeln breitet sich auf ihrem
Gesicht aus. „Okay …, einen Monat also."

„Und wir erzählen unseren Freunden nichts davon. Wir verhalten
uns ganz normal, wenn wir alle zusammen sind, und wenn das alles
vorbei ist, sind wir wieder einfach nur Freunde", fahre ich ernst fort.
„Komplett mit Netflix und Diskutieren." Ich zwinkere ihr zu, als ich
mich auf ihre vorherige Beschreibung von uns beziehe.

„Das klingt perfekt", sagt sie mit einem kleinen Lächeln. „Ich freue
mich schon darauf. Jetzt, wo ich einen Vorgeschmack auf Orgasmen
bekommen habe, gefällt mir das Gefühl sehr."

Meine Kinnlade fällt herunter, als ich sie ungläubig anstarre. „Dir
gefällt das Gefühl?"

Sie zuckt mit den Schultern, als würde sie über ihr Lieblingsgericht
auf der Frühstückskarte sprechen. „Ja, diese Orgasmus-Sache, zu der
du meinen Körper bringst, ist ganz nett."

Ich beiße mir auf die Faust, denn ich könnte platzen vor lauter
bezaubernder Unschuld. Gott, das wird ein Spaß.

Dann zwitschert Freya: „Ich schätze, das bedeutet, dass ich die
Suche nach einem Date für die Hochzeit von Allie und Roan vergessen kann."

Ich zwinkere ihr zu. „Aye, du wirst keinen Mann an deiner Seite
brauchen, wenn du deinen Loch-Ness-Monster-Sexhengst hast, der
dich zum Altar führt."

Freya rümpft die Nase, während sie sich aufrichtet. „Nein …, geht
nicht. Der Deal ist geplatzt."

„Was?", rufe ich. Mein Körper verkrampft sich bei ihren ominösen Worten, von denen ich weiß, dass sie sie nicht ernst meinen kann.

Sie fixiert mich mit einem Blick. „Ich weigere mich, dich jemals wieder zu vögeln, wenn du deinen Penis weiterhin als das Monster von Loch Ness bezeichnest."

„Gib ihm einfach eine Chance", sage ich mit einem schiefen Grinsen, weil ich es liebe, sie so zu ärgern. „Er wächst dir ans Herz … oder in der Hand."

Ich wackle mit den Augenbrauen über meine sexuelle Anspielung, und Freya rümpft die Nase. „Nein. Wir haben schon den zweiten Streit des Tages, also ist die Sache mit dem Deal definitiv aus."

Sie bewegt sich in Richtung Tür, und ich stelle schnell meinen Kaffee ab und jogge hinter ihr in den Flur, wobei meine Erektion in meiner Boxershorts allein durch den Nervenkitzel dieser kleinen Verfolgungsjagd wächst. Sie quiekt überrascht, als ich meine Arme um ihre Taille lege und sie zu mir ziehe, wobei sie fast ihren Kaffee verschüttet.

Ich nehme sie in die Arme und drücke sie mit meinem ganzen Körper gegen die Wand. „Nichts ist aus, außer offenbar dein BH." Ich greife nach oben, um einen ihrer Nippel durch die dünne Baumwolle zu zwicken. „Jetzt stell den verdammten Kaffee weg, damit wir uns versöhnen können."

Freya lacht. „Keine Zeit, verdammt! Ich muss in dreißig Minuten bei der Arbeit sein."

„Wir können in dreißig Minuten eine Menge schaffen", knurre ich und neige den Kopf, um meine Lippen auf die Vertiefung ihres Halses zu drücken. Freya wölbt sich mir entgegen, und mein Schwanz wird zwischen uns dicker. „Aber kein Sex", brumme ich gegen ihr Schlüsselbein. „Ich glaube, du brauchst Zeit, um dich richtig zu erholen, bevor wir das wieder versuchen."

Sie stößt mich von ihrer Brust weg und starrt mich mit einem entzückend beleidigten Blick an. „Was hast du dir dann vorgestellt?"

Ich lache und schüttle den Kopf. „Oh Cookie, es gibt so viel, was ich dir zeigen muss."

KAPITEL 15

Freya

„Weißt du was?", sagt Allie fröhlich, als sie die Treppe zu meinem Loft-Büro in Kindred Spirits hinaufjoggt.

„Was?"

„Weißt du noch, wie du mich angefleht hast, dir eine Idee zu geben, was ich für meinen Junggesellinnenabschied machen will?"

„Junggesellinnenfeier, Allie", korrigiere ich mit vorgestrecktem Kinn. „Ich weiß, dass du den Großteil deines Lebens in Amerika gelebt hast, aber ignoriere nicht deine britischen Wurzeln."

Allie rollt mit den Augen. „Meinetwegen, Junggesellinnenfeier. Wie auch immer, ich habe mir endlich überlegt, was wir tun werden."

„Was?", antworte ich mit einem strahlenden Lächeln. „Sag mir, was ich aufstellen muss, und ich kümmere mich darum."

„Wir werden in den Junggesellenabschied der Jungs in Schottland reinplatzen!" Sie hockt sich auf meinen Schneidetisch und fängt an, mit einem breiten Lächeln mit ihren Haaren zu spielen.

„Was?" Meine Stimme ist fast schon schrill, als ich mich von meiner Nähmaschine zurückziehe, um Allie meine volle Aufmerksamkeit zu schenken. „Wir gehen nach Schottland?"

„Ja!"

„Warum?", frage ich neugierig, während mir die Angst durch den Kopf schießt, während meiner neuen Vereinbarung mit Mac vor all unseren Freunden zu sein. Mich während der Hochzeit cool zu verhalten, ist eine Sache. Ein ganzes Wochenende lang mit allen zusammen zu sein, ist eine völlig andere. „Ist der Sinn einer Junggesellinnenfeier nicht, von deinem Kerl weg zu sein?"

Allie rollt mit den Augen. „Ich glaube, ein Junggesellinnenabschied ist nur ein Vorwand für eine Party, oder? Es war eigentlich Macs Idee, einen Gruppenausflug zu machen. Er hat mir heute Morgen eine SMS geschickt, und Roan ist voll dafür!"

Die Erwähnung von Macs Namen lässt einen Schauder der Begierde durch meine Adern jagen, während mich die Erinnerungen an die letzte Nacht mit voller Wucht treffen. Sein Körper, seine Tätowierungen, seine Laute. Gott, seine Laute waren geradezu unanständig. Sogar sein albernes Schnarchen, als ich ins Bett kam und er sich umdrehte und anfing, Löffelchen mit mir zu liegen, war seltsam nett.

Der ganze Abend könnte ein Traum gewesen sein. Wenn ich nicht die SMS hätte, die beweisen, dass Mac und ich gestern wirklich zusammen waren, würde ich mir vielleicht einreden, dass ich mir alles nur eingebildet habe.

Aber ich habe es mir nicht eingebildet.

Wir waren in meinem Bett.

Und es war perfekt.

Deshalb wollte ich mehr, als ich heute Morgen aufgewacht bin. Mac könnte durchaus der einzige Mann sein, mit dem ich jemals intim werde. Ich bin nicht so wahnhaft, dass ich mir einbilde, dass der Verlust meiner Jungfräulichkeit mir plötzlich das Selbstvertrauen gibt, rauszugehen und einen anderen Kerl zu finden. Ich weiß, dass Mac mir sagt, dass ich schön sei und Männer auf mich stehen, aber ich bin nicht mit diesem Gefühl aufgewachsen. Und ein paar nette Worte von einem Mann, der mein bester Freund ist, lassen mich nicht auf die Idee kommen, dass ein romantisches Happy End in meiner Zukunft liegt. Online-Dating ist ein Albtraum, und Männer kennenzulernen ist für ein Mädchen wie mich verdammt schwer.

Aber mit Mac intim zu sein, war überraschend einfach. Und deshalb möchte ich so viel wie möglich mit ihm erleben, denn ich habe mich mit der Tatsache abgefunden, dass ich wahrscheinlich als einsame alte Katzenlady sterben werde. Wenn ich mir mit Mac die Hörner abstoße, kann ich mich wenigstens damit zufriedengeben, dass ich alles erlebt habe, was der Sex zu bieten hat.

Und nach meinem Morgen mit Mac weiß ich jetzt, was Oralsex zu bieten hat. Das war ein solider erster Tag als Ex-Jungfrau.

Gut gemacht, Freya.

Ich glaube nicht, dass Mac das von mir erwartet hat. Aber in dem Moment, in dem ich im Badezimmer einen klaren Blick auf seinen Penis erhaschte, als wir gemeinsam unter die Dusche gingen, wollte mein neugieriger Verstand ihn kosten. Ich wollte wissen, wie sich die Beschaffenheit seines Schwanzes auf meiner Zunge und meinen Lippen anfühlen würde. Bei der Erinnerung an Macs Reaktion, als ich unter dem Duschstrahl auf die Knie gesunken bin, breitet sich ein Lächeln auf meinem Gesicht aus.

„Was machst du da?", krächzt Mac. Seine Stimme ist heiser und hat einen Klang, an den ich mich von letzter Nacht erinnere.

„Ich werde deinen Penis lutschen", antworte ich schlicht und lehne meinen Kopf zurück, damit mein Haar nass wird. „Irgendwelche Tipps?"

Macs Gesicht ist ausdruckslos, als er sieht, wie ich auf den Knien bin, ihn umfasse und mit angehaltenem Atem auf eine Anweisung warte. Er kämmt sanft mit seinen Fingern durch mein Haar und hält meinen Kopf fest, während er versucht, ganze Sätze zu bilden. „Tu einfach, was dein Instinkt dir sagt."

Also höre ich auf mein Bauchgefühl und nehme ihn so tief wie möglich in den Mund. Sein Schwanz ist anders als alles, was ich erwartet habe. Er ist hart und voll, aber die Haut ist weich und zart. Wer hätte gedacht, dass Penishaut so seidig ist? Ich ganz bestimmt nicht.

Mac verliert offenbar jede Fähigkeit, zu kommunizieren, sobald ich meine Zunge um seine Spitze gleiten lasse und ihn dann wie einen Lutscher zwischen meine Lippen nehme. Ich schaue auf, und der Blick,

den er mir schenkt, ist nicht der zwischen Schüler und Lehrer. Es ist pure,
ungezügelte Lust.

Gott, das ist genial. Was für ein unglaublich starkes Gefühl, einen
lebenskräftigen, maskulinen, sexuellen Mann wie Mac mit meinen
Händen in Wachs zu verwandeln. Ich wusste nicht, dass es Frauen Spaß
machen kann, Oralsex zu haben, aber anscheinend ist es so, denn ich
liebe es, diese Wirkung auf ihn zu haben.

Ich glaube, ich bin ein Naturtalent im Schwanzlutschen!

Und als er mir sagt, dass er kommen wird, ziehe ich mich zurück,
lasse seinen feuchten Penis aus meinem Mund gleiten und halte ihn fest
in meinem Griff. Ich spüre, wie er unter meinen Fingern wächst, und es
gibt ein starkes Pulsieren, das mich erregt. Ich hoffe, dass er kommt, denn
ich will es sehen! Ich will sehen, wie er explodiert und wegen dem, was
ich mit ihm gemacht habe, noch mehr die Kontrolle verliert.

Sein Kopf fällt nach hinten und er kommt zum Orgasmus. Sein
Höhepunkt ergießt sich in mehreren wilden Schüben über meinen Hals,
meine Brüste und sogar ein wenig über mein Gesicht. Es ist berauschend.
Ich schaue auf und sehe, dass er jetzt auf die Sauerei hinunterblickt, wäh-
rend ich ihn weiter streichle, jeden Rest aus ihm herausmelke und mit
der anderen Hand die Textur seines Spermas auf meiner Brust befühle.
Als ich meinen Finger an die Lippen führe, um seine Erlösung mit meiner
Zunge zu schmecken, ist der sündhafte, lüsterne Blick auf seinem Gesicht
ein Bild, an das ich mich bis zum Tag meines Todes erinnern werde.

„Also, bist du dabei?", fragt Allie und lenkt meine Aufmerksamkeit
wieder auf die eigentliche Frage.

„Dabei?"

„In Schottland! Hast du Zeit? Ich wollte auch bei Sloan und Leslie
und den Harris-Frauen nachfragen. Mal sehen, wer Lust auf einen kleinen Ausflug in die Highlands hat. Mac sagt, auf dem Anwesen seines
Großvaters sei Platz für alle."

„Ähm, ja, ich bin die Trauzeugin, also bin ich natürlich dabei",
sage ich, neugierig auf den Grund für Macs plötzliche Einladung und
warum er nicht vorher mit mir darüber gesprochen hat.

„Juhu!", quiekt Allie und springt vom Tisch, um mich zu umarmen. „Ich gehe mal schauen, ob Sloan und Leslie ein kinderfreies Wochenende haben wollen."

Sie löst sich aus unserer Umarmung und hält inne, ihre Augen tanzen über mein Gesicht. „Irgendetwas ist anders an dir. Hast du dir die Haare gefärbt?"

Ich spüre, wie mir die Farbe aus dem Gesicht weicht, und greife nach oben, um meine wilden Haarsträhnen zu berühren. „Ähm, nein. Meine Haare nehmen Farbe nicht auf, weshalb ich sie in ihrer Natur akzeptiert habe. Ich habe sie heute nicht gelockt, wie ich es normalerweise tue. Ich, ähm, habe verschlafen."

„Es ist nicht dein Haar." Sie legt den Kopf schief und sieht mich ernst an. „Hattest du vielleicht eine Gesichtsbehandlung?"

Meine Augenbrauen schießen in die Höhe. „Nein. Ich benutze manchmal Körperlotion für mein Gesicht." *Vielleicht ist Sperma so etwas wie eine Anti-Aging-Creme, über die niemand spricht?*

„Freya! Körperlotion ist furchtbar für deine Poren."

Was ist mit Sperma?, denke ich bei mir, schüttle den Kopf und zucke mit den Schultern. „Sommersprossen sind erstaunlich widerstandsfähig."

Sie rollt mit den Augen und wirft mir einen letzten Blick zu. „Wir werden sehen, ob es mir morgen noch auffällt."

Sie mustert mich noch einen Moment lang, und ich frage mich, ob sie weiß, dass ich Sex hatte. Ist das so eine Sache? Haben sexuell erfahrene Menschen einen sechsten Sinn für so etwas? Wenn ja, bin ich in Schottland dem Untergang geweiht!

Allie dreht sich um und geht die Treppe hinunter. „Machst du bald Feierabend?"

Ich schaue auf die Uhr und sehe, dass es schon fast sechs ist. „Oh Gott, ja. Ich hatte keine Ahnung, dass es schon so spät ist. Hercules verkümmert zu Hause wahrscheinlich schon."

Allie lacht und winkt mir ein letztes Mal zu. „Also gut, dann sehen wir uns morgen."

„Wir sehen uns morgen", antworte ich, während ich meine Nähmaschine ausschalte.

Ich gehe nach unten und verabschiede mich von Sloan und Leslie, bevor ich nach draußen gehe und Mac direkt vor dem Laden parken sehe.

Er winkt fröhlich vom Fahrersitz aus, um meine Aufmerksamkeit zu erregen, als hätte ich ihn irgendwie übersehen können. Ich schaue von einer Seite zur anderen, immer noch nicht hundertprozentig sicher, dass er meinetwegen hier ist und nicht nur Roan für Allie abgesetzt hat oder so.

Er hupt und winkt mich rüber wie ein Verrückter.

Mit einem Stirnrunzeln schreite ich über die Straße und steige in sein Auto. „Warum hupst du vor meinem Arbeitsplatz?"

„Na ja, du standest einfach da, als hättest du mich nicht erkannt."

„Ich war mir nicht sicher, ob du meinetwegen hier bist."

„Für wen sollte ich hier sein? Mr. Aged Cheddar um die Ecke?"

Ich greife über die Konsole und schlage ihm auf die Schulter, während er grinst und losfährt.

„Was genau machst du hier?", frage ich nach einigen Augenblicken des Schweigens.

Er zuckt mit den Schultern. „Ich hole dich von der Arbeit ab."

„Warum?"

Er zuckt wieder mit den Schultern. „Wenn ich ganz ehrlich bin, liegt es wahrscheinlich daran, dass wir letzte Nacht gevögelt haben und du heute Morgen meinen Schwanz wie ein Champion gelutscht hast."

Ich kann nicht anders. Ich lache prustend. „Du bist so ein Ochse, weißt du das?"

„Und du bist eine undankbare Passagierin."

Im Auto ist es eine Minute lang still, bevor ich frage: „Also, setzt du mich einfach zu Hause ab?"

Macs Grinsen wird anzüglich. „Zuerst gehen wir einkaufen."

Meine Stimmung verdüstert sich. „Ich habe keine Lust, noch mehr Kleider für dich anzuprobieren, Mac. Schau, ich trage heute einen Rock!", behaupte ich und zeige auf den schwarzen Bleistiftrock, der knapp über meinen Knien endet.

„Oh, glaub mir, Cookie. Ich habe es bemerkt. Ich habe den ganzen Tag an dich in diesem Rock gedacht." Er zwinkert mir frech zu. „Wir kaufen keine Klamotten. Wir kaufen Lebensmittel."

Mac

Während Freya und ich durch den Supermarkt schlendern, beginnt sie, mich mit Fragen über Schottland zu löchern. „Warum in aller Welt hältst du es für eine gute Idee, die Mädels zu deinem Junggesellenabschied nach Schottland mitzunehmen? Meinst du nicht, dass das zu offensichtlich ist?"

„Glaube ich nicht, dass was zu offensichtlich ist?", frage ich, während ich eine Packung mit frischen Erdbeeren und eine Dose Schlagsahne in den Wagen lege, den Freya vor sich herschiebt.

„Dass wir ... intim waren", sagt sie flüsternd und schaut sich nervös um, als könnten die anderen Kunden sie hören.

„Nein, das tue ich nicht", antworte ich achselzuckend. „Ich kann mich in deiner Nähe völlig normal verhalten. Sieh mich nur an, wie ich durch einen Laden laufe und nicht aus vollem Halse schreie, dass mein Schwanz in den letzten vierundzwanzig Stunden in dir war."

Freyas Augen werden groß, als sie mich mit einem aggressiven *Psst* zum Schweigen bringt. Zu meiner Freude sehe ich, wie ihre entzückenden Ohren so rot werden wie die Erdbeeren im Einkaufswagen.

„Bist du diejenige, um die wir uns Sorgen machen müssen?", frage ich mit einem lasziven Grinsen. „Wird es dir schwerfallen, deine Hände von mir zu lassen? Ich bin mir sicher, dass es dir jetzt, wo du das Monster von Loch Ness selbst gekostet hast, fast unmöglich sein wird, dein Verlangen zu kontrollieren."

Freya rammt mir den Wagen gegen die Schienbeine.

Ich beiße mir auf die Faust, um nicht vor Schmerzen zu schreien. „Muss ich dich daran erinnern, dass meine Beine ein gutes bisschen Geld wert sind?"

„Muss ich dich daran erinnern, dass du dich völlig lächerlich anhörst, wenn du deinen Penis als das Monster von Loch Ness bezeichnest?"

In dem Moment, in dem diese Worte Freya über die Lippen kommen, fällt mir eine Bewegung auf, und wir schauen beide zu einem kleinen blonden Jungen hinüber, der nicht älter als sechs Jahre sein kann, der uns direkt anstarrt und unser ganzes Gespräch mitbekommen hat. Seine Mutter steht direkt hinter ihm und schaut empört drein. Mit einem vernichtenden Blick zerrt sie den kleinen Jungen weg, da sie uns zweifellos für pervers hält, und ich höre seine kleine Stimme wiederholen: „Wird mein Penis auch das Monster von Loch Ness genannt, Mummy?"

Ich schaue Freya anklagend an. „Du hast diesen kleinen Jungen für sein Leben gezeichnet. Bist du jetzt zufrieden?"

„Durchaus", antwortet sie und reckt trotzig ihr Kinn vor. „Hoffentlich wird er nicht so desillusioniert aufwachsen, dass er jemals seinen Penis für ein mythologisches Monster hält."

Ich schüttle den Kopf, ein Lächeln im Gesicht. „Du musst aufhören, gemein zu mir zu sein, Freya, oder ich werde mich in dich verlieben."

Freyas Wut verschwindet. „Was?"

Ich zwinkere ihr zu. „Bei Gemeinheit bekomme ich einen Steifen."

Sie blinzelt mich seltsam an, während ich grinse und mich umdrehe, um unseren Einkaufsbummel fortzusetzen und alles Notwendige für die Feierlichkeiten des heutigen Abends zu besorgen, von denen Freya noch nichts weiß.

Als wir an der Kasse sind, sagt Freya leise zu mir: „Haben sexuell erfahrene Menschen einen sechsten Sinn für Ex-Jungfrauen?"

„Was?", frage ich, schaue zu ihr hinunter und versuche erfolglos, nicht zu lachen.

„Vergiss es", sagt Freya, deren Wangen sich rot färben, während sie den Kassierer anschaut.

Ich ergreife ihren Arm, um ihre Aufmerksamkeit wieder auf mich zu lenken. „Nein, nein, sag es noch mal."

Sie blickt sich nervös um, bevor sie sich auf die Zehenspitzen stellt und flüstert: „Können die spüren, dass ich Sex hatte, so wie Polizeihunde Drogen riechen können?"

Ich versuche angestrengt, nicht zu sehr über meine liebe, süße, unschuldige Freundin zu lachen. „Nicht, dass ich wüsste, Cookie."

Sie schüttelt den Kopf und weist meine Antwort zurück. „Ich schwöre, Allie hat es gemerkt. Sie sagte, ich sähe anders aus, und sie weiß um meine mangelnde Erfahrung, also habe ich das Gefühl, dass sie es vielleicht wusste."

Ich übergebe meine Kreditkarte und drehe mich um, um meine beste Freundin genau zu betrachten. Ich neige den Kopf und betrachte ihren Körper mit großer Freude. Jetzt, wo ich genau hinschaue, wirkt sie tatsächlich ein wenig anders. Ihre Körperhaltung ist etwas aufrechter. Und ihr Gesicht ist immer schön mit diesen kleinen Sommersprossen, aber es ist fast so, als würden ihre Augen ständig lächeln, auch wenn sie nicht lächelt.

Es ist verdammt heiß.

Ich muss ihren Arsch nach Hause bringen. Sofort.

„Sie weiß nur, was du ihr erzählst", erkläre ich und tippe ihr leicht auf das Kinn. „Und mach dir keine Sorgen wegen Schottland. Es wird wirklich Spaß machen, dir meine liebste Art von Sex zu zeigen."

Der Kassierer lässt plötzlich die Schlagsahnedose auf den Boden fallen und bückt sich hektisch, um sie aufzuheben – ein vergeblicher Versuch zu verbergen, dass er gelauscht hat.

Freya wirft mir einen mahnenden Blick zu, beißt sich dann aber auf die Lippe und beugt sich vor, um zu fragen: „Was ist deine liebste Art von Sex?"

Ich lächle und flüstere ihr ins Ohr: „Die geheime Art."

Freya schnaubt lachend. „Ich kann es kaum erwarten, zu sehen, wie das abläuft."

Kurze Zeit später sind wir wieder in Freyas Wohnung, wo die Einkäufe auf der Arbeitsplatte ausgebreitet sind. Hercules ist wie immer in Deckung gegangen. *Offensichtlich hat ihm unser intimer Moment heute Morgen nichts bedeutet.* Und Freya hat mich bereits beschimpft, weil ich so frech war, eine Übernachtungstasche zu packen. Das ist mir scheißegal. Ich schulde Freya noch eine Übernachtung. Eine, bei der ich nicht einschlafe, bevor sie wieder ins Bett kommt. Und ich habe vor, es dieses Mal durchzuziehen.

„Was für eine Art von sexuellem Training hast du mit diesem Zeug vor?", fragt sie, während sie auf das ganze Essen starrt.

„Zuerst wird geschlemmt", sage ich und hole die in Scheiben geschnittener Hühnerbrust und das gehackte Gemüse heraus. „Dann kommt der Nachtisch." Ich wackle lasziv mit den Augenbrauen und stöhne fast, als sie sich an den Ohren zupft. Gott, ich liebe es, wie ihre Ohren heiß werden, wenn sie erregt ist. Das ist so ein niedliches Zeichen.

Ich bin gerade dabei, das Abendessen für uns zu kochen, als Freya mich aus dem Weg schubst und behauptet, ich hätte nichts richtig gemacht, und da es ihre Wohnung sei, hätte sie das Sagen. Lachend weiche ich zurück und schenke ihr eine Tasse voll Wein ein, während ich mir ein Bier hole.

Ich schalte Musik über ihren tragbaren Lautsprecher ein und ziehe mich auf den Tresen, um Freya bei der Arbeit zuzusehen. Sie ist barfuß und trägt immer noch ihre Arbeitskleidung, als sie sich daran macht, das Hähnchen, die Paprika und die Zwiebeln für die Fajitas zu braten. Ihre Hüften wiegen sich langsam im Takt der Musik, während sie mitsummt.

Freya hat schon oft für mich gekocht, aber jetzt, wo wir Sex hatten, fühlt es sich einfach anders an. Nicht schlecht anders. Nicht beängstigend anders. Einfach nur … aufregend, denke ich? Es ist befreiend zu wissen, dass ich sie schamlos anstarren kann, ohne dass sie mich dafür anschreit. Na ja, sie könnte mich anschreien – aber jetzt kann ich es genießen. Ich liebe es, wenn sie ganz rot wird und mich anschnauzt. Sie ist wie ein kleiner Welpe, der einen Kampf mit einem riesigen Hund beginnt.

Ihre Hüften, die in dem engen Rock so üppig sind, haben nichts Kleines an sich. Die Kurve ihres Hinterns ist viel zu verlockend, da ich viel zu weit weg sitze. Ich sehe auf und bemerke, dass ihre blassblaue Bluse im Licht der Küchenbeleuchtung leicht durchsichtig ist und sie darunter einen sexy weißen BH trägt. Mein unschuldiger Schatz ist nicht mehr so unschuldig.

Wie konnte ich mich nur so lange von ihr fernhalten? Verdammt noch mal, ich verdiene ein Ehrenabzeichen, denn diese Frau ist die personifizierte Versuchung. Ich habe schon immer Frauen gemocht, die nicht so dünn sind. Ich bin ein großer Kerl und will meine Hände voll haben, wenn ich nach etwas greife, das mir gehört. Und die Bilder von

Freyas weicher, üppiger Haut, die sie letzte Nacht vor mir entblößt hat, haben mir den ganzen Tag über immer wieder Erektionen beschert. So sehr, dass ich nach Hause gehen musste, um mir einen runterzuholen, bevor ich sie von der Arbeit abgeholt habe.

Es wird schade sein, wenn diese Vereinbarung zu Ende geht.

Freya hat gerade damit begonnen, das Essen aufzutragen, als ich mich hinter sie stelle und meinen Körper an ihren presse, während ich meine Hände über ihre Hüften gleiten lasse, um sie an meinen Schritt zu ziehen.

Sie schnappt nach Luft, als sie meinen Zustand spürt. „Verdammte Scheiße. Warum bist du …?"

„Steinhart?", frage ich in ihr Haar. „Weil es wirklich sexy ist, dir dabei zuzusehen, wie du für mich kochst, Mädchen." Ich hebe eine Hand, um ihr rotes Haar von einer Schulter zu streichen und ihren langen, eleganten Hals freizulegen. „Ich nehme an, das macht mich zu einem Antifeministen, aber scheiß drauf, ich gebe dir heute Abend Orgasmen im Tausch gegen mein Essen, wenn es das ist, worauf du Lust hast."

Ich streiche mit meinen Lippen an ihrer Schulter entlang und wandere zu ihrem Ohr, das gerade glüht. Ich umschließe ihr heißes Ohrläppchen mit meinen Lippen und beiße spielerisch hinein. Sie gibt einen bezaubernden Laut von sich, der meinen Schwanz noch mehr anschwellen lässt.

„Orgasmen sind befriedigend", sagt sie mit gehauchter Stimme, während sie die Teller abstellt und ihre Hände auf der Arbeitsplatte ausbreitet, um sich abzustützen. „Das Konzept ist mir offensichtlich neu, aber die, die ich gestern hatte, waren ziemlich einprägsam."

Ich lächle in ihren Nacken und runzle dann neugierig die Stirn. „Hast du dich noch nie selbst berührt, Freya?" Ich lasse meine Hände zu ihrer Vorderseite gleiten, wobei meine Fingerspitzen über ihre empfindlichste Stelle streichen. „Hast du keinen Lieblingsvibrator oder etwas anderes, das dich erregen könnte?"

Ich ziehe Kreise über ihre Klitoris und kann ihre Hitze durch den dünnen Stoff ihres Rocks spüren. *Gott, ich wette, sie ist schon ganz feucht für mich.*

„Nicht wirklich." Sie stößt einen kehligen Laut aus, und ihr Kopf fällt nach hinten an meine Brust. „Als ich auf der Universität war, habe ich versucht, es mir selbst zu besorgen, aber ich konnte nie die Tatsache überwinden, dass ich es tue und nicht ein Mann."

Verdammt, da sind meine Höhlenmenschen-Fantasien wieder.

„Du willst einen Mann, mein kleiner Schatz?", frage ich und kann das stolze Grinsen auf meinem Gesicht nicht verbergen, weil auch ihr erster Orgasmus mir gehört.

„Ich denke schon", seufzt sie. „Leslie hat mir diesen Vibrator gekauft, aber das Ding sieht nie das Licht der Welt."

„Und das wird es auch nicht, wenn ich etwas zu sagen habe", knurre ich, vergrabe meine Nase in ihrem Nacken und atme ihren weiblichen Duft ein, als wäre es mein letzter Atemzug. „Meinst du, wir könnten das Abendessen überspringen und direkt zum Nachtisch übergehen?"

„Das Abendessen überspringen?", zwitschert sie. Ihre Stimme ist leise und gehaucht und hat alles, was mein Schwanz gerne von einer Frau hört.

Meine Hände wandern von ihrem Schritt nach oben und schleichen sich unter ihre Bluse. Sie gleiten über ihre Rippen und greifen ohne jede Finesse nach ihren Brüsten, die nicht einmal ansatzweise in meine Hände passen.

„Deine Nippel sind auch steinhart", murmle ich, ziehe sie mit dem Rücken gegen meine Brust und kneife langsam durch die dünne weiße Spitze in ihre Brustwarzen. Sie stöhnt, als ich sie zwischen meinen Fingern drehe. „Ich muss sie kosten."

Ich bewege meine Hände in Richtung ihres Rückens, um ihren BH zu öffnen, dann schiebe ich sie wieder nach vorn und brülle fast wie im Siegesrausch, als ich sie spüre. „Dreh dich um, Freya."

Es ist ein Befehl, den sie sofort befolgt, und als wir einander schließlich zugewandt sind, geweitete Pupillen auf geweitete Pupillen, gespaltene Lippen auf gespaltene Lippen treffen, fallen unsere Münder übereinander her wie ausgehungerte Tiere, die seit Tagen nichts mehr gegessen haben. Freya brummt in meinen Mund, und der Kuss wird zu einem dieser feuchten Küsse, die entstehen, wenn man sich gleichzeitig hektisch seiner Kleidung entledigt. Keinem von uns beiden scheint das etwas auszumachen, denn wir sind beide hungrig – nach mehr als nur Essen.

Als wir beide nackt sind, greife ich ihr unter den Hintern und hebe sie auf die Arbeitsplatte, lasse Küsse über ihre Brust gleiten und umschließe ihren perfekten Nippel mit den Lippen, während meine Handflächen ihren Rücken packen. „Ich hatte vor, Schlagsahne und Honig zu verwenden. Ich wollte jeden Quadratzentimeter von dir ablecken."

„Oh, scheiß auf den Nachtisch", wimmert Freya, packt meinen Schwanz und zieht mich an sich. „Fick mich stattdessen einfach."

„Kondom", knurre ich, als meine nackte Spitze ihre feuchte Mitte berührt. Verdammte Scheiße, ich würde nichts lieber tun, als völlig nackt in sie einzudringen, nur um sie auf meiner harten, glatten Erektion zu spüren. Aber ich widerstehe gerade noch so, hole ein Kondom aus meiner Brieftasche und ziehe es so schnell wie möglich über.

Ich ziehe sie an den Rand des Tresens und dringe ohne Vorwarnung in ihre weiche, feuchte Hitze ein.

Fuck. Fuck. Fuuuuck.

Sie ist immer noch eng. Immer noch viel zu eng, verdammt. Ich ziehe mich zurück und schaue in ihr Gesicht, besorgt, dass ich ihr wehgetan habe. Ihre Augen sind glasig, während sie beobachtet, wo unsere Körper miteinander verbunden sind.

„Geht es dir gut?", frage ich, und sie antwortet, indem sie ihre Hände um meinen Hintern legt und mich wieder in sie hineinzieht.

„Fuck, ja. Fick mich einfach, Mac", sagt sie eifrig nickend. „Ich fühle mich, als würde ich schon kommen."

„Mein Gott", murmle ich und beginne, in sie zu stoßen. Sie ist feucht, eng und üppig und hält mich so fest, dass es nicht lange dauern wird, bis auch ich komme.

Ihr Kopf fällt in den Nacken, als ihre Schreie lauter werden, und aus reiner Neugier, ob sie wirklich so schnell kommen kann, greife ich zwischen uns, um meinen Daumen auf ihr festes Nervenbündel zu drücken. Sie schreit und schlingt ihre Beine so fest um mich, dass ich mich nicht einmal bewegen kann.

Das war's, denke ich mir, als sie mit ihrer Hand wiederholt auf die Arbeitsplatte klatscht. Ihre Muschi verkrampft sich um mich herum, während ihre Beine unter meinen Händen zu zittern beginnen.

„Ohhh, fuck, fuck, fuck", schreit Freya, deren Atemzüge schnell und rasend kommen, während ich sie durch ihren Orgasmus bringe.

Nur einen Moment später komme ich ebenfalls, zufrieden, dass sie befriedigt ist, und dankbar, dass ich nicht vor ihr gekommen bin, denn nach all meinem Gerede über das Monster von Loch Ness wäre das verdammt peinlich.

„Diese Lektion nenne ich einen Quickie", sage ich lachend, nachdem ich das Kondom weggeworfen habe und wir uns daran gemacht haben, unsere auf dem Küchenboden verstreuten Klamotten wieder anzuziehen.

„Ich glaube, ich bin ein Fan von Quickies", erwidert Freya lächelnd. Ihr Haar ist zerzaust, ihre Wangen sind strahlend rosa. „Wie du mich so auf die Anrichte gehoben hast? Ich bin fast auf der Stelle in Flammen aufgegangen! Ich hätte mir nie träumen lassen, so herumgeschleudert zu werden."

„Nun, falls du es noch nicht bemerkt hast, es gibt einen kleinen Unterschied in der Körpergröße zwischen uns beiden", entgegne ich und senke meine Hand dorthin, wo ihr Kopf gerade meine Brust erreicht. „Du musst bei den Weihnachtskonzerten immer in der ersten Reihe gesessen haben."

„Halt die Klappe", antwortet sie mit einem genervten Kichern. „Wie dem auch sei, ich weiß diese Lektion zu schätzen."

„Das war nicht mein ursprünglicher Plan, Frau", sage ich kopfschüttelnd. Es ist erst Tag eins unserer Vereinbarung, und Freya hat mich schon zweimal überrascht, sodass ich mich nicht mehr auf die anstehenden Aufgaben konzentrieren konnte. Zuerst heute Morgen im Bad und dann heute Abend. „Ich hatte einen ganz anderen Lehrplan mit Schlagsahne und Honig ausgearbeitet … Weißt du noch?"

„Oh, richtig." Freya hebt die Augenbrauen. „Wir haben doch nach dem Essen noch Zeit, oder? Oder bist du nicht so schnell für eine zweite Runde bereit?"

Ich fixiere sie mit hartem Blick. „Freya, ich bin Schotte. Ich wurde mit einem Ständer geboren."

KAPITEL 16

Freya

Mac hat offiziell drei Nächte in Folge bei mir geschlafen. Ich habe ihn gestern gefragt, was Roan und Allie denken, wo er all die Nächte war, denn sicherlich haben sie Macs Abwesenheit bemerkt. Er sagte mir, er hätte Roan erzählt, dass er und Cami wieder miteinander schliefen.

Das hat mir nicht besonders gefallen.

Ich meine, ich weiß, dass das, was wir tun, eine Lüge ist und wir es den Leuten nicht aktiv sagen. Aber ich mag es nicht, dass seine Lüge, wieder mit Cami zusammenzukommen, so glaubhaft ist. Er erwähnte, dass er immer noch einmal in der Woche mit Cami zu Mittag isst. Wird er diese Woche zu ihr gehen, obwohl wir miteinander schlafen? Es ist nicht so, dass ich nicht glaube, dass er mit einer anderen Frau zu Mittag essen sollte, aber die Tatsache, dass es mit jemandem ist, mit dem er so lange intim war, bereitet mir Bauchschmerzen.

Ich tue mein Bestes, um das Stechen in meinem Bauch zu ignorieren, als ich mit Sloan, Allie und Leslie unten in der Kindred Spirits Boutique am Tresen stehe und auf unsere bevorstehende Anprobe warte. Kindred Spirits steht kurz vor einer Invasion.

Wie aufs Stichwort öffnen sich die Türen, und ich schwöre, die

Welt bewegt sich in Zeitlupe, als Roan und alle vier Harris-Brüder in die Boutique schreiten. Meine Ohren werden heiß, als ich sehe, wie sich ihre durchtrainierten Körper auf uns zu bewegen.

Normalerweise schwärme ich nicht für Fußballer. Vielleicht habe ich mich verändert, seit ich in der letzten Woche jeden Tag einen nackt gesehen habe? Mein Gott, das sind körperliche Schönheiten. Kräftige, dicke Schenkel, große, muskulöse Ärsche und breite Schwimmerschultern, die so aussehen, als könnten sie einen einfach umarmen und alle Sorgen wegnehmen.

Wo zum Teufel kommt das denn her, Freya?

„Hi, Jungs!", sagt Sloan aufgeregt, als die Schar starker Männer auf den Tresen zustürmt. Sie alle tragen verschiedene Formen von Sportkleidung. Ich habe in den letzten Jahren gelernt, dass sie ständig trainieren, obwohl sie in diesem Monat frei haben. Sloans Ehemann Gareth ist der Einzige, der in Jeans und T-Shirt gekleidet ist. Seit er im Ruhestand ist, ist er fülliger geworden und hat dieses „mollige und glückliche" Aussehen, von dem meine Mutter immer behauptete, es zu haben. Aber selbst ein molliger und glücklicher Gareth Harris ist für jedermanns Verhältnisse extrem fit.

Wieder klingelt es über der Tür, und die Schwester der Harris-Brüder, Vi, ihr Mann Hayden und Haydens Bruder Theo, der Leslies Ehemann ist, treten ein. Ein ziemlich verschachtelter, übermäßig verbundener Haufen wie aus dem Bilderbuch.

„Wer ist bereit, zuzusehen, wie unsere Männer zu Highlandern werden?", quiekt Vi aufgeregt.

„Ich habe schon einen Kilt", sagt Camden und schubst seinen Zwillingsbruder Tanner. „Ich habe einen getragen, als Indie und ich durchgebrannt sind, aber Mac sagt, ich könne nicht mitmachen, wenn ich nicht im Kilt im Clan Logan unterwegs bin, also ... stehe ich hier."

Tanner funkelt Camden finster an. „Musst du uns daran erinnern, dass du selbstsüchtig beschlossen hast, zu heiraten, ohne auch nur ein einziges Mitglied deiner Familie einzuladen?"

„Nicht schon wieder", stöhnt Camden augenrollend. „Unsere Frauen sind beste Freundinnen. Wir haben unsere ersten Kinder innerhalb weniger Wochen bekommen. Sicherlich kannst du ein

Lebensereignis durchgehen lassen, ohne der absolute Mittelpunkt der Aufmerksamkeit zu sein."

Tanner richtet seinen Blick nach vorn und flüstert: „Das werde ich dir nie verzeihen."

Vi schüttelt den Kopf, als sei sie diese Hysterie von ihren Brüdern gewöhnt. „Ich wünschte, Mädchen könnten Kilts tragen, weil ich mich so auf diese Reise nach Schottland freue, und ich wünschte wirklich, wir hätten ein Kostüm."

Leslie stellt sich neben Theo, als sie sagt: „Keine Sorge, Vi. Sloan und ich haben beschlossen, dass wir allen Damen diese Woche Outfits aus der Boutique maßschneidern. Das wird unser Geschenk an alle zu Allies bevorstehender Hochzeit sein."

Allies Kinnlade klappt herunter, während sie Roans Hand hält. „Willst du mich verarschen? Das könnt ihr doch nicht machen! Ihr entwerft bereits mein Hochzeitskleid und Freyas Trauzeuginnenkleid. Ihr schneidert den Jungs Kilts. Gareth hat einen verdammten Privatjet für uns alle gebucht, um nach Glasgow zu fliegen. Das ist alles viel zu verdammt viel."

„Hör auf, so oft ‚verdammt' zu sagen!", erwidert Sloan, einen Arm um Allie gelegt. „Du bist eine Harris, und du heiratest. So sind sie nun mal, und wenn du das noch nicht verstanden hast, werden sie es dir mit brutaler Gewalt einprügeln, was viele unangenehme Umarmungen beinhaltet."

Allies Augen werden feucht und verdammt noch mal, meine eigenen fangen auch an zu brennen. Ist es zu spät für die Familie Harris, mich zu adoptieren? Ich habe ihren Vater Vaughn getroffen, und er ist noch fit. Vielleicht hätte er selbst Lust auf eine junge, wohlgeformte Braut?

In diesem Moment öffnet sich die Tür des Ladens erneut, und diesmal ist es Mac. Meine Gefühle nehmen einen weiteren Schlag, als ich ihn hereinkommen sehe. Sein rothaariges Haar ist wild und widerspenstig wie immer, und sein Bart ist länger denn je. *Man könnte meinen, dass der Junge in den letzten Tagen nicht viel Schlaf bekommen hat.*

Ich lächle bei diesem Gedanken, und seine Augen finden sofort meine. Er zwinkert mir kurz zu, bevor er sich zu den anderen umschaut und den riesigen Stoffballen aus grünem Schottenkaro mit roten und gelben Linien hochhält. „Der Clan Logan Tartan ist da!"

Die Gruppe jubelt aufgeregt, während Sloan, Leslie und ich uns daran machen, alle Jungs für ihre passenden Schottenröcke zu vermessen. Es wird eine Menge Arbeit sein, sie in einer Woche fertigzustellen, aber wenn wir zu dritt daran arbeiten, sollten wir es bis zur Abreise nächsten Freitagnachmittag schaffen.

Als ich Booker ausgemessen habe, kommt Mac auf mich zu und hält mir seinen abgetragenen Kilt entgegen. Er hat einen liebenswert verlegenen Gesichtsausdruck. „Mein Kilt könnte eine kleine Auffrischung gebrauchen, wenn das möglich ist."

Ich kneife die Augen zusammen. „Und was stimmt nicht damit?"

„Der untere Teil hat sich gelöst", erklärt er, und ich fahre mit dem Finger an dem ausgefransten Saum entlang.

„Du musst ihn anziehen, damit ich ihn richtig feststecken kann."

Mac wackelt mit den Augenbrauen. „Warum sagst du nicht einfach, dass du einen Blick auf mich in meinem Kilt werfen willst, Frau?"

Ich verdrehe die Augen und drücke den Stoff an seine Brust. „Die Umkleidekabinen sind hinten."

Augenblicke später kommt Mac in seinen Timberland-Stiefeln ohne Socken, seinem weißen T-Shirt und seinem Kilt herausgeschlendert. Ich betrachte den Anblick seiner muskulösen Beine, denn, verdammt noch mal, wenn je ein Mann einen Kilt tragen konnte, dann dieser.

Sein selbstgefälliges Grinsen zeigt, dass er genau weiß, was er mir antut, aber ich tue mein Bestes, um es zu verbergen, denn Sloan und Leslie stehen nur wenige Meter weiter und messen Theo und Hayden ab, während sich der Rest der Familie Harris in der Nähe tummelt.

Ich räuspere mich und ignoriere das Brennen in meinen Ohren. „Stell dich bitte hierher", sage ich und zeige auf das mit Teppich ausgelegte Podest vor einem großen Spiegel.

Mac springt hoch, wobei sein Kilt mit der Bewegung schwingt. „Das Ding wurde im Laufe der Jahre viel benutzt", sagt er, während ich mich hinkknie und anfange, Stecknadeln in den ausgefransten Saum zu stecken.

„Ist diese Länge in Ordnung?", frage ich, während ich ihn im Spiegel ansehe.

Er zieht eine Augenbraue hoch, als wolle er, dass ich da unten etwas ganz anderes tue. Seine Stimme ist heiserer als zuvor, als er antwortet: „Aye, klar. Das wird gehen."

Ich nicke hölzern, stecke die Nadeln ein und arbeite so schnell, wie meine Finger es erlauben. Ich schwöre, ich spüre, wie Sloan, Leslie und Allie unsere Interaktionen mit großem Interesse beobachten. Ich fühle mich wie in einem dieser Aquarien, wo die Leute ständig an die Scheiben klopfen.

„Du wirst Dundonald lieben, Cookie", sagt Mac großspurig. „Da ist Dundonald Castle, die frische Meeresluft, der Geruch von Schlamm und schmutzigen Menschen. Es ist berauschend."

„Ich kann es kaum erwarten", murmle ich um eine Stecknadel herum, bevor ich sie aus meinem Mund ziehe und stecke. „Warum ist dein Kilt so abgetragen? Machst du jedes Jahr bei diesen Highland Games mit?"

„Jedes Jahr", sagt Mac stolz. „Vor drei Jahren habe ich das ganze Ding gewonnen. Der Clan Logan Tartan ist glücksbringend und legendär."

Ich rolle mit den Augen. „Natürlich ist er das."

Mac blickt mit hochgezogenen Augenbrauen auf mich herab. „Zweifelst du an meinen großen Worten, Frau?"

Ich sehe zu ihm auf, und er hat ein anzügliches Lächeln auf dem Gesicht, weshalb ich nicht anders kann, als zurückzulächeln. „Dundonald ist eine kleine Stadt, oder?"

„Aye."

„Darf ich fragen, ob die Leute, gegen die du antrittst, junge Profisportler aus aller Welt sind? Oder vielleicht graue, alte Knacker, die ein- oder zweimal im Jahr mit Gehhilfen zur Burg hinaufstapfen?"

Mac bricht in Gelächter aus. „Ach, fick dich doch."

Ich kichere stolz. „Ich wusste es."

„Du weißt gar nichts. Du hättest mich letztes Jahr beim Baumstamm-Wurfwettbewerb sehen sollen. Ich bin gegen einige der größten Kerle des Landes angetreten und habe sie alle um Längen geschlagen."

Ich rolle mit den Augen. „Ich bin überrascht, dass du mitmachen konntest. Ich dachte, deine Beine seien eine Menge Geld wert. Scheint ein gefährlicher Sport für dich zu sein, deinen wertvollsten Besitz zu riskieren."

Ich schaue ihn im Spiegel an, und er wirft mir einen bösen Blick zu. „Ich fürchte, jemand anderes Beine sind zur Zeit mein wertvollster Besitz."

Ich kann nicht anders, als ihm das größte, dümmste und glücklichste Lächeln zu schenken, das ich je hatte.

Plötzlich fällt sein Lächeln. Seine Augen sind weit aufgerissen, und sein ganzes Gesicht verzerrt sich zu einem entsetzlichen Ausdruck des Schmerzes.

„Mein Schwanz!", brüllt er und krümmt sich vor Schmerz.

Ich senke mein Kinn und meine Augen werden groß, als ich sehe, dass meine Hand gerade unter Macs Kilt ist und die Nadel, die ich in halte, definitiv in etwas drinsteckt. *Scheiße. Scheiße. Scheiße. Scheiße!*

Ohne nachzudenken, ziehe ich die Nadel aus dem heraus, wovon ich sicher bin, dass es sein Penis war, und hebe schnell den Kilt an, um den Schaden zu begutachten. Mein Schnappen nach Luft zieht die Aufmerksamkeit aller auf sich, als ich auf …

… Macs Penis …

… und Hoden schaue.

Und nun, welche Teile eines Mannes auch immer dort unten sein mögen, denn der Idiot trägt keine Boxershorts! Warum hat er keine Boxershorts an? Er wusste, dass ich auf Augenhöhe mit seinem Kilt sein würde! Wollte er mich damit provozieren? Gott, er ist ein frecher Kerl, und dafür verdient er eine Tracht Prügel. Oder vielleicht einen kleinen Piks in den Penis?

Nein, das geht zu weit, Freya.

„Würde es dir etwas ausmachen, meinen Kilt herunterzulassen, damit der gesamte Harris-Clan aufhört, meinen Schwanz anzustarren, Frau?"

Ich lasse den Kilt fallen und drehe mich, um alle zu betrachten, die dem Spektakel unverhohlen zusehen.

„Warum zum Teufel hast du keine Boxershorts an?", kreische ich anklagend, während ich mich zurücklehne und die Nadel wieder in das Kissen an meinem Handgelenk stecke.

Macs Kinnlade fällt ungläubig nach unten, während er seinen Schwanz über seinem Kilt packt. „Zu einem Kilt trägt man keine verdammten Boxershorts. Freischwingen ist der größte Vorteil eines Kilts!"

„Entschuldige, dass ich nicht wusste, dass du deine Eier auf dem glückbringenden und legendären Tartan des Clan Logan reiben wolltest", ahme ich seine Stimme von vorhin nach, woraufhin er mich mit tödlichem Blick fixiert, was mir tatsächlich ein wenig Angst macht. „Hör zu, es tut mir leid! Aber wenn du Boxershorts getragen hättest, wäre der Schaden nicht so groß gewesen!"

„Entschuldige, dass ich dachte, mein Schwanz und meine Eier könnten für einen verdammten Moment ein wenig die Landschaft genießen. Ich wusste ja nicht, dass du mich *kastrieren* wolltest." Seine Stimme nimmt eine schrille, nervige Tonlage an. „Gott, ich glaube, ich blute."

„Ich, ähm, werde dir ein Pflaster holen."

„Du wirst Mull brauchen, Frau. Und vielleicht einen sehr großen Gips. Du solltest mittlerweile wissen, wie es um mich bestellt ist. Ein Pflaster würde kaum den Ausgang meiner verdammten Harnröhre bedecken."

„Hör auf zu schreien!", rufe ich, stehe auf und stampfe mit den Füßen. „Ich kann nicht denken, wenn du so schreist."

Macs Gesicht verzieht sich. „Aye, sicher. Ich werde dich wie eine Dame ansprechen, wenn MEIN VERDAMMTER SCHWANZ AUFHÖRT, AUSZUBLUTEN!"

Ich rolle mit den Augen. „Jetzt übertreibst du aber."

Und dann … beginnt das Weinen.

Stunden später liegt Mac zusammengerollt in meinem Bett, eine Packung Tiefkühlerbsen in seinen Schritt gedrückt. Er hat nur eine Stunde lang geweint, nachdem ich ihn zurück in meine Wohnung gefahren hatte. Zuerst dachte ich, er sei so wütend, dass er zurück in seine Wohnung will. Aber er sagte, er erwarte von mir, dass ich ihn wegen dieses ungeheuerlichen Vergehens von vorn bis hinten bediene, und so stehe ich nun neben dem Bett ... und warte darauf, dass er jeden Moment ein Schwammbad verlangt.

Mac stöhnt, als er mir die aufgetauten Erbsen reicht.

Ich atme aus. „Streiten wir noch? Oder lässt du mich endlich einen Blick darauf werfen?", frage ich verärgert. „Wenn es immer noch so wehtut, sollten wir dich in die Notaufnahme bringen oder zumindest Indie oder Belle kommen lassen, damit sie sich das ansehen. Sie sind immerhin Ärztinnen."

„Heute haben schon genug Leute meinen Schwanz und meine Eier gesehen, vielen Dank", brummt er und legt seinen tätowierten, muskulösen Arm in echter Mac-Drama-Manier über sein Gesicht. „Und wir streiten immer noch."

„Was kann ich tun, um es wiedergutzumachen?"

Er zuckt mit den Schultern und lässt den Arm sinken. „Leg dich einfach hin und rede mit mir, bis ich einschlafe."

Mein Gesicht erhellt sich augenblicklich, und ich kann nicht anders, als über den großen, albernen Idioten zu lächeln. Ich senke den Kopf und küsse ihn auf die Stirn, bevor ich die Erbsen in die Küche bringe. Ich schalte alle Lichter aus und lege mich neben ihn ins Bett.

Wir liegen einander zugewandt da, als ich frage: „Worüber willst du reden?"

Er seufzt schwer. „Erinnere mich daran, wie deine Brüste aussehen. Es ist Stunden her, und ich habe es schon wieder vergessen."

Ich werfe ihm einen amüsierten Blick zu. „Wenn ich dir meine Brüste zeige, hörst du dann auf, Trübsal zu blasen?"

Er zuckt traurig mit den Schultern.

Ich setze mich auf, hebe mein Nachthemd an und schüttle meine Brüste kräftig, bevor ich es herunterlasse und mich wieder unter die Bettdecke kuschle.

Er lächelt wie ein Kind am Weihnachtsmorgen. „Das war sehr aufmerksam von dir, Cookie."

„Ich lebe, um zu dienen", wiederhole ich seine Worte.

Sein Blick wandert hinunter zu meinem Kätzchen-Nachthemd. „Wie viele Katzen-Nachthemden besitzt du? Es ist beunruhigend, dass ich nach so vielen Übernachtungen noch keines zweimal gesehen habe."

Ich schaue an die Decke, während ich versuche zu zählen. „Vielleicht ein Dutzend? Ich bin mir nicht sicher. Aber zu dem hier habe ich ein passendes in Katzengröße."

„Du und Hercules habt das gleiche Nachthemd?", fragt Mac belustigt. „Mein Gott, das muss ich sehen. Wo ist die schreckliche Kreatur?"

Ich atme schwer aus. „Er passt ihm nicht. Übergrößen-Mode für Katzen gibt es nicht wirklich."

„Das sollte es aber."

„Ich weiß", sage ich mit zusammengezogenen Augenbrauen. „Ich habe ihm auch schon ein paar Sachen genäht, aber immer, wenn ich sie Hercules anziehe, wird er einfach schlapp. Es ist wirklich lustig. Ich habe sogar ein Instagram-Profil für ihn angelegt, und es ist voller Videos von ihm, wie er angezogen wird und dann umkippt."

„Nein!" Mac lacht und starrt mich an. „Wie viele Follower hast du?"

„Vierundsechzigtausend!", kichere ich. „Nach meinem ersten Post ist es irgendwie viral gegangen. Ich habe nie jemandem erzählt, dass ich dahinterstecke, und niemand, den ich kenne, hat Hercules je gesehen, um ihn zu identifizieren."

„Das ist urkomisch", sagt Mac mit einem zufriedenen Grinsen. „Du solltest mehr Katzenkleidung in Übergrößen machen."

„Das würde ich gern tun", antworte ich lächelnd. „Ich habe ein ganzes Notizbuch voller Skizzen für die niedlichsten kleinen Outfits. Ich habe sogar schon Hunde-Outfits entworfen, weil die Leute ihre pummeligen Hunde einfach lieben. Aber ich habe nie die Zeit, um aus Spaß zu nähen."

„Dann solltest du es zu deinem Job machen", sagt Mac einfach.

„Was meinst du?"

„Wenn du ein Auge für Design hast, solltest du mehr tun, als nur Sloans und Leslies Kreationen abzuändern."

Meine gute Laune verflüchtigt sich. „Sie suchen bei ihren Designs oft meinen Rat. Ich trage mehr bei als nur die Änderungen."

Mac runzelt die Stirn und umfasst meine Wange. „Ich habe es nicht böse gemeint, Freya."

„Warum hast du es dann gesagt?", frage ich und ziehe meinen Kopf zurück.

Er hält meine Hand auf dem Bett. „Ich denke einfach, dass du sehr talentiert bist, und wenn dich das Herstellen von Kleidung für Haustiere glücklich macht, dann sollte dich nichts davon abhalten, das Selbstvertrauen zu haben, rauszugehen und es zu tun. Deine einzigartige Brillanz verdient es, gesehen zu werden."

Seine Worte entsprechen all dem, was ich mir schon oft einzureden versucht habe. Sogar an der Universität, als wir in Gruppen Designprojekte durchführten, hatte ich immer Ideen, hielt mich aber an die aufgeschlossenere Person in unserer Gruppe. Selbstvertrauen bringt die Dinge zum Laufen. Mit Zurückhaltung kommt man nicht weiter.

„Ich habe darüber nachgedacht, mit Sloan und Leslie darüber zu sprechen, eine Haustierlinie in die Boutique aufzunehmen", sage ich leise und schaue auf Macs große Hand auf meiner kleinen mit den Sommersprossen. „So viele unserer Kunden sind besessen von ihren Haustieren. Du solltest mal sehen, wie viele sie in ihren Handtaschen tragen."

„Siehst du?", sagt Mac und drückt mir aufmunternd den Arm. „Du steckst voller Ideen. Du hast das Selbstvertrauen, es zu tun, das weiß ich. Und ganz egoistisch möchte ich, dass du das tust, damit du nie wieder mit einer Nadel in die Nähe der Genitalien eines anderen Mannes kommst."

„Halt die Klappe", sage ich und sehe ihn mit zusammengekniffenen Augen an. „Du hast mich mit deinem süßen Verhalten abgelenkt."

„Du findest mich süß?", fragt Mac, wobei er begeistert mit den Augenbrauen wackelt. „Ich dachte, du würdest nur auf mich stehen, wenn ich eine Käsehütte hätte."

Ich rolle mit den Augen. „Du weißt, dass du süß bist."

Er nimmt wieder meine Hand und verschränkt seine Finger mit den meinen. „Und du weißt, dass du süß bist ... oder?"

Ich atme tief ein und lasse die Worte auf mich wirken, denn sie bedeuten so viel mehr als nur körperliche Schönheit. Zu wissen, dass ich süß bin, ist gleichbedeutend mit Selbstvertrauen, und Letzteres brauche ich mehr als Ersteres. Hoffentlich lerne ich eines Tages, wie ich diese Frage ohne Zögern beantworten kann.

„Ich weiß, dass ich süß bin", sage ich schließlich in der Hoffnung, dass ich es irgendwann hundertprozentig glauben werde. Ich schüttle den Kopf, bereit, mich wieder meinem Patienten zuzuwenden. „Und was ist mit deiner Zukunft? Was wirst du nach dem Fußball machen?"

Macs Augenbrauen schießen in die Höhe. „Hoffentlich habe ich wenigstens noch ein paar Jahre vor mir. Ich hätte nichts dagegen, einer dieser alten Knacker auf dem Spielfeld zu sein, die auf dem Grün an einem Herzinfarkt sterben."

Ein Stöhnen entweicht mir. „Das ist ein furchtbarer Gedanke."

Mac zuckt mit den Schultern. „Ich mache nur Witze. Eigentlich wäre mein Traumjob nach diesem Fußballleben etwas in der Welt des Gamings, wo ich meine Computerkenntnisse mit meinem Fußballwissen kombinieren könnte."

Ich blinzle schockiert. „Verzeihung, aber hast du gerade Computerkenntnisse gesagt?"

Mac rollt mit den Augen. „Ich habe einen Abschluss in Informatik, Cookie. Ich bin nicht nur Muskelkraft."

Ich setze mich auf und starre ihn mit offenem Mund an. „Du hast was?"

Er zuckt mit den Schultern und dreht sich auf den Rücken. „Meine Mutter hätte mich ausgepeitscht, wenn ich nicht einen Abschluss in etwas Nützlichem gemacht hätte, auf das ich zurückgreifen kann. Eine schlimme Verletzung reicht und meine Karriere könnte im Handumdrehen vorbeisein. Ehrlich gesagt bin ich schockiert, dass ich so lange durchgehalten habe, ohne dass etwas Schreckliches passiert ist."

Ich ziehe die Augenbrauen hoch, als ich diese sehr neue Information verarbeite. „Und Computer sind dein Ding?"

Er zuckt wieder mit den Schultern, als wäre alles, was er sagt, so einfach. „Computerkram fiel mir immer leicht. Schon als kleiner Junge fand ich es toll zu wissen, wie die Dinge hinter dem Bildschirm funktionieren. Mein Vater brachte immer alte Computer von der Arbeit mit nach Hause, wenn sie aufgerüstet wurden, und ich habe sie immer auseinandergenommen und wieder zusammengesetzt."

„Hm", sage ich und lächle meinen besten Freund stolz an. „Maclay

Logan, Fachinformatiker. Du wärst der heißeste Computerfreak in jeder Firma, bei der du landest, das ist dir schon klar, oder?"

Er lacht und rollt mit den Augen.

„Ich meine es ernst. Die Javier-Lookalikes werden dich für den Dummen halten, weil du einfach zu hübsch bist, um auch klug zu sein, also wirst du dich am ersten Tag beweisen müssen."

„Okay, Boss", sagt Mac, streckt die Hand aus und zwickt mich in die Seite. Ich kichere und lasse mich auf seine nackte Brust fallen. Meine Haare breiten sich über seinen Brustkorb aus, während ich mein Ohr an sein Herz drücke.

„Ich finde das aber wirklich cool", sage ich leise und lasse mich vom Trommeln seines Herzens beruhigen. Ich breite meine Hand auf seinem Bauch aus und fahre mit dem Finger über seine Bauchmuskeln. „Und ich würde gerne deine Figur als Fußballer in einem Videospiel sehen."

„Stimmt's?", sagt Mac aufgeregt. „Das ist der einzige Grund, warum ich all diese Tattoos habe."

Ich breche in Gelächter aus und vergrabe mein Gesicht vor Freude an seiner Brust. „Du bist so ein Idiot."

Sein Körper bebt unter meinem Kopf, während er lacht, und schon bald sehe ich, wie sich die Decke, die seinen Schritt bedeckt, zu heben beginnt.

Ich stütze mich auf einen Ellbogen und starre darauf hinunter, dann wieder zu ihm hinauf.

Er zuckt mit den Schultern. „Du hast mich einen Idioten genannt. Ich habe dir gesagt, dass gemeine Mädchen mein Ding sind."

Ich beiße mir auf die Lippe und mustere ihn. „Nun, vielleicht nenne ich dich einen großen Schwindler, nachdem mein winziger Stich offensichtlich keine bleibenden Schäden verursacht hat."

Er wackelt anzüglich mit den Augenbrauen. „Du gehst besser runter und inspizierst es. Unsere nächste Lektion kann ein kleines Rollenspiel mit einer unartigen Krankenschwester beinhalten."

Meine Augen leuchten auf. „Oh mein Gott. Ich kann nicht glauben, dass ich nicht schon früher daran gedacht habe!"

Ich springe aus dem Bett und eile in meinen begehbaren Kleiderschrank. Nachdem ich einen Moment in einer Kiste ganz hinten gewühlt habe, schlüpfe ich aus meinem Kätzchen-Nachthemd und ziehe etwas an, das Mac sicher gefallen wird.

Mac

Als Freya aus ihrem Kleiderschrank kommt, schwöre ich bei Gott, ich bin gestorben und in den Himmel gekommen.

„Was meinst du?", fragt Freya stolz lächelnd, während sie sich im skandalösesten Krankenschwestern-Outfit aller Zeiten dreht.

Es ist ein rotes Netz-Negligé, das viel zu kurz ist, um ein Kleid zu sein. Eigentlich ist es nur ein Unterkleid, das kaum den winzigen passenden Slip verdeckt, den sie darunter trägt. Es ist völlig durchsichtig, bis auf die weißen roten Kreuze, die über die Spitzen ihrer kleinen Nippel genäht sind. Auf ihrem Kopf sitzt eine passende weiß-rote Krankenschwesternhaube, auf die ich mich kaum konzentrieren kann, weil ihre Beine in voller Pracht zu sehen sind und ihre Brüste fast aus diesem Outfit herausplatzen.

„Warum hast du das?", frage ich, setze mich auf, um sie richtig anzustarren, und versuche, meine Zunge im Mund zu behalten.

„Ich habe es einmal zu Halloween gekauft, als ich einen meiner Ausbrüche hatte, wie du sie nennst."

„Du wolltest dieses winzige Outfit zu Halloween tragen? Bist du verrückt?"

Freya zuckt mit den Schultern. „Zu der Zeit war ich es. Ich hatte es satt, auf Halloween-Partys all diese dünnen Frauen in ihren winzigen Kostümen herumhüpfen zu sehen, während sich größere und rundlichere Mädchen wie Shrek verkleidet haben. Ich wollte mich sexy fühlen."

Ich stehe auf, mein Herzschlag pocht in meiner Brust. „Nun, ich hoffe verdammt noch mal, dass du diese Aufmachung nicht in der Öffentlichkeit getragen hast."

Freyas Kinnlade fällt herunter. „Und warum?"

„Weil dein verdammter Slip raushängt!", rufe ich, wobei meine Stimme eine seltsame, hohe, wahnsinnige Tonlage annimmt.

„Das sagt ja der Richtige, der ohne Boxershorts mit Kilt herumläuft", schnauzt sie. „Und diese Aufmachung ist nicht anders als das, was die dünnen Mädchen an Halloween tragen."

„Wenn du mir gehören und das tragen würdest, würde ich dich die ganze Nacht vögeln, damit du zu schwach bist, um rauszugehen und allen mein Eigentum zu zeigen."

„Dein Eigentum?" Freya bricht in schallendes Gelächter aus. „Nun, zum Glück bin ich nicht dein Eigentum, also brauchst du dir keine Sorgen zu machen."

„Du gehörst mir", erkläre ich, trete näher an sie heran und fasse sie an den Armen. „Du gehörst mir für den nächsten Monat, und ich wäre dankbar, wenn du das akzeptieren würdest."

Ich atme schwer auf sie herab. Mein Schwanz wird angesichts ihres Aussehens immer dicker in meinen Boxershorts. Gott, ich will sie. Ich will sie so verdammt sehr, dass ich es schmecken kann. Aber aus irgendeinem seltsamen Grund muss ich mich mit dem, was wir sind, irgendwie sicher fühlen. Ich weiß, dass wir nur Freunde sind, und ich weiß, dass der Sex nur vorübergehend ist, aber ich möchte, dass es sich echt anfühlt, so lange wir zusammen sind.

Freya schluckt nervös. „Nun, wenn ich für den nächsten Monat dein bin, heißt das dann, dass du mir gehörst?"

„Aye, natürlich", schnauze ich. „Warum solltest du daran zweifeln?"

„Hast du immer noch deine wöchentlichen Mittagessen mit Cami?", fragt sie, die Arme abwehrend vor der Brust verschränkt. Sie versucht, hart zu wirken, aber alles, was die Veränderung ihrer Körperhaltung bewirkt, ist, dass sie ihre Brüste zusammenschiebt und ich den Drang verspüre, mich nach unten zu beugen und mein Gesicht darin zu vergraben.

Schließlich konzentriere ich mich auf das, was sie gerade gesagt hat. „Ich habe Cami angerufen und ihr gesagt, dass wir uns nicht mehr treffen können."

„Wirklich?"

„Ja, Cami und ich sind nur Freunde, aber ich werde nicht dich vögeln und zu ihr rennen. Wozu sollte das gut sein?"

„Aber warum musstest du sie überhaupt sehen, wenn du nicht mehr mit ihr schläfst?", fragt Freya, die Augenbrauen auf niedliche Weise zusammengezogen, während diese Wüstenrennmaus in ihrem Kopf ihre Runden dreht. „Wozu habt ihr euch eigentlich jede Woche getroffen?"

„Ich weiß es nicht." Ich atme schwer aus und fasse mir in den Nacken. „Sie war eine Art Therapie, nehme ich an."

„Therapie wofür?", fragt Freya scharf.

Ich werfe ihr einen amüsierten Blick zu. „Ich wollte schon seit fast einem Jahr mit meiner besten Freundin Sex haben und ich denke, ich habe jemanden gebraucht, mit dem ich darüber reden konnte, in Ordnung?"

Freya blinzelt mich schockiert an. „Du hast mit ihr über mich gesprochen?"

„Natürlich", knurre ich, verärgert darüber, dass das alles zur Sprache kommen musste. „Mit wem sollte ich denn sonst darüber reden? Roan? Er ist so in sein eigenes Liebesleben vertieft, dass er nicht weiß, wo er aufhört und sie anfängt."

Freya blickt zu Boden, offensichtlich verwirrt von meiner Aussage, aber nach einem Sekundenbruchteil sieht sie wieder zu mir auf. „Nun gut. Dann sind wir bei diesem Arrangement also exklusiv. Na schön. Jetzt, wo das alles geklärt ist", sagt sie, wobei ihr Brustkorb sich mit schweren, angestrengten Atemzügen hebt, „können wir jetzt Sex haben?"

„Endlich sind wir uns mal einig", knurre ich, und sie springt in meine Arme, als ich einen Schritt zu ihr mache.

Ich hebe sie hoch, und ihre Beine schlingen sich um meine Taille, während ich ihren üppigen Hintern packe. Mein dicker Schwanz neigt sich nach oben, als hätte er ein Muskelgedächtnis und wüsste genau, wo er sich die ganze Nacht lang vergraben will.

Meinem Schwanz geht es übrigens gut.

Aye, sie hat mich durchaus ordentlich gepikst.

Aber wenn man bedenkt, dass ich einen Ständer bekommen habe, während sie mich im Laden angeschrien hat, dachte ich mir, dass es keinen dauerhaften Schaden gibt. Bis jetzt habe ich es nur ausgenutzt, um Aufmerksamkeit zu bekommen.

Ich bringe sie zum Bett, und mit einem Ruck entledige ich mich meiner Boxershorts und sie ihres Slips. Ich will mich auf ihr platzieren, aber sie packt mich schnell an der Taille und rollt uns so, dass sie oben liegt.

„Ich möchte es auf diese Weise versuchen", sagt sie und beißt sich nervös auf die Lippe.

„Aye, in Ordnung", antworte ich lächelnd.

Sie positioniert sich über mir, und ich greife nach ihren Schenkeln, um sie aufzuhalten. „Kondom."

Sie schüttelt den Kopf. „Ich will dich spüren."

Ich werfe ihr einen Blick zu. „Wovon redest du?"

Sie nickt. „Ich habe vor ein paar Tagen mit der Pille angefangen."

„Wirklich?", rufe ich, stütze mich auf meine Ellbogen und schaue sie schockiert an.

Sie nickt. „Aber es ist noch nicht hundertprozentig wirksam, also zieh einfach raus, bevor du kommst, okay?"

„Aye, klar. Kein Problem", sage ich, während ich meine Spitze an ihren Eingang drücke. „Gott, ich wollte dich schon die ganze verdammte Woche so spüren."

„Ich auch", wimmert Freya, nickt und schaut nach unten, während sie sich langsam, bedächtig und fast schmerzhaft auf meine Erektion sinken lässt.

„Guter Gott, du fühlst dich unglaublich an", knurre ich, umklammere ihre Schenkel und beiße mir auf die Lippe, weil ich mich beherrschen muss, wenn es für sie gut werden soll.

„Du auch, du verdammter Lügner", stöhnt sie und lässt ihre Hüften auf mir kreisen. „Dein Schwanz war in Ordnung, und du hast eine riesige Szene gemacht, nur um mich zu quälen."

Ich kann nicht einmal versuchen, mein Grinsen zu unterdrücken. Ich habe noch nie mit einer Frau im Bett gelächelt. Wenn ich ehrlich bin, gefällt mir das ganz gut. „Mein Schwanz mag ja in Ordnung gewesen sein, aber das emotionale Trauma ..."

„Halt die Klappe", sagt Freya, die so heftig kichert, dass ich nicht anders kann, als mich ihrem Lachen anzuschließen.

Mein zufriedenes Lächeln schwindet, als sie beginnt, mich richtig zu reiten. Sie ist gut darin. Sie ist dehnbar und nimmt mich tiefer in sich auf, als wenn ich oben liege. Ihre Augen schließen sich und ihr Kopf fällt in den Nacken, während sie sich mit ihrer süßen, perfekten Muschi an mir reibt.

Einer Muschi, die nur mir gehört.

Die nie von einem anderen berührt wurde.

Verdammt, ich bin ein Schwein.

Ich setze mich auf, schlinge meine Arme um ihre Taille und drücke sie an mich, während ich mein Gesicht in ihren mit rotem Spitzenstoff bedeckten Brüsten vergrabe. Ich beiße durch den Stoff und packe aggressiv ihren Nippel, um mir zu nehmen, was mir gehört. Sie stößt einen schrillen Schrei aus, der zwar sexy ist, aber nicht so sexy wie ihre nackten Titten. Schnell greife ich nach dem Saum dieses lächerlichen Krankenschwester-Outfits – von dem sie tatsächlich glaubte, es in der Öffentlichkeit tragen zu können – und zerre es ihr vom Leib. Es reißt bei der Bewegung, woraufhin sich ein zufriedenes Lächeln in meinem Gesicht ausbreitet.

„Keine unartige Krankenschwester mehr, schätze ich", murmle ich gegen ihre Haut und sauge stark an ihren Brüsten, die bei jedem ihrer Stöße wackeln. „Du bist einfach Freya, und du gehörst mir. Ganz und gar mir."

„Ja", stöhnt sie, offensichtlich bereits auf dem Weg zu ihrem Orgasmus.

Ich lasse mich auf die Ellbogen fallen und beobachte das Schauspiel, genieße den Anblick meiner Knutschflecke, die überall auf ihren Brüsten verteilt sind. „Berühre dich selbst, mein Schatz."

Freyas geschlossene Augen öffnen sich, und sie sieht mich mit einem bezaubernden Stirnrunzeln an.

Ich deute mit dem Kinn in Richtung ihres Beckens. „Berühre deine Klitoris dort, während du mich reitest. Gib mir eine Show."

Sie stößt ein erregtes Lachen aus, tut aber, was ich sage. Sie macht eine richtige Show daraus. Ihre Hand gleitet langsam von ihren Haaren über ihre Brust, wirbelt um ihren Bauchnabel und lässt mich vor Vorfreude knurren.

Cookie lernt schnell, denke ich selbstgefällig, als ihr Finger nach unten sinkt und über ihre Klitoris reibt. Ich beiße mir auf die Lippe und beobachte sie, wie sie vorsichtig darüber fährt.

Sie kann es besser.

Ich lege meine Hand auf ihre und zeige ihr, wie man Druck ausübt und fest und schnell reibt. Diese Druckpunkte machen sie wild vor Lust, sie nickt eifrig und versteht meine Anweisung, als sie anfängt, schneller zu werden und sich immer höher zu treiben. Ich spüre, wie die Spannung immer stärker wird.

Als ich spüre, dass sie sich zu verkrampfen beginnt, lehne ich mich zurück, packe ihre Schenkel und stoße hart und schnell in sie hinein. Ihre Hand fällt, und sie bricht über mir zusammen. Sie schreit ihre Erlösung in meinen Hals, während sie meinen ganzen Schwanz mit ihrer Erregung tränkt. Hektisch drücke ich sie an mich, drehe sie um und ziehe mich gerade noch rechtzeitig raus, um auf ihrem Bauch und ihren Brüsten zu kommen.

Eine ganze Weile liegen wir einfach nur so da. Mein Schwanz wird weicher, während wir beide darum kämpfen, zu Atem zu kommen und vollständige Sätze zu formulieren.

Schließlich krächzt Freya: „Verdammte Scheiße, ich bin am Verhungern. Und du?"

Und mit dieser überzeugenden Aussage lachen wir uns beide aus dem Sex heraus direkt zurück in die Freundschaft.

KAPITEL 17

Freya

„Wir brauchen wirklich ein größeres Auto. Das geht einfach nicht!",
rufe ich und werfe einen Blick auf Macs Rücksitz, während wir in der
Schlange vor der Autowaschanlage warten, die Mac in der Nähe von
London besucht.

Er lächelt zu mir herüber, als wäre ich ein liebenswertes kleines
Haustier, das er knuddeln möchte. „Cookie, das war eines der *Noch
nie in meinem Leben*."

Ich atme aus und schaue wieder dorthin. „Ich … glaube einfach
nicht, dass Autosex für Leute wie mich gedacht ist."

„Leute wie dich", wiederholt Mac trocken. „Autosex funktioniert auf vielfältige Weise, mein kleiner Schatz. Vertraue einfach der
Leitung deines Liebescoachs. Außerdem hast du in Tanners und Belles
Wohnung darauf getrunken, also ist es nur richtig, dass du diese Lüge
in die Wahrheit verwandelst."

Ich schaue ihn anklagend an. „Du genießt mein Unbehagen viel
zu sehr. Wir sind offiziell im Streit."

„Oh, gut, etwas Neues und Anderes für uns", antwortet Mac in
wenig amüsiertem Tonfall.

Ich ignoriere sein Gejammer und schaue nach vorn, während ich ängstlich mit den Händen über meinen Rock reibe. Ich bin ebenso aufgeregt wie nervös, während ich auf die lange Schlange von Autos starre, die nacheinander in das riesige Gebäude fahren. Ich wette, dass keiner dieser Leute vorhat, zu vögeln, während sein Auto auf den Schienen durch die Waschanlage fährt. Das ist Autosex auf einem ganz anderen Niveau. Verdammter Mac. Verdammt möge er sein!

Mac und ich befinden uns bereits in der zweiten Woche dieser Sexfreundschafts-Vereinbarung, und wenn mir jemand vor einem Jahr gesagt hätte, was ich in den nächsten Wochen mit einem berühmten Fußballer machen werde, hätte ich ihm gesagt, dass er nicht ganz dicht sei.

Und doch sitze ich hier mit besagtem Mann in der Schlange vor der Autowaschanlage.

Und es ist nicht nur der Sex mit Mac, der mich überrascht. Wir machen auch andere Dinge, die Männer und Frauen ständig gemeinsam tun. Wir gehen essen, wir gehen ins Kino, wir machen Besorgungen. Erst letztes Wochenende hatte ich eine Magen-Darm-Grippe und habe Mac angefleht, mich in Ruhe zu lassen. Ich flehte ihn an, für eine Nacht in seine Wohnung zu gehen und von meiner Hässlichkeit wegzukommen.

Er hat sich geweigert.

Er holte mir Suppe, lief zur Apotheke, um Medikamente zu besorgen, und bediente mich von vorn bis hinten. Er schlief sogar auf der Couch, als ich ihm sagte, dass seine Körperwärme mein Fieber verschlimmerte.

Das war die einzige Nacht, in der wir keinen Sex hatten.

Der ausgiebige Sex, den wir hatten, war einfach umwerfend gut. Ich hatte recht, mit etwas Übung wird es besser. Und es gibt so viele Stellungen, die Netflix in den Programmen, die ich schaue, nie gezeigt hat. Ich habe zum Beispiel noch nie so gelacht, wie als Mac versuchte, mir Doggy zu zeigen und dann sagte, als er tief in mich eindrang: „Wir machen es genau wie die Pferde in *Heartland*."

Der verdammte Arsch.

Er musste warten, bis mein Gekicher aufhörte, damit wir weitermachen konnten. Doch irgendwie hat er während dieser ganzen lächerlichen Szene nie seinen Ständer verloren. Er ist wirklich ein ziemlicher Freak.

Einer der besten Vorteile daran, dass Mac in meiner Wohnung ist und wir dieses Arrangement haben, ist das Kuscheln, während wir Netflix schauen. Mac liegt mit mir Löffelchen auf dem Sofa und spielt mit meinem Haar, während wir fernsehen. Es ist wundervoll. Sein Herz ist wirklich so weich und rührselig wie sein Kopf dick und eigensinnig ist. Das Kuscheln ist wahrscheinlich das, was ich hinterher am meisten vermissen werde.

Ich nehme das zurück. Es wird der Sex sein. Ganz bestimmt der Sex. Und vielleicht der Kuss auf meine Schulter, den er mir gibt, wenn er frühmorgens zum Joggen geht. Es ist nur ein leichtes Streifen seiner Lippen auf meiner Schulter, aber es lässt mein Herz schmelzen. Das werde ich auch vermissen.

„Freya, wir sind die Nächsten in der Reihe. Sag mir, dass wir das tun, um Himmels willen, denn mein Schwanz steht allein beim Gedanken daran schon in vollem Salut."

Ich werfe einen Blick auf den Schritt seiner Laufshorts und beiße mir nervös auf die Lippe. „Okay, gut. Aber diesmal keine Knutschflecken, sonst schwöre ich …"

„Okay, verstanden, Frau." Er grinst siegessicher. „Jetzt warte einfach, bis die Schienen das Auto reinbringen, und sobald die Blasen an der Windschutzscheibe sind, springen wir hinten rein. Wir haben acht Minuten Zeit."

„Gott, mit wie vielen Frauen hast du das schon gemacht?", stöhne ich und schaue mich nervös nach irgendeiner Form von Leben um, als Mac beim Wagen den Gang rausnimmt und die Schienen die Kontrolle übernehmen.

„Mit keiner", sagt er achselzuckend. „Du bist die Erste, die darauf reingefallen ist."

„Was?", rufe ich aus, und plötzlich wird das Auto mit Schaum besprüht.

Mac schnallt sich ab und schlüpft wie der flinke Athlet, der er ist, auf den Rücksitz. „Zieh deinen Slip aus, bevor du herkommst", befiehlt er, seine Stimme bereits rau vor Verlangen.

Ich kneife die Augen zusammen und tue, was er sagt, denn alles, woran ich denken kann, ist, dass wir weniger als acht Minuten Zeit haben und es keine gute Idee ist, mich mit ihm zu streiten. Ich werfe meinen Slip auf den Rücksitz und mache mich auf den Weg über die Konsole. Hätte irgendjemand durch den regenbogenfarbenen Schaum, der gerade auf das Auto trifft, sehen können, hätte er mein weißes, üppiges Hinterteil gesehen, das die gesamte Windschutzscheibe ausfüllt.

Ich lande mit Schwung auf Macs Schoß, und seine Augen funkeln vor Erregung. Er verpasst meinem Hintern einen Klaps. „So, und jetzt rittlings auf mich, Cookie", befiehlt er und legt seine Hände auf meine Oberschenkel, während er meinen Rock hochschiebt.

Ich werfe einen Blick nach unten, während ich mich über ihm platziere. „Ich habe dir gesagt, du sollst aufhören, mir Essensnamen zu geben, wenn wir vögeln."

„Tut mir leid, mein kleiner Schatz." Mac neigt sein Gesicht nach oben und zieht mich zu einem Kuss heran. „Jetzt zieh meinen Schwanz aus den Shorts und hör auf, Zeit zu verschwenden. Wir haben wahrscheinlich nur noch sechs Minuten."

Ich hebe die Augenbrauen und lehne mich zurück, um zu tun, was er sagt. Seine harte, seidige Hitze lässt einen Schauer der Begierde zwischen meinen Beinen pulsieren, woraufhin ich spüre, wie ich vor Verlangen feucht werde.

Mac hält mir eine Plastikverpackung hin. „Zieh das Kondom über."

Ich mustere ihn neugierig, da wir sie schon seit mehreren Tagen nicht mehr benutzt haben.

„So ist es sauberer", antwortet er heiser.

Wie praktisch. Ich beiße mir auf die Lippe, öffne die Packung, nehme das Kondom heraus und ziehe es zittrig über seine Erektion. „Ich habe es geschafft!", rufe ich wie eine unreife Idiotin.

„Jetzt reite mich hart und schnell, Schatz. Reite mich so richtig."

Ich kann mir ein kleines Kichern nicht verkneifen, weil Mac die Absurdität unseres Vorhabens so ernst nimmt. Man könnte meinen, wir würden eine schwierige Matheaufgabe lösen, anstatt zu versuchen, in der Autowaschanlage zu vögeln.

Aber ich lerne schnell, also positioniere ich ihn zwischen meinen Schamlippen. Mein Körper bebt vor Vorfreude auf seinen Umfang, von dem ich weiß, dass er mich auf die köstlichste Weise dehnen wird. Als ich ihn dort habe, wo ich ihn will, halte ich mich an seinen Schultern fest und lasse mich auf ihn sinken, wobei ich meine Beine so weit wie möglich spreize.

„Au, die Schnalle", schreie ich auf, als mein Knie damit in Kontakt kommt. Mac packt mich an den Oberschenkeln, rutscht ein wenig zur Seite und schiebt uns an den Rand des Rücksitzes.

In diesem Winkel ist er noch tiefer in mir, und mein Mund öffnet sich zu einem stummen Schrei.

„Besser?", fragt er mit einem laszsiven Grinsen.

Ich nicke und bringe es fertig, zu murmeln: „In meinem Bett wäre es besser."

„Hör auf, dich zu beschweren und küss mich, Frau", knurrt er lächelnd, und ich kann nicht anders, als es zu erwidern, bevor sich unsere Lippen und Zungen miteinander duellieren. Er zieht sich zurück, um atemlos hinzuzufügen: „Du musst anfangen, dich auf meinem Schwanz zu bewegen, oder ich komme einfach so, ohne dass du es tust. Du hast mich viel zu heiß gemacht."

Ich nicke langsam und nehme vage wahr, wie sich das Auto vorwärts bewegt, aber das, was in diesem SUV passiert, ist für mich viel interessanter. Ich beginne, mich auf ihm zu bewegen, bewege meine Hüften so schnell wie möglich vor und zurück und reibe meine Klitoris an ihm.

Mein Gott, das ist aufregend. So etwas habe ich noch nie erlebt. Es ist schwer zu glauben, dass ich mein ganzes Leben lang dachte, ich bräuchte das nicht. Jetzt, wo ich es habe, weiß ich nicht, wie ich jemals über den Verlust hinwegkommen soll. Wäre es überhaupt möglich, es wiederzufinden? Könnte ich wirklich so viel Glück haben?

Meine Gedanken und Bewegungen werden unterbrochen, als Mac meine Oberschenkel packt und hart und schnell in mich stößt. Mein Kopf knallt an die Decke des Wagens, während er meinem Höhepunkt nachjagt, als wüsste er genau, wo er in mir wohnt.

„Fuck", knurrt Mac, während er meine Brüste durch die Bluse packt. „Gott, Freya, du musst bald kommen."

„Okay", stöhne ich mit schweren, stockenden Atemzügen, während ich durch ein tiefes Pochen stöhne, das zwischen meinen Beinen wächst. „Ich komme, Mac. Oh Gott!", schreie ich mit lauter Stimme in dem kleinen Raum des Wagens.

„Fuuuck", knurrt Mac kehlig und trocken, als er meine Hüften drückt und so tief wie möglich in mich eindringt, während ich meinen Rücken krümme und auf ihm komme.

Er kommt mit einem lauten Knurren, sein Körper bebt, während er sich mit jedem Zucken an mich drückt. Mein Inneres kribbelt und ist überempfindlich, als ich jeden seiner Stöße in mir spüre. Ich lasse meinen Kopf an seinen Hals sinken und seufze erleichtert, bevor ich krächze: „Ich glaube, ich mag Waschanlagensex."

Er lacht und greift nach oben, um mir die Haare aus dem Gesicht zu streichen und mich zu küssen. Zuerst ist es nur flüchtig, aber dann überlegt er es sich anders und zieht mich in einen innigen, betäubenden Kuss, der sehr intim ist, während sein Schwanz in mir weich wird.

Gott, das fühlt sich gut an.

Als wir unsere Lippen voneinander lösen, bemerke ich, dass das Auto ein letztes Mal abgewaschen wird und wir voneinander runter müssen, um wieder auf den Vordersitz zu kommen. Mac rollt mich behutsam von seinem Schoß, sein mit Kondom umhüllter Schwanz gleitet aus mir heraus, während ich mich neben ihn auf den Rücksitz setze. Träge schiebe ich meinen Rock nach unten und knöpfe meine Bluse zu, von der ich gar nicht gemerkt habe, dass sie aufgegangen ist, während er das Kondom in ein Taschentuch in der Nähe wickelt und seine Shorts hochzieht.

Er sieht zu mir herüber und lächelt selbstgefällig, als plötzlich klares Wasser alle Blasen wegspült und mehrere Männer mit Handtüchern in der Hand vor dem Auto zum Vorschein kommen. Meine Augen werden groß, als sie sofort beginnen, jeden Quadratzentimeter seines Fahrzeugs abzuwischen, und ich überlege, ob ich mich unter die Fenster ducken soll, in der Hoffnung, dass mich niemand sieht.

Dieser Plan wird jedoch über den Haufen geworfen, als ein Mann meine Tür öffnet und seine Kinnlade vor Überraschung herunterfällt, als er mich und Mac auf dem Rücksitz sitzen sieht. Ich starre zurück, unsicher, was ich sagen soll, und dann reiße ich entsetzt die Augen auf, als mein Slip aus der Tür rutscht, wo er offenbar gelandet war, und zu den Füßen des Mannes auf den Boden fällt.

„Innenreinigung?", fragt er nervös und blickt erst auf seine Füße und dann auf meine Oberschenkel.

Macs Stimme unterbricht die in meinem Kopf schreiende Demütigung. „Heute nicht, Mann."

Und dann springt Mac ohne jede Scham aus dem Auto, joggt zu mir hinüber und hebt mit einem verruchten Grinsen meinen Slip auf, bevor er auf den Fahrersitz gleitet.

„Wohin, Miss?", fragt er, während er den Rückspiegel zurechtrückt.

Ich verziehe beschämt das Gesicht, als er uns von der Waschanlage wegfährt. „Bring mich in die Hölle, denn da gehöre ich ganz sicher hin."

KAPITEL 18

Freya

Ich sitze gerade in einem Privatjet mit sechs berühmten Fußballern, vier berühmten Londoner Mode- und Möbeldesignern, zwei hochintelligente Chirurginnen, zwei Blondinen, die wie Models aussehen, aber in Wirklichkeit sehr kluge und coole berufstätige Mütter sind …

Und dann bin da noch ich. Freya. Eine Frau mit Sommersprossen, die ernsthaft denkt, dass dieser Haufen mit jeder anderen Person besser dran wäre.

Ganz ehrlich.

Das ist der Grund, warum Leute wie ich nicht mit solchen Leuten befreundet sind!

Weil es Unsicherheiten fördert.

Komplexe erzeugt.

Ich brauche richtige Freunde mit sozialen Ängsten, die in Bikinis mittelmäßig aussehen. Ich brauche Freunde, die in einem Restaurant tatsächlich ihren Teller leer essen, ohne sich dabei schlecht zu fühlen. Und verdammt, wenn ich schon Freundschaftsziele aufzähle, hätte ich gerne eine Freundin mit Pferden. Pferde, auf denen ich eines Tages reiten könnte, wenn ich es jemals lernte. Klingt eine Freundin mit einer

Ranch in Kanada, auf der sie verstörte Pferde heilt, nach zu viel verlangt vom Universum?

Offenbar ja, denn ich habe diesen verliebten Haufen am Hals.

Ich wette, keiner dieser Leute hat eine Katze, die Menschen hasst. Seufz.

Ich muss meinen Verstand wirklich beruhigen. Dieses Wochenende soll lustig werden. Und normalerweise bin ich in dieser Gruppe gut aufgehoben. Es sind wirklich reizende Menschen, die mir anstrebenswerte Lebensziele geben, aber heute scheint ihre Liebe mich nur zu verhöhnen. Und mich an all das zu erinnern, was ich im Leben nie haben werde.

Die letzten zwei Wochen mit Mac waren wahnsinnig perfekt. Wir verstehen uns sogar besser als je zuvor, was mich völlig durcheinanderbringt. Ich muss außerdem immer wieder an das Gespräch denken, das wir darüber geführt haben, dass Mac über ein Jahr lang mit Cami über mich gesprochen hat. Was hat das überhaupt zu bedeuten? Ging es wirklich nur um Sex? Ein Jahr lang? Es muss doch mehr bedeuten, oder? Oder will ich nur, dass es mehr bedeutet, weil ich anfange, mir Mac als mehr als nur einen Fick vorzustellen? Sehr viel mehr als nur ein Fick.

Verdammt, ich bin ein Wrack!

Anstatt mich in dieser Sexfreundschafts-Situation zu entspannen und Spaß mit unseren Freunden zu haben, mache ich mir Gedanken über die Bedeutung hinter allem, was Mac sagt und tut, und bin viel zu feige, ihn einfach nach seinen Gefühlen zu fragen! Und das Schlimmste ist, dass die einzige Person, mit der ich darüber reden kann, Hercules ist, und er scheint von dem Thema völlig gelangweilt zu sein.

Ich muss mich zusammenreißen. In den nächsten achtundvierzig Stunden muss ich so tun, als wäre ich keine alberne Idiotin, die genau das tut, was ich ihm versprochen habe, nicht zu tun: mich in meinen besten Freund zu verlieben.

Anderthalb Stunden später ist unser Privatflugzeug auf dem Flughafen Prestwick Glasgow gelandet, und unsere große Gruppe von sieben

Paaren und zwei traurigen Singles, die Sex miteinander haben, es aber niemandem sagen, steigt in die verschiedenen Mietwagen, die auf der Rollbahn auf uns warten.

Zum Glück lande ich mit den Damen in einem Auto und kann Macs neugierigen Blicken ausweichen, als wir die zwanzig Minuten zum Anwesen seines Großvaters fahren. Er hat uns im Flugzeug erzählt, dass die Frühstückspension seit ein paar Monaten leer steht, weil kleinere Reparaturen durchgeführt werden, aber er hat vorher angerufen, damit sie für unseren Besuch voll ausgestattet ist. Anscheinend hat Macs Großvater das Anwesen gerade bei einer Auktion an einen reichen Bieter verkauft und ist seitdem in eine Wohnung in Dundonald gezogen, um näher bei Macs Eltern zu sein.

Die Sonne scheint, als wir die Kiesauffahrt zu dem schönen georgianischen Haus hinauffahren, das direkt am Ufer des Prestwick Beach in Ayrshire liegt. Ein kurzer Blick zeigt, dass es keine Nachbarn gibt, so weit das Auge reicht. Es ist idyllisch.

Und eigentlich auch ein bisschen traurig, wenn ich an die Geschichten denke, die Mac darüber erzählt hat, dass diese Frühstückspension der Traum seiner Großmutter war. Zu sehen, wie alles an einen Fremden verkauft wird, muss hart für die Familie sein.

Mac wirkt entspannt, als er zur Eingangstür geht und zurücktritt, um alle durchzulassen. Ich bin die Letzte, die den Eingang passiert, und versuche, mich an ihm vorbeizuschleichen, aber er ergreift meine Hand und zieht mich zurück zu ihm.

„Was ist los mit dir?", fragt er, eine Hand unter meinem Kinn, sodass ich gezwungen bin, zu ihm aufzusehen. „Haben wir Streit?"

Ich setze ein Lächeln auf. „Nein, überhaupt nicht. Mir geht's gut. Das ist reizend!"

Er kauft es mir nicht ab. „Du warst ruhig im Flugzeug."

„Du meinst den Privatjet?", sage ich lachend. „Ich habe nur … alles auf mich wirken lassen. Es war das erste Mal, dass ich auf diese Weise gereist bin."

Mac zieht die Stirn in Falten. „Du bist seltsam."

Ich schüttle den Kopf. „Nein. Ich freue mich nur auf das Wochenende."

Er legt den Kopf schief. „Du sagst mir doch, wenn etwas nicht stimmt, oder?"

„Natürlich, Kumpel." Ich lächle strahlend und tätschle ihm den Arm.

Er sieht verwirrt aus, lässt mich aber zu den anderen ins Haus gehen.

Gott, Freya. An deinem Pokerface muss dringend gearbeitet werden!

Mac kommt hinter mir herein und pfeift kurz, um die Aufmerksamkeit aller zu erregen. „Also, es gibt genau acht Zimmer, und wer zuerst kommt, mahlt zuerst, außer dem Etagenbettzimmer im zweiten Stock. Das habe ich für die beiden Singles des Wochenendes reserviert."

Er zeigt mit einem breiten, albernen Lächeln auf mich. „Freya, nicht aufregen, wenn das Etagenbett wackelt!"

Die Jungs brüllen vor Lachen über Macs ernsthaft verstörenden Witz, nach dem ich gequält lächle. „Zur Kenntnis genommen." Aus Gründen, die ich nie wirklich verstehen werde, schwinge ich meine Faust wie ein Pirat vor mir.

Mac zwinkert mir zu, als ob würde nur eine List aushecken, und fügt dann hinzu: „Wir haben bis sieben Uhr Zeit, und dann gehen wir ins Stadtzentrum, wo ich einen Tisch reserviert habe, zum Abendessen. Treffen wir uns in etwa drei Stunden wieder hier unten?"

Die Paare huschen alle die Treppe hinauf, um ihre Zimmer zu beziehen, während ich mich umdrehe und den Rest des Hauses in Augenschein nehme. Es ist einfach göttlich in seiner ganzen charmanten, altmodischen, großmütterlichen Pracht. Geblümte Tapeten, gerüschte Vorhänge. Marmorkamin. Originale Stuckverzierungen. Deckchen auf jedem Beistelltisch mit winzig kleinem Porzellanschnickschnack. Sogar die Spitzentischdecke im formellen Essbereich ist so reizend, dass ich mich in Macs Großmutter verliebe, ohne sie je getroffen zu haben.

Als ich die Rückseite des Hauses erreiche, staune ich nicht schlecht, als ich den Wintergarten betrete und den atemberaubenden Blick auf das Wasser genieße.

„Das ist die Isle of Arran", erklärt Mac, während er nahe genug an meinem Rücken steht, dass ich seine Wärme spüren kann.

„Was für eine Aussicht", murmle ich und atme schwer aus, während ich den langen, üppigen Garten betrachte, der in einen Sandstrand übergeht.

„Die Berge von Arran sind dort in der Ferne zu sehen." Mac legt eine Hand auf meine Hüfte, während er nach rechts deutet. „Wir nennen sie ‚den schlafenden Riesen', weil es aussieht, als hätte sich ein Mann von der Küste aus ins Wasser gelegt."

Ich kneife die Augen zusammen. „Ich kann es sehen."

Macs warmer Atem bläst in mein Haar, als er schnaubt. „Ja, an einem wirklich klaren Tag kann man es noch besser sehen, und die Sonnenuntergänge sind wirklich etwas Besonderes."

Ich drehe mich um und schaue zu ihm hoch. „Es ist wunderschön hier."

Er schenkt mir ein schiefes Lächeln. „Natürlich bin ich im Landesinneren aufgewachsen, bei meinen Eltern in Dundonald. Aber ich kam hierher, um an den Wochenenden auszuhelfen, wann immer ich konnte." Plötzlich greift er nach unten und schnappt sich meine Tasche. „Hier entlang zu Ihren Gemächern, Mylady." Er wackelt anzüglich mit den Augenbrauen. „Erlaubt mir, Euch in unser Kinderzimmer zu führen."

Ich folge ihm die zwei Stockwerke hinauf zum Dachboden, wo er sich ducken muss, um durch die Tür zu passen. Es gibt eine kleine Toilette, und die einzelnen Etagenbetten stehen auf einem rustikalen Gestell, das aussieht, als sei es aus recyceltem Scheunenholz gefertigt worden.

„Ich nehme das obere", sagt Mac mit einem Augenzwinkern, während er meine Tasche auf dem unteren Bett abstellt. „Die meisten Leute würden dieses Zimmer für das schlechteste von allen halten. Aber …"

Mac kommt zu mir, ergreift meine Hand und führt mich zu dem langen, schmalen Fenster. Er steht hinter mir und hält meine Taille fest, während er mich vor der Glasscheibe platziert. „Manche Leute finden, dass man von hier aus den besten Blick hat."

Ich schaue mich einen Moment lang ratlos um, bevor mir die Kinnlade herunterfällt. „Wem gehören die Pferde?", frage ich, drücke meine Hand an die Scheibe und starre auf die großen, massigen Tiere, die auf einer kleinen Koppel in der Ferne grasen.

Macs Körper bebt vor leisem Lachen. „Die Scheune und die Weide gehören zum Grundstück hier, aber mein Großvater vermietet sie an einen örtlichen Bauern mit Pferden."

„Oh mein Gott, können wir zu ihnen gehen? Bitte?"

„Ja, ich habe schon angerufen. Der Besitzer erwartet uns in dreißig Minuten."

Ich quietsche vor Vergnügen und drehe mich um, um Macs Gesicht zu meinem hinunterzuziehen. Der Kuss ist mittlerweile ein Reflex. Wir haben zwei Wochen zusammen verbracht und keinen Tag verstreichen lassen, ohne uns zu berühren.

Und ungeachtet meiner neuen, brennenden Gefühle will ich nicht, dass das, was wir haben, aufhört. „Nennen wir diese Lektion ‚Wer am schnellsten zum Orgasmus kommt'", erkläre ich aufgeregt, während ich anfange, mich meiner Kleidung zu entledigen, als würde sie brennen.

Mac lacht und löst sich lange genug von mir, um die Schlafzimmertür zu schließen. „Nennen wir sie doch einfach ‚Wer am leisesten sein kann'. Dieses Haus ist alt, und die Wände sind hauchdünn."

Ich beiße mir aufgeregt auf die Lippe, und wir machen uns daran, unsere Lektion zu starten. In meinen Augen ist sie ein Erfolg, da Mac mir die ganze Zeit nur zweimal den Mund zu halten muss.

KAPITEL 19

Mac

Wer hätte gedacht, dass es mich so sehr anmacht, Freya beim Streicheln von Pferden zuzusehen? Verdammt, mittlerweile sollte ich wissen, dass es mich anmacht, Freya bei so ziemlich allem zuzusehen.

Sie schaute nur leicht enttäuscht drein, als sie erfuhr, dass es sich um Arbeitspferde und nicht um Reitpferde handelt. Als der Bauer ihr eine Bürste gab und sie fragte, ob sie einige von ihnen striegeln wolle, dachte ich, sie würde den alten Kauz küssen.

Zum Glück hat sie es nicht getan.

Ich habe ihr beim Striegeln geholfen, aber vor allem habe ich Freya dabei zugesehen, wie sie beim Anfassen der schönen Tiere förmlich strahlte. Kätzchen und Pferde machen diese Frau wahnsinnig. Wenn Freya meine Frau wäre, wäre ich dumm, wenn ich nicht auf einem Bauernhof lebte und ihr Pferde schenkte.

Nicht, dass sie eines Tages meine Frau werden würde. Sie kann mich kaum lange genug ertragen, um einen Monat lang mit mir zu vögeln, geschweige denn ein Leben lang mit mir zu verbringen.

Außerdem sagt mir irgendetwas, dass Freya zwar gern mit mir zusammen ist, mich aber nicht als den Typ Mann ansieht, mit dem sie jemals sesshaft werden würde. Und es war viel zu einfach für sie, dem Enddatum dieses Arrangements zuzustimmen. Freya Cooks Herz ist in der Tat streng bewacht, genau wie meines. Ich konzentriere mich immer noch auf meine Fußballkarriere. Und ich weigere mich, mir von einer anderen Frau das Spiel zerstören zu lassen, wie es Cami noch vor einem Jahr getan hat.

Ich muss mich an das Enddatum nach dreißig Tagen halten. Ich fahre ins Trainingslager, und dann ist Schluss damit. Ein sauberer Schlussstrich.

Freya und ich gehen zurück ins Haus, um uns für das Abendessen fertig zu machen. Ich bin in zehn Minuten fertig, also gehe ich nach unten und lasse sie in Ruhe ihr Make-up machen. Als ich in die kleine Küche mit den leuchtend gelben Wänden und dem alten Holztisch trete, muss ich lächeln, als ich Roan dort sitzen sehe, der wie ein alter Mann die Zeitung liest.

„Aye, du fühlst dich wie zu Hause", sage ich und klopfe ihm auf die Schulter, während ich an ihm vorbei zu dem Schrank gehe, in dem mein Großvater immer den Whisky aufbewahrt.

„Allie macht sich fertig, und ich kann ihr nur eine begrenzte Zeit zusehen, wie sie ihre Haare lockt."

Ich lache, während ich die bernsteinfarbene Flüssigkeit heraushole, zwei Gläser nehme und mich zu ihm an den kleinen Tisch setze. „Sag nicht, die Flitterwochen sind schon vorbei."

Ich schenke uns beiden einen Fingerbreit ein und reiche ihm seinen. Er riecht daran und verzieht das Gesicht. „Ag, nein. Sie haben noch nicht einmal angefangen." Wir stoßen mit unseren Gläsern an und trinken unsere Whiskys in einem Zug aus.

„Was ist mit dir?", fragt Roan, während ich uns noch einen einschenke. „Ich habe dich schon seit ein paar Wochen nicht mehr im Haus gesehen. Allie stellt alle möglichen Fragen, und ich bin selbst neugierig, denn als wir das letzte Mal miteinander sprachen, wolltest du nur für eine Nacht weg sein."

Meine Mundwinkel zucken. „Ja, nun … die Dinge ändern sich, nehme ich an."

„Nimmst du an", wiederholt Roan. „Und das ist immer noch nur eine lockere Sache? So wie du es mit Cami getan hast?"

„Anders als mit Cami", erwidere ich und lehne mich in meinem Stuhl zurück, um den zweiten Whisky langsamer zu trinken und den rauchigen Geschmack zu genießen, bevor ich hinzufüge: „Freya und ich haben ein klares, definiertes Enddatum."

Roan gluckst und schüttelt den Kopf. „Und du glaubst, dieses kleine Detail wird dich retten?"

Ich sehe ihn mit einem Stirnrunzeln an. „Aye, natürlich wird es das."

Roan schürzt vorwurfsvoll die Lippen. „Du sagst, Freya kann dich nicht ausstehen, aber du bist seit zwei Wochen bei ihr, hast die Wohnung nicht niedergebrannt, und sie hat dich nicht rausgeworfen. Glaubst du nicht, dass sie sich langsam wünscht, du würdest für immer dort bleiben?"

Ich schüttle den Kopf. „Nein, ganz und gar nicht. Freya sieht mich nicht so."

„Bist du sicher?"

„Ganz sicher", sage ich schlicht. „Ich war für sie ein Mittel zum Zweck, und jetzt benutzt sie mich, um ihr Selbstvertrauen zu stärken. Das ist alles, was wir hier tun."

Roan runzelt die Stirn. „Wen willst du hier überzeugen, Mac?"

„Dich, weil du derjenige mit den neugierigen Fragen bist", antworte ich hitzig mit einer Hand im Nacken. „Wenn du etwas zu sagen hast, dann sag es einfach."

„Ich glaube, du hast Gefühle für sie", sagt Roan nur.

Ich sehe ihn scharf an. „Ich fühle mich zu ihr hingezogen."

„Und du magst sie."

„Natürlich mag ich sie. Sie ist meine Freundin."

„Du magst sie mehr als Cami."

Ich zucke zurück. „Ich habe Cami nicht gemocht."

„Cami hat deinen Kopf mehr durcheinandergebracht, als du zugeben willst. Sie hat dein Spiel durcheinandergebracht, und das ist das Einzige, was du um jeden Preis schützen willst. Die Tatsache, dass du das alles noch einmal für Freya riskierst, bedeutet, dass sie dir wichtig ist, also gib es zu."

„Ich mag sie als Freundin", knurre ich zurück und halte das Glas in meiner Hand fest umklammert.

„Totaler Blödsinn, Mann", entgegnet Roan, lehnt sich auf seinem Stuhl zurück und trinkt seinen zweiten Whisky in einem Zug. „Ich habe gesehen, wie du sie heute im Flugzeug beobachtet hast. Du hast dir Sorgen gemacht."

Mit finsterer Miene schüttle ich den Kopf. „Ich habe mir Sorgen gemacht, weil sie seltsam gewirkt hat. Jetzt geht es ihr gut."

„Du hast dir Sorgen gemacht, weil sie dir wichtig ist … mehr als nur als Freundin. Und du willst sie nicht verlieren."

„Ich werde sie nicht verlieren", blaffe ich wütend. „Freya und ich sind ehrlich zueinander. Wir wissen, was wir tun. Wir werden den einen Monat unserer Situation – wie auch immer du sie nennen willst – beenden und dann wieder Mac und Freya sein. So wie immer."

Und damit erhebe ich mich von meinem Platz und lasse meinen Freund in der Küche zurück, um einen Spaziergang zu machen und vor dem Abendessen einen klaren Kopf zu bekommen.

KAPITEL 20

Freya

Gestern war ein schöner Abend. Die Mädchen saßen alle an einem Tisch und die Jungs an einem anderen. Ich war dankbar für den Freiraum, denn mein Herz brauchte Zeit, um sich zu beruhigen nach der wunderbaren Überraschung, die Mac mir mit diesen Pferden bereitet hat. Gerade wenn ich mich von ihm lösen will, findet er irgendwie einen Weg, mich wieder an sich zu binden. Er ist wirklich ein süßes Arschloch, wenn er will.

Und beim Abendessen gab es viel zu lachen, da alle Frauen Allie Eheratschläge gegeben haben:

1. Habt mindestens dreimal pro Woche Sex, denn das hält das Gift draußen und fördert das Gemüt des Mannes.

2. Betrinkt euch mindestens einmal pro Woche gemeinsam, denn dann entstehen die besten tiefgründigen Gespräche.

3. Duscht mindestens einmal pro Woche gemeinsam, damit ihr alle Körperteile bei voller Beleuchtung sehen könnt und ein Auge auf die seltsamen Muttermale des anderen habt.

4. Sobald ihr Kinder habt, solltet ihr ein Kindermädchen auf

Abruf haben, damit ihr das Haus verlassen könnt, wann immer ihr schreien müsst.

5. Erziehe deinen Mann zu dem Wissen, dass seine Frau immer recht hat. Setze sexuelle Drohungen ein, wenn nötig.

6. Nimm den Nachnamen des Mannes an, weil das ihr Höhlenmenschenherz vor Stolz höher schlagen lässt, und seien wir ehrlich, Männer brauchen manchmal einfach einen Sieg.

7. Hör niemals mit Blowjobs auf. Es ist immer fantastisch, wie dein Mann dich danach ansieht, als wärst du eine Heldin.

Ich muss zugeben, dass ich einige davon nachvollziehen konnte, obwohl ich erst seit ein paar Wochen mit Mac zusammen bin, sodass ich mich nicht so fremd wie erwartet gefühlt habe.

Wir sind früh ins Bett gegangen, weil die Dundonald Highland Games anscheinend bei Morgengrauen beginnen, also hatten die Männer ein Auto arrangiert, das sie früh abholt. Die Frauen kommen gegen Mittag, wenn die eigentlichen Feierlichkeiten beginnen.

Als ich mich gestern Abend im Badezimmer fürs Bett umgezogen habe, stellte ich fest, dass Mac unsere beiden Matratzen auf den Boden gezogen hatte und dort auf mich wartete. Ohne Hemd, tätowiert, und einfach perfekt Mac.

Ich werde das vermissen, wenn es vorbei ist, dachte ich mir, als wir zum zweiten Mal an diesem Tag miteinander schliefen.

Keine Lektion. Keine Gespräche. Nur zwei Menschen, die sich im Dunkeln mit dem leisen Rauschen des Meeres als Hintergrundmusik verbinden.

Als ich am nächsten Tag aufwache, höre ich das Lachen der Mädchen im Erdgeschoss. Ein Blick auf die Uhr zeigt mir, dass es schon nach zehn und Mac bereits gegangen ist. Also schleiche ich in meinem Kätzchen-Schlafanzug nach unten und finde die Damen alle im Speisesaal bei Sekt-Orange und Gebäck vor.

„Morgen", sage ich, und alle sieben Damen wenden sich mit einem breiten Lächeln mir zu. „Ich kann nicht glauben, wie lange ich geschlafen habe."

„Morgen, Freya!", ruft Allie aufgeregt und tätschelt dann den freien Platz neben ihr. „Ich mache dir einen Sekt-Orange."

Sie nimmt die Sektflasche aus dem Eiskübel und schenkt mir ein

Glas ein, dann nimmt sie den Orangensaft und gibt einen kleinen Spritzer dazu. Mit einem Lächeln überreicht sie mir das Glas.

„Hast du gut geschlafen?", fragt Sloan von der anderen Seite des Tisches, während sie mich neugierig mustert.

„Ja", antworte ich, als ich das Getränk an meinen Mund hebe. „Um wie viel Uhr sind die Jungs losgefahren?"

„Sechs Uhr", antwortet Poppy mit großen Augen. „Booker war unausstehlich, als er heute Morgen herumgestapft ist und sich abgemüht hat, seinen Kilt anzuziehen."

„Ich habe nicht einmal gehört, dass Mac gegangen ist", sage ich achselzuckend.

„Das liegt daran, dass er sich im Flur angezogen hat", erklärt Indie lachend. „Ich bin rausgekommen, um Camdens Handy zu suchen und hatte freie Sicht auf Macs nackten Hintern, als er sich im Flur den Kilt hochgezogen hat. Ich glaube, er wollte dich nicht wecken."

Ich rolle mit den Augen. „Schockierend. Ich bin sicher, er trägt auch heute keine Boxershorts."

„Ich habe mich zu Tode gelacht, als ich dich und Mac bei Kindred Spirits gesehen habe", sagt Vi, die mich mit ihren blauen Augen ansieht. „Ihr streitet euch wie ein altes Ehepaar. Es ist das Süßeste, was ich je gesehen habe."

„Wir sind eher Todfeinde", grummle ich verärgert.

Vi schüttelt den Kopf. „Was auch immer ihr seid, ich liebe es. Wann gebt ihr zwei Verrückten endlich zu, dass ihr aufeinander steht?"

Die Mädchen schauen mich alle erwartungsvoll an, und ich spüre, wie meine Wangen heiß werden. „Wir stehen nicht aufeinander", antworte ich hölzern. „Männer und Frauen können auch nur Freunde sein, wisst ihr."

„Nicht Männer und Frauen, die sich so ansehen, wie ihr es tut", sagt Belle, wirft ihr dunkles, glänzendes Haar über eine Schulter und fixiert mich mit einem Blick. „Ich erinnere mich, dass ich Tanner so angeschaut habe, und zwar kurz bevor er mir einen Antrag gemacht hat."

Die Damen kreischen alle vor Aufregung, und ich schürze abwehrend die Lippen. „Tja, du bist völlig anders als ich, fürchte ich", sage ich mit einem unbeholfenen Lachen.

„Was meinst du?", fragt Belle stirnrunzelnd.

Ich atme schwer aus. Belle ist vielleicht nicht so spindeldürr wie die anderen Frauen an diesem Tisch, aber sie ist kurvig wie eine Kardashian mit dunklen Haaren und dunklen Augen. Im Grunde die pornografische Fantasie eines jeden Mannes. Wir sind nicht aus demselben übergroßen Stoff geschnitten.

Die Frauen sehen mich alle mit demselben leeren Blick an, und es ist nervig. „Ich glaube, es ist kein Geheimnis, dass ich anders aussehe als ihr alle."

„Wir sehen alle unterschiedlich aus", argumentiert Allie mit einem herausfordernden Funkeln in den Augen.

„Es gibt anders", sage ich lachend und starre dann auf meinen Sekt, als könnte er mich irgendwie retten. „Und dann gibt es mich. Hört zu, das hat nichts mit Unsicherheit zu tun. Ich bin nur pragmatisch. Ich habe Eigenschaften, die ich an mir liebe. Meine Vorliebe für Katzen und Ponys macht mich einzigartig, meine Fähigkeit, Patchworkdecken zu nähen und Kleidung zu ändern, ist spitzenmäßig. Ich habe sogar ein paar Design-Ideen, über die ich gern mit Sloan und Leslie sprechen würde, wenn es so weit ist. Ich glaube, ich bin ziemlich witzig, wenn ich es will, und ich weiß, dass ich eine wirklich gute Freundin bin. Aber mein Aussehen ist etwas, das ich nicht ändern kann, und deshalb werde ich wahrscheinlich nie heiraten oder mich fortpflanzen. Aber damit habe ich kein Problem, denn ich bin Realistin, und es gibt eine große weite Welt da draußen, die ohne wahre Liebe existiert."

Ich nehme einen stärkenden Schluck von meinem Sekt-Orange, wobei ich fast die Hälfte des Inhalts in einem großen Zug trinke.

„Desillusioniert, das bist du", sagt Allie mit einem schallenden Lachen. „Du bist völlig blind für deine einzigartige Schönheit, Freya. Siehst du denn nicht, dass du zu den Menschen gehörst, die auf die Titelseiten von Zeitschriften gehören?"

„Nein!", erwidere ich mit einem unbeholfenen Lachen. „Ehrlich nicht."

„Wobei, scheiß auf Zeitschriften", korrigiert Allie schnell. „Das hätte ich nicht sagen sollen, denn es sind die Zeitschriften, die uns das Gefühl geben, dass es nur eine Art der Schönheit gibt. Du bist wunderschön, Freya, und deine innere Stimme ist ein böses, verlogenes Miststück."

„Was?", antworte ich lachend.

Allie zuckt mit den Schultern. „Es ist wahr. Wir alle haben diese zickige leise Stimme, die uns Lügen über uns selbst erzählt. Lügen, die wir für wahr halten. Ich habe zum Beispiel das Gefühl, dass ich Roan nicht verdiene, weil ich ihn letztes Jahr mit diesem blöden Video von mir so verletzt habe. Wir heiraten in einer Woche, und er muss mich immer noch daran erinnern, dass er mir vergeben hat."

„Allie, das ist ja furchtbar." Ich greife nach ihrer Hand. „Roan liebt dich so sehr. Ein Fehler ändert nichts daran, wie sehr du ihn verdienst."

„Aber das ist die Geschichte, die sie sich aus Selbsterhaltungstrieb erzählt", fügt Sloan mit bebender Stimme hinzu. „Sie redet sich das ein, weil sie denkt, dass es sie nicht brechen wird, falls das Worst-Case-Szenario eintreten sollte. Aber ich kann dir aus Erfahrung sagen, dass du trotzdem brechen wirst."

Alle Augen richten sich auf Sloan, als sie fortfährt: „Meine Tochter hatte Krebs, und obwohl sie seit Jahren in Remission und bei bester Gesundheit ist, halte ich immer noch den Atem an, wenn sie über Schmerzen klagt."

„Oh, Sloan." Ich atme tief ein bei ihren sehr verletzlichen Worten, die mich direkt in das Jahr zurückversetzen, in dem ich mit ihr und Sophia zusammengewohnt habe.

„Aber deine innere Stimme ist ein verlogenes Miststück!", fügt Allie wieder hinzu und schlägt mit der Faust auf den Tisch.

Sloan lächelt über Allies Beharrlichkeit und nickt zustimmend.

Leslie steht auf und sagt: „Mein Vater war ein Arschloch, das meine Mutter misshandelt hat, und jedes Mal, wenn Theo auch nur im Entferntesten wütend wird, sage ich mir, dass er genauso werden könnte wie er, obwohl ich in meinem Herzen weiß, dass das nie passieren wird."

„Verlogenes Miststück!", sagt Allie wieder, und dieses Mal stimmt Sloan mit ein.

Poppy fügt hinzu: „Zwillinge sind wirklich verdammt anstrengend, und ich glaube, ich könnte eine schreckliche Mutter sein."

„Verlogenes Miststück!", brüllen Allie, Sloan und Leslie.

„Ich hasse meine Hüften", sagt Belle, die Ellbogen auf den Tisch gestützt. „Und nachdem ich Baby Joey bekommen habe, sind sie nur noch größer geworden. Ich finde meinen Körper ekelhaft."

„Verlogenes Miststück!", rufen Allie, Sloan, Leslie und Poppy.

Indie mischt sich als Nächstes ein. „Meine Schwangerschaft mit Bex hat mir rote Dehnungsstreifen beschert, die in mir den Wunsch auslösen, mein Oberteil nie wieder vor Camden ausziehen zu wollen. Er sagt mir, dass meine Dehnungsstreifen das beste Geschenk für ihn seien und er sie liebe, aber ich fühle mich ständig unsicher."

„Verlogenes Miststück!"

Alle richten ihren Blick auf Vi, die als Einzige die ganze Zeit über nichts gesagt hat. Sie schüttelt den Kopf und hat Tränen in den Augen, während sie uns alle anschaut. Ihre Stimme zittert, als sie sagt: „Ich habe Angst, dass ich nicht genug bin, um Hayden glücklich zu machen, und dass er wieder einen Selbstmordversuch unternehmen könnte, egal, wie sehr ich mich anstrenge."

Der Raum wird still, während alle Vi anstarren, die uns allen gerade eine ernsthafte Perspektive aufgezeigt hat. Ich schüttle den Kopf, schockiert und bestürzt darüber, dass all diese atemberaubenden, starken, erfolgreichen Frauen mir ihre Seele geöffnet und dunkle Teile ihrer inneren Ängste offenbart haben, die sie für wahr halten.

Niemand ist perfekt.

Und jeder ist ein Lügner.

„Verlogenes. Miststück." Ich greife nach Vis Hand.

Sie nickt, Tränen laufen ihr über die Wangen, während sie mich anlächelt. „Verlogenes Miststück."

Allie erhebt ihr Sektglas und hält es uns allen hin. „Lasst uns darauf trinken, dass wir alle mit den Lügen aufhören, die wir uns selbst einreden, und hinausgehen und das Leben leben, das wir verdienen!"

„Hört, hört", sage ich lächelnd.

„Cheers!"

Wer hätte gedacht, dass mein Outfit für die Dundonald Highland Games mich so nervös machen würde?, denke ich aufgeregt, als ich meinen

Rock glattstreiche, während ich mit den Mädchen in einem großen Van zum Royal Dundonald Castle fahre, wo wir uns mit den Jungs treffen.

Sie waren den ganzen Vormittag mit einem 10-km-Straßenrennen beschäftigt, das offenbar mit Whiskytrinken endet. Ich kann mir nicht vorstellen, wie es ihnen geht, wenn sie seit zehn Uhr getrunken haben.

Obwohl, wenn ich ehrlich bin, fühle ich mich auch ein wenig locker. Die Mädels und ich haben mehrere Flaschen Sekt getrunken, während wir uns fertig gemacht haben, und es ist gerade mal Mittag, als wir vor der Burg halten.

Wir steigen aus dem Auto aus, und Sloan und Leslie lächeln mich wissend an.

„Du siehst so verdammt süß aus", sagt Leslie kopfschüttelnd. „Die Taschen sind der perfekte Touch."

Sie kommentiert das Kleid, das ich für die Feierlichkeiten des Tages genäht habe. Es ist ein Swing-Kleid im Stil der Fünfziger mit einem koketten Rock, einem Rundhalsausschnitt und Dreiviertelärmeln. Es liegt an der Taille eng an und hat mehrere große Bundfalten an den Hüften und in der Mitte. Es ist ein klassisches Design, das für sich genommen nicht unbedingt ein Hingucker ist, aber ich habe es komplett aus dem Clan Logan Tartan genäht, der von dem Stoffballen übriggeblieben ist, den Mac in den Laden gebracht hat. Das prächtige grüne Karomuster macht es zu einem echten Hingucker.

Ich dachte, es wäre ein lustiger Scherz, nachdem Mac so viel Wert darauf gelegt hatte, dass die Kilts perfekt sind. Die Mädchen haben alle gejubelt, als sie sahen, was ich genäht hatte, und stellten weitere Vermutungen über unsere Beziehung an. Aber ich habe ihnen versichert, dass mein Kleid nur als Gag gedacht ist.

Wir bahnen uns einen Weg durch die Menschenmenge auf dem Parkplatz und gehen über die Wiese in Richtung Burg. In der Ferne kann ich all die Jungs sehen, die an mehreren Picknicktischen sitzen. Vor ihnen stehen Plastikbecher mit etwas, das ich nur für Whisky halten kann. Sie sind von anderen Männern in Kilts umgeben, und es ist eindeutig ein großes Saufgelage.

Ungeachtet ihres unterschiedlichen Alkoholisierungsgrades sehen sie alle in ihren verschiedenfarbigen Kilts mit robusten Stiefeln und Kniestrümpfen sehr gut aus. Ich bemerke Schlammspritzer an ihren

Beinen und Schmutzflecken auf ihren T-Shirts, die wahrscheinlich vom Lauf heute Morgen stammen.

Dieser Look hier ist das, was Mac als „Legeren Kilt" bezeichnet, was sich offensichtlich stark vom „Formellen Kilt" unterscheidet. Nachdem ich Fotos von formellen Kilts gesehen habe und nun einen guten Blick auf echte Schotten werfen kann, die von ihren täglichen Aktivitäten ganz zerzaust und schmutzig sind, kann ich ohne Zweifel sagen, dass ich den „Legeren Kilt" bevorzuge.

Ich suche die Menge nach Mac ab und überlege, wo er sein könnte, als er plötzlich mit ein paar Jungs, die wohl von hier sind, um die Ecke kommt. Sie haben alle einen Whisky in der Hand und schlürfen daran, während sie sich unterhalten.

„Ihr seht gut aus, Leute!", ruft Allie, als wir uns nähern, und lenkt die Aufmerksamkeit aller auf uns.

Die Männer lassen ihren Whisky stehen und begrüßen ihre Frauen mit einem breiten, stolzen Lächeln. Mac und ich sehen uns in die Augen, und ich nehme an, dass er lachen wird, sobald er mein Kleid sieht.

Aber er lacht nicht.

Er lächelt nicht einmal.

Tatsächlich runzelt er die Stirn.

Ich schaue hinter mich, um zu sehen, ob es noch jemanden gibt, den er anfunkeln könnte, vielleicht eine alte Flamme, die er hasst? Aber es ist niemand in meiner Nähe. Die Frauen haben mich bereits für ihre Männer verlassen, und jetzt stehe ich allein im Gras, während Mac mich anstarrt, als wäre ich das Monster von Loch Ness.

Mein Bauch wirbelt vor Nervosität, als ich zu ihm hinübereile, wo er am Kopfende des Tisches steht, vorbei an all den glücklichen Paaren und ohne die Jungs zu beachten, die sich mit ihm unterhalten haben.

Ich stehe ihm gegenüber und platze heraus: „Es tut mir so leid. Ich dachte, du würdest das lustig finden." Ich schiebe meine Hände in die Taschen meines Kleides und schaue nervös zu unseren Freunden hinüber, die die Szene voller Mitgefühl in den Augen beobachten.

Mein Gott, was habe ich getan?

Ich werfe einen Blick zurück auf Mac, dessen Augen über mein Kleid schweifen, als wäre es aus Blut gemacht. Seine Nasenlöcher sind aufgebläht, und sein ganzer Körper steht kerzengerade, während er den Plastikbecher mit Whisky in seiner Faust zerdrückt.

„Es war noch Stoff übrig, und ich war gerade kreativ", sage ich mit hoher, unruhiger Stimme. „Ich muss einen Blackout gehabt haben, als ich das hier gemacht habe, denn es ist eindeutig zu viel. Und ich muss einen Blackout gehabt haben, als ich es heute angezogen und meinen blöden Lippenstift auf die rote Farbe abgestimmt habe, denn jetzt ist mir klar, dass ich lächerlich aussehe."

Macs Freunde ziehen sich langsam zurück, was meine Panik nur noch verstärkt.

Ich trete näher. „Und die neuen High Heels, die ich passend zum Kleid gekauft habe, haben meine Zehen eingeklemmt, also trage ich stattdessen meine Gummistiefel, denn ich hatte keine Ahnung, dass Schottland so schlammig sein würde. Aber ehrlich gesagt, hätte ich den Schmerz als Zeichen dafür nehmen sollen, dass das eine ganz, ganz schlechte Idee ist. Wahrscheinlich breche ich damit eine heilige schottische Tradition oder so. Ich hätte dich vorher fragen sollen, denn es ist eindeutig nicht lustig, und es ist viel zu viel. Viel, viel zu viel."

„Es ist nicht zu viel", krächzt Mac mit tiefer, heiserer Stimme.

„Wie bitte?", keuche ich, da ich vor lauter Angst kaum noch Luft bekomme.

„Es ist nicht zu viel", wiederholt er, als er den Blick von meinem Kleid löst. Seine Augen sind eindringlich auf meine gerichtet, und sie sind von einer Emotion erfüllt, die ich wohl noch nie auf Macs Gesicht gesehen habe. Er tritt einen Schritt vor, kommt bis auf wenige Zentimeter an mich heran und ein hartes, scharfes Aufblitzen von Verlangen überwältigt seine Miene. „Es könnte sogar sein, dass es nicht genug ist."

Und dann streckt er seine großen Hände aus, umfasst meinen Hinterkopf und zieht meinen Mund zu seinem.

Als sich unsere Lippen berühren, quietsche ich leise und drücke meine Hände auf seine breite Brust, weil alle unsere Freunde zusehen. Und diese Typen, die ich nicht kenne. Und verdammt noch mal, vielleicht das halbe Dorf von Dundonald.

Was tut Mac da? Wir sind keine Freunde, die sich in der Öffentlichkeit küssen. Wir sollten unser Arrangement geheim halten!

Wir haben ein Enddatum, und wenn er mich vor all unseren Freunden küsst, wird das sehr kompliziert werden! *Vielleicht will ich ja, dass es kompliziert wird.*

Doch dann nimmt Mac meine Unterlippe zwischen seine Zähne und öffnet meinen Mund, bevor seine Zunge meine berührt, und mein Fokus konzentriert sich. Plötzlich verschwindet alles andere um uns herum, einschließlich meiner Gedanken, und das Einzige, was in dieser Welt existiert, sind seine und meine Lippen.

Ich weiß nicht, wie lange wir dort in unserem zusammenpassenden Tartan stehen und uns küssen, als hinge unser Leben davon ab. Es fühlt sich an wie Stunden und Sekunden zur gleichen Zeit. Es ist zu viel und nicht genug …, genau wie mein Kleid.

Schließlich durchbricht ein schriller Pfiff unsere kleine Blase, und wir lösen uns unter den lauten Rufen des Publikums voneinander. Macs Blick verlässt den meinen nicht, während er unsere Freunde ignoriert und mit einem Lächeln, das mir die Knie weich werden lässt, zärtlich mit seinen Daumen über meine Wangenknochen streicht.

Ich weiß nicht, ob ich sein Lächeln erwidere oder nicht. Ich glaube, meine Kinnlade ist immer noch auf dem Boden, aber ich weiß, dass das, was ich in meiner Brust empfinde, vollkommenes, herrliches Glück ist.

„Ich wusste es", sagt Allie, unterbricht unsere Umarmung und ergreift meinen Arm, um mich wegzuziehen. „Du hast dich komisch verhalten, und das ist der Grund!"

Ich verdrehe die Augen, als die Mädchen mich und die Jungs Mac umschwärmen. Sie stoßen mit ihren Whiskybechern auf ihn an, und man könnte meinen, wir hätten uns gerade verlobt, so wie sie sich alle für uns freuen.

Sind wir ein Wir?

Sind wir ein Paar?

Ich denke, Mac und ich sollten uns mal unterhalten.

Bevor ich Mac zur Seite ziehen kann, ruft eine schroffe Stimme aus der Ferne. „Ist das mein kleiner Macky, der endlich mal wieder zu Hause ist?"

Unsere Blicke richten sich auf einen Mann, der den Grashügel hinaufkommt. Mir fällt die Kinnlade herunter, denn wenn ich es nicht besser wüsste, würde ich schwören, dass es Großvater Jack Bartlett aus *Heartland ist,* der direkt auf uns zuschreitet.

Der Mann ist groß und breit und trägt den Logan Tartan. Sein Haar ist weiß und wild, und er trägt einen dicken Schnurrbart auf der Oberlippe. Neben ihm sind ein älteres Ehepaar und eine junge Frau, die ich sofort als Macs Eltern und seine Schwester erkenne.

„Großvater!", ruft Mac, lässt die Jungs stehen und joggt auf sie zu.

Sein Großvater umfasst Macs Gesicht und starrt ihn einen Moment lang an, bevor er ihn in seine Arme zieht und fest umarmt. Er zerzaust Macs Haare spielerisch, bevor Mac sich von ihm löst, um seine Mutter, seine Schwester und seinen Vater zu umarmen. Die fünf stehen einen Moment lang da und reden, bevor Mac sich umdreht und sie zu unserer Gruppe hinaufführt.

„Leute, das ist mein Großvater, Fergus Logan. Mein Vater James Logan, meine Mutter Jean und meine kleine Schwester Tilly."

Wir schütteln uns alle die Hände, und ich beobachte Mac, wie er sich zurückhält und alle ihre Begrüßungen machen lässt. Fergus macht eine große Show aus all den Männern in ihren Tartan-Kilts, und prüft die Arbeit, als wäre er selbst Schneider. In meinem Bauch kribbelt es vor Nervosität, denn bei meinem Glück könnte eine falsche Naht eine Art schottische Strafe bedeuten.

„Mein Gott, das ist gute Schneiderei", sagt Fergus, greift nach den Bundfalten von Roans Kilt und stößt seinen Sohn James mit dem Ellbogen an, damit er es sich ansieht. „Sieh dir dieses kleine Detail an. Wir müssen unsere neu machen lassen, mein Sohn." Dann wendet Fergus seinen Blick zu mir und betrachtet mein Kleid mit großem Interesse. „Und wer ist dieses tartantragende Mädchen?"

„Das ist … eine Freundin von mir … Freya", sagt Mac, der mit nervöser Miene zwischen uns auftaucht. „Sie hat alle Kilts und … ihr Kleid genäht. Sie ist sehr begabt."

Mac runzelt die Stirn, als wäre er sich nicht sicher, ob er das Richtige gesagt hat, aber sein Großvater scheint es nicht zu bemerken, denn unter seinem riesigen Schnurrbart sehe ich den Anflug eines Lächelns. „Bist du aus Schottland, Mädchen?"

„Aus Cornwall, fürchte ich."

Fergus wird blass. „Wie bist du am Hadrianswall vorbeigekommen? Er ist dazu da, Leute wie dich aus unserem Land rauszuhalten."

Ich verkneife mir ein Lächeln und mache eine ernste Miene. „Haben Sie es nicht gehört? Der Hadrianswall ist eigentlich nur ein riesiger Hundezwinger, der dazu dient, wilde Schotten wie Sie drinnen zu halten."

Für ein paar Sekunden herrscht peinliches Schweigen, bevor Fergus in Gelächter ausbricht. „Wo in aller Welt hast du die denn gefunden, Macky?"

Mac lächelt mich stolz an. „Ich wünschte, ich wüsste es."

Fergus legt einen Arm um meine Schultern. „Mädchen, nenn mich einfach Fergus. Und ich werde dich Red nennen, weil du so feurig bist wie meine verstorbene Frau. Bist du sicher, dass du nicht irgendwo schottisches Blut hast?"

Ich lache und schüttle den Kopf. „Nein, ich bin mir da nicht so sicher. Ihr Schotten seid eine fruchtbare Art, es ist also gut möglich, dass sich irgendwo in meinem Stammbaum ein streunender Hund eingeschlichen hat."

Fergus lacht wieder. „Schotten sind wirklich eine fruchtbare Art."

„Deine Handtasche gefällt mir", sage ich und zeige auf die runde, pelzige Hüfttasche, die um Fergus' Taille geschnallt ist.

„Red, das hier nennt man einen Sporran."

Ich zwinkere ihm spielerisch zu. „Und ich dachte schon, es wäre nur ein haariger Muff."

„Meine Güte, sie ist ein keckes Mädchen!", sagt Fergus und dreht uns zu seinem Enkel. „Wenn sie auch noch Whisky trinken kann, müssen wir sie vielleicht behalten, Macky!"

Macs samtgrüne Augen flackern mit einer Mischung aus Überraschung, Ungläubigkeit und – wenn ich so sagen darf – Stolz? Es ist die Art von Blick, die ich stundenlang sezieren und ein Leben lang anstarren könnte.

Unsere Aufmerksamkeit wird erneut gestört, als ein Horn ertönt, das den Beginn der nächsten Veranstaltung ankündigt, bei der es sich offensichtlich um eine Whiskyverkostung handelt. Mac führt uns alle zu den Zelten, in denen verschiedene Whisky-Hersteller vertreten sind, und alle verteilen sich, um mit dem Probieren zu beginnen.

Ich beschließe, dass Mac etwas Zeit mit seiner Familie allein verbringen sollte und trete zurück, um mich zu Sloan und Leslie zu gesellen, als eine starke Hand die meine ergreift. „Komm mit uns."

Ich sehe Mac stirnrunzelnd an. „Bist du sicher?"

„Ich bin sicher, dass ich weiterhin zusehen möchte, wie du meinen Opa verzauberst", sagt er grinsend. „Ich habe ihn immer nur mit meiner Oma so lachen sehen."

Ich rümpfe die Nase. „Ich habe mir Sorgen gemacht, dass die Sache mit dem haarigen Muff ein bisschen zu weit ging."

Macs Schultern beben vor Lachen. „Bei den Logans geht nichts zu weit."

Plötzlich haue ich Mac auf den Arm. „Warum hast du mir nicht gesagt, dass dein Großvater einen Schnurrbart hat und aussieht wie Jack Bartlett aus *Heartland*?"

Mac lächelt breit. „Weil ich diesen Ausdruck auf deinem Gesicht sehen wollte. Du siehst aus, als hättest du gerade gepinkelt."

„Weil ich es auch getan habe." Ich packe Macs Arm und ziehe ihn zurück zu seiner Familie, während ich laut murmle: „Gott, ich hoffe, er erteilt mir eine Lektion fürs Leben, genau wie Opa Jack!"

Innerhalb kürzester Zeit probiert unsere Gruppe eine große Menge Whisky. Zwischen Mac, James und Fergus wird viel über Fußball geplaudert. Sie scheinen sehr daran interessiert zu sein, Macs bevorstehende Vertragsverhandlungen und ihre Erwartungen für die Saison des Bethnal Green F. C. zu diskutieren. Es ist offensichtlich, dass sie alle sehr an Macs Karriere interessiert sind und wollen, dass er Erfolg hat. Besonders sein Großvater.

Ich schaue fasziniert zu, denn so vieles von dem, was sie besprechen, habe ich Mac noch nie sagen hören. Und wenn ich sein Gesicht sehe, während er seinem Großvater zuhört, spüre ich den Druck, den er sich selbst macht, um es ihnen recht zu machen. Es ist … heftig. Es ist schon komisch, dass ich mit einem Fußballer befreundet bin, und das Einzige, worüber wir nie reden, ist Fußball.

Bei unserer dritten Verkostung habe ich das Gefühl, dass Mac nicht mehr über Fußball reden kann, also beschließe ich, das Thema zu wechseln und ihnen von der Zeit zu erzählen, als Mac und ich als Tanzpartner zugewiesen wurden. Alle lachen sich kaputt, als ich ihnen erzähle, wie oft Mac mir auf die Füße getreten ist und wie er mich aus dem Tanzclub tragen musste, um mich nach Hause zu bringen.

„Ich dachte, es wären deine High Heels, die deine Füße ermordet haben", ruft er mit ungläubiger Miene.

„Um Himmels willen, nein", erwidere ich lachend. „Meine Schuhe waren in Ordnung. Es waren deine großen Eselsfüße, die den ganzen Schaden angerichtet haben."

Mac sieht mich finster an, als hätte ich ihn gerade verraten, aber Fergus stupst ihn an. „Schmoll nicht, Macky. Nicht alle Logan-Männer können so gut mit den Frauen umgehen wie dein Vater und ich. Ich werde Red später ein paar Schritte beibringen."

Seine Antwort scheint Mac zu verwirren, denn er starrt seinen Großvater neugierig an. In diesem Moment beginnt in der Ferne ein Dudelsackwettbewerb, und während die Männer dorthin gehen, fragt mich Macs Schwester Tilly, ob ich mit ihr zur Haustierausstellung gehen möchte.

„Es gibt eine Haustierausstellung?", kreische ich. „Wo?"

Tilly lacht. Ihre atemberaubenden blauen Augen bilden einen herrlichen Kontrast zu ihrem langen erdbeerblonden Haar, das denselben Farbton hat wie das von Mac. „Sie ist direkt auf der anderen Seite der Burg."

„Geh voran!", rufe ich aus und winke Mac zum Abschied zu, der mich mit einem zärtlichen Blick beobachtet, den ich direkt in meinen Ohren spüre. Vielleicht ist ein wenig Abstand eine gute Idee.

„Ich nehme an, du magst Haustiere?", fragt Tilly, als wir den gewundenen Pfad hinuntergehen.

„Das tue ich", antworte ich etwas zu aufgeregt. Ich glaube, der Whisky entfaltet langsam seine Wirkung. „Im Moment habe ich nur eine Katze, weil ich in einer Wohnung lebe, aber ich würde gerne ein Grundstück besitzen und Hunde oder vielleicht sogar Pferde haben."

„Dafür müsstest du wohl aus London raus, schätze ich", sagt sie wissend.

„Ja", antworte ich traurig. „Es wird wahrscheinlich nie passieren, weil ich London so sehr liebe, aber es macht Spaß, davon zu träumen. Du wohnst doch hier in Dundonald, oder?"

Tilly nickt. „Ja. Meine Wohnung ist gleich um die Ecke von meinen Eltern."

„Gefällt es dir, so nah bei ihnen zu wohnen?"

Sie zuckt mit den Schultern. „Es ist in Ordnung, denke ich. Ich hätte nur nie erwartet, hier zu landen. Das Leben ist ziemlich gut darin, einen auf bestimmte Wege zu zwingen."

Ihre Antwort lässt mich innehalten. „Wo wolltest du hin, wenn das Leben dir nicht in die Quere gekommen wäre?", frage ich, wobei ich meine Frage vorsichtig formuliere, um nicht zu neugierig zu sein.

Tilly lächelt. „Ich liebe London auch."

Ich schüttle den Kopf. „Dann solltest du von deinem jetzigen Weg abweichen und es verwirklichen. Dein Bruder ist dort. Das würde dir die Veränderung sicher erleichtern."

„London kommt für mich nicht mehr infrage", antwortet Tilly mit einem harten Blick in den Augen. Dann räuspert sie sich und sagt: „Da wir gerade von meinem Bruder sprechen, was ist eigentlich mit euch beiden los?"

Ich presse nervös die Lippen aufeinander. „Was meinst du?"

Sie stößt ein kleines Lachen aus. „Wenn nicht gerade eine andere Frau hier war, die ein maßgeschneidertes Tartan-Kleid trägt, bin ich mir ziemlich sicher, dass ich dich oben auf dem Hügel mit ihm knutschen gesehen habe." Tilly wirft mir einen Blick zu. „Und das ist der erste Moment, in dem er dich von seiner Seite weichen lässt, also frage ich noch einmal. Was läuft da zwischen dir und meinem Bruder?"

Ich atme schwer aus und kaue auf meiner Lippe, um zu überlegen, wie ich eine Frage beantworten soll, auf die ich keine Antwort weiß.

„Entspann dich", sagt Tilly mit einem Augenzwinkern. „Ich bin nicht der Logan, vor dem du Angst haben solltest."

Ich schaue zu ihr hinüber. „Vor welchem sollte ich dann Angst haben?"

„Die meisten würden da an meinen Großvater denken", entgegnet Tilly und tritt zur Seite, damit eine Frau mit einem Kinderwagen vorbeigehen kann. Sie gesellt sich wieder zu mir und fügt hinzu: „Er ist derjenige, der so tut, als wären Frauen der Teufel. Aber hinter verschlossenen Türen ist er ein Softie."

„Das kann ich sehen."

Tillys Augenbrauen schießen in die Höhe. „Er ist ganz angetan von dir. Und er ist nie von den Frauen angetan, die Mac mitbringt."

„Das ist gut zu hören", sage ich, dann nagt die Neugierde an mir. „Vor welchem Logan muss ich denn Angst haben? Vor deinem Vater?"

Tilly schüttelt den Kopf. „Eigentlich ist es Mac."

„Mac?", frage ich, wobei mir das Herz in die Hose rutscht. „Wir sind seit über einem Jahr befreundet. Ich finde ihn überhaupt nicht beängstigend. Manchmal begriffsstutzig, ja. Gelegentlich vielleicht ein wenig unangemessen. Aber er ist süß. Ein wirklich großzügiger Freund."

Sie nickt und nimmt eine ernste Miene an. „Aye, das ist er, aber er ist ein Jasager auf Kosten seiner eigenen Wünsche. Und er würde absolut alles tun, um unseren Großvater glücklich zu machen. Mac und Großvater stehen sich sehr nahe."

„Das weiß ich alles über ihn", antworte ich verwirrt blinzelnd. „Warum erzählst du mir das?"

Tilly atmet schwer aus, bleibt stehen und dreht sich zu mir um, als wolle sie etwas Wichtiges sagen. Aber in dem Moment, in dem sie mir in die Augen sieht, schüttelt sie den Kopf und lächelt. „Egal."

„Was ist egal?", frage ich nervös und strecke eine Hand aus, um sie am Weggehen zu hindern.

„Es ist nichts, Freya. Du scheinst wirklich süß zu sein, und ich habe noch nie erlebt, dass Mac sich einem Mädchen gegenüber so verhält, wie er es dir gegenüber tut. Vielleicht täusche ich mich also."

„In Bezug auf was?", dränge ich. Die Angst in meinem Bauch verpasst mir ein mulmiges Gefühl.

Tilly schaut einen Moment lang nach unten, dann wieder nach oben. „Ich will nur nicht, dass du verletzt wirst. Du bist anders als die normalen Spielerfrauen, die Fußballern hinterherlaufen. Du bist … aufrichtig. Ich hoffe, das bedeutet, dass ihr zwei es schaffen könnt."

Und damit wendet sie sich ab und setzt ihren Weg zur Haustierausstellung fort, für die ich mich gar nicht mehr begeistern kann.

KAPITEL 21

Mac

Der Nachmittag ist vollgepackt mit Aktivitäten und endet damit, dass die Jungs und ich das Siebener-Fußballspiel gewinnen. Gott sei Dank. Hätten wir verloren, wären wir eine Blamage für alle unsere Teams gewesen, das ist sicher.

Die Mädchen schauen vom Rand aus zu und trinken fröhlich, und ich gebe sogar ein wenig vor Freya an, weil ich es einfach nicht lassen kann. Sie vor allen so zu küssen kam unerwartet, aber ich war in letzter Zeit in ihrer Nähe nicht gerade der vernünftigste Mann. Als ich sie in meinem Familientartan sah, wusste ich, dass ich sie einfach packen musste. Sie halten. Sie als mein Eigentum beanspruchen und ihr körperlich zeigen, wie gerührt ich war. Die Kilts, deren Anfertigung sie angeboten hat, waren schon unglaublich, aber die Tatsache, dass sie dieses Kleid genäht hat, um mich zu überraschen, bedeutet mir etwas. Es bedeutet, dass sie mehr als nur eine Freundin ist. Sie ist … Freya.

Worüber wir eindeutig reden müssen. Aber jedes Mal, wenn wir einen Moment haben, unterbricht uns jemand. Die verdammte Gruppenreise ist für mich verdammt nervig geworden.

Nach dem Spiel verabschiedet sich meine Familie, und mein

Großvater nimmt mir das Versprechen ab, morgen früh zum Frühstück in seine Wohnung zu kommen, damit wir reden können. Bei seinen ominösen Worten schießt mir Nervosität durch die Adern, denn obwohl er von Freya so angetan war, bin ich mir sicher, dass er mir sagen wird, dass es keine gute Idee sei, Zeit mit ihr zu verbringen.

Und vielleicht hat er recht.

Wenn Cami mir schon mein Spiel vermasseln konnte, obwohl ich nicht einmal eine Beziehung mit ihr hatte, dann kann ich mir nur vorstellen, was Freya Cook anrichten könnte. Aber könnte ich Freya zu diesem Zeitpunkt einfach so verlassen? Ich weiß es ehrlich gesagt nicht. Und ich will auch noch nicht darüber nachdenken. Ich will einfach nur den Rest unserer Reise genießen und mit meinem Mädchen tanzen.

Nach dem Spiel räumen wir auf, und es ist schon dunkel, als wir uns auf die Suche nach den Frauen machen, die zum Streetdance gegangen sind, der unten an der Straße stattfindet. Es ist ein von einem DJ aufgelegter Tanz mit einer Mischung aus aktueller Musik und traditionellem Highland-Tanz, in dem ich absolut beschissen bin.

Als wir uns nähern, sehe ich Freya bei zwei meiner besten Freunde, mit denen ich aufgewachsen bin, sitzen und so sehr lachen, dass ich mich schmerzlich danach sehne, neben ihr zu sein. Ich sollte derjenige sein, der sie zum Lachen bringt. Nicht Jerry. Scheiß auf den Typen. Er war schon in der Schule ein unheimlicher Kerl und ist es wahrscheinlich immer noch.

Als wir durch die Tore gehen, sehe ich, wie Jerry Freya seine Hand anbietet, die sie bereitwillig annimmt. Er führt sie auf die Tanzfläche und beginnt, ihr den Highland-Tanz zu zeigen, der gerade im Gange ist.

Die ganze Szene macht mich verdammt wütend. Ja, ich habe heute viel Whisky getrunken, also reagiere ich vielleicht ein bisschen über, aber ich finde es auch nicht in Ordnung, dass mein Mädchen einen schottischen Tanz mit jemand anderem als mir lernt.

Ich lasse meine Kumpel zurück und mache mich auf den Weg zur Tanzfläche.

„Ich übernehme das, Jerry", sage ich und gebe ihm einen kleinen Schubs, bevor ich Freyas Hand nehme.

„Ganz ruhig, Kumpel, ich habe ihr nur ein paar Schritte gezeigt."

„Ich weiß, was du getan hast." Ich sehe ihn mit zusammengekniffenen Augen an.

Freya sieht mich verwirrt an. „Mac, sei nicht so unhöflich zu deinem Freund."

Ich schnaube und murmle: „Jerry ist kaum mein Freund und er muss dir nicht zeigen, wie man tanzt – ich schon."

Freya lacht. „Du bist ein furchtbarer Tänzer."

„Aye, aber dieser Wichser muss nicht derjenige sein, der dir in meiner Heimat etwas zeigt." Ich werfe einen Blick über die Schulter, und ein Funken Wut entfacht in mir, als ich sehe, dass er immer noch hinter mir lauert. „Jerry, im Ernst, Mann. Was machst du noch hier?"

Jerry lacht und hält abwehrend die Hände hoch, bevor er weggeht.

Ich drehe mich wieder zu Freya um, die jetzt ziemlich sauer aussieht. „Das ist das dritte Mal, dass du reinplatzt und mich von jemandem wegreißt. Eifersucht steht dir nicht gut, Mac."

Mir fällt die Kinnlade herunter. „Jerry zählt nicht. Er ist ein Schwachkopf, der mich nur ärgern will."

„Er ist kein Schwachkopf", verteidigt Freya ihn mit zusammengezogenen Augenbrauen. „Er hat mir Geschichten erzählt, wie du und er aufgewachsen seid, was ich genossen habe."

„Nur zu, lass dich von mir nicht stören." Ich deute zurück zu unserer Gruppe von Freunden, zu der auch Jerry zurückgekehrt ist. Sie alle scheinen uns fasziniert zu beobachten.

„Was ist dein Problem?", fragt Freya, ergreift meinen Arm und tritt näher an mich heran.

Ich atme schwer aus und spüre, wie sich ein starker Druck in meiner Brust aufbaut. „Ich dachte nur, dass wir vielleicht endlich miteinander reden könnten", stoße ich zwischen zusammengebissenen Zähnen hervor. „Aber du scheinst mehr daran interessiert zu sein, mit Jerry zu reden …"

„Hör auf", zischt sie und verschränkt die Arme vor der Brust. „Wenn du reden willst, dann bring mich irgendwohin, wo wir reden können. Fang nicht ohne verdammten Grund einen Streit mit mir an."

„Nicht hier, wo alle zuschauen", knurre ich, packe sie an der Hand und ziehe sie durch die Menge.

Ich schaue mich nach einem ruhigen Platz um und entdecke auf der anderen Straßenseite einen Pavillon, an dem Lichterketten hängen. Ein wenig zu blumig für meinen Geschmack, aber weit weg von all den verdammten Leuten, die mir schon den ganzen Tag in die Quere gekommen sind. Wir machen uns auf den Weg und suchen uns eine Bank, auf der wir sitzen können.

„Was ist dein Problem?", fragt sie, wobei sie sich auf der Bank zu mir umdreht. „Glaubst du wirklich, dass ich lieber Zeit mit Jerry verbringe als mit dir? Warum versuchst du, einen Streit mit mir anzuzetteln?"

„Ich weiß es verdammt noch mal nicht", knurre ich und stütze mich mit den Ellbogen auf den Knien ab. Ich fahre mir unruhig mit einer Hand durch die Haare. „Ich bin in letzter Zeit nicht gerade ein rationaler Mensch, wenn es um dich geht, Cookie."

Sie ist einen Moment lang still, dann fragt sie: „Warum ist das so?"

„Ist das denn nicht offensichtlich?", rufe ich, drehe mich zu ihr um und spiegle ihre Position auf der Bank.

Sie hat einen weichen, zärtlichen Gesichtsausdruck, als sie krächzt: „Nicht für mich."

Ich stoße ein Lachen aus, während meine Augen ihr Gesicht abtasten. „Ich stehe total auf dich, Freya, und das verdreht mir die Eingeweide in meinem Inneren."

Ihr Gesicht schwankt zwischen einem Lächeln und einem Stirnrunzeln, und ich hasse es. Ich hasse es, dass ich so etwas sagen kann und sie nicht weiß, wie sie reagieren soll. Ich bin beschissen bei so etwas.

„Und was bedeutet das genau?", fragt sie leise.

„Ich weiß es nicht." Ich strecke meinen Arm auf der Bank hinter ihr aus und lehne mich näher heran. „Ich habe nicht erwartet, dass sich die Dinge zwischen uns so anfühlen würden."

„Ich auch nicht", stimmt sie zu und zieht ihre Unterlippe in den Mund, um nervös darauf zu kauen. „Also, was sind wir dann?"

Ich zucke mit den Schultern und schlucke den unangenehmen Kloß in meiner Kehle hinunter. „Schubladen sind nicht wirklich etwas, was ich gewohnt bin." Sie sieht verletzt aus bei dieser Antwort, also beuge ich mich vor und umfasse ihre sommersprossige Wange mit einer Hand. „Ich habe nichts dagegen, dass wir zusammen sind, aber ich brauche etwas Zeit, um mich damit zu beschäftigen, bevor wir uns hineinstürzen in – was auch immer es ist."

Sie nickt und sieht auf ihre Hände hinunter, die sie fest in ihrem Schoß zusammenhält. „Zeit."

„Aye, Zeit."

Sie sieht zu mir auf. „Und was ist, bis du so weit bist? Sehen wir uns nicht?"

„Ich habe nichts dergleichen gesagt", blaffe ich. Ein Anflug von Verzweiflung durchströmt mich bei dem Gedanken, dass sie so etwas auch nur andeutet. „Können wir die Dinge nicht einfach so belassen, wie sie sind, und die Sache mit der Zeit klären?"

Sie starrt mich einen Moment lang ernst an, bevor sie sich nach vorn dreht. Ich spüre ihre Enttäuschung, und sie nagt an einem Teil meiner Seele. Ich hasse es, ihr das anzutun, sie in dem, was wir sind, zu verunsichern. Sie ist meine beste Freundin, und ich bin nicht derjenige, der ihr gemischte Signale senden sollte. Aber ich bin auch nicht bereit, mich kopfüber mit ihr in eine Beziehung zu stürzen. Ich muss es langsam angehen, damit ich keine Fehler mache. Sie ist zu wichtig für mich, um eine Entscheidung zu übereilen.

„Freya, ist das für dich in Ordnung?", frage ich, als sie immer noch nicht geantwortet hat.

Sie atmet schwer aus und setzt ein Lächeln auf. „Klar. Das ist okay für mich."

Erleichterung durchströmt mich, als ich die Hand ausstrecke, um sie zu mir zu drehen. „Gut", sage ich, während ich meinen Daumen über ihre Kieferpartie gleiten lasse. „Das ist gut."

Ich beuge mich vor und drücke meine Lippen auf die ihren. Zuerst ist sie angespannt, aber dann wird sie weicher und erlaubt mir, ihren Kopf zu neigen und sie richtig zu küssen.

Wir werden das gemeinsam herausfinden. Das müssen wir.

Am nächsten Morgen ist die Sonne kaum aufgegangen, als ich in die Hocke gehe, um Freyas nackte Schulter zu küssen, die unter der Decke hervorschaut.

Sie stöhnt unzufrieden. „Was machst du da?"

„Ich gehe in die Stadt, um meinen Großvater zu besuchen."

„Es ist noch so früh", stöhnt sie und kuschelt sich unter die Bettdecke.

„Opa ist ein Frühaufsteher", sage ich und küsse ihre Schläfe. Sie ist so süß, dass ich darüber nachdenke, den Morgen abzublasen und wieder zu ihr unter die Decke zu kriechen. „Ich werde aber rechtzeitig für unsere Fahrt zum Flughafen zurück sein, okay?"

Sie nickt und dreht sich, um zu mir aufzuschauen. Ihre grünen Augen funkeln in der Dunkelheit, und das kleine Lächeln, das sie mir schenkt, bringt mein Herz zum Schmelzen. „Ich werde dich vermissen."

Ihre Worte durchdringen mich, als wäre mein Herz aus Butter. Ich blähe meine Brust auf und sammle mich, bevor ich antworte: „Ich bin bald wieder da." Ich drücke ihr einen kurzen Kuss auf die Lippen und mache mich dann auf den Weg.

Die Wohnung meines Großvaters in Dundonald ist klein und ganz anders als die, in der er und meine Oma gewohnt haben, als diese noch am Leben war. Sie ist nüchtern und schlicht, wie eine echte Junggesellenbude. Alle Erinnerungen an sie sind aus seinem Leben verschwunden, bis auf ein kleines Foto von ihr auf dem Kaminsims. Nicht nur die Umgebung meines Großvaters hat sich verändert, sondern auch er selbst. Seit ihrem Tod ist er dünner geworden, und zum ersten Mal in meinem Leben sieht er tatsächlich wie ein Großvater aus.

Für einen Mann, der sagt, Frauen seien nichts weiter als eine Ablenkung, hat er sich den Verlust meiner Oma definitiv zu Herzen genommen. Ich kann es dem Mann nicht verübeln. Sosehr mein Opa auch sagte, dass Fußball das Wichtigste auf der Welt sei, wusste ich doch, dass er meine Oma über alles liebte. Vielleicht hat ihre Abwesenheit dazu beigetragen, dass er sich so schnell für Freya erwärmen konnte? Vielleicht sieht er, dass es mehr im Leben gibt als Fußball.

Ich sitze ihm am Küchentisch gegenüber, wir haben beide eine Tasse Tee in der Hand, und ich bereite mich im Geiste auf das Fußballgespräch vor, von dem ich sicher bin, dass es bald stattfinden wird.

Nichts hätte mich auf die vier Worte vorbereiten können, die schließlich aus seinem Mund kommen.

„Ich bin krank, Macky."

Ich runzle die Stirn, mein Körper verkrampft sich bei seinem ernsten Gesichtsausdruck. „Woran genau bist du erkrankt?"

Seine Augen fokussieren sich auf meine, als er antwortet: „Krebs."

„Was?", frage ich, lehne mich in meinem Stuhl zurück und stoße mich vom Tisch ab.

„Ich habe Krebs", wiederholt er, während er die Lippen vor Sorge schürzt.

Bei diesem Wort rutscht mir das Herz erneut in die Hose. Das K-Wort. Ich lasse meine Tasse Tee los und balle meine Hände im Schoß zu Fäusten. „Wie schlimm ist es?"

„Es ist schlimm", antwortet er mit ernster Miene. „Sie sagen, ich habe es wahrscheinlich schon seit Jahren. Deine Oma wollte immer, dass ich mich untersuchen lasse, und ich habe sie einfach ignoriert, weil ich ein verdammter Idiot bin."

„Mein Gott", antworte ich, während meine Augen versuchen, den Schock wegzublinzeln. „Also, was ist der Plan? Chemo? Bestrahlung? Operation?"

Großvater schüttelt den Kopf. „Nichts von alledem."

Ich erwidere sein Stirnrunzeln. „Warum nicht?"

Sein Mund verzieht sich zu einem grimmigen Lächeln, als er antwortet: „Er ist zu weit fortgeschritten, Junge."

„Was zum Teufel soll das bedeuten?", knurre ich, als Verleugnung und Verwirrung alle meine Sinne überwältigen.

„Hüte deine Zunge in meinem Haus", mahnt er und entspannt dann augenblicklich sein Gesicht. „Ich habe nur noch Monate, sagen sie. Vielleicht ein Jahr, wenn ich Glück habe."

„Monate?" Ich stehe vom Tisch auf, und das Geräusch des Stuhls, der über das harte Holz scharrt, ist laut in der stillen Schwere der Küche. „Du hast nur noch Monate zu leben?"

Ich fahre mir mit einer Hand durch die Haare und beginne, auf und ab zu gehen. Das kann doch nicht wahr sein. Mein Opa ist noch gar nicht so alt. Omas Verlust war schon schwer genug, und jetzt auch noch er? Das kann doch nicht wahr sein. Er kann verdammt noch mal nicht sterben. Noch nicht.

„Wir sollten eine zweite Meinung einholen", sage ich und schaue ihn mit großen Augen an.

Großvater schenkt mir ein trauriges Lächeln. „Das haben wir schon, Macky. Dein Vater, deine Mutter und sogar deine kleine Schwester haben mich im letzten Jahr zu allen möglichen Ärzten gebracht."

„Im letzten Jahr?" Meine Stimme ist heiser, als ich meine Hände auf dem Tisch ausbreite und ihn scharf ansehe. „Und keiner von euch wollte mir etwas davon erzählen?"

„Das war nicht nötig", erwidert er und starrt mich mit schmerz-verzerrtem Gesicht an. „Du brauchtest nicht noch etwas, das dich in deinem ersten Jahr in der Premier League aus dem Konzept bringt."

„Scheiß auf Fußball!", brülle ich, nehme meine Hände vom Tisch und fahre mir durch die Haare, während sich meine ganze Welt zu drehen beginnt.

Großvaters Stuhl kippt um, als er aufsteht, um sich direkt vor mich zu stellen. „Sag so einen Scheiß nicht in meinem Haus, ver-dammt noch mal!"

Ich atme zittrig ein, starre in seine wütenden Augen und fühle so viel Verrat, dass es körperlich wehtut. „Du hättest es mir sagen sollen."

Sein Gesicht wird weicher, sein Schutzschild aus steinerner Schottenhaftigkeit verschwindet vor meinen Augen. „Ich wollte es dir nicht sagen, bevor wir es nicht sicher gewusst haben."

Er streckt eine Hand aus, um meine Schulter zu berühren, und es fühlt sich an wie Säure auf meiner Haut, denn ich kann nur daran denken, dass ich diese Berührung nie wieder spüren werde. Dieser Mann ist mein ganzes Leben lang mein Held gewesen. Alles, was ich getan habe, war, um ihm zu gefallen. Ich weiß nicht, wie ich in einer Welt ohne ihn leben soll.

„Und was jetzt?", krächze ich. Meine Stimme verrät mich, wäh-rend mir die Tränen in die Augen schießen.

Großvater schnieft und wendet sich von mir ab, sein Kiefer zuckt, während er gegen seine eigenen Gefühle ankämpft. Er räuspert sich barsch und antwortet: „Nichts. Du spielst weiter Fußball und machst mich stolz. Und ich schaue dir weiter im Fernsehen zu und feuere dich an wie der überglückliche Idiot, der ich bin."

Mein Magen verdreht sich vor Schmerz und mein Großvater dreht sich zu mir um, mit einem Gesichtsausdruck, wie ich ihn noch nie zuvor gesehen habe. Er packt mich an den Armen und drückt mich an seine Brust, wobei er die Hände um mich legt und mir auf den Rücken klopft, während ich zu schluchzen beginne.

Scheiß drauf. Scheiß auf das Leben. Scheiß auf diesen ganzen Mist.

„Wage es ja nicht, um mich zu trauern, Macky", sagt er mit heiserer Stimme an meiner Schulter, während seine Hand meinen Hinterkopf umfasst. „Ich habe ein gutes Leben gelebt, und ich habe dich ein Leben entwickeln sehen, von dem ich nur geträumt habe. Ich bereue nichts", sagt er fest, zieht sich zurück und lächelt mich stolz aus geröteten Augen an. „Außer vielleicht, dass ich dich nie im Ranger-Trikot gesehen habe."

Er stößt ein ersticktes Lachen aus, und ich strecke eine Hand aus, um ihn wieder in meine Arme zu ziehen. Ich weiß, dass er scherzt, und ich weiß, dass er stolz auf mich ist. Aber er hat keine Ahnung, wie viel er für mich getan hat und wie viel ich für ihn tun würde.

KAPITEL 22

Freya

Die nächsten Tage mit Mac sind anders, als ich erwartet hatte. Er schläft immer noch jede Nacht bei mir, und wir haben immer noch jeden Tag den Sex, aber er ist nicht mehr so fröhlich wie sonst. Er ist nachdenklich und zerstreut. Und wenn ich ihn aufziehe, bringt er kaum ein Lächeln zustande.

Zuerst habe ich angenommen, dass es daran liegt, dass er diese Woche viel mehr trainiert als sonst, also ist er vielleicht einfach übermüdet. Aber dann haben wir uns neulich Abend *Heartland* angesehen und Hercules kam aus dem Nichts und sprang auf Macs Schoß. Mir fiel vor Erstaunen die Kinnlade herunter, denn seit dem Vorfall mit dem Brustwarzenlecken hat Hercules einen großen Bogen um Mac gemacht. Das ist also ein bedeutsames Ereignis, das einen Kommentar verdient hätte. Aber Mac schien davon völlig unbeeindruckt zu sein. Er streichelte Hercules einfach gedankenlos, als wäre es kein Problem. Der Mac, den ich kenne, hätte einen Witz darüber gemacht, dass Hercules aufpassen soll, wo er seine Zunge platziert.

Mit Mac stimmt etwas nicht. Etwas, das ich mit ihm besprechen muss.

An dem Abend, an dem ich mit ihm über alles reden will, passiert mir bei der Arbeit etwas Unglaubliches.

„Freya! Kannst du runterkommen und mit mir und Leslie reden, bevor du nach Hause fährst?", ruft Sloan die Treppe hinauf, als ich gerade das Licht ausschalte.

„Natürlich, ich komme schon runter."

Ich schnappe mir meine Tasche und mache mich auf den Weg nach unten, gerade als Leslie das „Geschlossen"-Schild im Fenster anmacht. Sie dreht sich um, schenkt mir ein breites Lächeln und deutet nach hinten, wo die Sofas bei den Umkleidekabinen stehen. Sloan sitzt dort und sieht sich die Bücher an, als Leslie und ich uns zu ihr gesellen.

„Was ist hier los?", frage ich neugierig.

Sloan klappt ihr Buch zu, schaut Leslie grinsend an und dann wieder mich. „Wir wollen deinen Pitch hören."

Ich runzle die Stirn. „Meinen Pitch?"

„Ja", sagt Leslie und schaut mich erwartungsvoll an. „Du hast in Schottland erwähnt, dass du Ideen hast, die du irgendwann mit uns besprechen willst. Nun …, jetzt ist irgendwann."

Mein Gesicht fällt. „Oh Gott, ich bin nicht bereit. Ich habe nichts vorbereitet. Meine Ideen sind wahrscheinlich scheiße."

„Verlogenes Miststück", erinnert Sloan mich, wobei sie wissend mit den Augenbrauen wackelt. „Wir sind Freundinnen, Freya. Wir brauchen keinen formellen Pitch. Sag uns einfach, welche Ideen du hast. Wir können es kaum erwarten, sie zu hören."

Mein Blick hüpft zwischen Sloan und Leslie hin und her, während in meinem Bauch die Nervosität hochkocht. Diese verlogene Stimme will mir sagen, dass meine Ideen nicht gut genug sind und ihnen nicht gefallen werden. Aber dann höre ich Macs Stimme sagen: *Deine einzigartige Brillanz verdient es, gesehen zu werden.*

Und Macs Stimme klingt viel heißer als dieses verlogene Miststück.

Ich greife in meine Tasche und ziehe mein Skizzenbuch heraus. Wird schon schiefgehen.

„Lieber Gott!", rufe ich aus, als ich mit dem größtmöglichen Lächeln in meine Wohnung stürme.

„Was ist los?", fragt Mac vom Sofa aus, wo er seit zwei Wochen jeden Tag auf mich wartet und wo ich ihn für den Rest meines Lebens haben möchte.

Moment, woher kommt das denn?

Ich schüttle den seltsamen Gedanken aus meinem Kopf und rufe: „Sloan und Leslie lieben meine Idee mit der Haustierkleidung!"

„Sie tun was?"

Ich nicke aufgeregt und setze mich zu ihm aufs Sofa. „Es war total seltsam. Sie riefen mich nach unten, bevor ich nach Feierabend gegangen bin, und baten mich, ihnen meinen Pitch zu geben. Zuerst dachte ich … was, ihr spinnt doch …, dann dachte ich, nein, ich höre nicht mehr auf diese verlogene, unsichere Stimme in meinem Hinterkopf."

„Das ist absolut brillant!", sagt Mac, und zum ersten Mal seit unserer Rückkehr nach London sehe ich ein echtes Lächeln in seinem Gesicht. „Also, was ist passiert?"

„Ich habe ihnen meine Skizzen gezeigt und sie fanden sie toll! Und sie lieben meine Instagram-Seite und denken, dass Hercules das Gesicht der Linie sein könnte, dass die Linie Pleasantly Plump Pets heißen sollte und sie reden darüber, meinen Änderungsbereich im Obergeschoss in eine Tierboutique umzuwandeln und anderswo eine Immobilie zu mieten und eine weitere Näherin einzustellen, und verdammte Scheiße, das könnte tatsächlich passieren. Ich könnte tatsächlich eine richtige Designerin sein!"

Ich greife in meine Tasche und hole die Flasche Champagner heraus, die ich auf dem Heimweg mitgenommen habe. „Das müssen wir feiern!"

„Auf jeden Fall!", sagt Mac, reißt mir die Flasche aus den Händen und bringt sie in die Küche.

Ich folge ihm, wobei ich immer noch erzähle, wie das Treffen gelaufen ist. Ich glaube, ich wiederhole mich, aber ich kann nicht anders. Ich bin einfach zu aufgeregt für originelle Worte.

Mac schenkt uns zwei Kätzchenbecher mit Champagner ein und

hält mir seine Tasse hin, wobei er sich mit seiner großen Statur über mich beugt, während er liebevoll auf mich herab lächelt. „Prost auf dich, Cookie. Ich wusste, dass du es in dir hast."

Wir stoßen mit unseren Tassen an und nehmen einen Schluck, während ich seine Bemerkung auf mich wirken lasse. Mac wusste es. Ich glaube, er hat es schon immer gewusst, und wenn er nicht gewesen wäre, hätte ich vielleicht nie das Selbstvertrauen gehabt, zu sagen, dass ich Ideen habe, die ich mit Sloan und Leslie teilen möchte. Dieser Moment, hier mit ihm in meiner Küche zu stehen und einen Erfolg mit jemandem zu feiern, der mir so viel bedeutet …, das ist unwirklich.

„Was ist los?", fragt Mac, streckt eine Hand aus und reibt mit dem Daumen über eine feuchte Spur auf meiner Wange, die ich gar nicht bemerkt habe. „Das ist eine gute Nachricht. Warum die Tränen?"

„Ich weiß, dass es eine gute Nachricht ist", sage ich, schniefe laut und halte seine Hand an mein Gesicht. „Ich werde das Gefühl nicht los, dass das alles ohne dich nicht passiert wäre."

„Mich?", fragt er und schaut mich ungläubig an. „Cookie, das warst alles du."

Seine Gesichtszüge werden weicher, während er weiterhin zärtlich meine Wange streichelt, als hätte er das schon sein ganzes Leben lang getan. Und der Ausdruck in seinen Augen, während er auf mich herabblickt, macht es wirklich schwer, diese verflixten Tränen aufzuhalten.

Meine Finger krallen sich in sein Hemd, während ich überlege, wie ich erklären soll, was ich bei ihm fühle. „Seitdem wir beide mehr Zeit miteinander verbringen, hast du mich auf eine Weise gefordert, wie ich es noch nie zuvor erlebt habe. Und du hast mich dazu gebracht, mehr als nur ein zeitverschwenderisches Hobby in meinen Skizzen zu sehen. Mit dir zusammen zu sein, hat mir ein Selbstvertrauen gegeben, das ich nie zuvor hatte. Mac, ich wüsste nicht, was ich ohne dich in meinem Leben tun würde."

Ich greife nach Macs Tasse und stelle sie zu meiner auf den Tresen, bevor ich meine Hände um seinen dicken Hals lege. Ich schaue nach oben und genieße seine Größe und Schönheit, während er mit einem Glitzern von Stolz in den Augen auf mich herabblickt. Ich möchte, dass er mich für immer so ansieht.

Dieser Gedanke bringt mich dazu, ihn auf meine Lippen zu ziehen.

Das ist kein sanfter, vorsichtiger Kuss, als würde man einen Zentimeter nach dem anderen ins Schwimmbecken gleiten. Es ist ein Kuss wie eine Arschbombe vom Sprungbrett, bei der man praktisch den Boden des Beckens erreicht, während sich unsere Zungen duellieren und ich mir erlaube, ihn mit schamloser Hingabe zu küssen, während wir das Stöhnen des anderen verschlucken.

Macs Hände legen sich um meine Taille, gleiten über meinen Hintern und umschließen ihn fest, während er mich an seinen harten Schritt zieht. Die besitzergreifende Umarmung umgibt mich mit seinem köstlichen, männlichen Duft, den ich überall auf meinem Körper haben möchte. Gierig ahmen meine Hände die seinen nach und ziehen ihn fester an mich heran. Es ist eine Art Beanspruchung, während meine Hände über seine köstliche Stärke gleiten. Das ist nicht genug. Ich brauche mehr.

Gott, ich will diesen Mann. Meinen besten Freund, in den ich wahnsinnig verliebt bin und von dem ich glaube, dass er vielleicht auch in mich verliebt ist. Dieser Gedanke lässt mir einen Schauder über den Rücken laufen, denn ist das möglich? Könnte ich das wirklich haben? Diese Art von tiefer, seelenerschütternder Liebe?

Die Emotionen überwältigen mich, und ehe ich mich versehe, verlassen wir die Küche und gehen den Flur hinunter, wobei wir uns auf dem ganzen Weg unbeholfen entkleiden. Unsere Münder sind miteinander verschmolzen, als würden wir ohne die Lippen des anderen nicht mehr atmen können, und dennoch sehne ich mich nach mehr von ihm.

Wir sind nackt, als wir mein Bett erreichen, und als ich mich auf den Rücken lege und darauf warte, dass er sich auf mich legt, fühlt es sich wieder wie beim ersten Mal an. Welch andere Menschen wir beide in jener Nacht waren. Ich ängstlich und unsicher, er langsam und vorsichtig. Jetzt bewegen wir uns zusammen wie eine Einheit, wir beide kennen den Körper des anderen so genau, dass eine einzige Berührung genügt, um unsere Herzen in Flammen zu setzen.

Mac hält sich über mir und liebkost meine Brüste, während meine Finger wild durch sein üppiges Haar fahren. Seine Lippen bewegen sich über meinen Bauch, während er mit seiner seidigen Zunge über meine Haut und schließlich meinen Hals hinauffährt, als könne er nicht genug von mir bekommen. Die Küsse machen mich absolut wahnsinnig, und wenn er nicht bald in mich eindringt, werde ich den Verstand verlieren.

„Ich brauche dich, Mac", keuche ich, ziehe ihn an meine Lippen und küsse ihn fest und schnell. „Ich brauche dich in mir. Jetzt."

Er schaut nach unten, als ich meine Faust um seine Länge lege und ihn an meinem Schritt positioniere. Ein tiefes, kehliges Geräusch aus seinem Mund lässt meine Brust vibrieren, als er zusieht, wie er Zentimeter für Zentimeter in mir verschwindet. Durch seine Dicke fühle ich mich eng und voll, während er tief in mir ist, mein Körper ist in jeder Hinsicht eine perfekte Form für seinen.

Ich hebe ihm meine Hüften entgegen, denn ich brauche das Gefühl der Reibung, ich muss diesen Höhepunkt in mir erklimmen. Macs Finger verschränken sich mit meinen, während er meine Hände aufs Bett drückt und mich daran hindert, ihn zu berühren, während er in mich stößt und weiterhin beobachtet, wie sich unsere Körper verbinden.

Es fühlt sich gut an, ist aber nicht genug. Ich brauche mehr. Ich brauche ihn.

„Mac, sieh mich an", keuche ich, meine Stimme heiser und voller Verlangen. Er soll sehen, was er mir antut. Wie er mich fühlen lässt.

Er ignoriert mich und stößt weiter in mich hinein, als wäre mein Becken seine einzige Sorge.

„Mac", rufe ich und schließe meine Schenkel um seine Hüften, um seine Bewegungen zu stoppen.

Sein Kopf ruckt hoch, seine grünen Augen suchen meine.

„Ich möchte, dass du mich ansiehst", sage ich mit fester Stimme, während meine innere Stimme ihre Muskeln dehnt.

Ein schmerzlicher Ausdruck huscht über sein Gesicht und ist in Sekundenschnelle wieder verschwunden.

Aber ich habe ihn gesehen.

Ich habe diesen Zweifel, dieses Zögern gesehen. Diese … Reue?

Was war das? Wo ist sein Kopf jetzt gerade? Worüber denkt er nach?

Mac schaut wieder auf unsere Körper hinunter, aber die Erinnerung an sein Gesicht nagt an einem Teil meiner Seele.

„Mac", flüstere ich seinen Namen, während ich meine Hände aus seinem Griff befreie. Ich greife nach oben und umfasse sein Gesicht, zwinge ihn, mich anzusehen, während ich krächze: „Warum willst du mich nicht ansehen?"

Er schüttelt den Kopf, als würde ich mir das ausdenken.

Ich halte sein Gesicht fester. „Warum?", frage ich erneut, wobei meine Stimme am Ende bricht. „Was stimmt nicht mit mir?" *Verdammt, dieses verlogene Miststück.*

„Nichts, Freya", sagt er. Sein Blick ist voller Rührung, während er zwischen meinen Augen hin und her blickt. „Es ist alles in Ordnung mit dir." Sein Mund verzieht sich zu einem schiefen Lächeln. „Du bist meine beste Freundin."

Seine Worte treffen mich tief in der Seele, und sie sind die Bestätigung dafür, dass das mehr ist als nur Sex zwischen uns. Es ist der Aufbau eines unzerstörbaren Bandes, das noch tiefer geht als Liebe.

Mac starrt mir direkt in die Augen, während er sich langsam in mir bewegt – vorsichtig, anerkennend und suchend. Auf der Suche nach dem letzten Teil unserer Seelen, der noch uns gehört. Ich schaue ihn mit dem gleichen Gefühl der Verwunderung an, das meinen ganzen Körper durchströmt.

Das ist Liebe. Das sind wir. Das ist Glück.

Plötzlich stößt er härter und schneller in mich hinein, seine Finger graben sich in meine Haut, während seine Augen wie Laser auf meine gerichtet sind. Er sieht mich an, aber sein Gesicht ist verändert. Es ist irgendwie gequält, als er einen Teil von sich preisgibt, von dessen Existenz ich nicht wusste. Einen dunklen, nackten Teil, der empfindlich und verletzlich ist, sogar für mich.

Es ist intensiv.

Es ist das, was ich wollte, aber es ist mehr, als ich erwartet habe.

„Freya", stöhnt Mac, was bis in mein Innerstes vibriert, als er seine Stirn auf meine drückt. „Gott, Freya. Du bedeutest mir so viel."

„Mac", schreie ich, denn seine Worte treiben meinen Körper in den Wahnsinn und zwingen mich, ihn fest zu umklammern, um mich dann in bebenden Wellen der Lust zu lösen.

Sein Gesicht fällt zu meinem Hals, während er sich darauf vorbereitet, sich aus mir herauszuziehen.

„Bleib einfach drin", flehe ich und verschränke meine Knöchel hinter seinem Rücken, um ihn in mir zu halten. Ein schmerzhaftes Gefühl der Verzweiflung überwältigt mich, als würde ich ihn nie wieder zurückbekommen, wenn ich ihn jetzt rausließe. „Ich will, dass du in mir kommst."

Mac zieht sich zurück und schaut mich verwirrt an. „Bist du sicher? Können wir das tun?"

Ich nicke. „Ja, wir sind sicher, und ich will dich spüren. Alles von dir."

Macs Mund öffnet sich, und seine Lippen senken sich auf meine, während sich sein ganzer Körper auf mir anspannt und er seine Erlösung in mir herausstöhnt. Es ist ein intimes Gefühl, eines, von dem ich nicht wusste, dass ich es so sehr genießen würde, während ich ihn an meinen Körper drücke und das wilde Klopfen seines Herzens auf meinem genieße. Ich will das. Ich will das und mehr, und hoffentlich ist das erst der Anfang.

KAPITEL 23

Mac

Meine Stimme ist steif und sachlich, als ich Santino in seinem Büro beim Bethnal Green F. C. gegenübersitze. „Ich möchte offiziell die Verhandlungen über meinen Wechsel zum Rangers Football Club eröffnen." Ich schlucke den schmerzhaften Satz herunter, von dem ich nie gedacht hätte, dass ich ihn jemals sagen würde, und füge dann hinzu: „Mein Agent hat mit dem Manager der Rangers gesprochen, und sie sind interessiert, wenn der Preis stimmt."

Santino lehnt sich in seinem Stuhl zurück, sein dunkles, gegeltes Haar glänzt im Schein der Deckenbeleuchtung. „Wovon zum Teufel redest du da?"

Ich räuspere mich und gebe mein Bestes, um zwischen zusammengebissenen Zähnen hervorzustoßen: „Meine Entscheidung ist endgültig."

Santino starrt mich an, als hätte ich zwei Köpfe und blinzelt dann schnell, während er seine Ellbogen auf dem Schreibtisch abstützt. „Warum in aller Welt würdest du die Premier League aufgeben, um nach Glasgow zu gehen? Unserem Verein geht es glänzend. In der letzten Saison hätten wir fast den FA-Cup gewonnen, und mit den neuen

Spielern, die wir dieses Jahr geholt haben, können wir ihn auch tatsächlich gewinnen.“

Die Erinnerung daran jagt mir einen Stich des Bedauerns durch den Magen, denn trotz der Zuversicht, die ich in meine Entscheidung setze, ist es eine verdammte Qual, das Team zu verlassen, das ich inzwischen als meine Familie betrachte – gerade als wir anfangen, unseren Höhepunkt zu erreichen. „Es ist persönlich.“

Santino fixiert mich mit funkelndem Blick. „Wie persönlich kann das sein? Hast du irgendein Mädchen in den Highlands geschwängert? Ich sag's dir, Kumpel, wir können uns von London aus um sie kümmern.“

Blinde Wut schießt durch meinen Körper. „Du hast vielleicht verdammte Nerven, ausgerechnet mir gegenüber solche Witze zu reißen.“

Santino wird blass und verliert jeglichen Humor in seinem Gesicht, als hätte er alles vergessen, was vor nur drei Jahren passiert ist. Er schluckt langsam und atmet durch die Nase aus. „Hör zu, Maclay, ich weiß, du hasst mich für die Ereignisse der Vergangenheit. Aber in den letzten drei Jahren bin ich dir aus dem Weg gegangen, und du bist mir aus dem Weg gegangen. Lass uns jetzt nicht persönlich werden.“

„Du bist mir nicht aus dem Weg gegangen, als du beschlossen hast, mit meiner besten Freundin auszugehen“, blaffe ich, wobei ich mich bemühen muss, nicht über den Tisch zu springen und ihn zu Brei zu schlagen.

Wir mustern uns einen Moment lang schweigend, bevor Santino antwortet: „Ich wusste nicht, wie nahe du und Freya euch steht. Keiner aus dem Team hatte eine Ahnung von deiner Beziehung zu ihr. Glaub mir, wenn ich dir sage, dass ich mich so weit wie möglich von ihr ferngehalten hätte, wenn ich das gewusst hätte.“

Meine Nasenflügel blähen sich auf. „Ich wünschte, du hättest meiner Schwester gegenüber die gleiche Höflichkeit erwiesen.“

Santinos Augen werden schmal. „Du weißt nicht, wovon du redest, wenn es um Tilly und mich geht.“

„Ich weiß alles, was ich wissen muss.“

„Das tust du nicht“, knurrt Santino, die Hände auf dem Tisch zu Fäusten geballt. „Was zwischen uns passiert ist, war ein komplizierter Fehler.“

„Ein Fehler, den du verdammt noch mal beenden wolltest", zische ich und packe die Armlehnen des Stuhls, als könnte ich das Holz zu Staub verwandeln.

Santino lehnt sich zurück und schüttelt den Kopf. „Du kennst nicht die ganze Geschichte, und ich werde sie dir auch nicht erzählen. Auch das ist persönlich, und ich schulde dir nichts, Maclay. Deiner Schwester schulde ich sehr viel."

„Hast du deshalb das verdammte Geld nach Schottland geschickt, damit sie in einer Privatklinik abtreiben kann, du verdammter Mistkerl?", knurre ich, stehe auf und schiebe meinen Stuhl zurück.

Santino steht ebenfalls auf, seine dunklen Augen sind zu Schlitzen verengt, als er mich anstarrt. „Ich habe getan, was ich für richtig hielt."

„Du hast getan, was für dich bequem war!", schnauze ich, die Oberlippe vor Abscheu zurückgezogen. „Hätte sie keine Fehlgeburt gehabt, was hättest du dann getan? Sie gezwungen, das Leben dieses kleinen Kindes zu beenden? Was für ein verdammtes Monster bist du?"

Santino atmet zittrig ein. „Das geht dich nichts an."

„Meine Schwester und meine Familie gehen mich hundertprozentig etwas an."

„Dann sprich mit ihr darüber", knurrt Santino, der zum ersten Mal seit meiner Ankunft seine stählerne Gelassenheit verliert.

„Sie tut so, als wäre es nie passiert", rufe ich und schüttle angewidert den Kopf. „Was auch immer du ihr angetan hast, es hat sie verändert, und dafür werde ich dich hassen, bis ich sterbe."

Wir stehen einander schwer atmend gegenüber, während die Spannung zwischen uns vibriert.

„Was willst du von mir?", fragt Santino und sein Gesicht sieht zum ersten Mal seit meiner Ankunft in seinem Büro verzweifelt aus.

„Du musst diesen Transfer nach Schottland mit Vaughn durchziehen."

Ich kann den Gedanken nicht ertragen, meinem Boss Vaughn gegenüberzutreten und ihm von meiner Entscheidung zu erzählen. Ich kann mich noch nicht einmal dazu durchringen, es Roan zu sagen. Sosehr ich auch weiß, dass dies die richtige Entscheidung für mich ist, weiß ich doch, dass jeder, dem ich etwas bedeute, versuchen würde, sie mir auszureden. Zur Hölle, selbst die Harris-Brüder würden sich wahrscheinlich zusammentun und einen ihrer lächerlichen Harris Shakedowns veranstalten.

Aber die Wahrheit ist, dass es das Beste für meine Familie und mich ist. Und ich werde es nie bereuen, meinem Großvater seinen letzten Wunsch erfüllt zu haben.

„Maclay, wenn ich Vaughn für diese verrückte Idee gewinnen will, brauche ich einige Informationen."

Mein Kiefer verkrampft sich, und der Muskel in meiner Wange zuckt vor Anspannung. Da ich weiß, dass ich wahrscheinlich nicht damit durchkomme, nichts preiszugeben, antworte ich: „Mein Opa und ich stehen uns sehr nahe. Ich habe gerade erfahren, dass er todkrank ist, und es ist sein letzter Wunsch, mich in einem Ranger-Trikot zu sehen."

Santinos Augenbrauen sinken nach unten. „Scheiße."

„Ja, Scheiße", erwidere ich, räuspere mich und werfe ihm einen ernsten Blick zu. „Du musst nur dein Anwalts-Ding durchziehen und Vaughn davon überzeugen, dass dieser Wechsel das Beste für ihn ist. Ich kenne ihn. Er wird versuchen, sich mir gegenüber väterlich zu verhalten, aber ich bin fest entschlossen. Und nach allem, was du meiner Familie angetan hast, ist dieser Deal das Mindeste, was du tun kannst."

Santino starrt mich einen Moment lang an, als wolle er mit mir streiten. Als wolle er mich davon abhalten, obwohl ich ihn hasse und es für uns beide das Beste wäre, weit voneinander entfernt zu sein. Aber dann nickt er und sagt: „Gut. Es ist deine Karriere, schätze ich." Er tritt zurück und steckt die Hände in die Hosentaschen. „Ich werde mit Vaughn sprechen, und wir werden diesen Deal auf die eine oder andere Weise abschließen. Die weiteren Verhandlungen werden zwischen deinem Agenten und uns geführt, sodass du und ich nicht mehr miteinander sprechen müssen."

„Gott sei Dank", stoße ich hervor und drehe mich, um aus seinem Büro zu gehen. Ich halte inne, als ich den Türknauf festhalte und sehe ihn an. „Und es versteht sich von selbst, dass du dich nach meinem Weggang von Freya fernhältst."

Santino schüttelt den Kopf. „Geh einfach."

„Ich muss es von dir hören." Ich drehe mich auf dem Absatz um, um ihn zu mustern. Das ist es, was mir am Verlassen von London am meisten Angst macht, und ich brauche irgendeine Form von Trost, wenn es um sie geht. Sonst weiß ich nicht, ob ich das alles durchstehen kann. „Die Harris-Brüder haben mir versichert, dass du ein Mann bist, der zu seinem Wort steht, also sag es, verdammt."

Santino atmet schwer aus und fixiert mich mit funkelndem Blick. „Ich werde mich von Freya fernhalten."

Mit einem zufriedenen Nicken drehe ich mich um und verlasse sein Büro sowie den Bethnal Green F. C. – möglicherweise für immer.

KAPITEL 24

Freya

Letzte Nacht war die erste Nacht seit Beginn unserer Vereinbarung, in der Mac und ich nicht zusammen waren. Allie und Roan wollten in der Nacht vor ihrer Hochzeit getrennt sein, also kam Allie zu mir, und Mac ging zurück zu seiner Wohnung. Ich habe ihn mehr vermisst, als ich zugeben sollte. Es ist unglaublich, wie sehr ich in nur wenigen Wochen von seiner Wärme in meinem Bett abhängig geworden bin. Meine Güte, wie sich die Dinge geändert haben.

Jetzt sind wir nur noch Stunden davon entfernt, gemeinsam durch die Kirche zu gehen, und ich spüre eine überwältigende Angst davor, Mac wiederzusehen. Es ist fast so, als hätte ich Angst, dass eine getrennte Nacht den Bann brechen könnte, in dem wir uns befinden, und dass er mich ansieht und erkennt, welchen Fehler er mit mir gemacht hat. Und die Tatsache, dass wir die ganze Woche über nicht mehr darüber gesprochen haben, was unsere Beziehung ist, tröstet mich auch nicht wirklich.

Ich schüttle diese melancholischen Gedanken ab und starre meine umwerfende Freundin Allie an. Sie sieht wunderschön aus in ihrem gestuften Hochzeitskleid aus Tüll. Das Oberteil hat einen tiefen

V-Ausschnitt mit einer komplizierten Spitzenapplikation, die ich mit Leslie von Hand genäht habe. Ihre goldblonden Locken sind halb hochgesteckt, und ihr Make-up ist strahlend und absolut perfekt.

Ich trage ein rosafarbenes Chiffonkleid, das ebenfalls von Leslie angefertigt wurde. Es ist ein griechisch inspiriertes Kleid mit einem Schlitz auf der Vorderseite und einem weichen V-Ausschnitt mit schulterfreien Rüschen, die sich um meine Arme wickeln.

Es ist lustig, dass dies der Tag ist, wegen dem ich mir bezüglich eines Dates überhaupt so viele Gedanken gemacht habe. Dieser Tag hier ist der Grund, warum Mac anfing, mich zu coachen, der Grund, warum Mac mich in seinem Schlafzimmer küsste, der Grund, warum Mac mein Date mit Santino sabotierte, und der Grund, warum ich Mac sagte, dass ich noch Jungfrau sei und wir anfingen, miteinander zu schlafen.

Dieser Tag war der Grund, warum ich mich in meinen besten Freund verliebt habe.

Doch trotz all dieser neuen Erfahrungen und Gefühle kann ich nicht anders, als Allie und mich im Spiegel nebeneinander zu sehen und zu denken: *Immer die Brautjungfer, nie die Braut.*

„Okay, meine Damen. Es ist fast so weit", sagt die Hochzeitsplanerin, die ihren Kopf durch die Tür der Garderobe steckt, wo wir in der Londoner Temple Church warten. „Die letzten Gäste werden zu ihren Plätzen geleitet, und dann komme ich zurück und hole euch beide."

Sie eilt davon, und ich wende mich an Allie, die mit ihrem Strauß rosa Rosen herumfuchtelt. „Bist du nervös?"

„Ich bin nicht nervös", antwortet sie und hebt die Blumen an ihre Nase. „Ich bin nur bereit, es hinter mich zu bringen."

Meine Lippen verziehen sich zu einem Lächeln. „Das ist eine lustige Art, seinen Hochzeitstag zu betrachten."

Allie rollt mit den Augen. „Ich bin einfach bereit, mein Leben mit Roan zu beginnen, weißt du? Dieser Tag ist aufregend, aber ich bin mehr an den normalen Tagen interessiert. Die Tage, an denen wir uns auf dem Weg zur Arbeit einen Abschiedskuss geben, oder wenn ich ihn vom Flughafen abhole, nachdem er eine Weile im Ausland gespielt hat. Oder auch die Abende, an denen wir uns darüber streiten, was wir zu Abend essen sollen. Darauf freue ich mich am meisten. Ist das seltsam?"

Ich lächle und schüttle den Kopf. „Nicht seltsam. Du beschreibst nur Zufriedenheit."

Allie nickt. „Zufriedenheit. Ja. Das ist es, wozu ich bereit bin. Langweilige und schmerzhaft gewöhnliche Zufriedenheit."

Mein Lächeln fällt, als ich feststelle, dass ich in den letzten Wochen mit Mac zufriedener war als in meinem ganzen Leben. Jetzt weiß ich nicht, was ich fühle.

Allie scheint meinen Stimmungsumschwung zu bemerken. „Was ist mit dir und Mac los?"

„Nichts." Ich schüttle den Kopf. „Heute ist dein Tag, und wir sollten über dich reden."

Allie fixiert mich mit ihrem Blick. „Freya, wenn es mein Tag ist, können wir darüber reden, worüber ich reden will, und ich will über dich und Mac reden."

Ich rolle mit den Augen und zucke mit den Schultern. „Ich weiß es nicht genau. Ich dachte, dass Schottland der Anfang von etwas Großem für uns sein würde. Aber seit wir wieder in London sind, ist er so distanziert." Ich sehe zu ihr auf, wie sie mich im Spiegel beobachtet, und zucke mit den Schultern. „Wie kann man spüren, dass sich jemand von einem entfernt, wenn er buchstäblich direkt neben einem steht?"

Allie zieht die Augenbrauen zusammen. „Vielleicht braucht sein Kopf nur Zeit, um mit seinem Herz gleichzuziehen?"

Ich nicke und versuche, ihre Worte als Wahrheit zu akzeptieren. Sie ähneln denen, die ich mir immer wieder gesagt habe.

„Meine Damen, es ist so weit!", sagt eine Stimme.

Allie sieht mich lächelnd an. „Lass uns meine langweilige und schmerzhaft gewöhnliche Zufriedenheit holen, ja?"

Wir gehen durch mehrere Gänge, bis wir die Vorhalle vor dem Kirchenschiff erreichen. Hier herrscht ein ziemliches Chaos, denn Allie hat beschlossen, dass alle Kinder ihrer Cousins Blumenmädchen und Ringträger sein sollen, und die Harris-Ehefrauen tun ihr Bestes, um ihre bezaubernden Kinder an ihren Platz zu rücken.

Da ist zunächst Sloans Tochter Sophia, die wie ich ein blassrosa Kleid trägt. Sie hält den Griff eines kleinen, mit Tüll verzierten Wagens, in dem die einjährigen Kinder von Belle und Indie, Joey und Bex, sitzen. Dann ist da die dreijährige Rocky von Vi, die gerade ihr Körbchen mit

Blumenblättern umkippt, während ihre Mutter versucht, diese wieder einzusammeln. Dann sind da noch die Zwillingsjungen von Booker und Poppy, Teddy und Oliver, die sich gerade um das Ringkissen streiten, das zum Glück mit falschen Ringen versehen ist, denn niemand würde diesen beiden kleinen Teufeln jemals teuren Schmuck anvertrauen. Und schließlich ist da der Kleine von Sloan und Gareth, Milo, der eigentlich im Wagen sitzen sollte, aber gerade vor Sloan wegläuft, als würde seine Hose brennen.

Sie alle sind bezaubernde kleine Albträume in weißen Kleidern und Smokings, und ich schaue zu Allie hinüber, die über die sich abspielende Szene lacht.

Die Hochzeitsplanerin stellt mich zum Eintreten auf. „Du gehst zuerst, und diese kleinen Schrecken werden folgen, so Gott will."

Die Orgel schwillt mit einem Musikwechsel an und die Türen öffnen sich zu einer vollen Kirche. Die Harris-Brüder stehen in der ersten Reihe und strecken ihre Köpfe aus der Menge, um zu sehen, wie es ihren Kleinen hinter mir geht. Die Hochzeitsplanerin gibt mir einen Schubs, und ich tue mein Bestes, um elegant durch den Gang zu schreiten.

Ich sehe Roan zuerst, sein Lächeln breit und echt, als er mir in die Augen sieht. Mein Blick wandert langsam an ihm vorbei zu Mac. Er trägt einen schicken Smoking, der perfekt sitzt, weil ich ihn selbst angepasst habe. Sein erdbeerblondes Haar ist frisch geschnitten und sauber gestylt, was ihm ein kultiviertes Aussehen verleiht, das so gar nicht zu dem wilden Schotten passt, der in seinem Inneren lebt, wie ich weiß.

Während seine Augen meinen Körper anstarren, kann ich nicht anders, als mir vorzustellen, wie es sich anfühlen würde, wenn dies mein Hochzeitstag wäre. Wenn ich als Braut statt als Brautjungfer zum Altar schritte. Eigentlich sollte ich bei dieser Vorstellung Schmetterlinge im Bauch haben, aber stattdessen rutscht mir das Herz in die Hose. Vor Mac hatte ich keine Träume von einem Happy End. Ich habe mir nicht gewünscht, dass ein Mann um meine Hand anhält, und ich habe auch nicht darüber nachgedacht, wie ich mich fühlen würde, wenn ich vor den Altar träte, um ihn zu heiraten. Jetzt, wo ich mich in ihn verliebt habe, hat sich das alles geändert.

Ich will mehr.

Und das ist beängstigend.

Als ich Mac gegenüberstehe, sieht er mich einen Moment lang liebevoll an, bevor er mit dem Mund das Wort „hübsch" formt. Und schon rutscht mein Herz noch tiefer, als er mich angrinst, als hätte er mich nackt gesehen. Nun, denn das hat er.

Ich lächle zum Dank und wende mich von ihm ab, aus Angst, dass er die Hoffnungen und Träume sieht, die mir ins Gesicht geschrieben stehen und ihn abschrecken könnten. Er kann nicht einmal zugeben, in einer Beziehung mit mir zu sein, also muss ich ihm sicherlich nicht mitteilen, dass ich von unserem Hochzeitstag fantasiere.

Die Musik ändert sich und lenkt die Aufmerksamkeit auf die Harris-Kinder, die den Gang hinunterkommen. Es herrscht völlige Anarchie, als Sophia mit dem Wagen über Teddys Fuß rollt und er zu weinen beginnt. Poppy muss ihn retten, während Rocky versucht, sich im Kreis durch den Gang zu drehen. Joey und Bex scheinen mehr daran interessiert zu sein, an ihren Tüllkleidern zu lecken, als auf die Show um sie herum zu achten, während Milo immer noch versucht, aus dem Wagen zu entkommen. Es ist wirklich das bezauberndste Durcheinander, das ich je gesehen habe, und die ganze Kirche lacht darüber.

Vi, Sloan, Poppy, Belle und Indie müssen schließlich neben ihnen herlaufen, während ihre Ehemänner in den Gang gehen, um die Kleinen zu ermutigen, voranzukommen. Es ist wirklich süß, als würde man die bezauberndsten Kätzchen überhaupt hüten.

Sobald die Kinder mit ihren Eltern ihre Plätze eingenommen haben, wechselt die Musik und Allie ist an der Reihe, zum Altar zu schreiten.

Ihr Vater sieht stoisch aus, als er seine Tochter zu ihrem Verlobten führt. Ich werfe einen Blick auf Roan, und sein Gesicht ist ein Bild des Glücks, während er auf seine Braut wartet. Allie und Roan hatten eine stürmische Romanze, die irgendwann fast auseinandergerissen wurde, aber sie haben wieder zueinander gefunden.

Die Zeremonie ist wunderschön, und in der ganzen Kirche werden Tränen vergossen, sogar von Mac, der sich so sehr für seinen Freund freut, dass ich wieder ein Fünkchen Hoffnung schöpfe.

Wir machen uns auf den Weg zum Empfang, und es ist ein dunkles, romantisches Schauspiel mit schummriger gelber Beleuchtung und blassrosa und weißen Blumen, die aus hohen, spitz zulaufenden Vasen fallen. Der Raum sprüht vor Freude über das Brautpaar, als wir zum Abendessen Platz nehmen.

Nachdem wir Allie und Roan bei ihrem ersten Tanz als Paar zugesehen haben, bittet der DJ andere Paare auf die Tanzfläche.

Plötzlich legen sich Macs große Hände von hinten um meine Taille. „Ich weiß, du hältst mich für einen miesen Tänzer, aber würdest du mir trotzdem die Ehre erweisen, Cookie?"

Ich lächle und lehne meinen Kopf nach hinten an seine Brust. „Ich dachte, du würdest nie fragen."

Er nimmt mich in die Arme, und ich lege meine Hände in seinen Nacken, während er uns zu den anderen Paaren führt. Meine Wange ruht auf Macs Brust, während wir langsam tanzen und unsere Körper wieder zusammenfinden, nachdem wir nur vierundzwanzig Stunden getrennt waren.

„Ich habe dich letzte Nacht vermisst", sage ich, lehne mich zurück und lächle zu ihm hoch.

Macs samtene Augen sind scharf auf meine gerichtet, als er mir eine Haarsträhne hinters Ohr streicht. „Aye, ich habe dich auch vermisst."

Ich schmiege mich in seine Berührung. „Ich habe mich in den letzten Wochen irgendwie an dein Schnarchen gewöhnt."

Er lächelt, aber es erreicht nicht seine Augen.

„Kommst du heute Abend zu mir nach Hause?"

Mac wendet den Blick ab und legt die Stirn in Falten, als er antwortet: „Ich glaube nicht."

„Ich schätze, wir könnten zu dir gehen, da Allie und Roan nicht zurückkommen werden", erwidere ich und kämme meine Finger durch sein Haar. Ich ziehe ihn runter, um ihm ins Ohr zu flüstern. „Jetzt wäre vielleicht ein guter Zeitpunkt, dir zu sagen, dass ich unter diesem Kleid keinen Slip trage."

Mac stöhnt und schüttelt den Kopf, sein Körper verkrampft sich unter meinen Händen. Ich lächle und schaue noch einmal hoch, da das Verlangen in seinem Gesicht sehen will, an das ich mich gewöhnt habe. Mein Lächeln verblasst, als ich die Härte in seinen Augen bemerke, die überall hinschauen, nur nicht zu mir. „Ich denke, es wäre vielleicht besser, wenn wir heute Nacht getrennt bleiben."

Mein Mund öffnet sich überrascht. „Warum?"

Mac schluckt etwas herunter, das wie ein schmerzhafter Kloß in seinem Hals aussieht. „Ich habe ein paar Neuigkeiten."

Ich ziehe die Augenbrauen zusammen. „Okay ... Welche Neuigkeiten?"

Er wendet seinen Blick von mir ab, als könnte er es nicht ertragen, mir in die Augen zu sehen, als er antwortet: „Ich bin dabei, zu den Glasgow Rangers zu wechseln."

Mein Körper erstarrt, meine Füße halten in ihrer Bewegung inne. „Was meinst du mit ‚wechseln'?"

Er atmet schwer aus und sieht mich mit einer Kälte in den Augen an, die ich noch nie zuvor gesehen habe. „Es bedeutet, dass ich diese Saison für sie spielen werde. Nicht für Bethnal Green."

„Okaaay", antworte ich langsam, während ich versuche, diese Information zu verarbeiten. „Also, wie funktioniert das? Heißt das, du ziehst nach Schottland?"

„Aye. Ich gehe am Montag nach Glasgow, um einen Fitnesstest zu machen, der wahrscheinlich gut ausfallen wird, und danach werde ich mir ein paar Wohnungen ansehen ..."

„Moment mal", unterbreche ich ihn lachend und löse meine Arme von seinem Hals. „Du ziehst also wirklich um? Nach Glasgow?"

Er blinzelt einmal. „Aye."

„Warum?", frage ich. Ich beginne, mich schwach zu fühlen, als mir diese Nachricht durch den Kopf geht und mein Herz droht, mir aus der Brust zu schlagen.

Er ballt die Hände zu Fäusten. „Weil ich einen neuen Vertrag unterschrieben habe."

„Warum hast du einen neuen Vertrag unterschrieben?", frage ich und verschränke abwehrend die Arme vor der Brust. „Du hast großartig für Bethnal Green gespielt. War das die Idee von Vaughn Harris? Ich kann mir nicht vorstellen, dass er das absichtlich getan hat. Die Harris-Familie liebt dich. Du bist eine Bereicherung für das Team! Ich werde Vi mit ihm reden lassen ..."

Ich verlasse die Tanzfläche, um mich auf die Suche nach einem Harris-Familienmitglied zu machen, denn jeder von ihnen wird sicher etwas dazu zu sagen haben.

Mac packt mich am Arm und wirbelt mich zu sich herum. „Es war nicht Vaughns Idee, Freya. Es war meine."

„Deine Idee?" Ich stoße ein ungläubiges Lachen aus. „Warum solltest du für Glasgow spielen wollen? Dein ganzes Leben spielt sich in London ab."

Macs Lippen werden schmal, und er schaut weg, bevor er antwortet: „Mein Großvater ist krank."

Mir rutscht das Herz in die Hose, als ich begreife, was er mir da erzählt. „Wie krank?", schaffe ich es zu flüstern, während ich mich aus Mitgefühl an seinen Unterarmen festhalte.

„Die sterbende Art von krank", schnauzt er und seine kehlige Stimme lässt mich zusammenzucken, während in seinem Kiefer wütend ein Muskel zuckt. Er zieht sich vor meiner Berührung zurück. „Er hat nur noch wenige Monate zu leben, und du weißt besser als die meisten anderen, wie meine Beziehung zu ihm ist. Also mache ich diesen Wechsel für ihn. Das steht nicht zur Diskussion."

„Oh mein Gott, Mac. Es tut mir so, so leid", antworte ich, während mir diese neue Information durch den Kopf geht. „Also …, du lässt dich wechseln, um ihm nahe zu sein. Okay, das ergibt Sinn."

Er blinzelt langsam. „Aye, das ist das Beste für meine Familie."

„Okay, das verstehe ich." Ich nicke, während mir die Tränen in die Augen schießen. Ich greife wieder nach Mac, denn das Bedürfnis, ihn zu trösten und mich zu erden, ist wie ein Reflex in meinem Körper. Aber etwas in seinem Gesichtsausdruck hält mich davon ab. „Also dann …, wo passe ich in dieser Sache hinein?"

Mac sieht mich einen Moment lang vorsichtig an. „Als … eine Freundin. Du und ich sollten sowieso wieder Freunde werden, wenn unsere Vereinbarung vorbei ist. Ich beende sie nur früher."

„Das kann nicht dein Ernst sein", krächze ich und lasse meine Hände sinken, während ich einen Schritt von ihm zurücktrete. „Du wechselst zu einem anderen Team und bist jetzt einfach … fertig mit uns?"

„Ich bin nicht fertig mit uns. Wir werden wieder Freunde sein wie früher", antwortet er mit flacher, emotionsloser Stimme. „Mein Opa ist jetzt das Wichtigste, und ich werde deswegen kein schlechtes Gewissen haben."

„Ich will dir kein schlechtes Gewissen machen", flüstere ich. Dabei schlinge ich die Arme um mich selbst und versuche, mich mit dem Gedanken abzufinden, dass dieser wunderbar freche Mann, den ich so sehr liebgewonnen habe, krank ist. Es bricht mir das Herz, weil ich ihn gerade erst kennengelernt habe. Und ich weiß, wie viel Fergus Mac bedeutet. Sie sind auf eine tiefe und persönliche Weise miteinander verbunden. Aber das sind Mac und ich doch auch, oder? Können wir wirklich einfach wieder Freunde sein?

Die Worte, die aus meinem Mund purzeln, betteln ums Herauskommen, weil ich sie noch einmal hören muss. „Du willst also trotz allem, was zwischen uns passiert ist, nur befreundet sein?"

Mac schließt den Mund, bevor er zur Bestätigung nickt. „Aye."

Seine Antwort gibt mir das Gefühl, als hätte man mir gerade eiskaltes Wasser ins Gesicht geschüttet, obwohl ich wusste, wie seine Antwort lauten würde. Ich wende mich von ihm ab, da ich dringend etwas Abstand, dringend etwas Raum zum Denken brauche. Warum belastet mich das so sehr? Warum kann ich damit nicht besser umgehen?

Ich bahne mir einen Weg durch die Tische voller Menschen, während ich darüber nachdenke, wie dumm ich war zu glauben, dass zwischen Mac und mir jemals mehr sein könnte. Nur weil er mich vor seinen Freunden geküsst hat? Das hatte nichts zu bedeuten. Ganz klar. Das war Lust. Nicht Liebe. Das war ein Kuss. Nichts weiter. Warum habe ich mir eingeredet, dass es mehr war?

„Freya", ruft Mac hinter mir, als ich aus dem Saal trete, wobei mir schreckliche Tränen über die Wangen laufen, während ich mein Tempo beschleunige. Ich muss von hier verschwinden.

„Freya, würdest du bitte warten?"

Ich finde einen Seitenausgang und dränge mich hindurch und nach draußen auf die dunkle Straßenecke, dankbar für die kaputte Straßenlaterne, denn ich kann den Gedanken nicht ertragen, dass Mac mich so sehen könnte. Es sollte im Moment nicht um mich gehen, sondern um seinen Großvater.

„Freya, bleib doch verdammt noch mal stehen", sagt Mac, der völlig außer Atem klingt.

Ich bekomme auch keine Luft mehr. Ich halte sie an, aus Angst, in eine Million Stücke zu zerbrechen, wenn ich auch nur einen Hauch der Gefühle in mir herauslasse.

Er dreht mich so, dass ich ihn ansehe, und sein Gesicht wird lang, als er meine offensichtliche Verzweiflung sieht. „Du verdienst jemanden, der dich an erste Stelle setzt, Cookie. Nicht den Fußball. Und ich denke, du hast jetzt das Selbstvertrauen, da rauszugehen und diese Person zu finden."

Ich stoße ein ersticktes Lachen aus und wische mir die heißen Tränen von den Wangen. „Das ist alles, was ich für dich war, nicht wahr? Ein Wohltätigkeitsprojekt."

„Nein, das habe ich nicht gesagt." Er tritt näher an mich heran, während er mit gequältem Blick nach Verständnis in meinem Gesicht sucht.

Aber er wird es nicht finden. Ich bin verletzt und irrational, und mein Herz schmerzt.

„Du musst es nicht sagen", erwidere ich, wende mich von ihm ab und flehe, dass meine Tränen aufhören zu fließen. „Denn wenn ich mehr als nur ein Wohltätigkeitsprojekt wäre, würdest du mich bitten, mit dir nach Schottland zu kommen. Um in dieser schwierigen Zeit bei dir zu sein."

Es ist eine Aussage, die mit einer dunklen Wahrheit gespickt ist, die er nicht zugeben will.

Mac atmet schwer aus. „Ich würde dich nie bitten, mit mir zu kommen, Freya. Du fängst gerade ein neues Projekt mit der Boutique an. Ich werde dich nicht bitten, dich zwischen mir und deiner Karriere zu entscheiden."

„Natürlich wirst du das nicht", zische ich, als mich heißer Zorn durchfließt. Ich trete näher an ihn heran und sehe ihn scharf an. „Weil für dich die Karriere immer an erster Stelle steht."

Macs Augen werden schmal. „Das hast du von Anfang an gewusst, Freya. Tu nicht so, als wäre das eine neue Information. Du wusstest auch, dass ich genau aus diesem Grund keine Beziehungen eingehe. An mir hat sich nichts geändert. Ich bin derselbe Mann wie vor einem Jahr."

Nur dass ich mich jetzt in dich verliebt habe.

Ich presse die Lippen zusammen, schließe die Augen und flehe mein Herz an, sich zu beruhigen, damit ich wieder normal atmen kann.

Macs Worte sind alle wahr. Ich habe gewusst, wie er über Fußball denkt. Und Beziehungen. Und über mich. Ich hätte das kommen sehen müssen.

„Deshalb bist du seit unserer Rückkehr aus Schottland so anders zu mir, nicht wahr?" Meine Augen flattern auf und eine kühle, leere Ruhe überkommt mich, als die Akzeptanz den Schmerz ersetzt. „Du wusstest, dass du gehen würdest."

Macs schuldbewusster Blick ist die einzige Antwort, die ich brauche.

Ich nicke langsam und reibe meine Lippen aneinander, während ich an die letzte Nacht zurückdenke, in der wir miteinander geschlafen haben, und daran, dass ich im Nachhinein hätte erkennen müssen, dass er sich verabschieden wollte. Es fühlte sich so endgültig an. Die Art, wie er mich ansah, mich berührte. Mich danach umarmte. Die Art, wie er meine Schulter küsste, als er am nächsten Morgen ging. Ich hätte wissen müssen, dass ich in dieser Sache die ganze Zeit allein war.

Dieses verlogene Miststück, das mir sagt, ich sei nicht gut genug für ein glückliches Leben, hat sich als die eine Stimme in meinem Leben herausgestellt, der ich die ganze Zeit hätte vertrauen sollen. Ich hätte ununterbrochen auf sie hören sollen, denn jetzt, wo ich das gekostet habe, was ich für Liebe hielt, werde ich immer wissen, was mir fehlt. Und die Erinnerung an dieses Gefühl wird wie eine Wunde sein, die niemals wirklich heilt.

Ich atme tief durch die Nase ein und trete an Mac vorbei, um wieder hineinzugehen. „Viel Glück in Schottland, Mac."

„Sei nicht so, Freya!" Mac greift nach meinem Arm und hält mich fest, während er mich mit einem wilden Ausdruck in seinen geröteten Augen anstarrt. „Wir bleiben trotzdem in Kontakt. Du bist meine beste Freundin."

Ich setze ein Lächeln auf, weil ich seinen inbrünstigen Blick so leicht für Hoffnung halten könnte. Aber ich weiß es jetzt besser. Ich kenne die Wahrheit. „Klar, Mac. Wir können Freunde sein."

Er lässt meinen Arm los, und ich gehe weg, denn ich weiß ohne jeden Zweifel, dass ich nie wieder mit Maclay Logan befreundet sein werde. Wie kann man mit jemandem befreundet sein, der einem das Herz gebrochen hat?

KAPITEL 25

Mac

Zwei Wochen später

„Gut, das war's für heute, meine Herren. Ab in die Umkleidekabine!",
brüllt der Trainer von der Seitenlinie, als ich meine letzte Übung beende
und mich auf das Spielfeld der Rangers fallen lasse. Wir wurden in
dieser Woche bis an unsere Grenzen getrieben, da wir uns auf ein
Freundschaftsspiel gegen Oxford United in ein paar Tagen vorbereiten.
Ich schaue mir oft meine Umgebung an, um mich daran zu erinnern,
dass ich nicht mehr in Bethnal Green bin. Ich bin zu Hause. In
Schottland.

Nach der Hochzeit von Roan und Allie ging alles ganz schnell. Ich
ging nach Glasgow und ließ mich von den Ärzten des Clubs untersuchen, ging zu ein paar Trainingseinheiten mit dem Team, und ehe ich
mich versah, ließ ich mich im Ranger-Trikot fotografieren und unterschrieb einen neuen Vertrag, den ausgerechnet Santino mit aufgesetzt
hatte. Ich habe mir die Bedingungen kaum angeschaut, weil ich darauf vertraut habe, dass mein Agent alles anständig gemacht hat. Das
war wahrscheinlich dumm von mir. Auf diese Weise werden Fußballer

ausgenutzt, aber das ist mir im Moment völlig egal. Ich bin nur aus einem einzigen Grund hier und keinem anderen.

Mein Großvater wusste nichts davon, bis ich in meinem Ranger-Trikot bei ihm zu Hause auftauchte und mich umdrehte, um ihm den Namen Logan zu zeigen, der auf den Rücken gestickt war. Der alte Mann weinte an diesem Tag in meinen Armen, und ich wusste ohne Zweifel, dass ich die richtige Entscheidung getroffen hatte. Mein Großvater wird nicht nur sehen, wie ich für sein Team spiele, sondern ich kann zwischen den Spielen und Trainingseinheiten so viel Zeit wie möglich mit ihm verbringen. Ich habe das ganze letzte Jahr mit ihm verloren, also werde ich das bisschen verbliebene Zeit nicht auch noch verpassen.

Meine neuen Mannschaftskameraden sind gut. Einige von ihnen sehen mich an, als hielten sie mich für verrückt. Sie wissen, was ich hinter mir gelassen habe, und die meisten von ihnen wünschen sich, sie hätten einfach mit mir tauschen können, anstatt mit mir für diesen Verein zu spielen. Aber ich weiß genau, dass ich diese zusätzliche Zeit, die ich mit meinem Großvater verbringen kann, nie bereuen werde.

Jeden Abend nach dem Training komme ich auf einen Tee vorbei und rede mit ihm über Fußball. Er hat jetzt eine Hospizpflegerin, die sich tagsüber um ihn kümmert, aber obwohl sein Körper jeden Tag schwächer und schwächer wird, kann ich wieder dieses Funkeln in seinen Augen sehen. Nichts bringt diesen Mann mehr zum Strahlen als Fußball, und deshalb bin ich froh, dass ich gekommen bin.

Aber das Training könnte für mich hier besser sein. Ich kämpfe damit, einen Rhythmus mit dem Team zu finden, und der Trainer sagt immer wieder, dass es nur die Umstellung sei und es schon noch kommen würde.

Nachdem ich geduscht habe, mache ich mich auf den Weg zum Spielerparkplatz und staune nicht schlecht, als ich Roan neben meinem Auto stehen sehe.

„Wie zum Teufel bist du hier reingekommen?", frage ich mit Blick auf das Sicherheitstor.

Roan zieht die Augenbrauen hoch. „Ich habe ihnen gesagt, dass ich dein Bruder bin, und sie haben es mir abgekauft, weil wir uns offensichtlich so ähnlich sehen."

Ich lache kopfschüttelnd, lasse meine Tasche auf den Boden fallen und stelle mich vor meinen Freund, den ich seit seinem Hochzeitstag nicht mehr gesehen habe – ein Tag, an den er sich sicher gern erinnert, den ich aber lieber vergessen würde.

Roan hält seine Hände hoch, um mich davon abzuhalten, ihn zur Begrüßung zu umarmen. „Kannst du mir sagen, welcher Tag heute ist? Welches Jahr? Wie alt bist du? Wie lautet dein Nachname?"

„Was redest du da?", frage ich, unterbreche ihn und stemme meine Hände in die Hüften.

Roan lächelt. „Ich wollte nur sichergehen, dass du bei Verstand bist, bevor ich dir erzähle, wie beschissen es für mich war, aus meinen zweiwöchigen Flitterwochen zurückzukommen und herauszufinden, dass mein bester Freund, Mitbewohner und Mannschaftskamerad der letzten drei Jahre jetzt für ein anderes Team spielt."

Ich will etwas erwidern, aber Roan hebt die Hand, um mich davon abzuhalten. „Natürlich habe ich angenommen, es hätte eine Art Sabotage gegeben. Eine böse Verschwörung gegen dich, die mit falschen Informationen gespickt ist. Also bin ich durch die Tür zu Vaughns Büro geplatzt und hab ihn angeschrien. ‚Wenn du Logan loswirst, wirst du auch mich los! Es ist mir egal, dass ich gerade deine Nichte geheiratet habe. Eher höre ich mit diesem Scheißsport auf, als dass ich für jemanden spiele, der unseren besten Mittelfeldspieler wechseln könnte.'"

„Scheiße", knurre ich und fahre mir mit einer Hand durch die Haare.

„Ja, scheiße", wiederholt Roan. „Scheiße für mich, denn dann musste Vaughn, der über meine Karriere entscheiden kann, mir mitteilen, dass mein bester Freund, für den ich gerade mein Leben geopfert hatte, das Team freiwillig verlassen hat – und zwar ohne mir etwas davon zu sagen!"

Ich senke den Kopf, unfähig, ihm in die Augen zu sehen. „Ich wollte dich anrufen, wenn du zurückkommst."

„Oh, wie nett von dir, Mac. Danke, dass du dem Hund einen Knochen zugeworfen hast."

„Ich wollte dir nicht die Flitterwochen verderben."

„Nein, verdirb mir einfach die Fußballsaison. Verdirb dem Team die Saison. Der einzige Grund, warum die Harris-Brüder nicht hier sind und dich nach Hause schleppen, ist, weil sie überzeugt waren, dass du mitten in einem Nervenzusammenbruch steckst. Denn nur ein verdammter Idiot würde ein Team verlassen, das in seiner besten Zeit ist, so wie wir jetzt."

„Du kennst nicht die ganze Geschichte", stoße ich zwischen zusammengebissenen Zähnen hervor.

„Dann sag es mir. Warum, Mac? Warum solltest du jetzt gehen? Wir haben mit Bethnal Green alles, was wir je wollten. Alles, wovon wir immer geträumt und wofür wir unser ganzes Leben gearbeitet haben. Du hast dein ganzes Leben lang den Fußball an die erste Stelle gesetzt, also warum zum Teufel machst du solche sinnlosen Schritte, ohne mit mir darüber zu reden?"

„Mein Großvater liegt im Sterben, Roan", sage ich und lasse die Schultern niedergeschlagen hängen. „Ich habe es an dem Wochenende erfahren, als wir alle in Schottland waren."

Roan blinzelt mich schockiert an.

„Ich besuche ihn jeden Tag zwischen den Trainingseinheiten. Es geht ihm schlecht, Roan. Schlechter als damals, als du ihn kennengelernt hast. Wenn das so weitergeht …" Meine Stimme bricht, als die Emotionen mich überwältigen. „Bei diesem Tempo weiß ich nicht einmal, ob er es zum Saisonauftakt schaffen wird, was der einzige Grund war, warum ich das alles durchgemacht habe."

„Ag, Mann", sagt Roan, packt mich an den Armen und zieht mich in eine Umarmung.

Und mit dieser einen Berührung zärtlichen menschlichen Mitgefühls falle ich in seine Arme und weine wie ein kleines verdammtes Baby.

Ich kann nicht anders. Ich habe in den letzten zwei Wochen alles in mich hineingefressen … das mit meinem Großvater, mit meinen Eltern, mit meiner Schwester. Ich habe versucht, stark zu sein und sie alle glauben zu lassen, dass mich die Entscheidung über die Rückkehr nach Glasgow glücklich mache. Dass es eine leichte Entscheidung war. Aber nichts an diesem Umzug war einfach. Ich vermisse meine Freunde. Ich vermisse meine Mannschaftskameraden, meine Trainer, meinen Manager.

Ich vermisse Freya.

Scheiße, ich vermisse sie so verdammt sehr, dass ich jeden verdammten Tag einen Knoten in den Eingeweiden habe. Jahrelang war ich ein Fußballspieler, der ohne eine Sorge auf der Welt von einem Team zum nächsten hüpfte. Ich war der Typ, der sich überall einfügte. Ich war der Mann, der wusste, wie man Änderungen akzeptiert. Freya zu verlieren, ist keine Änderung, die ich je zuvor erlebt habe. Sie zu verlieren, hat mich völlig umgehauen.

„Es tut mir aufrichtig leid, Mac", sagt Roan und drückt meinen zitternden Körper an seinen, als wäre ich sein Kind, obwohl ich einige Zentimeter größer bin. „Ich wünschte, ich hätte es gewusst. Ich wünschte, du hättest es mir gesagt."

„Du hättest es mir ausgeredet", erwidere ich, ziehe mich zurück und wische mir aggressiv die Tränen aus den Augen. „Das hätte jeder getan, und ich hatte mich entschieden. Ich wollte mich nicht verteidigen müssen."

Roan nickt nachdenklich. „Ich respektiere dich dafür, und es tut mir leid, das mit deinem Großvater zu hören. Er ist ein guter Mann."

Ich nicke und in meiner Kehle bildet sich ein schmerzhafter Kloß. „Die Welt wird nicht mehr dieselbe sein ohne diesen mürrischen alten Kerl."

„Ich bin froh, dass du Zeit mit ihm verbringen kannst. Das ist wichtig." Roan fasst mir an die Schulter, und wir schweigen einen Moment, bevor er fragt: „Wie ist dein neues Team?"

Ich werfe einen Blick zurück auf das Trainingsgelände. „Die denken alle, ich sei verrückt."

„Nun, es klingt, als könnten sie dich gut einschätzen."

Ich schüttle den Kopf und gebe ihm einen Schubs. „Wie läuft es zu Hause?"

„Die Mannschaft ist gut, sie hat ihr Vorbereitungscamp bereits beendet, und ich muss noch einiges nachholen. Aber ich werde in ein paar Wochen bei den Freundschaftsspielen als Ersatzspieler dabei sein und bald wieder in der Startelf stehen."

Ich nicke, mein Kiefer zuckt vor Unruhe, als ich hinzufüge: „Und alle anderen?"

Roan zieht die Augenbrauen zusammen. „Redest du von Freya?"
Ich nicke steif. „Sie ruft mich nicht zurück."

Roan lehnt sich zurück an mein Auto und verschränkt die Arme vor der Brust. „Ich weiß nicht viel, weil Freya sich auch Allie gegenüber nicht öffnen will. Allie sagt, sie habe Freya noch nie so verschlossen erlebt. Ihr beide seid euch vielleicht ähnlicher, als ihr denkt."

Ich ziehe neugierig die Augenbrauen hoch. „Ich wünschte nur, sie würde auf meine verdammten Anrufe reagieren. Ich dachte, unsere Freundschaft wäre stärker als das." Ich lehne mich neben Roan an das Auto. „Ich kann nicht glauben, dass sie zugelassen hat, dass mein Umzug nach Schottland unsere Freundschaft ruiniert hat. Es ist ja nicht so, als wäre ich nach Übersee gezogen."

Roan dreht den Kopf und starrt mich an, als würde ich eine andere Sprache sprechen würde. „Ich habe dir gesagt, dass es gefährlich ist, mit Freunden zu schlafen, wenn Gefühle im Spiel sind."

„Aye, das hast du", seufze ich und wünsche mir zum millionsten Mal, dass ich einfach mit ihr reden könnte. „Und mein Spiel leidet darunter. Man könnte meinen, ich sei ein Neuling und kein erfahrener Veteran."

Roan verschränkt die Arme und denkt einen Moment darüber nach. „Ist es also so wie bei deiner Trennung von Cami?"

Ich zucke mit den Schultern und wünschte, ich hätte eine Antwort auf diese Frage. Seine Erinnerung stimmt, ich habe beschissen gespielt, nachdem Cami und ich Schluss gemacht hatten. Aber das war eher eine Sache von mir als von Cami. Als ich merkte, dass es das Beste war und wir als Freunde besser dran waren, verbesserte sich mein Spiel.

Verdammte Scheiße, deshalb hat Opa immer gesagt, dass man sich beim Fußball von Frauen fernhalten solle.

„Ich hoffe einfach weiter, dass Freya wieder zu sich kommt."

„Da bin ich mir sicher", antwortet Roan und stößt sich vom Auto ab. „Und jetzt bring mich irgendwo auf ein Bier hin. Ich habe nur ein paar Stunden Zeit, bevor ich einen Flug zurück nach London nehmen muss, und wir müssen uns zusammensetzen und herausfinden, was zum Teufel du auf dem Platz falsch machst."

Ich lache und schüttle den Kopf. „Genau das, was ich an diesem schönen Nachmittag tun wollte. Mehr über Fußball reden."

KAPITEL 26

Freya

„Hör auf, an seinem Kissen zu schnüffeln, Hercules. Er kommt nicht zurück", schnauze ich und springe vom Bett auf, als könnten die Laken mich verbrennen. „Es sind schon über zwei Wochen vergangen. Es ist an der Zeit."

Hercules sieht mir zu, als wäre ich geistesgestört, als ich die Laken vom Bett zerre und die Kissenbezüge abziehe. Seine Verurteilung ignorierend, marschiere ich damit in die Küche, werfe sie in die Waschmaschine und starte sie ohne Zögern.

Sobald die Wäsche läuft, gehe ich in mein Wohnzimmer und lasse mich auf mein Sofa fallen, um mir die neueste Folge von *Heartland* anzusehen. Es ist Zeit, zu meinem Leben zurückzukehren. Wer braucht schon einen Mann, um sich ein kanadisches Familiendrama anzuschauen? Sicherlich nicht ich.

Mein Leben ist eigentlich gar nicht so schlecht. Warum sollte man sich um eine echte Romanze bemühen, wenn man Netflix hat? Und die Tatsache, dass ich in ein paar Monaten dreißig werde, bedeutet einfach, dass ich über ein verfügbares Einkommen für das hochauf-lösende Netflix verfüge. Und ich kann es an mehreren Orten sehen. Es gibt Menschen in Ländern der Dritten Welt, die nicht in den Genuss des Luxus kommen, den ich genießen darf. Da ist es also. Ich habe einen Vorsprung vor den Unterprivilegierten.

Oh, verdammt. Das klingt schrecklich. Ich mache mir die geistige Notiz, am nächsten Morgen an eine Suppenküche zu spenden. Zweite geistige Notiz … Warum drehen sich sogar meine wohltätigen Handlungen um Essen?

Als ich mich nicht dazu durchringen kann, eine Folge meines geliebten *Heartland* zu sehen, gehe ich zurück in mein Schlafzimmer und hebe langsam das Kissen an meine Nase, das Mac gehört hat.

„Gott, ich kann ihn nicht loswerden!" Ich gehe zum Fenster, reiße es auf und werfe das verdammte Ding hinaus. Eine vertraute Stimme schreit unten, und meine Augen werden groß, als ich hinüberlaufe, um zu sehen, ob ich jemanden verletzt habe.

Roan DeWalt steht unten und bückt sich, um das Kissen aufzuheben, das ich gerade wie eine Psychopathin weggeworfen habe. Er sieht zu mir auf und fragt: „Hast du etwas fallen lassen?"

„Ich war es nicht", sage ich dumm, weil ich eine peinliche Idiotin bin.

Er lacht und wirft es dann in den Mülleimer neben sich. „Darf ich raufkommen?"

Ich nicke, während ich mich frage, was in aller Welt Roan allein hierherführen könnte. Ehrlich gesagt wusste ich nicht einmal, dass Roan meine Adresse kannte.

Ich lasse ihn herein und mache uns beiden eine Tasse Tee, bevor ich mich neben ihn auf das Sofa setze. Es ist seltsam, einen anderen Mann auf meiner lila Samtcouch zu sehen. Roan sitzt da und hält eine Kätzchen-Kaffeetasse in der Hand, und ich hasse die Tatsache, dass ich nur daran denken kann, dass er dort nicht halb so gut aussieht wie Mac.

„Alles in Ordnung mit Allie?", frage ich, um das peinliche Schweigen zu brechen.

Roan nickt. „Ag, natürlich. Ihr geht es fantastisch. Wir hatten einen schönen Urlaub."

„Das freut mich zu hören", antworte ich und nippe nervös an meinem Tee.

„Ich bin hier, um mit dir über Mac zu sprechen."

Ich zerbreche fast die Kätzchentasse in meiner Hand. „Das möchte ich lieber nicht."

„Er ist ein Wrack, Freya", erklärt Roan schnell. „Nach unserer Rückkehr bin ich nach Glasgow geflogen, um ihn zu sehen. Wir waren in einem Pub, bevor ich meinen Flug nach Hause nehmen musste, und es geht ihm nicht gut. Er sagt, er habe Probleme mit der Mannschaft und mache sich Sorgen, dass sie ihn wahrscheinlich auf die Bank setzen, wenn er bei seinem morgigen Freundschaftsspiel nicht abliefert."

„Ihn auf die Bank setzen? Wie könnten sie das tun? Mac ist ein großartiger Spieler, oder?"

„Normalerweise schon", sagt Roan, stellt seine Tasse auf dem Couchtisch ab und beugt sich zu mir. „Aber im Moment ist er nicht bei der Sache."

„Ich verstehe", nicke ich wissend. „Er liebt seinen Großvater sehr. Ich bin sicher, dass seine Krankheit ihren Tribut fordert."

Roan bekommt einen unbehaglichen Gesichtsausdruck. „Ich glaube nicht, dass es nur an seinem Großvater liegt – das ist ja das Problem. Ich glaube, er vermisst dich."

„Mich?", antworte ich lachend. „Er vermisst mich nicht, Roan. Er vermisst mich nicht mehr, als er dich vermisst."

„Du irrst dich, Freya", sagt Roan, wobei er die Stirn voller Mitgefühl in Falten legt. „Ich habe ihn noch nie so erlebt. Er mag etwas Ähnliches durchgemacht haben, nachdem Cami und er Schluss gemacht hatten, aber so schlimm war es nicht. Was jetzt mit ihm passiert, ist heftig."

Die Erwähnung von Camis Namen lässt mich meine Zähne so stark aufeinanderpressen, dass ich schwöre, sie knacken zu hören. Ich will nicht einmal anfangen, mich mit Cami zu vergleichen. Ich weiß, dass Mac lange mit ihr zusammen war, aber ich muss glauben, dass wir etwas anderes hatten. Und wenn ich höre, dass sich unsere Trennung auf Mac auswirkt, fühle ich mich auf seltsame Weise bestätigt.

Roan fährt fort, ohne das Trudeln zu bemerken, in das meine Emotionen geraten sind. „Du weißt, dass du mehr als nur eine Freundin für ihn bist, auch wenn dieser starrköpfige Schotte es noch nicht laut zugeben will."

Mein Kinn bebt bei seinen Worten, denn verdammt noch mal, da ist wieder diese Stimme der Hoffnung, und sie ist ein verlogenes

Miststück. Ich schüttle den Kopf und schaue aus dem Fenster. „Ich weiß nicht, was du von mir willst."

„Er braucht dich, Freya", drängt Roan. „Du bist seine Stimme der Vernunft. Seine Person. Und er gehört dir …, auch wenn ihr beide zu stur seid, um es zuzugeben."

Ich stoße ein ungläubiges Lachen aus. „Was soll ich tun? Auf Kosten meines eigenen verdammten Herzens nach Glasgow fliegen und ihn überraschen, damit er ein gutes Fußballspiel hat?"

Roans Augen werden weicher. „Ich kann dir nicht sagen, dass du das tun sollst. Ich kann dir nur sagen, dass es deinem besten Freund nicht gut geht und er eine Freundin gebrauchen könnte."

Roan steht auf, um zu gehen, und die Tränen, die ich endlich für versiegt gehalten habe, kommen wieder.

KAPITEL 27

Freya

„Mein Name ist Freya Cook. Es soll eine Karte für mich geben?", sage ich in den runden Kreis des Kassenhäuschens im Ibrox-Stadion in Glasgow.

Die Frau sucht in einem Kästchen und holt dann mein Ticket heraus. Mein einsames Einzelticket. „Sie wissen, dass schon Halbzeit ist, oder?"

„Ich konnte nicht früher kommen", erwidere ich, während ich mein Ticket nehme und durch die Menschenmenge eile, die sich für ihren Halbzeitimbiss versammelt hat.

Das ist erst das zweite Fußballspiel, das ich besuche, und ich bin in einer Stadt, die ich nicht kenne, muss mich in einem Stadion zurechtfinden, in dem ich noch nie war, und bin obendrein spät dran. Und jetzt suche ich nach Leuten, die sich wahrscheinlich nicht einmal an mein Aussehen erinnern. *Vielen Dank für den gestrigen Vorschlag, Roan.*

„Freya!", ruft eine weibliche Stimme, und ich schaue mich um und sehe Tilly mit ihrem großen, modelwürdigen Körper auf mich zukommen.

„Oh, gut, sie erinnert sich an mich", murmle ich und atme schwer aus, während ich mich darauf vorbereite, freundlich zu sein.

„Du hast dein Ticket, wie ich sehe", sagt sie mit einem freundlichen Lächeln.

Ich nicke zaghaft. „Danke, dass du es für mich gesichert hast. Zum Glück hatte Roan deine Nummer, sonst hätte ich vielleicht draußen gestanden und mit einem dieser Schilder nach einem Ticket gefragt." Ich schaue mich nervös um. „Tut mir leid, dass ich spät dran bin. Blöde Flugverspätung. Ich habe immer noch keine Ahnung, was genau ich hier tue."

Sie legt einen Arm um mich und drückt mich an ihre Seite. „Du bist hier, um meinen Bruder und das beste Fußballteam der Welt anzufeuern."

Ich nicke und lasse mich von ihr in den Bereich führen, in dem ihre Eltern und ihr Großvater sitzen. Macs Mutter umarmt mich und sein Vater schenkt mir ein sanftes Lächeln. Am Ende des Ganges bleibt mein Blick an Fergus hängen, und mein Herz sinkt bei seinem Anblick. Es ist erst wenige Wochen her, seit ich das letzte Mal hier war, aber er hat sichtlich abgenommen und ist so blass, dass sein Anblick fast wehtut.

„Hallo, Red!", brüllt Fergus mit einem breiten Lächeln. „Ich habe dir einen Platz direkt neben mir reserviert."

Ich gehe an Tilly vorbei und setze mich neben Macs Großvater, der meinem geliebten Jack Bartlett aus *Heartland* nur noch entfernt ähnelt. „Fergus, du siehst aus, als könntest du einen Whisky gebrauchen."

Er lacht und fängt dann an zu husten. Als er aufhört, wendet er sich mir zu und sagt: „Danke, dass du das Offensichtliche ausgesprochen hast, Mädchen. Das ist besser als das, was die meisten Leute tun."

Ich seufze und sehe ihn wieder an. „Was tun die meisten?"

Er presst die Lippen unter seinem dichten weißen Schnurrbart zusammen. „Sie tun so, als würde ich nicht vor ihren Augen sterben."

Mir schießen die Tränen in die Augen, denn seine Offenheit ist unerwartet. Ich beuge mich vor und küsse seine Wange. „Wenn das so ist, dann lass mich diejenige sein, die dir sagt, dass das verdammt scheiße ist, Fergus."

Seine Brust bebt vor lauter Lachen. „Ja, das ist es." Er dreht sich und blickt auf das Spielfeld, als die Spieler nach der Halbzeitpause wieder auf den Platz laufen. „Aber das hier …, das ist nicht scheiße, Red. Tatsächlich ist dieser Moment hier ein wahr gewordener Traum für mich, auch wenn er eine beschissene erste Hälfte des Spiels hatte."

„Hat er nicht gut gespielt?", frage ich nervös, nachdem sich Roans besorgte Worte offensichtlich bewahrheitet haben.

„Gespielt wie Scheiße!", brummt Fergus. „Sein Kopf ist nicht bei der Sache. Seine Konzentration ist miserabel. Er scheint sich auf dem Spielfeld nicht einmal wohlzufühlen."

Nervös schaue ich auf den Rasen und suche unter den Spielern nach Mac, während ich frage: „Klingt für mich nicht gerade nach einem wahr gewordenen Traum."

Fergus dreht sich um und sieht mich anklagend an. „Mein Enkel könnte auf der Bank sitzen, und ich wäre immer noch genauso stolz auf ihn, wie ich es bin, wenn er gut spielt. Wir sind keine Schönwetter-Fans der Ranger, und wir sind keine Schönwetter-Fans von Macky. Verstanden, Red?"

Ich lächle und nicke. „Verstanden, Fergus."

Ich drehe mich, um wieder auf das Feld zu schauen, und es ist, als würden sich unsere Blicke wie Magnete anziehen, als ich sehe, wie Mac auf dem Rasen steht und zu mir aufschaut, wo ich neben seinem Großvater sitze.

Er hebt seine Arme in stummer Frage.

Ich zucke mit den Schultern und recke meine Faust in die Luft, als würde ich jubeln.

Er lacht, und Fergus stößt mich mit seinem Ellbogen an. „Das ist das erste Mal, dass ich sehe, dass er da unten nicht unglücklich aussieht. Vielleicht bist du ja seine Glücksbringerin. Hast du das Glück der Iren in dir?"

Ich lächle und schüttle den Kopf. „Nicht, dass ich wüsste. Sind sie so fruchtbar wie die Schotten?"

Fergus rümpft die Nase. „Nicht, wenn sie Celtic-Fans sind. Celtic-Fans sind nicht clever genug, um das richtige Loch zu finden."

Ich lache über diesen schmutzigen Witz und drehe mich, um Mac unten auf dem Feld anzustarren. Bei seinem Anblick tut mir das Herz weh, denn in seinem Trikot sieht er gut aus wie immer und wirkt wie ein Gott unter den Menschen. Sein Haar ist zerzaust und verschwitzt von der letzten Halbzeit, und ich sehne mich danach, mit den Fingern hindurchzufahren.

„Auf geht's, Macky! Mach ihnen die Hölle heiß!", ruft Fergus, und ich schließe mich an, als wäre das ein ganz normaler Sonntag für mich, an dem ich in Glasgow abhänge und mir ein Fußballspiel mit der Familie meiner unerwiderten Liebe anschaue.

Die zweite Halbzeit beginnt, und dem Geschrei in unserem Bereich nach zu urteilen, läuft es nicht viel besser als in der ersten.

Fergus verbringt die meiste Zeit des Spiels damit, mir zu erklären, warum Macs Position auf dem Spielfeld so wichtig ist. „Die Mittelfeldspieler laufen am meisten und haben mehr Ballbesitz als alle anderen auf dem Platz, was die meisten Leute überraschen mag, weil sie annehmen, dass es die offensiven Stürmer sind. Aber nein, die Mittelfeldspieler sind die wahren Kraftpakete des Spiels. Sie müssen blitzschnell von der Offensive in die Defensive wechseln. Es ist nicht einfach, einen Pass von einem Verteidiger anzunehmen, den Ball nach vorn zu spielen und dann zu einem Stürmer zu passen. Als Mittelfeldspieler muss man in großen Zusammenhängen denken und das ganze Spielfeld überblicken. Mac ist normalerweise sehr gut darin, das große Ganze zu sehen, aber heute ist er nicht gut drauf, und das ist kein schöner Anblick."

Ich erschaudere angesichts des hilflosen Gefühls, das ich hier oben auf der Tribüne habe. Auf dem Flug hierher habe ich mir vorgestellt, dass ich auftauchen und Macs Spiel sich verbessern würde. Meine Anwesenheit würde ihn zum Sieg anspornen, und er würde seinen Großvater stolzer denn je machen. Danach würde er mir sagen, dass er mich liebe, und wir würden alle glücklich bis ans Ende unserer Tage leben.

Ein wenig Fantasie.

Aber ganz ehrlich, ich bin nicht wegen der Versöhnung hier. Ich bin wegen Mac hier. Es war egoistisch von mir, mich von meinen verletzten Gefühlen daran hindern zu lassen, für ihn da zu sein, als er mich am meisten brauchte. Als er die Krankheit eines Mannes betrauerte, von dem ich weiß, dass er ihm mehr bedeutet als alles andere auf dieser Welt. Was mit Fergus geschieht, ist real und schmerzhaft, und ich muss auch das große Ganze sehen. Mac liebt mich vielleicht nicht, aber er ist immer noch mein bester Freund.

Die letzten Minuten des Spiels sind schmerzhaft, weil die Rangers zwei Tore kassieren. Ich mache mir Sorgen, dass Macs Großvater sich etwas antun könnte, wenn er die Schiedsrichter so laut anschreit, aber Macs Eltern scheinen sich keine Sorgen um ihn zu machen, also nehme ich an, dass dies die natürliche Lautstärke der Logans bei Fußballspielen ist.

Als die Spieluhr abgelaufen ist, kommt eine Mitarbeiterin des Ibrox-Stadions zu unserem Bereich und bittet uns alle, mit ihr zu kommen. Ich versuche, aus dem Weg zu gehen, aber Tilly packt meine Arme und zieht mich hinter sich her, während wir die Treppe hinunter zum Spielfeld gehen.

Sie öffnen ein verschlossenes Tor und geleiten uns ein paar Stufen hinunter, bis wir direkt auf dem Spielfeld stehen, wo Mac wartet, groß und verschwitzt, und sich zu einem Lächeln zwingt, von dem ich weiß, dass er es nicht fühlt. Sein Blick springt zwischen mir und Fergus hin und her, bevor er schließlich sagt: „Tut mir leid wegen des Spiels, Opa."

Fergus steht im Gras, dreht sich im Kreis und schüttelt den Kopf, während er auf die leeren Plätze um uns herum blickt. „Was zum Teufel tut dir leid, Macky? Du hättest heute ein Tor ins falsche Netz schießen können, und ich wäre immer noch bereit, mit diesem glücklichen Gesichtsausdruck zu sterben."

Alle lachen, und dann kommt Fergus herüber und legt seine Arme um Mac, um ihn zu umarmen. „Ich will dich nur glücklich sehen, Junge."

Als Mac seinen Großvater umarmt, kann ich die Tränen in seinen Augen sehen. „Ich bin glücklich, Opa."

Fergus zieht sich zurück und wirft Mac einen skeptischen Blick zu, sagt aber nichts weiter und packt dann Tilly an den Schultern. Er beginnt, auf alle Plätze zu zeigen, auf denen er bei den Spielen saß, für die er Karten bekommen konnte.

Mac lächelt sanft, als er mit verwirrtem Gesichtsausdruck auf mich zugeht. „Was machst du denn hier?"

Ich zucke mit den Schultern und schenke ihm ein Grinsen. „Es hat sich herausgestellt, dass ich ein großer Fußballfan bin."

„Ach ja?", fragt Mac, während seine Mundwinkel sich zu einem neckischen Grinsen verziehen.

„Auf jeden Fall. Wusstest du, dass Mittelfeldspieler mehr laufen als jeder andere Spieler auf dem Platz? Ich weiß jetzt so viel über Fußball." Ich lächle und setze eine tapfere Miene auf, obwohl sich mein Körper wie eine gespannte Feder anfühlt, die bereit ist, mich auf ihn zu schleudern.

Macs Schultern beben vor Lachen, als er in seiner ganzen tätowierten, rothaarigen, statuenhaften Pracht vor mir steht. Er riecht nach Schweiß und Mann, und ich möchte die Hand ausstrecken und ihn berühren, nur um mich daran zu erinnern. Aber ich bin als Freundin hier. Das ist alles, was Mac von mir will.

Mac mustert mich von Kopf bis Fuß und schüttelt langsam den Kopf. „Es ist schön, dich wiederzusehen, Cookie."

„Es ist schön, dich wiederzusehen, *Macky*", erwidere ich, begleitet von einem spielerischen Wackeln meiner Augenbrauen.

Sein Gesicht verliert jeglichen Humor, als er die Hand ausstreckt und meine Wange berührt. „Ich bin wirklich froh, dass du hier bist."

Ich atme langsam ein und aus, in dem Bemühen, mich nicht in seine Umarmung zu schmiegen, denn es bedeutet nichts, und wenn ich es genieße, wird es am Ende noch mehr schmerzen. Ich ziehe mich von ihm zurück und lächle. „Kannst du uns dann deinen neuen Club zeigen?"

Wir bekommen eine Führung durch das Gelände, und dann warte ich mit Macs Familie draußen, während er duscht und sich umzieht. Als er herauskommt, gibt Fergus zu, wie müde er ist, also verabschieden sich seine Eltern und Tilly von Mac und mir, womit wir zum ersten Mal seit Wochen miteinander allein sind.

Mac öffnet mir die Beifahrertür und fragt: „Wie lange bist du hier?"

„Mein Flug geht morgen früh", antworte ich und steige in sein Auto. „Meinst du, du könntest mich zu dem Hotel fahren, das ich am Flughafen gebucht habe?"

Mac runzelt die Stirn, als er die Autotür zuschlägt und auf die Fahrerseite geht. Er faltet seinen großen Körper hinter das Lenkrad und sagt: „Du übernachtest in keinem Hotel, Freya. Du wirst bei mir übernachten."

Ich reibe meine verschwitzten Handflächen nervös über meine jeansbekleideten Oberschenkel, während es draußen zu regnen beginnt. „Ich glaube nicht, dass das eine gute Idee ist."

„Warum?", fragt er mit leiser, abgehackter Stimme.

Ich drehe mich zu ihm und blicke in seine neugierigen grünen Augen, als ihm das Haar in die Stirn fällt und sie teilweise verbirgt. Meine Hand hat einen eigenen Willen und streckt sich aus, um ihm die Strähnen aus dem Gesicht zu schieben. „Weil wir nur Freunde sind."

„Freunde können beieinander übernachten, Cookie. Das haben wir schon öfter gemacht, wenn du dich erinnerst", sagt er mit leiser Stimme, während ich beobachte, wie seine Hand auf meinem Knie landet und langsam Kreise darauf reibt. Es hat eine sofortige Wirkung auf mich, und ich hasse mich dafür.

Ich kaue nervös auf meiner Lippe und ziehe mein Bein von seiner Berührung weg. „Ich will nicht mehr diese Art von Freundin sein."

Macs Hand schwebt in der Luft, und ich spüre, wie die ganze Neckerei aus dem Auto gesaugt wird, als er meine Antwort verarbeitet. Sein Gesicht verhärtet sich, als er seine Hand zurückzieht und sagt: „Verstanden." Er startet den Wagen und fährt aus der Parklücke. „Dann also zum Flughafen."

Im strömenden Regen fahren wir zu dem Hotel, das ich ihm genannt habe, und ich frage mich, ob das Herkommen eine schlechte Idee war. Meine Anwesenheit hat sein Spiel eindeutig nicht verbessert, wie ich es mir erhofft hatte. Und die Spannung, die zwischen uns schwelt, lässt mich daran zweifeln, ob eine simple Freundschaft überhaupt noch möglich ist. Vielleicht haben wir einen Punkt erreicht, an dem es kein Zurück mehr gibt. Er will eindeutig keine Freundschaft mit Grenzen mehr, aber ich kann eine Freundschaft ohne sie nicht überleben. Ich brauche entweder mehr oder weniger … Ich kann in der Grauzone der Mitte nicht überleben.

Mac hält vor dem Hotel an, während draußen der Donner grollt und die stürmische Stimmung widerspiegelt, in der er sich gerade befindet. „Ist das das richtige Hotel?"

„Ja", murmle ich und drehe mich zu ihm, während er mit eisernem Schweigen auf das Gebäude starrt. „Mac, sieh mich an."

Die Muskeln in seinem Kiefer zucken, während er das Lenkrad so fest umklammert, dass seine Knöchel weiß werden.

„Mac, sieh mich an", wiederhole ich. Meine Stimme ist laut in der Enge des Wagens.

Er dreht sich zu mir um, seine Augen glühen vor Wut.

„Was ist dein Problem im Moment?"

Er lächelt halb, aber es erreicht seine Augen nicht. „Ich könnte dich das Gleiche fragen, Freya. Du fliegst bis nach Glasgow und kommst zu meinem Spiel. In den anderthalb Jahren, die ich dich kenne, bist du nur zu einem Spiel von mir gegangen, und das war, bevor wir beide wirklich Freunde waren. Du sitzt neben meinem Großvater und bringst ihn die ganze Zeit mit deiner Niedlichkeit zum Lachen, und jetzt willst du in ein verdammtes Flughafenhotel gehen, anstatt die Nacht mit mir zu verbringen. Also ernsthaft, sag mir, was dein Problem ist, denn ich kann nicht mehr mithalten."

Sein verletzender Tonfall lässt mein Kinn beben, weil er ihn noch nie an mich gerichtet hat. Nicht auf diese Weise. „Ich will nicht durchmachen, was ich gerade durchgemacht habe."

„Das wäre?"

Ich schüttle den Kopf und starre hinaus auf den Regen, der so schnell auf die Fensterscheiben prasselt, dass es sich anfühlt, als wären wir in einem grauen Höllenstrudel gefangen. „Mac, du hast mich in London verlassen. Du hast mich nicht gewarnt, dass du abreisen wolltest, sondern mich vor vollendete Tatsachen gestellt, als der Deal schon unter Dach und Fach war. All das passierte, nachdem du mich vor all unseren Freunden geküsst und mir den Eindruck vermittelt hast, dass wir …"

„Dass wir was?", schnauzt er.

„Mehr als Freunde sind!", fauche ich. „Mehr als Sexfreunde. Einfach … mehr!"

„Wir waren mehr", brüllt er mir entgegen. „Aber meine Umstände haben sich geändert."

„Und damit soll ich mich einfach abfinden?", frage ich, wobei meine Stimme am Ende bricht. „Mac, damit kann ich mich nicht abfinden!"

„Was soll ich tun, Freya? Mein Großvater liegt im Sterben. Ich habe einen neuen Vertrag unterschrieben. Ich bin jetzt hier und kann nicht einfach weggehen, um bei dir zu sein!"

Ich nicke, akzeptiere all das und weiß, dass es so sein muss, aber es nimmt mir nicht den Schmerz in der Brust über das, was zwischen uns hätte sein können und wie leicht er mich zurückgelassen hat.

„Ich kann nicht einfach in deine Wohnung gehen und dort übernachten und so tun, als ob …" Meine Stimme wird leiser, weil ich nicht weiß, ob ich den Satz beenden soll. Er ist zu enthüllend.

„Also ob was? Sag es, verdammt", knurrt er.

„Als ob wir uns nicht geliebt hätten", rufe ich, wobei meine Stimme nur als ersticktes Schluchzen herauskommt. „Als ob ich deine Berührungen nicht vermissen würde und das Gefühl, wenn du neben mir im Bett liegst. Als ob ich nicht das Gefühl deiner Lippen auf meiner Schulter vermisst hätte, wenn du mir morgens einen Abschiedskuss gibst. Ich vermisse das alles, Mac. Ich vermisse dich!"

„Ich auch!", brüllt er, und die Lautstärke lässt mich zusammenzucken. „Ich vermisse sogar deine blöde, perverse Katze!"

Ich bedecke mein Gesicht mit den Händen, weil das alles so wehtut, dass ich nur noch weinen möchte.

Mac schlägt mit der Faust auf das Lenkrad und fügt hinzu: „Und ich vermisse meine beste Freundin, die meine verdammten Anrufe entgegennimmt. Ich bin seit drei Wochen hier und habe eine Menge Scheiße durchgemacht, Freya. Ich trauere, und will nichts lieber, als deine Stimme zu hören."

Der Schmerz in seiner Stimme treibt mir die Tränen in die Augen, und ein Schluchzen bricht aus meiner Kehle hervor. „Verstehst du es nicht? Ich kann deine Anrufe nicht annehmen, ohne dass es wehtut, Mac", jammere ich, schniefe laut und wische mir die Tränen aus dem Gesicht. „Es tut mir leid …, aber soll ich mein eigenes Glück für deines opfern?"

„Mit mir zu reden tut dir also weh", sagt er, als wäre es eine Feststellung.

„Ja", flüstere ich zurück.

„Warum?"

„Weil ich in dich verliebt bin, du Kuh!", schreie ich, und meine Stimme bricht mit diesem Eingeständnis, das ich heute gar nicht preisgeben wollte. Ich glaube nicht, dass ich jemals vorhatte, es preiszugeben, denn es ist offensichtlich, dass er nicht genauso empfindet, also warum etwas zugeben, das einen nur noch erbärmlicher aussehen lässt?

Aber dennoch habe ich es getan.

Meine Stimme ist heiser, als ich hinzufüge: „Und deshalb kann ich keinen zwanglosen Sex mehr mit dir haben. Ich bin in dich verliebt."

Macs Gesicht läuft rot an, während er seinen Schock wegblinzelt. „Warum sagst du das jetzt?"

Ich schaue mich verwirrt im Wagen um. „Was meinst du?"

„So etwas sagst du mir jetzt …, wo ich in Schottland bin und gerade bei einem neuen Club angefangen habe. Wie zum Teufel soll das deiner Meinung nach funktionieren, Freya?"

„Offensichtlich gar nicht", entgegne ich schwer atmend. „Genauso wie es deiner Meinung nach mit uns nie funktioniert hätte. In dieser Hinsicht ist es auf jeden Fall vorbei."

Er schüttelt den Kopf, sein Kiefer zuckt vor Aufregung. „Warum bist du heute gekommen? Um mir ein schlechtes Gewissen zu machen? Um mir den Kopf zu verdrehen?"

„Nein, Mac. Das ist nicht der Grund, warum ich gekommen bin", argumentiere ich, während Schmerz und Verwirrung durch meine Adern fließen. „Ich bin gekommen, weil ich gehört habe, dass du Probleme hast, und trotz meiner Gefühle versuche ich immer noch, deine Freundin zu sein. Ich sorge mich immer noch um dich. Nur auf eine andere Art und Weise."

„Nun, offensichtlich können wir beide uns kaum noch als Freunde bezeichnen. Du hast diese Entscheidung für uns getroffen." Mac stößt ein Lachen aus und fügt hinzu: „Gott, ich bereue das."

„Was bereust du?", frage ich. Mein Kinn bebt, weil ich weiß, was er sagen wird, bevor er es überhaupt ausgesprochen hat.

„Sex zu unserer Freundschaft hinzuzufügen. Du bist nicht erfahren genug, um auf reife Weise damit umzugehen. Du wirst bald dreißig, aber sexuell bist du noch ein Kind. Ich hätte es besser wissen müssen."

Schmerz.

Ein tiefer, erschütternder Schmerz schießt durch mein Herz.

„Du warst schon immer so", knurrt er, blickt nach vorn und

schüttelt angewidert den Kopf. „Du sitzt herum und wartest darauf, dass dir das Leben widerfährt, anstatt es selbst in die Hand zu nehmen. Deshalb wirst du am Ende auch allein sein."

Seine Worte sind wie ein Messer, das immer wieder in meinem Bauch gedreht wird. Und sie bestätigen alles, was mir das verlogene Miststück in meinem Hinterkopf schon immer gesagt hat.

Du bist nicht gut genug, Freya.

Du bist nicht besonders genug, Freya.

Keiner wird dich jemals lieben, Freya.

Ich starre nach vorn, meine Augen quellen über vor Tränen, als mir klar wird, wie falsch es war, hierherzukommen. Ich hätte in London bleiben sollen. Dann könnte das Scheitern unserer Beziehung wenigstens auf unsere Standorte zurückzuführen sein. Jetzt ist die Wahrheit ans Licht gekommen.

Mac liebt mich nicht.

Und scheiß auf ihn, dass er alles verraten hat, was er mir glauben machen wollte.

Meine Stimme ist leise und kalkuliert, als ich sage: „Nun, ich sitze lieber herum und warte, dass mir das Leben widerfährt, als Entscheidungen zu treffen, die auf dem Leben anderer basieren."

Mac wirft mir einen wütenden, anklagenden Blick zu. „Sagst du das ernsthaft mir gegenüber?"

Ich nicke und recke mein Kinn abwehrend in die Höhe. „Siehst du nicht die Heuchelei hier, Mac? Du verurteilst mich, weil ich meine Wünsche nicht zugebe, während du derjenige in Schottland bist, weil dir der Wille deines Großvaters wichtiger ist als dein eigener. Und das Schlimmste an der ganzen Sache ist, dass du hier unglücklich bist, und das zeigt sich in deinem Spiel. Nicht nur in deinem Spiel, sondern in allem, was du im Moment tust. Wer auch immer du geworden bist, während du hier warst, ist nicht der Mann, der mit mir Netflix geschaut und mit mir Liebe gemacht hat. Gib es einfach zu."

„Es ist egal, ob ich unglücklich bin", schreit er mit tiefer, schmerzerfüllter Stimme. „Er stirbt, verdammt noch mal, Freya!"

„Und du auch", kreische ich, wobei ich fast über die Konsole springe, um ihm in die Augen zu sehen. „Du bist nur noch die Hülle des

Mannes, der du einmal warst, und du bist ein Idiot, wenn du wirklich glaubst, dass Fergus das von seinem Enkel sehen will, bevor er stirbt."

„Wage es ja nicht, zu glauben, dass du meinen Großvater besser kennst als ich. Sein Gesichtsausdruck heute war alles wert, was ich getan habe."

Ich stoße ein ungläubiges Lachen aus. „Mac, so würde er auch gucken, wenn du morgen mit dem Fußball aufhören und ihm sagen würdest, dass du zum Zirkus willst."

Mac schnaubt und dreht sich zum Fenster. „Du kennst meine Familie nicht, Freya."

Ich nicke wissend. „Du hast recht, Mac. Und ich glaube, ich kenne dich auch nicht mehr. Denn der Mac, in den ich mich verliebt habe, hätte niemals die Hälfte der Dinge gesagt, die du heute in diesem Auto zu mir gesagt hast." Und damit steige ich aus dem Wagen, gehe hinaus in den strömenden Regen und endgültig weg von meinem ehemaligen besten Freund.

KAPITEL 28

Mac

Sechs Wochen später

„Du hast all die Jahre gern Fußball gespielt, nicht wahr, mein Junge?", fragt Großvater mit heiserer Stimme, während seine eingefallenen grünen Augen mich im Neonlicht anstarren.

Ein Kloß bildet sich in meinem Hals, als ich ihn im Hospizbett liegen sehe. Er ist seit einer Woche hier, und mit jedem Tag, an dem ich auf dem Stuhl neben ihm Platz nehme, scheint er kleiner und kleiner zu werden. Heute Abend ist seine Haut so weiß wie der Morgenmantel, in den man ihn gesteckt hat, und sein mit Grau durchsetzter Schnurrbart hat seine Farbe praktisch völlig verloren.

Das ist das Ende. Ich kann es fühlen.

Wir hätten mehr Zeit haben sollen.

Seit meinem Umzug nach Schottland sind fast drei Monate vergangen, und sein Gesundheitszustand erlaubte es ihm nur, an dem einen Spiel teilzunehmen, das fast zwei Monate zurückliegt. Das Spiel, zu dem Freya kam.

Wenn ich an Freya denke, durchfährt mich ein Gefühl des Bedauerns, das ich seit meinem Weggang aus London nicht mehr loswerde. Was damals als Schmerz begann, hat sich jetzt zu einem tiefen, niederschmetternden Pochen entwickelt, das ich jedes Mal spüre, wenn ich an den Moment zurückdenke, als ich sie aus meinem Auto aussteigen ließ und mich entschied, ihr nicht nachzugehen.

Ich wollte ihr nachgehen.

Ich wollte sie in den Arm nehmen, sie küssen und all die furchtbaren, schrecklichen Worte zurücknehmen, die ich gesagt hatte. Ich wollte auf die Knie fallen und sie anflehen, mir zu verzeihen, und sie wieder um ihre Freundschaft anflehen.

Ich wollte ihre weichen Lippen auf meinen spüren, ihren Körper, wenn er neben mir liegt. Ich wollte sie wieder lachen und schreien hören. Mehr als alles andere wollte ich, dass sie bei mir bleibt und mich festhält, während ich den drohenden Verlust des Mannes betraure, dem ich mein ganzes Leben lang zu gefallen versucht habe. Den ich stolz machen wollte. Ich wollte, dass sie mich ansieht, als wäre ich die einzige verdammte Person, die ihr auf der Welt etwas bedeutet.

Alles, um die Erinnerung an die Tränen zu löschen, die über ihr Gesicht liefen, als ich ihr das verdammte Herz brach.

Jedes Mal, wenn diese Erinnerung meine Gedanken überflutet, fällt es mir schwer, tief Luft zu holen. Es ist, als würde ein einhundert Kilo schweres Gewicht auf meiner Brust sitzen und mich für meine Worte bestrafen.

Was ich zu Freya gesagt habe, ist unverzeihlich. Ich habe meine beste Freundin weggestoßen, weil sie sagte, sie sei in mich verliebt, und ich hasse mich dafür. Sie ist mir wichtig, natürlich ist sie das. Aber Liebe? Dazu bin ich nicht bereit. Ich kann diese Art von Eingeständnis im Moment nicht verkraften. Also war ich schrecklich zu ihr, was bedeutet, dass ich sie für immer verloren habe und die Konsequenzen tragen muss.

Ich merke, dass Großvater mich wieder fragt, ob ich gern Fußball gespielt habe, also räuspere ich mich und gebe mein Bestes, um meine rasenden Gedanken und das leise Piepen der medizinischen Geräte im Hintergrund zu ignorieren. „Ja, natürlich, ich habe gern Fußball gespielt, Opa." Ich schnaube und wende den Blick ab. „Warum fragst du so etwas?"

Er schließt die Augen, die Falten stapeln sich praktisch

übereinander, während er aufgrund eines Schmerzes tief in seinem Körper zusammenzuckt. Er öffnet sie und sieht mich an. „Ich fürchte, ich habe dich dazu gedrängt, etwas zu tun, was du nicht tun wolltest. Ich fürchte, ich habe dich dazu gedrängt, meinen Träumen zu folgen, anstatt deinen eigenen."

„Keineswegs." Ich strecke eine Hand aus und halte seine schwache, wobei ich darauf achte, nicht zu fest zuzudrücken. Der Kontrast zwischen seiner gealterten, verwitterten Hand und meiner ist ein Bild, an das ich mich für den Rest meines Lebens erinnern werde. „Alles, was ich je wollte, war Fußball spielen. Du hast mir dieses Geschenk gegeben."

„Nicht in dieser Saison", antwortet er traurig und schüttelt den Kopf. „Du hast dich in dieser Saison verändert, Macky."

„Was meinst du?", frage ich. Mein Herz sinkt angesichts des Tonfalls seiner Worte. Worte, von denen ich nicht möchte, dass er sie während seiner letzten Tage hier auf Erden im Kopf hat. Weiß er denn nicht, dass ich mein Bestes getan habe, um ihn stolz zu machen? Alles wahrzumachen, was er mir von klein auf beigebracht hat? Er muss es wissen.

„Du liebst es nicht, hier in Glasgow zu spielen. Seit deinem Transfer bist du nicht mehr du selbst. Es schmerzt mich, dich so zu sehen."

Mein Kopf ruckt zurück. „Ich bin froh, hier zu sein. Ich meine, ja, ich hatte eine harte Zeit mit dem Team in dieser Saison, aber ich werde die Dinge wieder in Ordnung bringen. Du weißt, dass ich das tun werde." Meine Worte sind eine Halbwahrheit, denn was ich ihm nicht sage, ist, dass dies der härteste Übergang war, den ich in all den Jahren des Fußballs je erlebt habe, und dass ich alles daran setze, mich wieder zu konzentrieren.

Er schluckt langsam und versucht mit Mühe, sich aufzusetzen. „Ich hasse es einfach, wie unglücklich du hier bist, obwohl ich weiß, dass du ohne mich nicht gekommen wärst."

„Großvater", sage ich und lasse seine Hand los, damit er bequemer sitzen kann. „Ich bin hier, weil ich es will. Du bist wichtig für mich. Das musst du wissen", sage ich mit brüchiger Stimme und meine Augen brennen vor lauter Tränen, als ich mich zwinge, die nächsten Worte auszusprechen. „Ich würde alles für dich tun. Du bist mein Held."

Großvaters Augen werden rot, und in seinen Augen sammelt sich Feuchtigkeit. Er greift nach oben und kneift sich in den Nasenrücken, bevor er seine Hand auf die meine legt. „Aber ich bin nicht mehr das Wichtigste in deinem Leben. Und Fußball übrigens auch nicht. Ich weiß, ich habe gesagt, dass ich nichts in meinem Leben bereue, Macky, aber das war eine Lüge."

Sein gequälter Gesichtsausdruck macht mich wütend, denn ich weiß, dass er keinen körperlichen, sondern einen emotionalen Schmerz empfindet. „Wovon redest du?", frage ich, wobei ich die Augenbrauen verwirrt zusammenziehe.

Er stößt einen schweren Seufzer aus, starrt an die Decke und blinzelt mehrmals langsam, bevor er antwortet: „Seit deine Oma gestorben ist, denke ich ständig an all die Dinge, die ich mit ihr hätte machen sollen. Ich hätte ihr mehr Blumen kaufen sollen. Sie mit kleinen Geschenken überhäufen, ihr mehr meine Liebe zeigen. Verdammt, ich hätte meinen Arsch auf das Sofa setzen und ihre Lieblingssendungen im Fernsehen anschauen sollen, anstatt die ganze Zeit Fußball zu schauen."

Plötzlich schießen mir Erinnerungen an Freyas Gesicht durch den Kopf, als ich ihr diese Nelken gekauft habe. Das kleine Lächeln, das sie mir schenkte, als sie ihren Kätzchen-Kaffeebecher ausgepackt hat. Die unerwartete Art, wie sie weinte, als wir die geretteten Kätzchen abgeliefert haben. Mein Herz beginnt in meiner Brust zu pochen, wenn ich mich an die vielen Stunden erinnere, die wir auf ihrem Sofa verbracht haben, um über nichts zu reden und diese lächerliche *Heartland*-Serie zu sehen.

Ich senke den Blick und stelle fest, dass meine Hände jetzt zu Fäusten geballt sind. Meine Handflächen sind schweißnass, als ich meine Finger löse und sie an meiner Jeans abtrockne, während mir alles durch den Kopf geht, was ich zurückgelassen habe.

Großvaters zittriges Ausatmen lenkt meine Aufmerksamkeit auf ihn, während er sich mit den Fingerkuppen über die Stirn reibt. „Wenn ich auf die Zeit mit deiner Oma zurückblicke, wünschte ich, ich hätte viel mehr des Nichts mit ihr getan. Ich wünschte, ich wäre damit zufrieden gewesen, fett und glücklich mit ihr zu sein." Er lässt seine Hand sinken und sieht mich ernst an. „Es ist etwas ganz Besonderes, wenn man ein Mädchen findet, mit dem man fett und glücklich sein kann."

Seine bunten Worte bringen mich zum Lächeln. „Aber du hast Oma glücklich gemacht. Das konnte jeder sehen."

„Aye, ich weiß. Aber da sich meine Zeit dem Ende zuneigt, kann ich dir mit absoluter Sicherheit sagen, dass Fußball das Letzte ist, woran ich denke." Er sieht mich an, und seine Augen sind groß und flehend, während sich in ihren Tiefen Tränen bilden. „Da habe ich dich falsch gelenkt, Macky. Seit deiner frühen Kindheit habe ich dir gesagt, dass du dich von Frauen fernhalten sollst, weil sie eine Ablenkung darstellen könnten. Aber ich wollte nie, dass du dich von *der* Frau fernhältst."

Meine Gedanken kreisen, während ich versuche, seine ganze Rede nachzuvollziehen. Redet er von Freya? Ungläubig schüttle ich den Kopf, schlucke und versuche, meine sehr trockene Zunge zu befeuchten, als ich frage: „Was meinst du mit *der* Frau?"

Er versucht, sich ein wenig zu drehen, um mich besser sehen zu können, und es sieht aus, als würde ihm die Bewegung wehtun. Er drückt mein Handgelenk, während er antwortet: „Die Frau, die dich dazu bringt, alles aufgeben zu wollen. Wie damals, als dein Vater deine Mutter kennenlernte."

Ich lehne mich in meinem Stuhl zurück und fasse mir in den Nacken, während ich seine Worte verarbeite. „Du hast mir immer gesagt, dass Dad seine Karriere weggeworfen hätte, als er Mum kennenlernte. Du sagtest, er hätte eine große Chance liegen lassen."

Großvater blinzelt langsam, seine Lippen sind vor Enttäuschung geschürzt. „Ja, das hat er, aber glaubst du, er bereut es auch nur eine Sekunde?", fragt er, wobei seine Augen schelmisch funkeln.

Ich stoße ein kleines Lachen aus. „Das will ich nicht hoffen, wenn man bedenkt, dass ich der Grund für sein Aufhören bin."

Großvater lächelt unter seinem Schnurrbart. „Ganz genau. Er hat sein Mädchen mit achtzehn Jahren kennengelernt. Und du hast deines jetzt kennengelernt … Red."

Ich blinzle schnell über die Worte, die gerade aus seinem Mund gekommen sind, und antworte: „Großvater, Freya und ich sind nicht zusammen. Wir sprechen nicht einmal mehr miteinander. Ich … ich bin nicht in sie verliebt."

„Bist du wirklich so dumm?" Er schüttelt den Kopf, seine Hand ballt sich zu einer Faust, während er sanft gegen das Bettgeländer klopft.

„Macky, ich liebe dich, Junge. Gott, wie sehr ich dich liebe. Aber es erstaunt mich, dass du auf dem Spielfeld so gut das große Ganze sehen kannst, aber nicht, wenn es um dein eigenes Leben geht." Er hält inne, seine Augen nehmen einen zärtlichen Ausdruck des Mitgefühls an, bevor er flüstert: „Du hast ein gebrochenes Herz, Junge."

Plötzlich fängt er an zu würgen, und ich stehe auf, um ihm beim Aufsetzen zu helfen, dann lege ich ein zusätzliches Kissen unter ihn, bevor ich ihm sein Wasser gebe. Er nimmt einen kleinen Schluck und atmet mehrere Male tief durch, bevor er mich am Arm packt und sich weigert, mich wieder auf den Stuhl sinken zu lassen. „Ich habe gesehen, wie du sie bei den Highland Games angeschaut hast. Und dann wieder, als sie bei deinem Spiel aufgetaucht ist. Du bist in dieses Mädchen verliebt."

Bei seinen Worten verziehe ich das Gesicht. „Das kannst du nicht wissen, Großvater. Ich war noch nie verliebt."

„Natürlich bist du in sie verliebt, du kleiner Idiot!", feuert er mit rauer und direkter Stimme zurück. „Du spielst hier in Glasgow nicht deshalb beschissen, weil du in einem neuen Club bist oder weil ich im Sterben liege. Du bist unglücklich, weil du nicht dieses hübsche sommersprossige Mädchen in deinem Leben hast, das dir den Kopf zurechtrückt. Ich habe den Verlust in den letzten Monaten in deinen Augen gesehen, und das macht mich bis auf die Knochen fertig."

Er streckt sich und drückt seine kühle Handfläche an meine heiße Wange. „Ich wusste in dem Moment, als du sie mir vorgestellt hast, dass du sie liebst, und in jedem Moment danach, wenn du ihren Namen im Gespräch erwähnt hast. Ich dachte, du wärst dein ganzes Leben lang auf diesem Fußballplatz glücklich gewesen. Aber ich habe mich geirrt. Ich habe dich nie glücklicher gesehen, als wenn du sie ansiehst. Ich bin sehr dankbar, dass ich lange genug gelebt habe, um das zu sehen."

Der zärtliche Blick in seinen tränennassen Augen verursacht einen schmerzhaften Kloß in meiner Kehle. Ich habe mein ganzes Leben damit verbracht, meinen Großvater glücklich zu machen, aber das ist das erste Mal, dass ich merke, dass er sein ganzes Leben damit verbracht hat, mich glücklich zu machen. Was für ein Paar wir doch sind.

Und hat er recht? Könnte ich wirklich in Freya verliebt sein? Ich weiß, dass ich sie vermisse, aber ist das Liebe? Meine Stimme ist resigniert, als ich flüstere: „Ich habe ihr wehgetan, Großvater. Ich habe ihr sehr wehgetan. Ich habe Dinge gesagt, die ich nicht zurücknehmen kann."

„Das überrascht mich nicht", sagt er und gibt mir mit einem liebevollen Lächeln einen Klaps auf die Wange, bevor er mich an der Schulter packt. „Du bist ein sturer Schotte, genau wie ich." Sein Gesicht wird wieder ernst. „Aber es sind nicht die Worte, die am Ende zählen. Es sind die Taten. Sie ist dein großes Ganzes, Macky. Lass sie nicht aus den Augen, oder ich verspreche dir, dass du es später bereuen wirst."

KAPITEL 29

Freya

„Kannst du mir helfen, ein Ganzkörperfoto von mir zu machen?", frage ich Allie in dem Moment, als sie die Treppe hinauf in den Loftbereich meines Büros bei Kindred Spirits kommt. Dieser Raum beherbergte früher Herren- und Damenkleidung in verschiedenen Stadien des Änderungsprozesses und ist jetzt vollgestopft mit Mustern von Hunde- und Katzenkleidung.

„Die Muster aus China sind da?", quiekt Allie, eilt zum Nähtisch und nimmt einen kleinen, katzenförmigen Highlander-Kilt in Übergröße in die Hand. „Nein! Das ist das Süßeste, was ich je gesehen habe."

Ich beiße mir auf die Lippe, während ich sehnsüchtig auf den Tartan blicke. Fast hätte ich das Muster nicht genommen, weil es zu sehr wehtat. Aber ich hatte Stoffreste von Mac, und ehe ich mich versah, hatte ich das Schottenkaro zugeschnitten und wollte unbedingt Hercules darin sehen.

Ich ignoriere den Schmerz in meiner Brust und gehe zu ihr hinüber, um die Stücke zu sichten. „Die Fabrik hat sich mit meinen Mustern nicht schlecht angestellt, was?" Ich hebe ein grünes Tutu-Kleid hoch, das für einen großen Hund angefertigt wurde, und füge hinzu: „Es gibt ein paar, die Hercules gestern Abend nicht gepasst haben, also muss ich sie durchgehen und herausfinden, wo wir Fehler gemacht haben."

Allie richtet ihre großen blauen Augen auf mich. „Ich hoffe, du hast ein paar Videos aufgenommen?"

Ich lächle nickend. „Ja, Hercules lag einfach da wie eine Leiche. Es war herrlich."

Allie klatscht aufgeregt in die Hände. „Großartig. Behalte die, bis wir Produktlinks haben."

„Ich weiß, ich weiß", antworte ich und lasse das Hundeoutfit auf den Tisch fallen. Ich greife nach Allies Arm, um ihre Aufmerksamkeit wieder auf mich zu lenken. „Wie gesagt, du musst ein Ganzkörperfoto von mir machen. Wir können nach hinten gehen und es in der Gasse hinter dem Laden machen."

„Warum brauchst du ein Ganzkörperfoto von dir?", fragt Allie mit zusammengekniffenen Augen.

„Weil ich bei meinem letzten Internet-Dating-Versuch in Manchester den Fehler gemacht habe, nur ein Foto zu machen, und das ist schrecklich ausgegangen." Ich drehe mich um und spiele gedankenlos mit dem Tutu-Stoff an einem der Hundeoutfits. „Ein Typ hat mich mal in einem Pub getroffen, mich angeschaut und gesagt: ‚Es gibt kurvig und es gibt fett. Du, meine Liebe, bist fett.' Das war, bevor er mich Piggy nannte und hinausstürmte."

Allie schnappt nach Luft und streckt eine Hand aus, um meinen Arm zu berühren. „Was zum Teufel?"

Ich verschränke meine Arme und drehe mich zu ihr um. „Kein Wunder, dass es so lange gedauert hat, bis ich es wieder versucht habe."

Allie schüttelt den Kopf, dann runzelt sie die Stirn. „Und warum bist du plötzlich so bereit, es noch einmal mit Online-Dating zu versuchen?"

„Ich weiß es nicht genau", sage ich, drehe mich um und stütze meinen Hintern auf den Nähtisch. „Vielleicht, weil ich ein paar Kilo abgenommen und ein bisschen Selbstvertrauen gewonnen habe? Vielleicht, weil ich in drei Wochen dreißig werde und meine Fotos machen will, solange ich noch sagen kann, dass ich eine heiße Frau in ihren Zwanzigern bin?"

Allie spiegelt meine Position und stupst mich mit der Schulter an. „Oder vielleicht liegt es daran, dass du gerade eine der schmerzhaftesten Trennungen aller Zeiten durchmachst und denkst, wenn du dieses Arschloch überlebt hast, kannst du auch noch eins überleben?"

Ich fixiere sie mit funkelndem Blick. „Mac und ich hätten ein Paar sein müssen, um uns zu trennen, Allie. Wir waren nie ein Paar. Ende der Geschichte."

Ich halte ihr mein Handy hin, und sie schüttelt den Kopf. „Denkst du nicht, dass du das überstürzt? Es ist noch nicht einmal zwei Monate her, dass du zu Macs Spiel gegangen bist. Ich glaube immer noch, dass er es sich anders überlegen wird."

Ich stoße ein ungläubiges Lachen aus. „Allie, ich habe es satt, darauf zu warten, dass etwas passiert. Mac hat mir an jenem Tag in seinem Auto eine Menge schrecklicher Dinge gesagt, aber an manchen davon war ein Fünkchen Wahrheit dran." Ich spiele die Szene in meinem Kopf zum millionsten Mal ab, und es tut immer noch weh, weil wir eindeutig an zwei völlig verschiedenen Punkten waren. „Ich hätte wahrscheinlich alles stehen und liegen gelassen und wäre mit Mac nach Glasgow gegangen, wenn er mich nur gefragt hätte. Ich hätte mit ihm eine Fernbeziehung geführt oder vielleicht sogar eine Pause eingelegt und abgewartet, wie das Jahr ohne ihn verläuft. Ich hätte viele Opfer erbracht, um mit ihm zusammen zu sein, aber ich habe nie etwas davon gesagt, weil ich zu viel Angst hatte, um das zu bitten, was ich wollte."

„Und was willst du?"

„Ich will glücklich sein!", rufe ich aus, wobei wieder diese bekannte Sehnsucht in meinem Körper auftaucht – jedes Mal, wenn ich an Mac denke. „Als das mit uns anfing, sollte es ganz zwanglos sein. Ich wollte vor meinem dreißigsten Geburtstag einfach keine Jungfrau mehr sein. Und ich wollte nur ein Date für deine Hochzeit. Aber dann haben sich die Dinge zwischen uns geändert. Ihr habt es alle in Schottland gesehen. Wir waren nicht mehr nur Freunde. Wir waren mehr. Und jetzt, wo ich erfahren habe, was wahre Intimität ist, will ich sie. Ich will sie mit jemandem, der mich kennt, mich herausfordert und mich begehrt. Ich will es mehr als nur einen tollen Job und ein tolles Haustier. Ich will das alles jetzt – scheiß auf Zurückweisung."

Allie lächelt liebevoll. „Du verdienst das alles, Freya."

Ich nicke und denke an alles, was ich mit Mac erlebt habe, und frage mich, wie es wohl wäre, das mit jemand anderem zu erleben. Ich kann es mir noch nicht einmal vorstellen. Meine Erinnerungen an Mac sind immer noch so stark, so hell, so überwältigend.

Ich seufze schwer und füge hinzu: „Ich bin auch bereit, nicht mehr die perfekte Brautjungfer zu sein, nur weil ich Single bin."

Allie reckt abwehrend ihr Kinn vor. „Dein Singledasein hatte nichts mit deiner Rolle bei meiner Hochzeit zu tun."

Ich verziehe meine Lippen zu einem Lächeln. „Ich weiß, aber wenn ich einen Freund, einen Ehemann oder eine Familie hätte, hätten wir vielleicht keine Zeit gehabt, Freundinnen zu werden."

„Wenn das stimmt, bin ich froh, dass dein Liebesleben scheiße ist, denn ich kann mir nicht vorstellen, dich nicht als Freundin zu haben", sagt Allie, während sie mich spielerisch schubst.

Ich drehe mich um und zwinkere ihr zu. „Ich bin froh, dass ein skandalöses Sextape von dir und Roan veröffentlicht wurde, sodass wir beide die Möglichkeit hatten, uns auf einer so *tief* persönlichen Ebene zu verbinden."

Allies Kinnlade fällt herunter. „Es ist noch zu früh für Sextape-Sticheleien!"

Ich halte mir eine Hand vor den Mund. „Aber ihr seid jetzt verheiratet!"

„Das ist egal!", schießt sie zurück, bevor sie in mein Gelächter einstimmt. „Es wird immer zu früh für Sextape-Witze sein, okay?"

„Okay." Ich lächle sie liebevoll an und lege einen Arm um ihre Schultern. „Könntest du jetzt bitte ein Ganzkörperfoto von mir machen, während ich ein Buch als Maßstab in der Hand halte, damit die Männer den tatsächlichen Umfang meines Arsches auch wirklich erfassen können?"

„Mit Vergnügen."

KAPITEL 30

Mac

Beerdigungen.

Scheiß auf sie.

Scheiß auf sie alle.

Sie können alle in die verdammte Hölle fahren.

Scheiß auf Krebs.

Scheiß auf das Alter.

Scheiß auf mitfühlende Blicke.

Und scheiß auf Fußball, wenn ich schon dabei bin, denn zusätzlich zu den herausragenden Monaten, die ich hinter mir habe, bin ich derzeit nichts weiter als ein Ersatzspieler, sitze während der meisten Spiele auf der Bank und habe die schlechteste Saison meines Lebens.

Es ist mal wieder ein regnerischer Tag in Schottland, als meine Schwester, meine Eltern und ich unter schwarzen Regenschirmen an der Grabstätte meines Großvaters, Fergus Mackenzie Logan, stehen. Ein Dudelsackspieler spielt „Amazing Grace", während der Sarg neben dem meiner Oma in die Erde gesenkt wird. Ich nehme an, dass die beiden nun gemeinsam in ewigem Frieden ruhen werden.

Ich glaube, das ist der Ort, an dem mein Großvater sein wollte, seit er sie vor über drei Jahren verloren hat.

Am Ende habe ich eine Menge über Fergus Logan erfahren. Er war zwei ganze Wochen in diesem Hospiz, und je näher er dem Tod kam, desto mehr erzählte er von Oma. Er erzählte mir Geschichten über ihre gemeinsame Zeit in der Frühstückspension. Er erzählte mir von den gemeinsamen Urlauben und den Fußballspielen, zu denen sie sich von ihm schleppen ließ. Er erzählte mir, wie glücklich sie waren, Großeltern zu werden, und wie sehr sie Tilly und mich von dem Moment an liebten, als wir geboren wurden.

All seine Erzählungen bestätigten das, was er mir in der Woche zuvor am Hospizbett gesagt hatte. Mein ganzes Leben lang habe ich geglaubt, dass mein Großvater den Fußball mehr verehrt als Gott und Oma. Aber als ich bei ihm saß, während er im Bett lag, nach Luft rang und in seinen letzten Minuten auf Erden nach Oma rief, wurde mir klar, wie falsch ich all die Jahre lag.

Er war ein Mann, der seine Frau liebte.

Wir fahren in einem schwarzen Auto zum Haus meiner Eltern in Dundonald, wo der Leichenschmaus stattfinden wird. Meine Schwester weint die ganze Fahrt über, während ich noch keine einzige Träne für den Mann vergossen habe, den ich so sehr geliebt habe wie meinen eigenen Vater. Es ist seltsam, denn ich bin niemand, der seine Tränen zurückhält. Tatsächlich weine ich gern richtig, wenn der Moment es erfordert. Mein Großvater hat immer gesagt, es sei besser, das Salz aus den Augen zu bekommen, als es im Bauch vor sich hin gären zu lassen.

Trauer ist ein seltsames, bösartiges Wesen.

Das Haus ist voll mit Einheimischen, die alle mit mir über Fußball reden wollen. In Anbetracht der Tatsache, dass ich zum Nicht-Starter degradiert worden bin, kann ich das nicht ohne reichlich Whisky ertragen.

Schließlich schnappe ich mir eine Flasche und gehe nach oben, um mich in meinem Kinderzimmer zu verstecken, wo ich mich auf das schmale Bett lege und all die Fußball-Erinnerungsstücke an den Wänden betrachte. Mein Gott, hat sich mein Leben jemals um etwas anderes als Fußball gedreht? Freyas Worte aus dem Auto klingen mir im Ohr, dass ich mich dem Zirkus hätte anschließen können und mein Opa genauso stolz gewesen wäre.

Zu jenem Zeitpunkt konnte ich ihr nicht glauben.

Jetzt weiß ich, dass sie recht hatte.

Welch eine Überraschung, Freya Cook ist wieder einmal schlauer als ich.

Als es an der Tür klopft, setze ich mich auf und schwinge die Beine über das Bett. „Herein."

Tilly erscheint mit geschwollenen, geröteten Augen. „Versteckst du dich?"

Ich nicke.

Sie kommt herein, schließt die Tür und setzt sich neben mich. „Wenn ich mir noch eine Frage darüber anhören muss, mit wem ich derzeit ausgehe, werde ich schreien."

Ich schnaube ein kurzes Lachen, mache mir jedoch nicht die Mühe, ein Lächeln zu versuchen. „Wenn ich mir noch einen Tipp anhören muss, wie ich meine Startposition zurückerobern kann, trete ich ein Loch in die Wand."

Tilly neigt den Kopf und legt ihn auf meine Schulter. „Warum maßen sich die Leute an, zu wissen, was uns im Leben am wichtigsten ist?"

Ihre Frage lässt mich die Augenbrauen zusammenziehen. „Willst du mir sagen, dass es nicht dein Lebenstraum ist, einen Freund zu haben?"

Sie stößt mich mit dem Ellbogen in die Rippen. „Willst du mir sagen, dass es nicht dein Lebenstraum ist, ein Fußballstar zu werden?"

Meine Stimme ist trocken, als ich antworte: „Ich dachte, ich wäre schon ein Fußballstar."

„Ja, aber das ist nicht dein Traum, Macky."

Die Falten in meiner Stirn werden tiefer, und ich schaue zu ihr hinunter. „Was ist denn mein Traum, weise kleine Schwester?"

Sie hebt ihren Kopf von meiner Schulter und sieht mich an. „Du willst einfach nur zufrieden und glücklich sein."

Ich ziehe die Augenbrauen hoch. „Ach ja?"

Sie nickt. „Du hast dein ganzes Leben damit verbracht, anderen zu gefallen, weil du so besorgt bist, jemanden unglücklich zu machen.

Jetzt, wo Opa nicht mehr da ist, ist es an der Zeit, dich selbst glücklich zu machen."

Ich verinnerliche diese Antwort und fühle einen Schmerz in meinem Bauch, weil die eine Person, um deren Glück ich mich nicht gekümmert habe, diejenige ist, die mir auf dieser Welt am meisten am Herzen liegt. Tilly steht auf und geht zurück zur Tür. „Außerdem ist Freya unten."

Ich bin in weniger als einer Sekunde auf den Beinen. „Dann war da also doch noch was." Sie lächelt verschmitzt und zuckt mit den Schultern, während ich an ihr vorbeigehe und mich auf den Weg nach unten mache.

Mein Blick fällt zuerst auf Roan und Allie, die beide in Schwarz gekleidet neben meinem Vater stehen und ihm ihre Aufwartung machen. Ich schreite hinüber, und Roan sieht mich kommen.

Er öffnet seine Arme für eine Umarmung, die ich bereitwillig annehme. Gott, ich habe ihn vermisst. „Ag, Mac. Das mit deinem Großvater tut mir so leid. Er war der Hammer."

Ich lächle über seine Wortwahl und drehe mich, um Allie zu umarmen und ihr einen Kuss auf die Wange zu geben. „Dein Verlust tut mir so leid." Sie zieht sich zurück, und in ihren Augen glänzen Tränen. „Geht es dir gut?"

Ich nicke und schaue mich auf der Suche nach Freya um. „Mir geht es gut. Ich hatte ein paar schöne Momente mit ihm, bevor es zu Ende ging."

Allie streckt die Hand aus, um meinen Arm zu streicheln. „Ich bin froh, das zu hören. Wir haben dich in London vermisst."

Ich nicke, während mein Blick weiter wandert. „Ist Freya bei euch?"

Allie lässt ihre Hand von meinem Arm sinken und ihr Gesichtsausdruck wechselt von mitfühlend zu wachsam. „Sie war auf der Veranda, glaube ich." Ich trete von ihnen weg, um sie zu suchen, und Allie springt mir in den Weg. „Mac …, sei einfach … vorsichtig mit ihr."

Mir rutscht das Herz in die Hose, als ich voller Scham und Reue auf Allie hinunterblicke. Das habe ich verdient, nach allem, was ich zu

Freya gesagt habe. Ich strecke eine Hand aus und berühre Allies Arm. „Das werde ich, Al. Versprochen."

Als ich nach draußen gehe, finde ich Freya, die mit zwei alten Männern, welche ich als Freunde meines Großvaters erkenne, einen Whisky trinkt. Die Männer brüllen vor Lachen, und Freya ist in ihrem eigenen Anfall von liebenswertem, prustendem Kichern vornüber gebeugt.

Als sie sich aufrichtet, weiten sich ihre Augen, sobald sie mich erblickt. „Was hat es nur mit euch charmanten, alten schottischen Männern auf sich?", frage ich, die Hände in den Hosentaschen vergraben.

„Alt?", schimpft der Mann, von dem ich weiß, dass er Angus heißt. „Wir sind nicht alt. Wir sind erfahren."

Freya verwandelt ihre schockierte Miene zu Belustigung, als sie zu ihm hinüberschaut. „Angus, du hast mir schon viel mehr über deine *Erfahrungen* erzählt, als ich jemals wissen musste."

Der Autokumpel meines Großvaters, Alexander, meldet sich als Nächster zu Wort. „Aye …, und ich auch, was das betrifft. Ich hätte den Rest meines Lebens damit leben können, nie zu erfahren, was für einen Scheiß du in Prag getrieben hast."

„Ich auch", sagt Freya und streckt Alexander ihre Hand für ein High Five entgegen, als wäre es das Normalste der Welt.

Angus murmelt sein Argument, als ich vortrete und meine Hand nach Freya ausstrecke. „Darf ich sie einen Moment entführen, Gentlemen?"

Freya schaut kurz auf meine angebotene Hand, bevor sie allein aufsteht. Ich genieße ihren Anblick in einem knielangen Bleistiftkleid, das all ihre Kurven umschmeichelt, von denen ich schwöre, dass sie seit unserem letzten Wiedersehen etwas geschrumpft sind. Sie hat abgenommen.

Das gefällt mir nicht.

Ihre Absätze klappern auf den Holzstufen, als ich sie ins Haus und die Treppe hinaufführe. „Wohin gehen wir?", fragt sie stirnrunzelnd, während sie in den Flur schaut.

„Reden", antworte ich und öffne ihr meine Zimmertür.

Sie zögert an der Schwelle. „Ich glaube nicht, dass das eine gute Idee ist, Mac."

„Nur reden, Cookie. Komm schon, ich verspreche, dass ich nicht beißen werde."

Sie tritt langsam ein, wobei sie vorsichtig den kleinen Raum in Augenschein nimmt. „Worüber wolltest du reden?"

Ich setze mich auf mein Bett und tätschle die Fläche neben mir. Sie kaut nervös auf ihrer Lippe, bevor sie herüberkommt und sich auf die Kante setzt, als wäre sie bereit zur Flucht.

„Whisky?", frage ich, greife nach der Flasche und biete sie ihr an. „Keine Gläser."

Ihre Mundwinkel zucken leicht, als sie die geöffnete Flasche an den Mund führt. Ihre Lippen haben eine rötliche Farbe, als sie das bernsteinfarbene Glas umschließen und trinken. Sie kneift die Augen zusammen, als sie die brennende Flüssigkeit schluckt, bevor sie sie mir zurückgibt.

„Wie ist es dir ergangen?", frage ich mit tiefer, fester Stimme.

Sie nickt ein wenig zu lange. „Mir geht es gut." Sie zieht die Lippe in den Mund und schüttelt den Kopf. „Das mit Fergus tut mir so leid, Mac. Ich weiß, du wusstest, dass es kommen würde, aber das macht es nicht leichter. Er war so ein einzigartiger Mann. Ein Unikat."

Ich schenke ihr ein schiefes Grinsen und schaue auf ihre Hände hinunter, die sie nervös in ihrem Schoß geballt hat. „Das war er. Und am Ende hat er sogar nach einem Whisky gefragt."

Sie lächelt zärtlich. „Das wundert mich nicht."

Ich lecke mir über die Lippen und betrachte ihr Gesicht, als sähe ich ihre kleinen Sommersprossen zum ersten Mal, obwohl ich sie noch vor drei Monaten perfekt in ein Porträt von ihr hätte zeichnen können. „Ich habe dich vermisst, Freya."

Sie dreht ihren Kopf nach vorn und weigert sich, mir in die Augen zu sehen. „Du hast ein paar harte Monate hinter dir."

Ich ziehe die Augenbrauen zusammen. „Ja, das ist wahr." Ich strecke die Hand aus und streiche eine Strähne ihres roten Haares hinter ihr Ohr, wobei meine Finger ihre Ohrläppchen streifen. Ihre Ohren stehen in Flammen.

Sie zittert unter meiner Berührung und zieht sich vor mir zurück. „Mac, lass das."

„Was?", sage ich mit heiserer Stimme. „Darf ich dich jetzt nicht mehr anfassen?"

Sie wendet mir ihre grünen Augen zu, und anstatt Unsicherheit in ihren Tiefen zu sehen, sehe ich feurige Leidenschaft. „Nein, das darfst du nicht." Sie steht auf und bewegt sich vom Bett weg. „Nein, du darfst mich nicht anfassen", erklärt sie erneut und beginnt, vor mir auf und ab zu gehen. „Tatsächlich gibt es viel, das du seit unserem letzten Treffen nicht mehr mit mir tun darfst. Ehrlich gesagt sollte das Alleinsein mit mir in einem Zimmer zu den Dingen gehören, die du nicht mit mir machen darfst."

Sie bewegt sich auf die Tür zu, und ich springe auf, um meine Hand auf das Holz zu drücken, mein Gesicht nur wenige Zentimeter von ihrem entfernt, als ich herausplatze: „Freya, ich liebe dich."

Ihr Körper erstarrt und ihr fällt die Kinnlade herunter. Sie dreht sich um und sieht mich mit großen, verwirrten Augen an. „Du tust was?"

Ich lecke mir über die Lippen, denn die Worte fühlen sich auf meiner Zunge fremd an, weil ich sie noch nie in meinem Leben zu einem Mädchen gesagt habe, aber sie sind da. „Ich liebe dich."

Ihr Gesicht verzieht sich, als wäre sie verwirrt, und sie schüttelt den Kopf. „Nein, Mac. Das tust du nicht."

Sie will die Tür öffnen, und ich stoße sie wieder zu. „Doch, Cookie. Das tue ich."

Sie lacht und packt die Klinke erneut. „Das tust du nicht."

„Tue ich wohl!"

„Tust du nicht!"

„Hör auf, mir zu sagen, dass ich dich nicht liebe, Frau!", brülle ich, meine Muskeln vor Wut angespannt. „Was stimmt nicht mit dir?"

Sie wird blass, ihr Gesicht ist ein Bild der Enttäuschung angesichts der Szene, die sich vor ihr abspielt. „Was mit mir nicht stimmt? Was mit mir nicht stimmt, ist, dass ich mich endlich wieder wie ein Mensch fühle, nachdem du mich auf dem Parkplatz eines Hotels in Glasgow fertig gemacht hast. Du hast so getan, als wäre ich nur dann gut genug für dich, wenn ich zu dir nach Hause ginge und in jener Nacht mit dir schliefe. Und in dem Moment, als ich dich abgewiesen habe, hast du mich behandelt, als wäre ich eine Verschwendung deiner Zeit, und hast bestätigt, dass all deine bisher gesagten Worte eine Lüge waren."

„Sie waren keine Lüge", sage ich und balle meine Hände zu Fäusten. „Mein Gott, Freya, ich wollte dir nicht das Gefühl geben, dass ich nur mit dir schlafen will. Ich wollte dich nur wieder in meiner Nähe haben. Nichts von dem, was ich dir gesagt habe, als wir zusammen waren, war je eine Lüge."

Sie schürzt die Lippen und nickt mit geröteten Augen. „Du lügst also einfach, wenn du dich mit jemandem gestritten hast. Wow, ich fühle mich schon viel besser."

Sie öffnet die Tür ein Stück, bevor ich sie zuschlage und mich wie eine Barrikade davor platziere, damit sie sie nicht erreichen kann, ohne durch mich hindurchzugehen. „Freya, als du mir an jenem Tag in meinem Auto gesagt hast, dass du mich liebst, war ich nicht bereit, das zu hören."

„Und ich bin nicht bereit, es jetzt von dir zu hören, Mac!" Sie hebt hilflos die Hände. „Du hast gerade deinen Großvater verloren. Du solltest dich auf deine Trauer konzentrieren, statt mich als Krücke zu benutzen, um deinen Schmerz zu überwinden. Dieses Recht hast du verwirkt, als du mir vor zwei Monaten das Herz gebrochen hast."

Ihre Worte durchdringen mein Herz, aber was mich umbringt, ist die Endgültigkeit ihres Tonfalls. Die Überzeugung in ihrer Körpersprache. Sie hat sich verändert, und ich hasse es. Sie fühlt sich nicht mehr wie meine Freya an. Die Frau, die vor mir steht, ist nicht sie.

„Ich gehe jetzt." Sie greift an meiner Hüfte vorbei und presst ihre Brüste an meine Vorderseite, als sie die Türklinke packt. Ihr Duft ist berauschend. Ihr Haar streift mein Kinn, und jeder Knochen in meinem Körper sehnt sich danach, sie zu beanspruchen. Das kann nicht vorbei sein. Das kann es nicht sein. *Freya gehört mir.*

In einem letzten Akt der Verzweiflung greife ich nach unten, nehme ihr Gesicht in meine Hände und ziehe sie an meine Lippen. Ihr Geschmack, ihr Geruch, das Gefühl, sie an mir zu spüren, ist erneut alles, was auf dieser Welt Sinn macht. Ich bewege meine Lippen gegen ihre, flehe und bitte sie, mich zu haben. Sich an mich zu erinnern. Mir zu verzeihen.

Aber sie bewegt sich nicht.

Ihre Lippen wollen sich nicht öffnen.

Ihre Hände wollen mich nicht berühren.

Ihr Herz befindet sich in einem versiegelten Käfig, zu dem ich keinen Zugang habe.

Ich ziehe mich ein Stück zurück, mein Atem vermischt sich mit ihrem, während ich in ihre kalten, tränengefüllten Augen blicke. Meine Stimme ist ein verzweifeltes Flehen, als ich sage: „Bitte, Freya. Es tut mir leid. Du musst wissen, wie leid es mir tut."

Sie blinzelt langsam, und die Tränen gleiten wie Verräter über ihre Wangen. „Das spielt keine Rolle, Mac. Es gibt keinen Weg zurück. Du hast uns ruiniert."

„Das habe ich nicht!", brülle ich. Meine Stimme ist heiser vor Verzweiflung, während ich meine Arme um sie schlinge und sie an meinen Körper drücke. Es ist die absolute Perfektion, sie in meinen Armen zu spüren. Es ist Schicksal. Es ist Tragödie. Es ist Liebe. „Ich habe uns nicht ruiniert, Freya. Sag so etwas nicht."

„Ich bin weitergezogen, Mac", fügt sie kalt und mit emotionsloser Stimme hinzu.

„Blödsinn", knurre ich, und meine Lippen kräuseln sich vor Abscheu. „Du hättest nicht weiterziehen können. Was wir hatten, war zu besonders. Du gehörst mir, und ich gehöre dir. Ich werde uns nie aufgeben."

Ihr Kinn bebt, als sie die Worte hervorstößt, die zu hören ich nie erwartet hätte. „Ich habe mit jemand anderem geschlafen."

Und mit diesem niederschmetternden Schlag löst sie sich aus meiner Umarmung, geht weg und lässt mich am Boden zerstört zurück.

„Ich hätte nie nach Schottland kommen sollen", stöhne ich, den Kopf in die Hände gestützt, während meine Ellbogen auf der klebrigen Theke des Pubs ruhen. Ich starre in das Whiskyglas zwischen meinen Ellbogen und füge hinzu: „Mein Transfer war ein Fehler. Sogar mein Großvater konnte das sehen. Wenn ich in eine Zeitmaschine steigen könnte, würde ich jetzt sofort zurückgehen und nie wieder einen Fuß in Santinos schleimiges Büro setzen."

Ich greife nach meinem Drink, trinke einen kleinen Schluck und lasse das Brennen einen Moment auf der Zunge verweilen, bevor ich schlucke. „Und jetzt vögelt Freya einen anderen." Bei dem Gedanken an die Hände eines anderen Mannes auf ihrem Körper läuft mir ein Schauder über den Rücken. Die Vorstellung bereitet mir Übelkeit.

Oder vielleicht liegt das am neunten Whisky, den ich gerade trinke.

Roan seufzt schwer neben mir und reißt mir das Glas aus der Hand. „Du hast doch nicht etwa damit gerechnet, dass sie auf dich wartet, oder?"

Ich schaue ihn mit glasigen Augen an. „Auf wessen Seite stehst du?"

„Deiner, Mann. Immer auf deiner." Er schaut nach vorn und trinkt meinen Whisky in einem Zug. Dieb. „Aber du kannst ihr nach allem, was passiert ist, nicht wirklich die Schuld geben."

Ich tue mein Bestes, um mich auf meinen Freund zu konzentrieren, aber im Moment gibt es zwei von ihm. Roan und ich haben in den letzten drei Stunden im Pub um die Ecke von meinem Elternhaus getrunken, seit Freya vor mir weggelaufen ist, als wäre ich eine schlechte Angewohnheit, von der sie sich befreien will.

„Du willst mir wirklich nicht sagen, wo Freya und Allie sind?", frage ich ihn zum achtzehnten Mal.

Er schüttelt den Kopf, ohne mich auch nur anzuschauen. „Ich habe meiner Frau ein Versprechen gegeben, und ich werde unser erstes Ehejahr nicht mit gebrochenen Versprechen beginnen, Mac. Egal, wie erbärmlich du gerade aussiehst."

Ich stöhne und fahre mir mit den Fingern durch die Haare, zerzause sie und balle dann wütend die Hände zu Fäusten. „Ich muss ein Idiot sein, wenn ich glaube, dass drei Worte alles wieder in Ordnung bringen."

Roan mustert mich von der Seite. „Du hast ihr gesagt, dass du sie liebst?" Er spricht die Worte langsam aus, als könnte ich die Frage überhören.

Ich drehe meinen Kopf zu ihm. „Ja, Kumpel. Ich habe es ihr gesagt, und es war ihr scheißegal."

Roan blinzelt seine Überraschung zurück. „Ich wusste nicht, dass du gesagt hast, dass du sie liebst."

„Das habe ich, und es war verdammt egal. Sie ist die erste Frau, die ich je geliebt habe, und sie sieht mich an, als wäre ich Dreck. Gott, bin ich ein Idiot."

Ich vergrabe meinen Kopf in den verschränkten Armen auf der Theke, und Roan reißt mich aus meinem Selbstmitleid heraus. „Warum hast du ihr gesagt, dass du sie liebst?"

Ich sehe ihn stirnrunzelnd an, in dem Versuch, nur eine Person aus ihm zu machen. „Was meinst du?"

„Warum hast du es gesagt?"

„Weil ich sie liebe!", wiederhole ich, verärgert von seiner ignoranten Frage. „Herrgott, lass dir die Ohren untersuchen, du nerviger Schwachkopf."

Roan schürzt die Lippen. „Du hast ihr keine Gründe genannt, warum du sie liebst?"

Mein Gesicht wird lang, als ich ihn ansehe. „Nein …, welche Gründe?"

Roan stößt einen genervten Laut aus und dreht mich auf meinem Hocker zu sich, wobei er mich beinahe umkippen lässt. „Du kannst einem Mädchen nicht das Herz brechen, wie du es getan hast, und erwarten, es sei mit *Ich liebe dich* getan. Ag, sie muss es dir glauben, Mann."

„Sie will es nicht glauben!", argumentiere ich, während meine Muskeln mit jeder Minute mehr zu Brei werden. „Sie ist weitergezogen. Sie vögelt einen anderen und hasst mich."

Roan schüttelt den Kopf. „Wenn du in die Augen dieses Mädchens schauen kannst und nicht den Herzschmerz in ihrem Gesicht bemerkst, wenn sie dich ansieht, dann kennst du sie überhaupt nicht."

Ein Anflug von Wut schießt durch mich hindurch, ich setze mich auf und packe ihn am Kragen seines Hemdes. „Sag mir nicht, dass ich Freya Cook nicht kenne. Ich kenne Freya verdammt noch mal besser als jeder andere auf dieser Welt." Ich lasse ihn mit einem Schubs los und starre grübelnd nach vorn. „Ich kenne ihre Lieblingssendungen auf Netflix und weiß, dass sie lieber indisch als chinesisch essen geht, aber wenn ich etwas Nettes zu ihr sage, holt sie uns immer chinesisch.

Ich weiß, dass sie mehr Katzen in ihrer Wohnung hätte, wenn sie keine Angst davor hätte, dass Hercules sich darüber aufregt. Ich weiß, dass ich eine Spinne nicht vor ihren Augen töten kann, aber sie will trotzdem, dass sie am Ende tot ist. Ich weiß, wie sie ihren Kaffee trinkt und dass sie im Laden gekaufte Decken hasst. Ich weiß, dass sie sagt, sie hasse es, mit mir zu streiten, aber tief drinnen weiß ich, dass sie sich dadurch lebendig fühlt, und ich sei verdammt, wenn das bei mir nicht auch der Fall ist. Und ich weiß, dass es ihr größter Wunsch im Leben ist, von jemandem gesehen zu werden, auch wenn sie so tut, als bräuchte sie niemanden."

Ich drehe mich zu Roan, meine Hände zittern, als mir die Erkenntnis dämmert. „Ich habe sie in dem Moment gesehen, als wir letztes Jahr den Laden betreten haben, Mann. Ich glaube, ich liebe sie, seit ich sie zum ersten Mal getroffen habe."

Roan nickt, sein Mund zu einem traurigen Lächeln verzogen. „Deshalb musst du härter kämpfen, um sie zurückzugewinnen, du Idiot." Er packt mich am Arm und schüttelt mich. „Hör auf, dich selbst zu bemitleiden und diesem Umzug nach Glasgow nachzutrauern, sondern mach ihr klar, dass du sie nicht nur liebst, weil du sie vermisst. Du liebst sie, weil sie dir die Welt bedeutet und du alles tun würdest, um mit ihr zusammen zu sein."

„Verdammt", grummle ich, während mein Herz wie verrückt pocht. „Ich bin ein verdammter Idiot."

Roan lacht, wobei er fast von seinem Hocker fällt. „Aber du hast immer gesagt, du seist ein trainierbarer Idiot."

„Aye", antworte ich und blinzle, während ich nach vorn schaue und mich frage, wie fest ich meinen Kopf gegen diese Bar schlagen muss, um die Zeit zurückzudrehen.

KAPITEL 31

Mac

„Ich bin überrascht, dass du meine Nummer nicht verloren hast, als du nach Schottland gezogen bist", ertönt Santinos Stimme im Telefon, was mir Gänsehaut bereitet. „Was verschafft mir die Ehre dieses Anrufs?"

Ich räuspere mich, mein Kopf dröhnt noch immer von diesem Scheißkater, den ich habe. „Roan sagte, ich solle dich anrufen und ein paar Fragen zu meinem Vertrag stellen."

Ich höre ein Schnaufen auf der anderen Leitung. „Ach ja?"

Ich atme langsam durch die Nase aus, in dem Versuch, geduldig mit dem Schwachkopf zu sein. „Santino, ich habe höllische Kopfschmerzen, wenn du also deine Schleimscheißer-Nummer lassen könntest, wäre ich dir sehr dankbar."

Santino lacht, als würde er den Gedanken genießen, dass ich Schmerzen habe. „Willst du aus deinem Vertrag mit deinem jetzigen Verein aussteigen?"

Ich blinzle verwirrt, denn die Frage überrascht mich sehr. „Würde Bethnal Green tatsächlich in Erwägung ziehen, meinen aktuellen Vertrag für einen Transfer auszuzahlen?"

„Nein", antwortet Santino lachend, und dann höre ich das Rascheln

von Papieren im Hintergrund. „Aber weil ich wusste, dass du ein verdammter Idiot bist, als du an diesem Tag in mein Büro kamst und
überstürzte Entscheidungen getroffen hast, enthielt der von deinem
Agenten und mir ausgehandelte Deal eine Rückkaufklausel."

„Was?", frage ich verwirrt. Eine Rückkaufklausel? Mein Gott, ich
hätte meinen Vertrag besser lesen sollen, anstatt mich komplett auf
meinen Agenten zu verlassen. „Und was bedeutet das genau?"

„Es bedeutet, dass Bethnal Green dich für einen festen Betrag
zurückkaufen kann, wenn das Januar-Transferfenster geöffnet wird –
sofern die Rangers damit einverstanden sind."

„Verdammte Scheiße, soll das heißen, ich könnte diesen Winter
wieder für Bethnal spielen?"

„Genau das soll es heißen", bestätigt Santino mit klarer, geschäfts-
mäßiger Stimme. „Ich habe bereits mit den Rangers gesprochen, und
sie sind daran interessiert, dich zurückzuschicken, weil du so ein
Scheißkauf für sie warst."

„Mein Gott, werden sie zustimmen? Wäre Bethnal Green bereit,
mich zurückzukaufen?", frage ich. Mein Herz klopft mir bis zum Hals,
als ich daran denke, dass ich schon in wenigen Monaten wieder in
London sein könnte.

Am anderen Ende der Leitung entsteht eine Pause. „Ich bin sicher,
dass ich Vaughn dazu überreden kann, aber ich habe eine persönliche
Bitte, die ich dir vortragen muss, bevor ich ihn überrede."

„Mein Gott, Mann, was?", schnauze ich, weil ich diese Sache unbedingt ins Rollen bringen will.

„Ich muss mit deiner Schwester reden."

Mein Körper verkrampft sich augenblicklich. „Auf keinen Fall."

„Maclay. Ich will nur reden."

„Nein."

„Mac", knurrt Santino ins Telefon. „Ich habe deinen Vertrag in
Schottland mit einer Rückkaufklausel versehen, weil ich wusste, dass
du eine emotionale Entscheidung triffst, die du später bereuen könntest. Und ich wusste, dass Vaughn dich nicht ohne eine solche Klausel
gehen lassen würde. Du bist zu wichtig für diesen Verein. Also versuch
bitte zu verstehen, dass ich kein schlechter Kerl bin. Und es gibt Dinge,
die du nicht über mich weißt. Scheiße, die ich dir vielleicht eines Tages

erzählen werde. Aber nicht, bevor ich es deiner Schwester erzähle, und ich will nicht ohne deinen Segen mit deiner Schwester sprechen."

Angesichts seiner hochmütigen Bitte atme ich schwer aus und denke über den ernsten Tonfall seiner Stimme nach. Was könnte er mit meiner Schwester zu besprechen haben? Haben sie nicht schon genug zusammen durchgemacht? Dann fällt mir ein, wie zugeknöpft Tilly das Geschehene behandelt, und vielleicht liegt das daran, dass die beiden noch etwas zu besprechen haben. Vielleicht will meine Schwester tatsächlich mit ihm reden.

„Wenn meine Schwester nicht mit dir reden will, dann redest du auch nicht mit ihr …, verstanden?"

„Natürlich, Maclay. Das versteht sich ja wohl von selbst."

Ich nicke mit zusammengebissenen Zähnen, denn ich weiß, dass ich an einem Punkt in meinem Leben angelangt bin, an dem ich alles tun würde, um meinen Arsch wieder nach London zu befördern und Freya zu zeigen, was sie mir bedeutet. Und wenn die Harris-Familie zu Santino steht, hat er vielleicht sogar ein paar annehmbare Eigenschaften.

„Okay", antworte ich abgehackt. „Wenn Tilly einverstanden ist, mit dir zu reden, werde ich dir nicht im Weg stehen."

Am anderen Ende der Leitung ist ein tiefes Durchatmen zu hören, bevor Santino sagt: „Fürs Protokoll, Maclay, ich hätte diesen Rückkauf auch ohne deinen Segen durchgesetzt."

„Fürs Protokoll, Santino, ich mag dich immer noch nicht."

KAPITEL 32

Mac

„Allie, wo ist Freya?", blaffe ich in die Telefonleitung. Ich gehe auf und ab, während ich eine Tiertransportbox in der Hand halte. „Ich stehe in ihrer Wohnung, und sie ist nicht da, und sie geht nicht an ihr Handy."

„Was zum Teufel machst du in Freyas Wohnung?", schießt Allie zurück. „Wie bist du reingekommen?"

„Ich habe immer noch meinen Schlüssel", sage ich, während ich mit dem Schlüssel in meiner Tasche spiele, wohl wissend, dass ich ihn nicht hätte benutzen sollen, aber es ist mir scheißegal.

„Mac, das ist ein grober Missbrauch des Schlüssels", zischt Allie. „Du und Freya, ihr redet nicht einmal miteinander. Wie kommst du darauf, dass es in Ordnung sei, in ihre Wohnung einzudringen?"

„Ich habe ein Geschenk für sie", antworte ich, während meine Hand nervös den Griff umklammert. „Ich muss es ihr sofort geben. Es kann nicht warten."

„Was für ein Geschenk?", fragt Allie neugierig.

Ich atme nervös durch, bevor ich antworte. „Ich habe ihr ein Kätzchen aus dem Tierheim besorgt, in Ordnung? Ich habe es von diesem Roger bekommen, den wir beide kennen, und ich habe das kleine Ding jetzt bei mir und muss nur noch Freya finden."

Am anderen Ende der Leitung ist es still. „Mac, du kannst ihr nicht einfach ein Kätzchen geben. Nicht nach allem, was passiert ist. Seit der Beerdigung deines Großvaters ist erst eine Woche vergangen. Gib ihr etwas Zeit."

„Ich gebe ihr nicht nur ein Kätzchen, Allie", knurre ich und zucke zusammen, als ich das Ausmaß meiner Wut bemerke. „Ich versuche, sie zurückzugewinnen. Ich liebe sie, Al."

Allie atmet scharf ein. „Ich bin froh, dass du endlich aussprichst, was wir alle schon seit einem Jahr wissen, Mac."

„Ich hab's kapiert, Allie. Ich bin ein Idiot und will es wiedergutmachen, also sagst du mir bitte, wo sie ist?", flehe ich, wobei ich gar nicht erst versuche, meine Verzweiflung zu verbergen.

Es gibt eine Pause, die mir überhaupt nicht gefällt. „Was ich dir jetzt sage, wird dir nicht gefallen."

„Was?", stoße ich zwischen zusammengebissenen Zähnen hervor.

„Sie hat ein Date."

„Mit wem?"

„Irgendein Tinder-Typ. Sie sind im Rooftop St. James Restaurant. Ich bin auf Abruf, falls sie Hilfe braucht."

„Verdammt", knurre ich leise, und meine Muskeln verkrampfen sich bei dem Gedanken, dass Freya ein verdammtes Date hat. Außerdem, was hat es mit ihr und Dachterrassen-Dates auf sich? „Hatte sie schon viele dieser Dates?", frage ich, obwohl ich Angst vor der Antwort habe.

Am anderen Ende ist eine leise Pause zu hören, die mir nicht gefällt. Ich beginne, meinen Unmut murmelnd zur Kenntnis zu geben, und Allie unterbricht mich: „Mac, was wirst du tun?"

Ich schlucke den Kloß in meinem Hals hinunter und antworte: „Was immer nötig ist."

Kaum habe ich aufgelegt, schreitet eine orangefarbene Gestalt aus dem dunklen Flur. Es ist Hercules, der sich mit langsamen, gemessenen Schritten an mich heranpirscht, als wolle er zuschlagen.

Ich lasse mich auf die Knie sinken und stelle den Tiertransporter neben mich. „Ruhig, Junge. Ich bin nur gekommen, um dir einen Freund zu bringen."

Hercules wendet seine blauen Augen von mir ab und nähert sich dem Käfig auf dem Boden mit großer Vorsicht. Das kleine Kätzchen gibt ein hohes Miauen von sich, und Hercules zuckt zusammen, rennt aber nicht weg. Stattdessen streckt er sich vor, berührt mit seiner Nase den Metallkäfig und stößt das lauteste und zufriedenste Schnurren aus, das ich je gehört habe.

„Magst du ihn, Hercules? Willst du ihn kennenlernen?", frage ich, strecke meine Hand aus und streichle den Rücken des kleinen Monsters. Er krümmt sich in meiner Hand und legt sich dann vor den Käfig, wobei er die Ballen seiner Pfote auf die Tür legt, als würde er mich bitten, sie zu öffnen.

Mit einem schiefen Grinsen greife ich hinüber, und die Käfigtür quietscht, als ich sie öffne und das kleine, flauschige graue Kätzchen aus seinem Gehege befreie.

Spielerisch stürzt es sich auf Hercules, der ihn wie ein Falke beobachtet. Als das kleine Kätzchen näher an das große orangefarbene, übergewichtige Monster herantritt, tut Hercules etwas, was ich nie erwartet hätte.

Er rollt sich auf den Rücken und öffnet seine Pfoten für das Kätzchen. Das Kätzchen stürzt sich auf ihn, und seine winzigen, Zähne knabbern spielerisch am Ohr des großen Katers. Hercules liegt da wie eine Leiche und lässt den Kleinen machen, als wäre es ein ganz normaler Dienstag.

„Werdet ihr zwei Freunde?", frage ich, strecke die Hand aus und streichle Hercules' Wange.

Er antwortet mit einem grollenden Schnurren, und ich beiße mir aufgeregt auf die Lippe. Das ist ein Zeichen. Ein wirklich gutes Zeichen.

Ich habe ein Date.

Ich habe ein Date an meinem Geburtstag.

So machen das wohl die Dreißigjährigen, oder? Sie wischen nach rechts und treffen sich mit völlig Fremden in einem Restaurant, um die Tatsache zu verbergen, dass sie Geburtstag haben und niemanden haben, mit dem sie ihn verbringen können?

Um fair zu sein, hat Allie versucht, eine Party für mich zu planen. Sie hat sogar darum gebettelt. Ich konnte sie auf das Wochenende vertrösten, als ich ihr sagte, dass ich für den Abend ein Date habe. Ich weiß, dass ich meinen Geburtstag mit Menschen verbringen sollte, die mir nahestehen, aber ich wollte einfach nur dieses Date. An diesem Tag. Nach allem, was mit Mac passiert ist, fühlt es sich wie ein Erfolgserlebnis an, wieder in der Welt zu sein und mich zu verabreden.

„Also, Freya, ich habe die ganze Zeit geredet, seit wir uns hingesetzt haben. Bitte … erzähl mir von dir", sagt Jasper, der mir in einem romantischen Restaurant namens The Rooftop St James gegenübersitzt. Es ist ein schicker Außenbereich mit Blick auf den Trafalgar Square. Die Lichter der Stadt und die Menschen, die sich dort unten tummeln, bilden die perfekte Kulisse für einen Neuanfang.

Jasper ist das komplette Gegenteil von Mac. Er ist ein Buchhalter aus Southampton, der weit über eins achtzig groß ist und eine schmale Statur hat, die ihn wie Lurch aus der Addams Family aussehen lässt. Er trägt eine schicke Bundfaltenhose, und ich glaube, unter dem Hemd hat er einen netten Dad Bod. Genau mein Typ.

„Ich bin Schneiderin", sage ich reflexartig. „Na ja …, jetzt bin ich wohl Designerin. Ich arbeite in einer Bekleidungsboutique mit zwei sehr lieben Freundinnen von mir, und ich arbeite gerade daran, ihr Geschäft auf Haustierkleidung auszuweiten."

„Haustierkleidung?", fragt Jasper, wobei seine Stimme am Ende ansteigt. Ein nervöser Ausdruck huscht über sein Gesicht. „Hast du … Haustiere?"

Ich nicke stolz. „Ich habe eine orangefarbene Katze namens Hercules. Er ist völlig durchgeknallt, aber er ist mein Baby."

Jasper fängt an, am Kragen seines Hemdes zu zerren. „Das ist schön. Ich, ähm, habe keine Haustiere."

Ich lächle und beuge mich vor, wobei ich ihm spielerisch herausfordernd in die Augen blicke. „Bist du ein Hunde- oder ein Katzenmensch? Das ist eine sehr ernste Frage, und es gibt nur eine akzeptable Antwort."

Er lächelt unbeholfen. „Darauf werde ich zurückkommen müssen."

Ich nicke und lehne mich zurück, während ich einen Schluck von meinem Wein nehme. Dieses Date fängt sehr seltsam an.

Das Abendessen wird serviert, und Jasper beginnt mir von der Luxushotelkette zu erzählen, für die er arbeitet, und wie teuer eine Übernachtung dort ist. Er erzählt mir, dass er trotz seines hohen Mitarbeiterrabatts immer noch in dem billigeren Hotel auf der anderen Straßenseite übernachtet, wenn er spätabends Besprechungen hat. Was für eine Farce. Es kostet mich meine ganze Beherrschung, um nicht das Gesicht zu verziehen, als er sagt, dass er nicht einmal den Kaffee in seinem Hotel kauft, weil selbst der trotz Rabatt „exorbitant" ist.

Ich zahle auf jeden Fall die Hälfte dieses Essens.

Als der Nachtisch serviert wird, bin ich erschöpft. Jasper hat dieses lästige Bedürfnis, jede Stille zu füllen. Es gab so viele Abende, an denen Mac und ich überhaupt nicht viel miteinander gesprochen haben. Wir saßen einfach auf dem Sofa, sahen fern und genossen die Gesellschaft voneinander. Meistens gab es natürlich auch Streit, aber darüber hinaus herrschte diese Ruhe zwischen uns. Zufriedene Stille. Das war schön. Und ich kann nicht umhin, mich zu fragen, ob ich das jemals mit einem anderen Mann finden werde. Und werde ich jemals aufhören, alle Männer, mit denen ich ausgehe, mit Mac zu vergleichen? Gott, ich hoffe es.

„Jedenfalls brachte ich mein Hemd zurück in die Reinigung und sagte: ‚Dieser Fleck war nicht da, als ich es gebracht habe, und ich weigere mich, für den Service zu bezahlen.'"

„Also, hast du das Hemd noch? Sie haben nicht angeboten, es zu ersetzen?", frage ich und nehme einen weiteren großen Schluck Wein.

„Ja", antwortet er mit nervös zuckenden Lippen. „Ich hätte nicht gedacht, dass sie das Hemd austauschen würden. Es hat mich zwanzig Pfund gekostet."

Ich schürze die Lippen und drehe mich wieder, um die Aussicht zu genießen – die einzige Rettung an diesem Abend.

„Freya?" Eine vertraute Stimme sagt meinen Namen und ich glaube, ich bilde mir vor lauter Langeweile schon ein, dass Jaspers Stimme wie die von Mac klingt. Ich schaue zu Jasper, der mich nicht ansieht, sondern jemanden, der neben mir steht.

Ich drehe mich um, und mir fällt die Kinnlade runter, als ich Mac in seiner ganzen breiten, lächerlich muskulösen und sexy tätowierten Pracht über mir stehen sehe. Er trägt Jeans und ein weißes T-Shirt und hat eine riesige Ladung rosa Luftballons in der Hand, und unter seinem Arm klemmt ein Strauß rosa Nelken.

„Wa… Was machst du denn hier?", stottere ich, schockiert über den Mann vor mir. Mein Blick fällt schnell auf die graue Tiertransportbox in seiner anderen Hand.

„Heute ist dein Geburtstag, Cookie." Er zuckt mit den Schultern und lächelt halb auf mich herab. Seine Augen sind sanft und tanzen über mein Gesicht, als würde er es sich immer wieder einprägen.

„Was ist das?", frage ich mit Blick auf seine Hand, und wie aufs Stichwort ertönt ein hohes Miauen aus dem Käfig.

„Mein Gott", brüllt Jasper und stößt sich vom Tisch ab. „Ist das eine Katze?"

Mac blickt zu meinem Date hinüber, und zwar mit einem steinernen, einschüchternden Blick, der Jasper in seinem Stuhl zusammenschrumpfen lässt. „Aye."

„Ich bin … allergisch", stammelt Jasper, während sein Gesicht knallrot anläuft. „Ich bekomme einen Nesselausschlag, sobald ich mich einer Katze auf drei Meter nähere."

Macs Stimme ist trocken, als er antwortet: „Dann solltest du besser von hier verschwinden."

Mein Kiefer verkrampft sich, denn Mac hat wirklich Nerven, hierherzukommen und mein Date zu verscheuchen. „Du musst nicht gehen", sage ich zu Jasper, eine Hand auf den Tisch gedrückt. „Mac wird gehen."

„Wer ist Mac?"

„Ich bin Mac", knurrt Mac und tritt näher an Jasper heran, der sich von seinem Stuhl erhebt, um sich von der Katze zu entfernen. „Ich bin ihr bester Freund, und diese Frau liebt Katzen mehr als die Luft zum Atmen. Wenn du also eine tödliche Allergie hast, dann vertrau mir, Kumpel, ich tue dir einen Gefallen."

Jasper stellt sich unbeholfen hinter den Stuhl, und ich kann nicht genau sagen, vor wem er in diesem Moment mehr Angst hat – vor Mac oder vor der Katze. Er schaut zu mir, und seine Hände zittern, als er sagt: „Macht es dir etwas aus, die Rechnung zu übernehmen?"

Ich blinzle schockiert, und ohne einen weiteren Blick zurückzuwerfen, verlässt Jasper das Restaurant, wahrscheinlich mit dem Gefühl, im Lotto gewonnen zu haben, weil er sein Essen nicht bezahlen musste.

Ich stehe von meinem Platz auf, Wut kribbelt in meinem ganzen Körper, während ich Mac anfunkle. „Wie kannst du es wagen, herzukommen und ein weiteres meiner Dates zu sabotieren!"

Macs Lippen zucken mit kaum verhohlener Belustigung, sodass ich ihn am liebsten schlagen würde. Und ihn umarmen. Verdammte Scheiße.

Er dreht sich zu mir um und antwortet: „Cookie, wenn der Mann eine tödliche Katzenallergie hat, wird das keine Liebesbeziehung."

„Das hätte es sein können", erwidere ich, kaue nervös auf meiner Lippe und versuche, die Blicke der anderen zu ignorieren. „Es gibt Spritzen gegen Allergien."

„Der Junge hatte schreckliche Angst vor diesem kleinen Ding!" Mac lächelt und hält als Beweis die Tiertransportbox hoch. „Es gibt keine Spritze, die er sich dagegen geben lassen kann, ein riesiges Weichei zu sein."

„Er ist kein Weichei", argumentiere ich halbherzig, als mein Blick auf das winzige Kätzchen fällt. „Was machst du überhaupt mit dem armen Ding?" Ich verschränke die Arme vor der Brust und versuche, mir einzureden, dass ich ihn nicht bitten soll, es halten zu dürfen, weil wir in einem Restaurant voller Menschen sind und ich Mac aktuell nicht ausstehen kann.

Mac schenkt mir ein schiefes Grinsen, und seine Augen funkeln vor Vergnügen, als er antwortet: „Ich versuche, dir den besten Geburtstag aller Zeiten zu bereiten, Freya."

Mein Gesicht fällt, als ich mich bücke und in den Käfig schaue, um das wunderbare blauäugige, langhaarige Kätzchen darin zu sehen. „Hast du diesen kostbaren Schatz von Roger bekommen?"

„Ja", antwortet Mac mit einem Lächeln. „Für dich."

Ich stehe auf. „Mac, du kannst mir nicht einfach ein Kätzchen schenken und erwarten, dass zwischen uns alles wieder normal wird", schnaube ich ungläubig. „Du und ich haben einen riesigen Streit, und mich mit einem süßen Kätzchen zu ärgern, das den armen Hercules nur erschrecken wird, bedeutet, dass wir einen zweiten Streit haben!"

„Du irrst dich, Cookie", entgegnet Mac, schüttelt den Kopf und tritt näher an mich heran. „Du hältst Hercules für zu ängstlich, um eine weitere Katze in seinem Leben zu akzeptieren, aber ich denke, Hercules *braucht* diese Katze, um endlich aus dem Schatten zu treten und ein bisschen zu leben."

Meine Augen glänzen bei Macs Worten, denn irgendwie glaube ich nicht, dass er von Hercules spricht. „Hercules ist im Schatten gut aufgehoben – weit weg von diesem Kätzchen. Dort wird er wenigstens nicht verletzt."

Mac tritt wieder näher, seine große Gestalt ragt über mir auf, während er sagt: „Ich glaube, ein wenig Schmerzen am Anfang machen es umso mehr wert, wenn es am Ende funktioniert."

Ich starre auf seine Brust und hasse mich dafür, dass ich flüstere: „Woher weißt du, dass es funktionieren wird?"

Seine Stimme ist leise und tief, als er antwortet: „Weil wir alle irgendwann aus dem Schatten heraustreten müssen."

Das hohe Miauen des Kätzchens unterbricht die Spannung zwischen Mac und mir. Mac wendet sich dem Mann zu, der an einem Tisch neben uns sitzt, und überreicht ihm die Luftballons. Er legt die Blumen auf dem Tisch ab, bevor er in die Hocke geht, um das Kätzchen aus der Transportbox zu nehmen.

Mein Herz klopft in meiner Brust, als er aufsteht und das winzige Fellknäuel in seinen tätowierten Armen hält, und ich wünsche mir sofort, ich hätte mein Handy, um ein Foto zu machen, denn das wäre das süßeste Kalenderbild, das je gedruckt wurde.

Mac lächelt sanft, als er auf mich zugeht. „Übrigens, ich war vorhin in deiner Wohnung, und Hercules kam heraus und sah aus, als wäre er bereit, sich auf den kleinen Kerl zu stürzen."

Ich blicke nervös zu Mac auf, dessen Schultern vor lauter Lachen beben. „Ich habe den Käfig geöffnet und sie sich kennenlernen lassen, und du hättest hören sollen, wie laut Hercules geschnurrt hat."

„Er hat geschnurrt?", frage ich und strecke meine Hand aus, um das weiche Fell auf dem Kopf des niedlichen Schatzes zu streicheln. „Warte, du warst in meiner Wohnung?"

Mac hustet und murmelt: „Ich habe noch meinen Schlüssel."

„Mac!"

Er seufzt schwer: „Ich weiß, ich hätte es nicht tun sollen, aber ich war verzweifelt." Mac übergibt mir das Kätzchen. „Und ich bereue es nicht, denn ich konnte sehen, wie sie sich kennenlernten, und es war, als würde Hercules seinen besten Freund kennenlernen. Es war verdammt niedlich."

Mein Kinn bebt, als ich den kleinen Schatz an meine Brust drücke und das Vibrieren seines Körpers spüre, als er schnurrt, sich an meinen Hals schmiegt und sein süßes Gesicht an mir reibt. Ich habe Tränen in den Augen. „Zwei Katzen machen doppelt so viel Arbeit."

„Ich werde da sein, um zu helfen."

Ich lache leise. „Ja, klar."

„Ich meine es ernst, Cookie", sagt Mac, tritt auf mich zu und streckt die Hand aus, um das Kätzchen zu streicheln. „Ich bin nicht nur hier, um dir ein Geburtstagsgeschenk zu machen. Ich bin hier, um dich zu fragen, ob du mit mir zusammenziehst."

„Was?", rufe ich, und mein Herz klopft wie wild in meiner Brust. „Was meinst du? Du lebst in Glasgow, du Idiot."

„Aye", sagt Mac, und seine Hand wandert nach oben, um an meinem heißen Ohr zu zupfen, wobei die zärtliche Zuneigung mir eine Gänsehaut über den ganzen Körper jagt. Er lächelt stolz und fügt hinzu: „Aber im Januar werde ich wieder in London sein, und ich dachte, dann könnte ich bei dir einziehen."

„Wovon redest du? Das ergibt doch keinen Sinn."

„Der neue Vertrag, den ich unterschrieben habe, enthielt eine Rückkaufklausel. Bethnal Green will mich zurück, und die Rangers haben zugestimmt. Das heißt, sobald sich das Transferfenster im Januar öffnet, komme ich zurück nach London, um wieder für sie zu spielen."

„Was? Wie? Wie ist das möglich? Warum hast du mir das nie gesagt?"

Macs Augenbrauen schnellen in die Höhe. „Ich wusste es bis letzte Woche selbst nicht. Es war ausgerechnet Santino, der das alles eingefädelt hat. Offensichtlich ist er nicht der Schwachkopf, für den ich ihn gehalten habe."

Ich blinzle schnell, während ich mich bemühe, seine Worte zu verarbeiten. „Du kommst also zurück nach London."

„Ich komme zurück, Cookie." Er streckt seine große, warme Hand aus und streichelt meine Wange, wobei sein Daumen kurz über meine Lippe streift. „Aber ich will nicht bis Januar warten, um mit dir zusammen zu sein", fügt er hinzu. „Ich will jetzt mit dir zusammen sein. Für immer. Ohne dich bin ich unglücklich in Glasgow. Ich möchte, dass du zu mir kommst und bei mir wohnst, bis ich zurückziehe. Wir können Weihnachten in Schottland verbringen, während du deine Haustierkleidung entwirfst. Wir können zusammen sein und zu dem zurückkehren, was wir einmal waren."

„Was wir einmal waren?", krächze ich. Meine Kehle schnürt sich vor Angst zu, denn seine Worte sind so nah und doch so weit weg von allem, was ich hören muss. Ich löse mich von ihm. „Mac, ich bin fertig mit dem, was wir einmal waren. Ich habe viel zu viele Stunden mit dir verbracht, und jetzt habe ich diese schönen romantischen Ideen in meinem Kopf. Dinge, die noch romantischer sind als ein kanadischer Cowboy aus *Heartland*! Und ich will sie für mich selbst. Ich glaube endlich, dass ich echte Liebe verdiene, mit jemandem, der weiß, was er für mich empfindet. Ich kann das mit dir nicht noch einmal machen. Ich kann es nicht überleben, meinen besten Freund und den Mann, den ich liebe, noch einmal zu verlieren."

Mac atmet schwer aus, da ihn meine Worte eindeutig aus der Bahn geworfen haben. Aber das ist mir egal. Ich werde nicht mehr stumm sein. Ich werde keine stummen Gefühle mehr davon haben, was ich vom Leben will. Ich bin nicht mehr dieselbe Person, die einfach akzeptiert, was vor ihr steht. Ich brauche mehr. Ich bin mehr wert.

Mac knurrt, wobei ihm die Erregung ins Gesicht geschrieben steht. „Verdammt, woher wusste ich, dass du heute Abend das verdammte *Heartland* erwähnen würdest?"

„Weil es das Markenzeichen unseres gemeinsamen Lebens ist, Mac!", zische ich, wobei meine Stimme ernsthaft beängstigend klingt.

„Ich habe dir ein verdammtes Kätzchen gekauft, Cook! Ich würde sagen, das ist romantisch auf *Heartland*-Niveau. Ich dachte zumindest, dass es deine Haltung mir gegenüber etwas besänftigen würde."

„Natürlich würde mich ein Kätzchen besänftigen. Ich liebe Kätzchen!", schreie ich.

„Ich weiß!", brüllt er.

Wir beide atmen einen langen Moment lang schwer in das Gesicht des anderen, unsere Körper vibrieren vor Wut, Lust, Anziehung und etwas anderem. Etwas … Größerem.

„Entschuldigung", sagt ein Mann neben uns und unterbricht, womit er unseren Moment beendet. Ich schaue hinüber und sehe, dass es die Person ist, der Mac die Ballons gegeben hat. „Muss ich die immer noch halten? Mein Essen ist da."

Mac greift hinüber, reißt ihm die Ballons aus der Hand und lässt sie in die Luft steigen. „Alles Gute zum verdammten Geburtstag, Cookie. Mein Gott, wie kann ich das immer noch vermasseln?", brummt er, fasst sich in den Nacken und schüttelt den Kopf, während er einen Moment lang seine Gedanken zu suchen scheint.

Er atmet schwer aus und wirft mir einen Blick zu. „Freya Cook, ich möchte, dass du mit mir zusammenlebst, weil ich wahnsinnig in dich verliebt bin und nicht warten will, bis unser gemeinsames Leben beginnt. Ich versuche, dir zu zeigen, dass ich voll dabei bin. Ich will dich in London, Schottland, überall, wo du mich haben willst. Ich will nicht weniger mit dir. Ich will mehr. *Heartland* mehr. Deshalb will ich dich verdammt noch mal heiraten, du sture Frau!"

„Was?", schreie ich, womit ich das arme Kätzchen in meinen Händen erschrecke. „Woher könntest du wissen, dass du mich heiraten willst? Bist du ein Idiot?"

„Wenn mich das zu einem Idioten macht, dann ja, sicher. Ich bin ein Idiot!", schnauzt Mac zurück, wobei sein schottischer Akzent mit zunehmender Intensität stärker wird.

Er beißt die Zähne zusammen und zischt etwas vor sich hin, bevor er näherkommt und mein Gesicht in seine Hände nimmt. „Meine Liebe zu dir ist so echt wie deine Liebe zu dieser dämlichen Pferdesendung, Freya. Ich liebe es sogar, dass du dich anhörst wie Hagrid aus Harry Potter, wenn du krank bist. Ich liebe es, dass du es hasst, aus etwas anderem als einer Kaffeetasse zu trinken. Ich liebe es, dass die meisten Designer schöne Frauenkleider oder Schuhe entwerfen würden, aber du entwirfst Katzenpyjamas und Pfotenschuhe."

„Ich denke einfach, dass manche Katzen gern Pyjamas tragen würden."

„Ich weiß", erwidert Mac lachend, und sein Blick wandert hungrig zu meinen Lippen hinunter. „Ich liebe es, wie dein verrückter Verstand tickt und wie du immer etwas Unerwartetes tust. Ich liebe es, wie du summst, wenn du dir die Zähne putzt, und wie du dich mit deinem Essen unterhältst, selbst wenn ich mit dir im Raum bin."

„Ich unterhalte mich nicht mit meinem Essen." Ein nervöses, prustendes Lachen bricht aus mir heraus, während ich die Leute um uns herum anschaue.

„Das tust du, und es ist so verdammt niedlich, dass es mir schwerfällt, meine Hände von dir zu lassen. Außerdem hast du diese unheimliche Fähigkeit, mich glücklich und zufrieden zu machen. Ich habe mich noch nie so wohl gefühlt, wie wenn ich auf deinem Sofa sitze und dir beim Schniefen zusehe, während wir *Heartland* gucken."

„Es tut mir leid, wie ich dir im Haus meiner Eltern gesagt habe, dass ich dich liebe. Du hattest recht, ich war an jenem Tag ein Wrack, aber das bin ich nicht mehr. Ich sehe jetzt alles ganz klar, Cookie. Ich glaube, ich liebe dich seit dem Moment, als ich dich in dieser verdammten Boutique traf, als du mir *Shameless* verdorben hast. Du hast mich überrumpelt, Freya. Du hast mich mit allem überrumpelt, wovon ich nie wusste, dass ich es will."

Er beugt sich vor und drückt mir einen harten, keuschen Kuss auf die Lippen, seine Atmung geht schwer und schnell, als er sich zurückzieht und hinzufügt: „Ich möchte den Rest meines Lebens mit dir verbringen, weil du mein kleiner Schatz bist, und obwohl du mich wahnsinnig machst und wir uns oft streiten, gibt es niemanden sonst, mit dem ich im Leben streiten möchte." Er zögert und bekommt einen ernsten Gesichtsausdruck, bevor er hinzufügt: „Ich wollte das eigentlich nicht hier machen, aber du hast mir keine andere Wahl gelassen."

Er sinkt auf ein Knie.

Er sinkt auf ein verdammtes Knie!

Er greift in seine Tasche.

Er greift in seine verdammte Tasche!

Eine blaue Samtschatulle erscheint in seiner Hand. Als hätte er sie durch seinen bloßen Willen herbeigezaubert. Er öffnet die Schatulle, und darin liegt ein Ring. Ein riesiges Monstrum, wie man es an den Fingern von dünnen Models baumeln sieht. Es ist die Art von Ring, die so riesig ist, dass diese winzigen Models durch ihn um einiges mehr wiegen.

Für so einen Ring bringe ich gern ein paar Kilo mehr auf die Waage.

„Freya Cook, jetzt bin ich an der Reihe, dich zu überrumpeln und zu fragen … Willst du mich heiraten?" Gott steh ihm bei, seine Stimme bricht sogar am Ende, als ihm Tränen in die Augen treten. „Ich weiß, wir haben nie darüber gesprochen, und du fragst dich wahrscheinlich, was zum Teufel ich mit einem Ring in der Tasche mache, aber verdammt noch mal, Freya, ich kenne dich seit weit über einem Jahr, und alles, was ich für den Rest meines Lebens tun möchte, ist, mit dir zu streiten, mit dir zu schlafen und dich als meine beste Freundin … und meine Frau zu behalten. Du bist die Eine für mich, Cookie. Zum Teil, weil ich glaube, dass mich keine andere ertragen könnte, aber vor allem, weil ich nicht mit jemand anderem auf dem Sofa sitzen und fernsehen will. Ich will alt, grau, fett und glücklich mit dir sein. Willst du fett und glücklich mit mir sein?"

Ein peinlicher Schluchzer entweicht mir, denn ich glaube nicht, dass er in diesem Moment etwas Passenderes hätte sagen können. Ich ziehe das liebe kleine Kätzchen, das keine Ahnung hat, was vor sich geht, zu mir heran und wische meine tränenverschmierten Wangen an seinem Fell ab, bevor ich krächze: „Ich würde nichts lieber tun, als dich fett zu sehen, Maclay Logan."

Er steht auf und küsst mich, und zum ersten Mal in meinem ganzen Leben denke ich nicht mehr an meine Fehler oder meine Zukunft oder wie mein Ende aussehen wird. Denn ich halte mein Happy End in der Hand, mit einem kleinen pelzigen Kätzchen in der Mitte.

Das ist eine Lüge. Ich denke über Babys nach. Viele, viele rothaarige, wilde, kilttragende schottische Babys mit dem Mann, von dem ich meine Babys bekommen will.

Moment …, das klang nicht richtig. Versuchen wir das noch einmal.

… dem Mann, dessen Sperma ich haben will.

Verdammt noch mal, das ist auch nicht richtig. Versuch Nummer drei!

… dem Mann, dessen Kinder ich in meinen fruchtbaren Lenden heranwachsen lassen möchte.

Perfekt.

„Nur um das klarzustellen, das war ein Ja auf meine Frage, richtig?", fragt Mac und lehnt sich zurück, um dem Kätzchen ein wenig Raum zu geben.

„Es war ein Ja", lache ich, woraufhin er nach oben greift, um mir die Tränen aus den Augen zu wischen.

„Gut, denn ich wollte warten, bis ich dich in die Falle gelockt habe, um dir zu sagen, dass das neue Kätzchen auf deinen Teppich geschissen und einen Fleck hinterlassen hat."

„Was?", kreische ich, meine Augen weit und anklagend auf den Mann gerichtet, der mich vor einer Sekunde noch in eine Pfütze der Rührseligkeit verwandelt hat.

„Ich habe es aufgewischt, aber … es sah nicht gut aus, als ich ging."

„Mac!"

„Er hatte so viel Spaß mit Hercules, dass ich glaube, der kleine Kerl hat sich vor Freude eingeschissen."

„Hast du auf ihn geachtet?" *Ich schwöre bei Gott, wenn er in meinen Schränken nach Essen gewühlt hat, bringe ich ihn um!*

„Aye, klar", antwortet er mit schuldbewusster Miene.

„Wenn er deinetwegen eine schlechte Angewohnheit entwickelt, wischst du die ganzen Sauereien auf."

„Aye, hör auf, auf mir herumzuhacken, Frau."

„Niemals", lächle ich.

Er lächelt auch. Und dann … küssen wir uns wieder.

KAPITEL 33

Mac

Freya und ich eilen vom Rooftop St. James zurück in ihre Wohnung und reißen uns gegenseitig die Kleider vom Leib.

Okay, das ist eine Lüge …

Unsere erste Stunde als frisch verlobtes Paar verbringen wir in einer Tierhandlung, um Zubehör für unser neues Kätzchen zu besorgen. In dem Moment, als wir Freyas Wohnung betreten, sinkt sie auf den Boden, als Hercules uns begrüßt, und sie sieht voller Freude zu, wie ihr alter Gefährte seinen neuen pelzigen Freund willkommen heißt.

Freya weint.

Ich weine, weil sie weint.

Und dann machen wir die echte Version von Netflix und Chillen. Und dann natürlich eine klassische Freya-und-Mac-Aktivität namens … Netflix und Streiten.

„Wie viele Dates hattest du, während wir getrennt waren?", frage ich mit leiser Stimme, während ich auf Freyas lila Sofa liege und sie zwischen

BLINDSIDED

meinen Beinen habe. Ihr rotes Haar ist ein wunderschönes Wirrwarr aus postkoitaler Befriedigung, das über meiner Brust drapiert ist, und sie trägt ein weiteres ihrer Kätzchen-Nachthemden, diesmal mit einem Schriftzug auf der Vorderseite – „Wenn Katzen reden könnten, würden sie es bleiben lassen."

Sie spannt sich an mir an und dreht sich zu mir um. „Was?"

Ich atme schwer aus und fahre mit dem Finger über die Sommersprossen auf ihrer Nase. „Ich ... ich muss es einfach wissen."

Sie blinzelt nervös und spielt mit dem Saum ihres Hemdes. „Warum?"

Ich runzle die Stirn, während ich sie fester halte. „Weil ich ein verdammter Höhlenmensch bin, okay? Kannst du es einfach hinter dich bringen und es mir sagen? Ich werde nicht böse sein ..., reiß es einfach ab wie ein Pflaster."

Ihre Lippen zucken mit kaum verhohlener Belustigung. „Mit wie vielen Frauen warst du zusammen, als wir getrennt waren?"

Ich versteife mich unter ihr. „Willst du mich verarschen?"

Sie dreht sich um, sodass sie jetzt mit dem Bauch auf meiner Brust liegt und mich erwartungsvoll ansieht. „Sag mir nicht, dass du zwei Monate lang enthaltsam warst."

„Cookie, ich bin seit unserem Kennenlernen enthaltsam, was nur bestätigt, dass ich von Anfang an hoffnungslos in dich verliebt war." Ich strecke eine Hand aus und zupfe an ihrem bezaubernden geröteten Ohr. „Nachdem ich dich hatte, konnte ich keine andere Frau mehr ansehen, ohne mich nach deinem Körper und deinem Lächeln zu sehnen. Ich habe sogar vermisst, wie du mir auf die Brust schlägst, wenn du wütend auf mich bist. Also habe ich mich während meiner gesamten Zeit in Glasgow von Frauen so weit wie möglich ferngehalten."

Sie kaut nervös auf ihrer Lippe, schaut nach unten und fährt mit ihren Fingerspitzen über meine Nippel. „Du bist also mit niemandem ausgegangen? Hast nicht geflirtet?"

Ich lege meinen Finger unter ihr Kinn und zwinge sie, mich anzuschauen. „Die Frauen, denen ich am nächsten kam, waren meine Mutter und Tilly. Und jetzt du. Bekenne deine Sünden." Ich lasse die Hände sinken und zwicke sie in die Seiten, woraufhin sie kichert und sich auf meinem Unterleib windet, was wiederum meinen Schwanz veranlasst, eine zweite Runde zu fordern. Aber er muss ignoriert werden, weil ich das hören will.

Als ich bemerke, dass Freyas Wangen sich vor Nervosität rosig färben, wird meine Stimmung milder. Vielleicht setze ich sie zu sehr unter Druck. Wenn sie während unserer Trennungsphase mit mehreren Männern geschlafen hat, kann ich ihr das nicht verübeln. Ich war ein riesiger Arsch, und es wäre nur natürlich, dass sie neugierig ist, nachdem sie so lange gewartet hat, um überhaupt Sex zu haben.

Ich beuge mich vor und drücke ihr einen Kuss auf die Stirn. „Es ist in Ordnung, Cookie. Ich verstehe, wenn du andere Möglichkeiten erkunden wolltest." Ich küsse sie erneut und füge mit wackelnden Augenbrauen hinzu: „Sag mir einfach, dass mein Schwanz der beste ist, den du je hattest, und wir können weitermachen."

Ihr Gesicht erhellt sich sofort, als sie mich mit einem Blick fixiert und antwortet: „Dein Schwanz ist der beste, den ich je hatte."

Ich strecke siegreich eine Faust in die Luft. „Gott, bitte schreib das eines Tages auf meinen Grabstein, selbst wenn du mich anlügst."

Freya verstummt und schaut auf ihre Hände hinunter, die sie auf meiner Brust verschränkt hat, während sie hinzufügt: „Außerdem ist deiner immer noch der einzige Schwanz, den ich je hatte."

Ich sehe sie ein paar Sekunden lang an und habe die Augenbrauen verwirrt zusammengezogen. „Aber in meinem Schlafzimmer in Dundonald hast du gesagt ..."

Sie zuckt mit den Schultern, blickt zu mir auf und ein trauriger Ausdruck huscht über ihr Gesicht. „Ich wollte dir nur genauso wehtun wie du mir."

Ich schlucke den schmerzhaften Kloß in meinem Hals hinunter. „Das hat verdammt noch mal funktioniert."

Sie streckt ihre Hand aus, drückt sie an meine Wange und flüstert: „Es tut mir leid."

Ich drehe meinen Kopf und küsse ihre Handfläche, um sie wissen zu lassen, dass ich ihr vergebe, so wie sie mir vergeben hat. „Also, wer zum Teufel war dieser Jasper heute Abend?"

Freya atmet tief ein. „Er war eigentlich das erste und einzige Date, das ich hatte, seit du nach Schottland gegangen bist. Nach meinem Besuch des Spiels in Glasgow habe ich ein Online-Dating-Konto eingerichtet, aber trotz meines Hasses auf dich habe ich es nie geschafft, bei irgendjemandem nach rechts zu wischen." Sie rümpft die Nase, als sie fortfährt: „Der einzige Grund, warum ich mit Jasper ausgegangen bin, war, dass ich meinen Geburtstag nicht mit Allie und der Harris-Horde verbringen wollte. Ein Date zu haben, kam mir weniger erbärmlich vor, und er schien mir die sicherste Wahl zu sein."

„Das war er", sage ich mürrisch, als mich ihre Worte mitten ins Herz treffen. Ich strecke eine Hand aus und streiche ihr das Haar hinters Ohr, wobei mein Finger an ihrem warmen Ohrläppchen entlangfährt. „Ich hätte für dich da sein müssen. Ich hätte es besser machen sollen. Du hättest nie daran zweifeln dürfen, mit wem du deinen Geburtstag verbringen wirst."

Ihre Augen glänzen, als sie zu mir aufschaut. „Ich habe es gehasst, bei der Beerdigung deines Großvaters nicht für dich da zu sein. Als ich dich mit deinen Eltern und deiner Schwester am Grab sah, tat es mir körperlich weh, dass ich nicht an deiner Seite sein und deine Hand halten konnte."

„Ich wusste nicht einmal, dass du auf der Beerdigung warst", sage ich. Wehmut überkommt mich, wenn ich an diesen Tag zurückdenke. „Ich war damals ein Wrack, Freya. Ich hielt so sehr an dem fest, was ich für die richtige Art zu leben hielt, basierend auf dem, was mein Großvater mir in meiner Kindheit erzählt hatte. Sogar am Ende sagte er mir, dass ich ein Idiot sei, weil ich dir nicht nachgegangen bin. Und dann bist du auf der Beerdigung aufgetaucht, und ich dachte, das wäre meine Chance, alles besser zu machen.

„Ich hätte dir an dem Tag in meinem Zimmer nicht sagen sollen, dass ich dich liebe. Es war der falsche Zeitpunkt, und ich war völlig durcheinander." Ich strecke die Hand aus und ziehe sie an mich heran, weil ich meine Entschuldigung mit meinem Körper genauso ausdrücken muss wie mit meinen Worten. Ich lehne mich zurück und halte ihr Gesicht fest, als ich noch etwas hinzufüge. „Und ich hasse mich dafür, was ich in meinem Auto zu dir gesagt habe. Die Vorstellung, dass du jemals nur Sex für mich sein könntest, ist völliger Quatsch. Ich war so verdammt verliebt in dich, aber ich konnte es noch nicht in richtige Worte fassen."

Sie hält meine Hand an ihre Wange und lächelt. „Du machst das jetzt ziemlich gut wieder wett."

„Ich liebe dich, mein kleiner Schatz. Ich liebe dich mehr, als ich es je für möglich gehalten hätte. Nichts an dir und mir hätte ich jemals erwartet."

Ich drücke meine Lippen mit einem weichen, sinnlichen Kuss auf ihre. Sie summt einen sexy Laut, als meine Lippen ihren Hals hinunterwandern und ihr Nachthemd wegziehen, um ihre nackte Schulter zu küssen. Mit einem zufriedenen Knurren fahre ich fort, ihre Haut zu küssen, und murmle: „Wie du mich nach dir verlangen lässt …, der Sex …, die Art, wie wir zusammen kommen …" Meine Lippen öffnen sich, als meine Hände von ihrem Gesicht zu ihrem Hals gleiten, über ihre Rippen streichen und ihren süßen, runden Hintern streicheln. „… es ist wie nichts, was ich jemals mit einem anderen Menschen erlebt habe."

Meine Lippen streifen ihre, während ich hinzufüge: „Ich weiß, dass du keine Erfahrung mit anderen Männern hast, aber du musst wissen … Was du und ich haben … Ich würde alle meine bisherigen Erfahrungen gegen eine Nacht mit dir eintauschen."

Langsam ziehe ich den Saum ihres Nachthemds hoch und lasse meine gierigen Handflächen über die Haut ihres süßen, geschmeidigen Hinterns gleiten. Ihre Atmung beschleunigt sich und mein Schwanz wird zwischen uns dicker, während sie sich in meinem Griff windet.

Gott, sie fühlt sich gut an.

Ich küsse sie wild, und sie stöhnt in meinen Mund, bevor ich mich zurückziehe, erregt und bereit, ihr dieses verdammte Nachthemd vom Leib zu reißen und sie eine weitere Stunde lang zu verschlingen. Ich halte inne, um zu sagen: „Aber du solltest wissen … Es wäre mir egal gewesen, wenn du mit einem Dutzend Männer geschlafen hättest, während wir getrennt waren …, denn dieser Körper wird immer mir gehören."

Sie stößt ein sexy Wimmern aus, und im Nu sitzt sie zwischen meinen Beinen und zieht ihr Nachthemd aus. Ich entledige mich meiner Shorts, und in Sekundenschnelle sitzt sie rittlings auf mir und lässt ihre süße, feuchte Muschi über meinen harten, pochenden Schwanz gleiten.

Verdammt, sie fühlt sich gut an. Ich werde nie genug von ihr bekommen. Ich umfasse ihre Brüste, genieße ihre Größe und ihr

Gewicht in meinen Händen und drücke zu, als sie sich meiner Berührung entgegenstreckt. Ich beiße mir auf die Lippe, rolle ihre Nippel zwischen meinen Fingern und beobachte fasziniert, wie sie den Kopf in den Nacken wirft, laut und verdammt sexy stöhnt, während sie sich an mir reibt und meinen Schwanz mit jeder Bewegung ihrer Hüften tiefer in sich aufnimmt.

Da ich sie unbedingt kosten muss, setze ich mich auf und presse meine Lippen auf ihre, während ich ihren Körper an meinem halte. Ich spüre ihre nackte Brust an meiner, als mein Verlangen überkocht wie Wasser in einem Topf.

Sie richtet sich mit mir auf und fährt mit ihren Händen durch mein Haar. Ich ziehe mich lange genug von ihren Lippen zurück, um zu krächzen: „Mein Gott, ich liebe dich."

„Ich liebe dich auch", schreit sie. Ihre Worte stoßen sie in süße, völlige Besinnungslosigkeit, während sie mich umklammert. Ich stoße hart und schnell in sie hinein, um meine Erlösung zu erzwingen, damit ich gemeinsam mit ihr kommen kann.

„Für immer, mein kleiner Schatz." Meine beste Freundin. Meine Geliebte. Und bald meine Frau.

Ihre Augen öffnen sich, benommen, zufrieden und umwerfend schön. „Für immer, mein mürrischer Schotte."

KAPITEL 34

Mac

„Wir müssen in zwei Stunden auf meiner Geburtstagsparty sein", stöhnt Freya, deren Stimme heiser ist von all den köstlichen Schreien der Leidenschaft, die sie vor wenigen Augenblicken von sich gegeben hat. „Und wenn du mich nicht aus diesem Bett lässt, um mich fertig zu machen, befinden wir uns offiziell im Streit."

„Gott, ich liebe es, mit dir zu streiten", knurre ich, schlinge meine Arme um Freyas nackte Taille und presse meine Lippen auf ihre, während wir uns in ihrem Bett gegenüberliegen, sexuell befriedigt und lächelnd wie zwei liebeskranke Hündchen.

Es ist drei Tage her, seit ich Freya einen Heiratsantrag gemacht habe, und ich will sie jetzt noch mehr als damals, als ich sie zum ersten Mal hatte. Wer hätte gedacht, dass es so verdammt … besonders ist, einem Mädchen „Ich liebe dich" sagen zu können, während man bis zu den Eiern in ihr steckt?

Gott, ich werde weich.

Es tat mir weh, am nächsten Morgen in den Flieger zurück nach Glasgow zu steigen und sie für das Training und ein Spiel am Donnerstagabend zu verlassen, aber ich musste gehen.

Sobald wir jedoch am Freitagnachmittag mit den Teambesprechungen fertig waren, war ich wieder in London und scherte mich einen Dreck darum, dass ich nur vierundzwanzig Stunden mit ihr zusammen sein konnte, bevor ich wieder in Schottland erwartet wurde.

„Hast du mit Sloan, Leslie und Allie gesprochen?", frage ich verzweifelt, weil ich wissen will, ob ein Umzug für Freya möglich ist.

Sie nickt langsam. „Das habe ich. Ich glaube, sie sind verwirrt, dass ich plötzlich so schnell umziehen muss, wo wir doch gerade erst wieder zusammen sind. Aber ich glaube, das liegt daran, dass sie nichts hiervon wissen." Sie hält ihre Hand hoch und ihr Diamant glitzert im sanften Tageslicht, das durch das Fenster hereinströmt.

Wir haben es geschafft, unsere Verlobung vor unseren Freunden geheim zu halten, damit wir es ihnen heute Abend auf der Party eröffnen können, die Allie zu Freyas dreißigstem Geburtstag schmeißt. Immerhin haben wir es unseren Eltern am Telefon gesagt, als wir uns an diesem Abend schließlich voneinander losreißen konnten. Und obwohl ich Freyas Eltern vorher nicht um Erlaubnis gefragt hatte, schienen sie sich für uns zu freuen, Gott sei Dank.

Es unseren Freunden heute Abend zu sagen, wird eine ganz andere Sache sein. „Meinst du, die Mädchen werden deinen Umzug eher unterstützen, wenn wir es heute Abend allen mitteilen?", frage ich, die Stirn neugierig in Falten gezogen.

„Ich glaube schon. Es ist nicht so, dass sie nicht glücklich darüber sind, dass wir offiziell zusammen sind. Sie sind voll und ganz auf der Seite von Mac und Freya. Ich glaube nur, sie machen sich Sorgen, wie sie die Linie mit Haustierkleidung bis Weihnachten ohne mich auf den Markt bringen sollen."

Ich stütze mich auf meinen Ellbogen und schaue auf Freyas besorgte Miene hinunter. „Cookie, wenn du in London bleiben musst, dann bleib in London. Aye, du in Glasgow klingt für mich absolut genial, aber wir können für ein paar Monate eine Fernbeziehung führen."

„Glaubst du das wirklich?" Ihre Mundwinkel heben sich, als sie meine Wange berührt. „Ich … möchte nur nicht, dass irgendetwas das zerstört, was wir hier haben."

„Aye", antworte ich und beuge mich hinunter, um ihr einen Kuss auf die Lippen zu drücken. „Nichts wird das hier zerstören. Der Flug dauert nicht viel länger als eine Stunde, und du kannst auch zu mir kommen. Ich möchte nicht, dass du dir diese Gelegenheit entgehen lässt, nur weil ich ein bedürftiger Kerl bin, der jeden Tag mit dir ins Bett will."

Ihre Lippen verziehen sich zu einem Lächeln. „Dann bin ich auch bedürftig, denn ich liebe diese Idee."

„Im Januar werden wir es haben", sage ich, strecke die Hand aus und streichle liebevoll ihre Wange. „Und du kannst immer noch über die Feiertage nach Schottland kommen. Das ist nicht viel anders als mein Fußball-Reiseplan, solange du also jeden Abend meine Anrufe annimmst und mir schmutzige Bilder von deinen Titten schickst, wird alles gut. Wir können das als gute Übung für uns betrachten, bis ich in ein oder zwei Jahren in den Ruhestand gehe."

„In den Ruhestand?", kreischt Freya, die sich mit offenem Mund auf ihre Ellbogen stützt. „Ich habe dich noch nie von Ruhestand reden hören."

„Ich werde nicht jünger", antworte ich mit einem Achselzucken und schenke ihr ein schiefes Grinsen. „Außerdem wollte ich bis zu unserem Kennenlernen nie mehr tun, als Fußball zu spielen, also denke ich jetzt, dass es neue Abenteuer im Leben gibt, die ich erleben möchte."

Ihre Miene wird weicher, als sie sich auf ihr Kissen fallen lässt und ihr Gesicht mit den Händen bedeckt. „Meine Güte, wird das jemals leichter zu handhaben sein?"

Ich lache und ziehe ihre Arme von ihrem Gesicht weg. „Was?"

Ihre grünen Augen blinzeln zu mir auf. „Dich zu lieben."

„Das hoffe ich nicht." Ich lecke mir über die Lippen und küsse die Hand, an der sie den Verlobungsring trägt. „Und jetzt ... lass uns zurück zu unserem Streit kommen."

Sie kichert und dreht sich auf die Seite. „Eigentlich dachte ich, wir könnten uns versöhnen, indem wir eines dieser *Noch nie in meinem Leben*-Dinge machen, zu denen wir nie gekommen sind."

„Ja, an welche hast du als Nächstes gedacht? Wenn wir nur noch zwei Stunden bis zur Party haben, möchte ich sie nutzen."

Ihre Miene wird verschmitzt. „Was ist Reverse Cowgirl? Ich muss nämlich sagen, dass ich diesen Begriff bei *Heartland* noch nie gehört habe, und ich fange an, mich zu fragen, ob es nicht ganz so ist wie in meiner geliebten kanadischen Serie."

Ein anzügliches Lächeln breitet sich auf meinem Gesicht aus. „Oh, das wird der beste Abend meines Lebens werden."

Sie wirft mir einen Blick zu. „Ich dachte, der Abend unserer Verlobung war der beste deines Lebens?"

Abwehrend halte ich die Hände hoch. „Das war er auch …, aber … nun, lass uns weitermachen, und ich werde dich wissen lassen, welche gewinnt, wenn wir fertig sind."

„Frecher Ochse."

In der neuen Wohnung von Allie und Roan herrscht das reinste Chaos. Die letzte Party, auf der wir mit ihnen waren, war eine Feier ohne Kinder, die in einer schmutzigen Runde von *Noch nie in meinem Leben* endete.

Diesmal … ist das nicht der Fall.

Unsere Ankunft bleibt völlig unbemerkt, als wir im Foyer stehen und beobachten, wie alle herumschwirren, als wären sie kopflose Hühner. Alle Harris-Brüder sind anwesend, zusammen mit ihren Ehefrauen und ihrem beträchtlichen, wilden Nachwuchs. Leslie und Theo sind mit ihrer Tochter Marisa hier, und natürlich sind auch Vi Harris und Hayden hier und rennen ihrer kleinen Rocky hinterher.

Ich war noch nicht auf vielen Partys, bei denen Kinder anwesend sind, aber ich muss sagen, wenn ich sehe, wie all die Erwachsenen ihren Kleinen hinterherlaufen und dabei gestresst, aber dennoch seltsam glücklich aussehen, muss ich sogar noch mehr an die Zukunft denken.

Ich würde Freya gern mit einem kleinen Kind auf ihrer Hüfte sehen. An die Vorstellung, mit meinem Sohn in unserem Garten Fußball zu spielen, während sie gelangweilt vom Spielfeldrand aus zusieht, könnte ich mich gewöhnen.

Plötzlich überkommt mich Panik, und ich packe Freya und ziehe sie nach draußen, bevor uns jemand sieht. „Mir ist gerade klar geworden, dass wir verlobt sind, und ich habe dich nie gefragt, ob du Kinder willst."

„Was?", fragt sie, wobei ein Lächeln ihre Lippen umspielt.

„Willst du Kinder, Frau?", frage ich erneut. Die Angst sitzt mir im Nacken.

Sie zuckt schüchtern mit den Schultern. „Willst du welche?"

Ich funkle sie an. „Du zuerst."

Sie kneift die Augen zusammen. „Wie wäre es, wenn wir beide bei drei Ja oder Nein sagen? Eins, zwei ..."

„Ja, verdammt", knurre ich über Freyas „Ja" hinweg.

Erleichterung macht sich in mir breit, und wir lächeln uns einen Moment lang an, um die Tatsache zu verinnerlichen, dass dieser eine Teil unseres gemeinsamen Lebens nicht in einem Streit geendet hat. Ich lege meine Hände um Freyas Taille, während sie mein Gesicht in die ihren nimmt. Unsere Lippen berühren sich in einem langsamen, liebevollen Kuss. Die Art von Kuss, die sagt: *Komme, was wolle.*

Plötzlich geht die Tür auf, und Allie schreit: „Dachte ich mir doch, dass ihr es seid! Sie sind da, Leute!"

Wir beenden den Kuss, und dann höre ich Allie nach Luft schnappen. „Was ist das an deinem Finger, Freya?"

Mit einem verschmitzten Lächeln lösen wir uns voneinander, wobei sich unsere Blicke für einen köstlich privaten Moment treffen, bevor wir uns voneinander abwenden, um die Menschenmenge zu betrachten, die sich in der Tür versammelt hat.

„Ist das etwa ein Verlobungsring?", quiekt Vi, die sich an die Spitze der Gruppe drängt.

„Freya!", ruft Sloan und tritt auf die Türschwelle, um sie näher zu betrachten. Sie ergreift ihre Hand und reißt sie von mir weg. „Sind du und Mac ..."

Ihre Stimme bricht ab, und Freya sieht mich an, bevor sie antwortet: „Wir sind verlobt."

Die ganze Gruppe jubelt vor Aufregung, und im Hintergrund beginnt ein kleines Kind zu weinen. Alle lachen und umschwärmen uns, um uns zu gratulieren, und ich fühle mich so erwachsen wie noch nie in meinem Leben.

Bevor wir reingehen, zieht Freya mich zurück und flüstert: „Mac, fass meine Ohren an."

Ich lächle, strecke die Hand aus und reibe beide mit den Fingerkuppen.

Sie drückt ihre Stirn an meine. „Ich bin wirklich glücklich."

Ich atme tief ein, um ihren Duft zu riechen. „Du weißt, dass ich dir ein Pony kaufen werde, wenn wir heiraten, oder?"

„Gott, mach keine Witze!", schreit Freya, wobei sie dramatisch den Kopf in den Nacken wirft.

Mein Lächeln wird breiter. Gott, ich liebe diese Frau.

EPILOG

Freya

Ein paar Jahre später

„Mein Gott, bin ich fett und glücklich", stellt Mac fest, während er seinen winzigen Bauch pikst und sich vom Ganzkörperspiegel in unserem begehbaren Kleiderschrank abwendet. Er schreitet zu mir hinüber, wo ich auf unserem Bett liege, und streckt seinen Bauch heraus. „Das hier … Pures, absolut brillantes Glück."

Ich lache prustend, während ich meine Hände hinter dem Kopf verschränke, um ihn zu mustern. Der Mann ist wohl kaum fett. Er hat sich vor zwei Jahren vom Fußball zurückgezogen und arbeitet als Entwickler für eine Videospielfirma in London. Durch seinen Schreibtischjob sind seine Bauchmuskeln vielleicht ein bisschen weicher geworden, aber er ist immer noch eindeutig ein ehemaliger Sportler, selbst mit seinem kleinen Bäuchlein. Der Glückspilz.

Aber ich kann mich wirklich nicht beklagen. Ich wiege so wenig wie seit Jahren nicht mehr. Ich bin keineswegs dünn, aber auf jeden Fall dünner als vorher. Stillen ist offenbar ein wundersamer Diätplan.

Ich seufze schwer. „Ich habe mir überlegt, wie viele Jahre ich Fergie noch stillen kann, denn es ist ein Genuss, essen zu können, was ich will, während das Gewicht immer weniger wird." Ich schlage die Beine übereinander, wackle mit den Zehen und bewundere, dass ich sie wieder sehen kann. Während meiner Schwangerschaft gab es eine Phase, in der ich dachte, sie würden für immer verschwinden. „Wenn ich gewusst hätte, dass Stillen so gut funktioniert, hätte ich mich schon längst von dir schwängern lassen. Fergie über die Grundschulzeit zu stillen ist wahrscheinlich nicht erlaubt, oder?"

Macs Gesicht verzieht sich vor Abscheu. „Ich denke, wenn du diesen Stilldiätplan so sehr magst, solltest du dich einfach entscheiden, mich zu stillen und das Baby da rauslassen."

„Du bist ein ekelhafter Perverser", schnauze ich. „Komm zu mir."

Mit einem jungenhaften Lächeln kommt er zum Bett und schlingt seine tätowierten Arme um mich, Arme, die jetzt mit meinem Namen und dem Namen unseres sechs Monate alten Kindes, Jacob Fergus, verziert sind. Er schmiegt sein Gesicht an meinen Busen und murmelt: „Oder vielleicht halte ich dich einfach barfuß und schwanger, bis mir die Eier abfallen."

Ich lächle und drücke Mac an mich. „Mmm, das klingt gut."

„Wir könnten jetzt anfangen zu üben." Mac lässt sein bärtiges Gesicht über meine Brust gleiten. „Ich habe es satt, dass Fergie der Einzige ist, der deine Titten zu sehen bekommt."

„Gott, wir müssen wirklich über Grenzen sprechen, bevor Fergie alt genug ist, um die lächerlichen Dinge zu verstehen, die aus deinem Mund kommen." Ich stöhne, während ich immer noch Macs wunderbares Gewicht auf mir genieße.

Mac knurrt und fängt an, meinen Hals mit Küssen zu überhäufen und umschließt mein Ohrläppchen mit den Lippen, bevor seine Zähne in hineinbeißen. „Komm schon und geh mit mir ins Bett, Frau. Deine Ohren brennen, und der Junge wird bald von seinem Nickerchen aufwachen."

„Ich sollte wirklich arbeiten", stöhne ich und schlinge meine Beine um seine Hüften, denn mein Geist und mein Körper befinden sich im Krieg gegeneinander. „Ich muss mir die letzte Lieferung ansehen, die gerade aus China gekommen ist. Sie haben endlich meine Pyjama-Kollektion für Haustiere in Übergrößen geschickt."

„Oh, gut. Hercules und Jasper war es all die Jahre so peinlich, nackt auf dem Boden zu schlafen", spottet Mac.

Ich lächle und fahre mit den Fingern durch sein Haar. Wir haben mein Geschenk zum dreißigsten Geburtstag Jasper genannt, zu Ehren des Mannes, der unser Date beendet hat, damit ich mich mit meinem besten Freund verloben konnte.

Wir sind wirklich krank im Kopf.

„Wie wäre es, wenn du die Pyjamas auf morgen verschiebst und stattdessen ein Spiel mit mir spielst?", sagt Mac, dessen Stimme einen schelmischen Tonfall annimmt.

„Was für ein Spiel?", frage ich vorsichtig.

Mac wackelt mit den Augenbrauen. „Ich habe an Strip-Poker gedacht."

Ich schüttle den Kopf, und dann kommt mir eine Idee in den Sinn. „Wie wäre es mit *Noch nie in meinem Leben*?"

Mac sieht sich in unserem Schlafzimmer um. „Wir haben keinen Alkohol."

„Natürlich nicht", sage ich und setze mich ihm gegenüber im Schneidersitz auf das Bett. „Das ist sowieso schlecht für die Muttermilch. Wie wäre es, wenn wir uns stattdessen küssen, wenn wir es getan haben?"

„Wo küssen?", fragt Mac mit einem anzüglichen Grinsen im Gesicht.

Ich rolle mit den Augen. „Auf die Lippen."

Mac überlegt kurz und fragt dann: „Die Lippen im Gesicht oder die weiter unten?"

„Gott, du bist unmöglich!", schreie ich, greife hinüber und gebe ihm einen Klaps auf die Brust. „Die im Gesicht … für den Moment." Ich kichere aufgeregt.

Mac stöhnt. „Gott, ich liebe meine Frau."

Er setzt sich mir ebenfalls im Schneidersitz gegenüber, der für ihn nicht sonderlich bequem zu sein scheint, aber er versucht es dennoch.

„Okay, ich fange an." Ich kneife die Augen zusammen. „Noch nie in meinem Leben habe ich einen Rotschopf geküsst."

Mac lächelt und beugt sich vor, um seine vollen Lippen auf meine zu pressen. *Gott, davon werde ich nie genug bekommen.*

Er zieht sich zurück und sieht mich ernst an. „Noch nie in meinem Leben habe ich auf einer langen Autofahrt einen Blowjob gegeben und geschluckt wie ein kostbares Pony."

„Verdammt!", rufe ich aus und reiße mich von ihm los. „Ich dachte, das würde ein lustiges, süßes Spiel zwischen Mann und Frau werden. Da hast du ein paar Schritte übersprungen."

Mac schüttelt sich vor schamlosem Lachen und tippt mir auf die Nase. „Ich stelle nicht die Regeln auf, mein kleiner Schatz. Und jetzt küss mich, du freches Luder."

Ich beiße mir schamlos auf die Lippe, als ich an unseren Ausflug nach Cornwall kurz nach unserer Verlobung zurückdenke. Mac war so nervös, weil er meine Eltern nie um Erlaubnis gefragt hatte, dass er sich sicher war, mein Vater würde ihn ins Verhör nehmen. Mir fiel nur eine Möglichkeit ein, ihn zu beruhigen.

Ich spitze die Lippen und gebe ihm einen dicken Kuss. „Noch nie in meinem Leben bin ich in weniger als zwei Minuten zum Höhepunkt gekommen."

„Das war ein einziges Mal, Freya!", schreit Mac, und sein schottischer Akzent wird mit seiner Wut immer heftiger. „Und es war das erste Mal, dass wir seit Fergies Geburt gevögelt haben. Sechs Wochen keinen Sex zu haben, ist eine Ewigkeit! Das kannst du mir nicht für den Rest unseres Lebens vorhalten."

Ich kichere. „Ich kann und ich werde."

Er blickt mich an und fügt hinzu: „Dafür brauchst du auch einen Kuss, denn ich weiß genau, dass ich dich schon einmal in weniger als zwei Minuten zum Orgasmus gebracht habe."

„Ich kann mich nicht beklagen", erwidere ich und zeige auf meine Lippen, woraufhin er mir freundlicherweise zwei Küsse gibt.

„Okay. Noch nie in meinem Leben hatte ich einen Dreier."

Keiner von uns setzt zu einem Kuss an. Das ist für mich mehr als in Ordnung.

Mac ist der Nächste. „Noch nie in meinem Leben habe ich in der Öffentlichkeit masturbiert." Ich will meinen Mund öffnen, aber

Mac unterbricht mich. „Und ja, das, was du in meinem Auto vor dem Tower Park gemacht hast, zählt als öffentlich."

Ich recke mein Kinn vor, schüttle den Kopf und murmle: „Du hast mich herausgefordert, und du hast mich die ganze Zeit beobachtet!" Ich drücke Mac einen Kuss auf die Lippen.

Sein Körper bebt vor leisem Lachen, während er auf seine Schläfe zeigt. „Ich bereue es nicht. Das läuft ständig in meinem Highlight-Reel."

Das Lächeln auf meinem Gesicht fühlt sich mittlerweile dauerhaft an, als ich den Kurs ein wenig ändere. „Noch nie in meinem Leben habe ich während der Geburt wie ein Baby geweint."

Mac zeigt auf seine Lippen. „Gib mir einen, Red. Ich schäme mich nicht für meine Gefühle, als ich gesehen habe, wie du Leben in diese Welt gebracht hast."

Ich nehme sein Gesicht in die Hände und küsse ihn stolz. Meine Augen tränen, als ich an Macs ehrfürchtiges Gesicht denke, als er unseren Sohn zum ersten Mal in den Händen hielt. Mutter zu werden war eine unglaubliche Erfahrung, aber Mac dabei zuzusehen, wie er wegen seines Sohnes weint, übertrifft alles. Das Foto, auf dem er Fergie bei seiner Geburt im Arm hält, und das Foto, auf dem er Jasper als Kätzchen im Arm hält, taucht immer wieder in meinem Kopf auf.

Mac sieht mich ernst an. „Noch nie in meinem Leben wollte ich ein weiteres Baby."

„Küss mich", flüstere ich und biete meine Lippen an.

„Endlich etwas, worüber wir uns nicht streiten müssen", murmelt Mac, als er seine Lippen auf meine presst und dort verweilt. Seine Hand greift nach oben und fährt durch mein Haar, während er den Kuss vertieft und unsere Zungen in ein Duell verwickelt.

Ehe ich mich versehe, liege ich auf dem Rücken und wölbe mich ihm entgegen, während er sich an mich presst und unsere beiden Körper sich aneinander reiben wie zwei Teenager, die nicht aufhören können, trocken zu bumsen.

Als sich unsere Lippen trennen, bin ich atemlos, glücklich und bis über beide Ohren verliebt, als ich sage: „Noch nie in meinem Leben habe ich mich in meinen besten Freund verliebt und alles bekommen, was ich jemals im Leben wollte."

Kuss.

Kuss.

Kuss.

Kuss.

Kuss.

Ende

Willst du lesen, wie Mac und Freya Eltern werden? Dann klicke hier, und du bekommst die Bonus-Szene „Blindsided – Überrumpelt von einem Baby" direkt zum Lesen geschickt – nach der Anmeldung zu meinem deutschen Newsletter.
https://bit.ly/BlindsidedDeutscheBonusSzene

Lust auf weitere heiße Sport-Romance-Bücher? Du kannst alle Harris-Brüder in ihren eigenen Geschichten jetzt mit Kindle Unlimited hier lesen: https://geni.us/HarrisBrosGermanSeries

Interessiert, mehr über Roan, Allie und das Sex-Video zu erfahren? Dann lies ihre Geschichte in Payback – Ein knisternder Racheplan.
https://geni.us/PaybackDE

Oder stürze dich in meine heiße romantische Komödie namens „Ein Mechaniker zum Verlieben – Wait With Me" – und als Verfilmung gibt es die auch!
https://geni.us/WWM-German

Und melde dich für meinen deutschen Newsletter an, um alle Updates darüber zu erhalten, wann Freya und Mac erscheinen:
www.subscribepage.com/amydaws_deutscher_newsletter

WEITERE BÜCHER VON AMY DAWS

Die Harris-Brüder-Reihe:
Challenge – Ein Bad Boy zum Verlieben: Camdens Geschichte
Endurance – Ein Feind zum Verlieben: Tanners Geschichte
Keeper – Ein bester Freund zum Verlieben: Bookers Geschichte
Surrender – Ein Boss zum Verlieben und *Dominate – Ein Fußballstar
zum Verlieben*: Gareths Geschichte

Payback – Ein knisternder Racheplan Tanners Geschichte
Blindsided - Eine beste Freundin mit gewissen Vorzügen
Macs Geschichte

Ein Mechaniker zum Verlieben - Wait With Me

Wait With Me als Verfilmung

Für weitere Informationen zu allen Büchern von Amy, schau hier
auf Amys Website nach: amydawsauthor.com/deutsch

Und wenn du einfach per E-Mail informiert werden möchtest, wenn
das nächste Buch erscheint, abonniere Amys deutschen Newsletter:
www.subscribepage.com/amydaws_deutscher_newsletter

MEHR ÜBER DIE AUTORIN

 Amy Daws ist eine Amazon-Bestsellerautorin der Harris-Brüder-Reihe und vor allem für ihre wortwitzigen, fußballspielenden britischen Playboys bekannt. Die Harris-Brüder und ihre London-Lovers-Reihe fachen ihre Leidenschaft für alles an, das mit London zu tun hat. Wenn Amy nicht gerade schreibt, schaut sie Gilmore Girls oder singt mit ihrer Tochter Karaoke im Wohnzimmer, während Dad hilflos lächelnd aus der Ferne zusieht.

Mehr von den deutschen Ausgaben von Amys Büchern findest du auf ihrer Website amydawsauthor.com/deutsch und generell alles von Amy unter den unten stehenden Links.

www.facebook.com/amydawsauthor
www.instagram.com/amydaws.deutsch
www.tiktok.com/@amydaws_deutsch

Abonniere auch den deutschen Newsletter, um keine Neuigkeit zu den deutschen Veröffentlichungen von Amy zu verpassen:
www.subscribepage.com/amydaws_deutscher_newsletter

Made in United States
North Haven, CT
19 August 2023